Louise Büchner

Aus dem Leben

Erzählungen aus Heimat und Fremde

Louise Büchner

Aus dem Leben
Erzählungen aus Heimat und Fremde

ISBN/EAN: 9783741130410

Hergestellt in Europa, USA, Kanada, Australien, Japan

Cover: Foto ©Andreas Hilbeck / pixelio.de

Manufactured and distributed by brebook publishing software
(www.brebook.com)

Louise Büchner

Aus dem Leben

Aus dem Leben.

Erzählungen aus Heimath und Fremde

von

Louise Büchner,

Verfasserin von: „Die Frauen und ihr Beruf."

———⁓———

Leipzig,
Verlag von Theodor Thomas.
1861.

Inhaltsverzeichniß.

Der lederne Bräutigam.

1.

Kennst du das Land? auf Dämmen ruht sein Grund,
Die Luft ist schwer, das Wasser ungesund,
Flamländer steh'n und schreien um mich her:
Oranje boove! Wat beleeft Mynheer?
Kennst du es wohl? Dahin, dahin
Möcht' ich mit dir, o du Geliebte, zieh'n!

„Dahin, dahin, möcht' ich mit dir, o du Geliebte zieh'n!" Ob der junge Mann, welcher diese Worte halb laut vor sich hin sang, dabei an die obige Parodie von Weber, oder an Goethe's ächtes Mignonlied dachte, können wir nicht genau angeben, wenn wir aber in sein frisches, offenes Gesicht blicken, dessen Farbe so wenig dem gewöhnlichen graublassen Teint des jungen Holländers gleicht, und das kecke Stutzbärtchen an der Lippe nicht unbe▮▮▮▮ lassen, so ist es zweifellos, daß wir deutsches Blut▮▮ haben, und zwar von der muntersten und leichte▮▮ Mit dieser Entdeckung erklären sich die Goethe'sc▮▮ von selbst; denn wer anders als ein romantischer D▮▮

würde es sich haben einfallen lassen, in Rotterdam unter den Boomje's, Angesichts des prachtvollen Hafens mit seinen Ost- und Westindienfahrern, an Goethe und Mignon zu denken?

Aber Friedrich Walter, so heißt unser träumerischer Sänger, hatte, so sehr er sonst auch Kaufmann war, noch eine Stelle in seinem Herzen, die nicht ganz mit Reis- und Kaffeesäcken, Zucker- und Theefässern ausgefüllt war. In diesem kleinen Zelte wohnte ein gar liebliches Heiligenbild, von goldenen Locken umrahmt, dessen Zauber so mächtig war, daß es den jungen Mann blind und taub für seine nächste Umgebung machte und ihm in seinem träumerischen Hinwandeln mehr als einmal von einem vorwitzigen Jungen oder derben Lastträger den Spottnamen des Deutschen: het Muff! eintrug. Uns Deutsche will es freilich, trotz aller angeborenen Bescheidenheit, bedünken, als ob dieser Spitzname, seinem Klange nach, in umgekehrter Ordnung treffender wäre; aber dem jungen Walter kam ein solcher Gedanke natürlich jetzt nicht in den Sinn. Er hätte die ganze holländische Nation an sein Herz drücken mögen, am liebsten begreiflicherweise in Gestalt ihrer holl- Repräsentantin, der schönen Tochter des reichen ̶ ̶ ̶ ̶ van der Dees, welcher gar stolz in seinem Back- ̶ ̶ ̶ am Hafen in dem kleinen Städtchen G. thronte, ̶ ̶ ̶ g wie ein Prinz und gewiß reicher als mancher ̶ ̶ ̶ ̶esen.

Aber der Ort, wohin Friedrich die Geliebte gern ent= führen wollte, der war in allen Provinzen von Nord= und Südholland nicht zu finden. Es war seine eigene, theure Vaterstadt, das heitere, lebenslustige Wien, und gewiß einer holländischen Stadt in ihrer ganzen Physiognomie so unähnlich, wie ein holländischer Mynheer einem Wiener Kinde selber. Friedrich Walter fühlte sich darum auch keineswegs geneigt, in diesem Lande, von dem er behauptete, daß ihn der Nebel vergifte und der Mangel an Trinkwasser zum Hypochonder mache, sein Leben zu beschließen. Mit Widerstreben hatte er sich in Geschäften seines Vaters, eines reichen Wiener Großhändlers, auf einige Zeit nach Amsterdam begeben, und weder der prachtvolle Hafen mit seinem Blick auf das Weltmeer, noch die siebenhundert Windmühlen von Saardam, waren im Stande gewesen, ihm seinen Prater vergessen zu machen, bis er bei einem Geschäftsfreunde Katho van der Does kennen lernte und es die Ironie des Schicksals so fügte, daß er sein deutsches Herz an ein holländisches verlieren mußte.

Es ist bemerkenswerth bei dem Holländer, daß das Phlegma und die Schwerfälligkeit, welche ihn durchschnitt= lich charakterisiren, ihm häufig nur durch Sitte und Ge= wohnheit angebildet erscheinen. Wie eine heiße Q⬛ Eis, so durchbricht oft ein Strom von Lustigkeit ⬛ gelassenheit die abgemessene Ruhe, das bekannte ⬛ welches uns im Verkehr mit diesem Volke zuerst ⬛

tritt. Auf den Fremden macht dieser unvermittelte Ueber=
gang, besonders bei dem niedern Volk, keineswegs den an=
genehmsten Eindruck; aber er wirkt jederzeit überraschend,
und vorzugsweise so bei den Frauen aus dem gebildeten
Stande, wo diese plötzliche Heiterkeit und Ungebundenheit
natürlich in milderer Form auftritt. Katho nun besaß
diese Beweglichkeit in hohem Grade, und dieß war es wohl
besonders, was ihr neben ihrer Schönheit Friedrichs Herz
eroberte, da er gewohnt war, sich unter der Holländerin
ein ganz steifes, fast lebloses Wesen zu denken. Was
Naturanlage bereits in Katho gethan, hatte ihre Erziehung
vollendet. Im Hause ihrer Eltern herrschte das strengste
Festhalten an den alten Sitten und Gebräuchen, die ge=
naueste Aufrechthaltung der hergebrachten Etikette, und
wer die lebhafte Katho beim Tanze oder lustigem Gesell=
schaftsspiele beobachtete, konnte es nicht wohl begreifen,
wie sie eben so gut, ohne ein großes Opfer, stundenlang
bei ihrer Handarbeit sitzen konnte. Aber dieß hatte Me=
brouw van der Does, der nichts schrecklicher war, als sich
selbst zu bewegen, und fast eben so schrecklich, andere sich
bewegen zu sehen, glücklich fertig gebracht, und Katho
_____ was Anstand betraf, als das Muster eines hollän=
_____ Mädchens gelten. Aber blickt in ihre braunen
_____ Schelmerei und Munterkeit, und es wird euch
_____ daß hier noch ein lebhafteres Element sein Recht
_____ und dieses Recht zu wahren, dafür war Jan van

der Does Herr in seinem Hause. Er hatte keinen Sohn, und Kathos kecker, unabhängiger Sinn, der sich schon in dem Kinde zeigte, machte ihm innerlich Freude. Stolz auf seinen Namen, fühlte er sich geschmeichelt, daß alle Kinder am Hafen in G. Katho wohl liebten aber auch fürchteten, und so bildete er geflissentlich in ihr einen gewissen Widerspruchsgeist- und Eigensinn aus, den er für nationale Eigenthümlichkeit hielt, der jedoch wahrscheinlich sehr unangenehm hervorgetreten wäre, wenn Kathos sonstige glückliche Naturanlagen ihm nicht den Schein von naiver Sorglosigkeit verliehen hätten. Aber der Papa hatte seine größte Freude daran, wenn sie schon als Kind sich nicht scheute, mit den größten Jungen anzubinden, und sobald ihr Ueberwindung drohte, aus allen Kräften schrie: „Ihr müßt mich loslassen, ich bin eine freie Holländerin!"

Ich bin eine freie Holländerin! hatte sie auch der Cousine, bei der sie in Amsterdam wohnte, geantwortet, als diese sie darauf aufmerksam machte, daß ihre Eltern wohl schwerlich jemals einwilligen würden, sie in ein fremdes Land zu verheirathen, und dieß wollte so viel sagen, als: ich werde meinen Willen schon durchzusetzen wissen! Wir müssen hinzufügen, daß Katho das jüngste und einzig am Leben gebliebene Kind ihrer Eltern war, welches sie zärtlichst liebten, und trotz aller Schmeichelworte war es Katho, die jetzt im zwanzigsten Jahre stand, im eigentlichen Blüthenalter der holländischen Jungfrau, in dem sie nicht mehr als halbes Kind betrachtet wird, erst durch ihr gewöhnliches Argument: „Aber Papa, ich bin ja doch eine freie Holländerin!" gelungen, ihn zu bewegen, daß er zu der Reise nach Amsterdam seine Einwilligung gab. Die freie Holländerin genoß dort in vollen Zügen die größere Freiheit des geselligen Verkehrs einer bedeutenden Stadt, und machte nicht geringes Aufsehen durch ihre hübsche Erscheinung und die trotzige Naivetät ihres Wesens, das jeden Augenblick durch die Wolke des steiffsten Anstands hindurch wetterleuchtete.

Friedrich war entzückt, wenn auch nicht wirkliche ganze Frische, doch einen Hauch derselben zu finden. Er glänzte neben Katho durch seine ungezwungene Heiterkeit, und sie hatte denn auch nichts Eiligeres zu thun, als ihr Herz an den hübschen jungen Deutschen, der so gut tanzte und so schöne Lieder sang, zu verlieren. Zwar wollte sie anfangs nichts davon wissen, dem Geliebten nach Wien zu folgen, aber die Liebe wuchs, und sie konnte sich zuletzt bis zu dem Opfer versteigen, in einer Stadt wohnen zu wollen, wo es weder Graachten noch Seefische gibt und die Leute um zwölf Uhr zu Mittag speisen, so widernatürlich und barbarisch ihr dieß auch in ihrem reizenden Köpfchen erschien. Nachdem ihr also Friedrich das feierliche Versprechen gegeben, daß sie nie auf einen Berg zu steigen brauche — daß es solche Dinge in Deutschland gibt, wußte sie noch ganz genau aus der Geographiestunde in der Pen-

fion — weil fie fich diefelben ganz fpitz zulaufend dachte
wie eine Pyramide und meinte, fie müffe hinunter fallen.
Nicht minder verfprach er ihr, daß fie ganz nach hollän=
difcher Weife fortleben könne, und fomit ertheilte fie ihm
die Erlaubniß, bei dem Pa und der Ma um ihre Hand
anzuhalten.

Dahin befand fich nun Friedrich eben auf dem Wege,
nachdem Katho etwa vierzehn Tage vor ihm nach Haufe
gereift war und er felbft feine Gefchäfte in der großen
Handelsftadt beendet hatte. Seine Zuverficht auf das Ge=
lingen feiner Bewerbung war groß; denn wie fehr die El=
tern allem Ausländifchen und Fremden abgeneigt waren,
hatte Katho dem Geliebten klugerweife verfchwiegen, und
außerdem rechnete fie fo, daß er, der im Stande gewefen,
durch feine heitere Laune und feine hübfches Geficht ihr
ächt holländifches Herz zu erobern, diefelbe Anziehungs=
kraft auch auf die Eltern ausüben müffe. Friedrich theilte
natürlich diefes Vertrauen auf feine Unwiderftehlichkeit,
fonft wäre er vielleicht nicht halb fo froh und fiegesgewiß
auf das kleine Dampfboot gefprungen, das ihn binnen
einer Stunde faft vor die Fenfter feiner Katho führen follte.
Doch war er noch einfichtig genug, das Vertrauen auf
feine perfönliche Liebenswürdigkeit mit dem ebenfo großen
auf den Reichthum feines Vaters zu theilen, der fich
felbft im Lande der unbefchnittenen Dukaten fehen laffen
durfte.

Aber die Glocke zur Abfahrt ertönt, das Schiff gleitet langsam dahin. — Mynheer van der Does, Ihr sitzet daheim so gemächlich bei Euerm Morgenthee und der Thonpfeife, und laßt es Euch nicht träumen, welche Schicksalsbombe in der nächsten Stunde in Euer friedliches Haus einschlagen wird!

2.

Wie eine geschlossene Phalanx ziehen sich die Häuserreihen einer holländischen Stadt die Kanäle entlang, welche fast jede Hauptstraße durchschneiden und mit ihren hohen Ueberbrückungen und den Bäumen, die an beiden Seiten eine Allee bilden, einen sehr freundlichen und malerischen Anblick gewähren. Der Hafen in G. — so nennt man die Hauptstraße, da am Ende derselben die kleinen Dampfboote, die Trekschuiten und großen und kleinen Segelschiffe und Kähne, die den Verkehr zwischen Stadt und Umgegend unterhalten anlegen — war unstreitig der schönste und belebteste Theil des Städtchens. — Wenn es nun möglich ist, daß ein holländisches Haus sich vor den andern durch äußere Nettigkeit und Sauberkeit auszeichnet, so war das gewiß der Fall bei demjenigen, das Mynheer van der Does nebst Frau und Tochter bewohnte. Die Scheiben in den hohen Schiebefenstern glänzten wie Krystall und der Glockenzug neben der Hausthüre funkelte im Sonnenschein, als wäre er von purem Gold. Ein holländisches Haus

hat das Eigenthümliche, daß seine Fronte oft nur ein ein=
ziges Fenster zeigt und sich höchst selten bis zu dreien nach
der Straße hin versteigt. Eine anständige Wohnung hat
deren in der Regel zwei, und daneben befindet sich die
Hausthüre, die den Besucher nicht selten in ein wahres
Labyrinth von Höfchen, Treppen, Zimmern und Cabi=
netten einführt. Der kostbare Platz die Graachten ent=
lang hat es nothwendig gemacht, daß der Holländer sein
Haus, das er mit seiner Familie immer allein bewohnt,
nur in die Tiefe, nicht in die Breite ausdehnt, und außer=
dem liebt er auch nicht, eine Enfilade von Zimmern zu be=
wohnen. Jedes ist im Gegentheil für sich abgeschlossen
und hat seine besondere, heilig gehaltene Bestimmung.
Die Hauptstube in jedem holländischen Hause ist die „Vor=
kammer", oder das Vorderzimmer, welches im Besitz der
Fenster ist, die nach der Straße sehen. Dieses ist der
Sammelplatz für die ganze Familie; dort singt der Thee=
kessel Morgens und Abends sein einladendes Lied, dort
werden die Besuche empfangen, dort rauchen die Herren
ihre Pfeifen, und nur die eigentlichen Mahlzeiten finden
darin nicht statt.

Wenn wir nun an dem glänzenden Glockenzug von
Mynheer van der Does ziehen und das nette Hausmädchen
aus Overyssel, das nach dem eigenthümlichen Schnitt seiner
Haube die Ohrgehänge statt in den Ohren, an den Schlä=
fen trägt, von wo sie lustig auf die frischen Wangen her=

unterbaumeln, uns geöffnet hat, so lacht uns auch von innen die ausgesuchte Nettigkeit entgegen, die sich schon von außen bemerkbar machte. Die Wände des Ganges sind etwa zwei Ellen hoch mit weißen, vierecten Porzellan-plättchen belegt und den Boden bedeckt ein feiner, schmaler Teppich, der zu beiden Seiten die blendend weißen Stein-platten sehen läßt, mit denen die Flur geplättet ist. Neben der Thüre, die in die Vorkammer führt, steht die große holländische Uhr in ihrem Gehäuse von geschnitztem Eichen-holz. Auf wie viele Generationen dieses Hauses mag sie schon herab geschaut, wie manche Geburts- und Sterbe-stunde angezeigt haben! Aber das irrt sie nicht; unermüdlich dreht sich ihr Zeiger fort und fort und mit ihm geht auf der großen, matt glänzenden Metallplatte der Mond auf und nieder, zeigt sich der Wechsel der Wochentage, der Name des Monats, und das Ganze umkreist der Thierkreis, über dem mürrisch Saturn mit seiner Sense sitzt und auf die Stunden herabschaut, die unter seinen Füßen dahinrollen. Doch mahnt die Uhr nicht bloß zum Ernste, sondern auch zur Lust, denn sie ahmt das Glockenspiel auf der refor-mirten Kirche gar täuschend nach und spielt so liebliche Weisen, daß Jung und Alt seine Freude daran hat, und was die Stunden, die sie anzeigt, manchmal Trübes bringen, das sucht die Uhr wieder gut zu machen durch ihre Melodien.

Wenn nun Mynheers Großvater oder Urgroßvater mit uns einträte in das Wohnzimmer, sein Auge würde

gewiß nicht durch die Anwesenheit eines jener modernen
Möbel beleidigt werden, mit denen uns heute der Luxus
so reichlich versorgt. Das Ganze hat natürlich ein ele-
ganteres Ansehen als vor hundert Jahren, aber die Art
und Weise der Einrichtung ist ganz die nämliche geblieben.

Dicht an die breiten Fenster gerückt, die nur durch
einen schmalen Holzpfeiler von einander getrennt sind, steht
der schwere, runde Mahagonytisch auf festen Füßen und
bildet in seiner unverrückbaren Stellung den steten Mittelpunkt für den weiblichen Theil der Familie. Hier sitzen
die Damen mit ihrer Handarbeit, schauen dem Treiben
auf der Straße und dem Wasser zu und geben zugleich den
Vorüberwandelnden die schönste Gelegenheit, sie zu bewundern, was auch von den jungen Mynheeren keineswegs unbenutzt bleibt, besonders da, wo ein so schöner
Mädchenkopf wie der Kathos van der Does sich auf die
Arbeit niederbeugt.

Aber ein Sopha, diese Negation des Geradesitzens und
diese bequeme Einladung zum Sichgehenlassen, ist hier
nicht zu finden; statt dessen steht an der Hinterwand des
Zimmers mit steifen Beinen ein hoher Sekretär und zu
beiden Seiten zwei Pyramiden von glänzend polierten
Fußwärmern aus Mahagonyholz, den unerläßlichen Be-
gleiterinnen der Holländerin in Kirche und Haus, und die
zuweilen in den Hundstagen, wenn es wirkliche Hundstage
sind, auch einfach als Schemel benutzt werden können.

Schwere gepolsterte Stühle stehen an den Wänden umher, und der einzige Luxus der Bequemlichkeit, den Mynheer und Mevrouw sich erlauben, besteht in zwei Strohsesseln neben den Fenstern, in denen das würdige Paar sich oft stundenlang, er rauchend, sie strickend, stumm gegenüber sitzt.

Es ist ein kühler Morgen, der Mai steht erst im Ka-lender, noch nicht auf den Fluren, und ein kalter Nord wirbelt den Sand der holländischen Dünen empor, aber wir sehen uns vergebens nach einem wärmenden Ofen um. Zwar gleitet der Fuß mechanisch über den weichen persi-schen Teppich, der den ganzen Fußboden bedeckt, nach dem Kamin hin, doch sein Inneres ist kalt wie der schwarze Marmorsims, der den Raum umschließt, in dem im Win-ter der niedrige Eisenofen steht. Auf dem Marmorsimse wackelt ein alter Chinese mit dem Kopf — wir denken uns, vor Frost — und neben ihm stehen die zwei unvermeidlichen Muschelfiguren, welche den Scheveninger Fischer und die Fischerin vorstellen. Der frostige Hauch, der das Zimmer durchweht, wird erhöht durch die blendend weißen Vor-hänge, die blendend weiße Oelfarbe der Wände, die blen-dend weiß getünchte Decke. Es ist alles so marmorweiß und marmorkalt; wir flüchten zu Katho's Theekessel, der an ihrer Seite in seinem goldglänzenden Messingbecken über den Torfkohlen siedet und wenigstens einige Wärme ausstrahlt. Sie sitzt am runden Tisch, auf dem das Früh-

stück steht, die kleine runde Blechtrommel, mit den runden
Zwiebacken darin, das rothe Rauchfleisch, dünn wie Papier
geschnitten, und das weiße Brod nebst der köstlichen Butter.
In den Strohsesseln sitzt steif und aufrecht das würdige
Elternpaar vor dem Thee, den Katho mit kunstgeübter
Hand bereitet, er mit der ewigen Pfeife, sie mit dem ewigen
Strickzeug, und beide sind werth, etwas näher betrachtet
zu werden.

Wenn es erlaubt ist, einen Menschen mit einer Tonne
zu vergleichen, so paßte dieses Gleichniß gewiß nie treffender, als auf Jan van der Does. Glücklicherweise wurde
sein Embonpoint durch seine stattliche Größe wieder einigermaßen ausgeglichen, und wenn auch der Schneider zu dem
schwarzen Frack, den er immer trug, fast noch einmal so
viel brauchte, als für ein gewöhnliches Menschenkind, so
stellte er doch in demselben, trotz seines auffallenden Um-
fangs, eine ganz respektable Person vor. Auf die weiße
Halsbinde von untadelhafter Reinheit fiel sein starkes,
sehr mit Grau untermischtes Haupthaar herab und um-
rahmte ein Gesicht, dessen Purpurfarbe nur eine Ueber-
gangsnüance zu dem blaurothen Schimmer zu bilden schien,
der die Nase umspielte. Was nun diese Nase selbst betrifft,
so wäre sie würdig gewesen, im Museum zu Leyden auf-
bewahrt zu werden. Selbst schon von ansehnlicher Größe,
hatte sie auf ihrer Fläche noch fünf, sechs Näschen getrieben,
die lustig in die Welt hinaus schauten, und böse Zungen

wollten zwischen dieser Nasenfülle und der beträchtlichen
Anzahl von Madeira = und Portweinflaschen, die alljährlich
in Mynheers Keller wanderten, einen sehr bestimmten Zu=
sammenhang finden. Die Sache verhielt sich jedoch nicht
so. Mynheer konnte freilich schon einen guten Schluck
vertragen, war aber doch nicht unmäßiger als andere Leute
auch, und nur der Himmel konnte es wissen, aus welchem
Grunde er ihn mit so viel Nasen gesegnet hatte. Indeß
können wir mit aller Achtung vor dem wohledlen Herrn
nicht verschweigen, daß die Nase ihm eine sehr fatale Aehn=
lichkeit mit einem Truthahn verlieh, die leider noch durch
seine Gemüthsart erhöht wurde. Mynheer besaß nämlich,
trotz seines nationalen Phlegma, eine ausnehmende Reiz=
barkeit und gewisse Dinge konnten ihn in den größten
Zorn versetzen. Dann pustete er und sträubte sich auf
wie der obengenannte Vogel, und wenn man nicht gewußt,
daß er, wie fast alle zornigen Menschen, daneben eine un=
erschütterliche Gutmüthigkeit besaß, so hätte man sich fast
vor ihm fürchten mögen.

Was nun Mynheers eigentlichen Beruf anbetrifft, so
war dieß ein höchst einfacher, angenehmer und für ihn von
der höchsten Wichtigkeit. Sein ganzes ungeheueres Ver=
mögen hatte er zumeist in Staatspapieren angelegt, und
zwar in möglichst kleinen Kapitalien, damit es ihm nicht
an einer täglichen Arbeit und Beschäftigung fehle; denn
von diesen Werthpapieren die Coupons abzuschneiden, darin

bestand die Aufgabe seines Lebens. Mit pünktlicher Ge=
nauigkeit war dieses Geschäft so eingetheilt, daß er jeden
Tag, außer am Sonntag, eine gewisse Anzahl jener ange=
nehmen kleinen Zettel abzuschneiden hatte, die selbst der
Weiseste begehrungswürdig findet. Dann wurden sie ge=
ordnet, in zierliche Päckchen zusammengebunden für den
Hausbedarf, und der Ueberschuß mußte dazu dienen, neue
Papiere anzukaufen. Dabei ging er nun so bedächtig ans
Werk, daß seine Arbeitszeit zwischen dem Frühstück und
dem Kaffee, der um zwölf Uhr eingenommen wurde, immer
vollständig ausgefüllt war, und nachher durfte er den Rest
des so nützlich angewendeten Tages wie ein Sieger auf
seinen Lorbeeren ausruhen. Da aber nun zu jedem guten
Handwerk auch gute Werkzeuge gehören, so hatte er sich
eigens für den Zweck des Couponsabschneidens verschiedene
Scheeren angeschafft, welche vollkommen zu den verschie=
denen Formaten der abzuschneidenden Papiere paßten und
das kostbare Blatt mit Einem scharfen Schnitt vom Mutter=
stamm trennten. Die Sorge für diese Scheeren nahm
keinen kleinen Theil von Mynheers Zeit hinweg. Scharf
geschliffen, blank wie ein Richtschwert, hingen sie in fest
bestimmter Reihe neben einander, an einem glänzend po=
lirten Gestelle, ein noli me tangere für die ganze Haus=
genossenschaft, ja gewissermaßen verehrt wie das leben=
spendende Princip, welches durch seine Arbeit das ganze
Hauswesen erhielt. Noch nie hatte man Mynheer in so

fürchterlichem Zorn gesehen, als eines Tags, da ein vor=
witziges Dienstmädchen, das kaum erst eingetreten, sich
einer dieser Scheeren bemächtigt hatte, zum profanen
Zweck des Zuschneidens einer Jacke. Auf der Stelle
mußte sie das Haus verlassen, als der Frevel entdeckt wurde,
und beweinte noch lange die goldene Kette und die Diamant=
ohrringe, die sie sich zweifelsohne einst von dem reichen
Lohn, der in diesem Hause gespendet wurde, würde ange=
schafft haben.

Außer der Leidenschaft für seine Scheeren bestand die
hervorstechendste Eigenschaft von Mynheer in seiner gründ=
lichen Abneigung gegen alles Fremde und Ausländische.
Vornehmlich das deutsche Element war ihm zuwider.
Wenn er die Engländer, die ihnen einst die Flotte zerstört
und Holland aus einer Colonie nach der andern verdrängt
hatten, sowie die Belgier aufs Tiefste haßte, so beseelte
ihn Deutschland gegenüber die glühendste Eifersucht, ver=
mischt mit einer gewissen Verachtung, weil der große
Nachbarstaat noch bis heute der politischen Freiheit ent=
behrt, die das kleine Holland längst besitzt und sich zu er=
halten weiß. Den deutschen Kosmopolitismus, der in
Holland ein besonders günstiges Terrain findet, den konnte
Mynheer weder verstehen noch vertragen. Deutscher
Fleiß, deutsche Industrie machen dem trägeren und nur
schwer zu Neurungen übergehenden Stamme gegenüber
ihr Recht geltend, und daß sie nicht wenig dazu beitragen,

Altholland in den Strom der Cultur hinein zu ziehen, fand Mynheer geradezu unerträglich. Er war überzeugt, daß es kein besseres und vortrefflicheres Land gebe, als sein theures Vaterland, und daß es von jeher so gewesen. Wozu also der Fortschritt, wozu die Neuerungen? In Holland concentrirte sich nach seiner Meinung ja bereits alles, was die Welt Gutes aufzuweisen hat; der Holländer Sprache war die melodischste, ihr Land das reichste, ihr Clima das angenehmste, ihre Städte die schönsten (was nun freilich der Wahrheit ziemlich nahe kommt), und alle Erfindungen, die dem Menschengeschlecht je wirklich genützt, hatten die Holländer gemacht. Dieses Nationalgefühl, das die meisten Landsleute von Jan van der Does theilen, mag in seiner Uebertreibung eine lächerliche Seite haben, aber es beruht darin die Stärke des kleinen Insellandes, das trotz seiner Lage sich fortwährend eine innere und äußere Unabhängigkeit erhalten hat, die Achtung gebietet.

Zum Glück war Mevrouw van der Does in und außer dem Hause allen Abweichungen vom Hergebrachten nicht minder abhold wie ihr Herr und Gemahl. Wie sie dasaß, ebenso schlank und hager, als Mynheer breit und fett, in ihrem nationalen Negligé, dem weiten, weißen Rock und der weißen Friesenjacke darüber, die um die Tillae fest geschlossen ist und deren Schöße bis herab an die Kniee reichen, war sie das vollendetste Bild einer Holländerin aus Teniers oder van Dycks Zeiten. Auf dem Scheitel, den nach alter

Sitte Puder bedeckte, saß die runde Haube, deren handbreite, steif gestärkte Spitze das Gesicht wie ein Heiligenschein umgab. Warum hätte sich auch Mevrouw nicht pudern sollen? Ihre Mutter, ihre Großmutter trugen Puder in den Haaren, folglich that sie es auch. Daß die Mode ihn längst verbannt, war kein Grund für eine ächte Holländerin, und es kostete Mevrouw manchen Seufzer, daß sie nicht auch Katho's goldbraune Locken unter den Puderbeutel bringen konnte. Wir gestehen übrigens, daß uns diese Unabhängigkeit von dem Wechsel der Mode alle Achtung abnöthigt, obgleich wir wieder nicht einsehen, warum die ehrbare Mevrouw van der Does sich so fest an ein Unding hing, das zu seiner Zeit eben auch nur Mode war. Mit der nämlichen Consequenz hielt sie an ihrer nationalen Haube mit der Garnirung von den kostbarsten Brüsseler Spitzen fest. Wehe dem Auge, das diese Spitzen jemals zerknittert gesehen hätte! In den feinsten Fältchen, jede einzelne Falte von der geduldigen Hand ihrer Besitzerin nach jeder Wäsche mit einer fast unsichtbaren Stecknadel an den Rand der Haube befestigt, so stand sie da, unerschütterlich wie ein gothischer Dom und fein und zierlich wie dieser. Und eben so unerschütterlich ging Mevrouw ihren Lebensweg, die große Uhr auf dem Gang regierte nicht sicherer in ihrem engen Gehäuse, als sie ihr Hauswesen und ihre vier Mägde regierte, die, ohne sich je zu übereilen, mit derselben ruhigen Bedächtigkeit ihre Ge-

fchäfte verrichteten, mit der Mynheer feine Coupons ab=
fchnitt, oder Mevrouw ganze Tage damit zubrachte, ihre
Damaftferrietten nach jeder Wäfche auf den Faden zu=
fammenzufalten. Nie hörte man in diefem Haufe ein un=
ruhiges Hin= und Herlaufen oder ein lauteres Sprechen
als gewöhnlich. Dies war nicht „fatfoenlyk", d. h. wohl=
anftändig, ehrbar, geziemend, obgleich damit diefes hollän=
difche Zauberwort noch lange nicht erfchöpfend erklärt ift.
Fatfoenlyk ftand in Mynheers Haufe in unfichtbaren
Lettern über jeder Thüre, an jeder Wand; es war das
höchfte Gefetz, die myftifche Wolke, welche jede Handlung,
jeden Gegenftand umfloß, und Mevrouw war die Prie=
fterin, die fie „fatfoenlyk" wie eine heilige Flamme bewachte
und unterhielt. Der einzige Menfch, der es wagte und
wagen durfte, die Schranken, welche diefes Wort zog, zu
durchbrechen, war Katho, und es ging wie ein erfrifchender
Hauch durch das ganze Haus, wenn ihr helles Lachen zu=
weilen durch den langen Gang erfcholl und die vier Mägde
froh im Echo einftimmten.

Aber Mevrouw war damit fchlecht zufrieden, denn außer
„fatfoenlyk" hatte fie noch einen zweiten Götzen, dem fie
opferte, und diefer hieß „Ruhe". Die kleinfte Bewegung
in ihrer Nähe konnte fie fchon faft des Athems berauben,
und es gab darum für fie keinen köftlicheren Tag als den
Sonntag; denn da war fie in der Kirche fo ungeftört, wie
fie es nur wünfchen konnte, und verfäumte auch nie, die=

selbe zwei=, oft dreimal zu besuchen. Dieß war für die
arme Katho eigentlich ein schlechter Spaß, denn Mynheer
und Katho mußten jedesmal mitgehen und mit ihren Kör=
pern die Wälle bilden, welche Mevrouw von der übrigen
Versammlung trennten, damit nicht die kleine goldene Bon=
bonnière mit den Pfeffermünzküchelchen, welche die Nach=
barin von rechts, und das Flacon mit dem kölnischen
Wasser, welches die Nachbarin von links alle zehn Minuten
anzubieten pflegen — denn so ist es „fatsoenlyk" — sie in
ihrer süßen Versunkenheit stören konnten. Die Augen
halb geschlossen, die Füße auf dem Fußwärmer voll glühen=
der Kohlen, so saß Mevrouw da und genoß schon im voraus
alle Wonnen des Paradieses, ob auch der Domine noch so
beredt von Tod, Verdammniß und den sieben Höllenstrafen
herabdonnern mochte. Mevrouw sah und hörte nichts als
Ruhe, süße Ruhe, die Stimme des Predigers glitt an
ihrem Ohr dahin, wie das Rauschen eines Baches, aber
sonst bewegte und regte sich ja nichts in der ganzen Kirche,
und diese Stille erbaute sie tiefer, als der Inhalt der
rührendsten Predigt; denn wie leid es uns auch thut, wir
müssen gestehen, daß Mevrouw davon nicht viel wußte,
wenn sie die Kirche verließ, obgleich sie beim Mittagsmahl
ihren Jan immer versicherte, es sei „sehr schön" gewesen.

Aber Mevrouw war auch dankbar für die Wonne des
Kirchgangs und der Domine mit seiner näselnden Stimme
ihr der liebste Freund. Sie hielt, trotz ihres Abscheus

gegen alles Neue, für ihn immer die feinsten Cigarren bereit, weil er diese besonders liebte, und jede Woche mußte
er einmal den Thee mit ihr trinken, wobei das silberne
Trommelchen stets mit ausgesuchtem Backwerk angefüllt
war und bei dem Glase Rheinwein, der dem Besucher eine
Stunde nach dem Thee angeboten wird, nie ein feiner
Kuchen fehlte.

So saßen dann Mynheer und Mevrouw neben einander
und tranken ihren Thee in stiller Majestät, halb eingehüllt
in mystische Nebel, welche der Thonpfeife des alten Herrn
entstiegen. Aber konnte das holde Kind, welches ihnen
den Thee servirte, wirklich eine Tochter dieses ehrbaren
Paares sein? Trotz der Unzahl von Papilloten, die Katho's
Köpfchen wie eine ungeheure Puderperrücke bedeckten und
ihre dunkelblonden Locken in Fesseln und Banden hielten,
war sie schön, wirklich schön und lieblich, zu jenen seltnen
Erscheinungen gehörend, wie man sie noch zuweilen in Holland findet. Sie erinnern den Fremden daran, daß einst
Spanier an den Küsten herrschten und die Typen der
beiden Nationen in reizendster Weise vermischten. Wahrlich, diese braunen Augen voll sanften Feuers hätten einer
Madonna von Murillo zur Zierde gereicht, und das frische
Colorit, der feine Mund mit den weißen Zähnen, die
dunkelblonden Haare waren ebenso redende Zeugen von
Katho's friesischer Abkunft. Ein weißes Negligé, wie
das der Mutter, umschloß ihre zierliche Gestalt, und so

saß sie hinter dem Theebrett und theilte den chinesischen
Trank mit ächt holländischem Anstand aus. Kein Tropfen
des braunen Wassers durfte verschüttet werden, keine Tasse
weiter gefüllt sein, als bis zur Hälfte, und das Zucker=
döschen mit dem geriebenen Zucker, die Milchkanne und
der Theetopf standen immer wieder auf der nämlichen
Stelle, wie oft Katho's feine Hand sich deren auch schon
bedient hatte. Darin verstand Mevrouw keinen Spaß,
und sie hatte es dahin gebracht, ihrem Kinde trotz seines
Widerspruchsgeistes alle Regeln der holländischen Etikette,
die sie selbst mit unnachahmlicher Grandezza befolgte, auf=
zupfropfen. Zum Glück hatte Katho so viel natürliche
Anmuth, und ein so reizendes Lächeln stand ihrem Gesicht
jederzeit zu Gebot, daß ihre kleinen Beschäftigungen den
ängstlichen Charakter der Steifigkeit verloren, den sie sonst
bei den meisten holländischen Frauen annehmen, und es
erschien bei ihr alles zierlich, was man bei Andern pedan=
tisch genannt hätte.

So sehr sie gewöhnt war, in der strengen Gegenwart
ihrer Eltern sich zusammenzunehmen, sah man ihr doch
offenbar an, daß ihr dieß heute schwerer wurde als ge=
wöhnlich, und die Papierschnitzel auf ihrem Haupte wogten
mehr als einmal unruhig hin und her, wenn sie sich be=
mühte, durch die hellen Scheiben einen Blick die Straße
entlang zu erhaschen.

„Sitz stille, Kind!" sagte der Vater mißbilligend, in=

dem er von dem gestrigen Haarlemer Courant aufsah, den er, wie gewöhnlich, heute noch einmal durchstudirte, und die Mutter fügte hinzu: „Du bist heute so unruhig, man wird ganz warm davon!" Dabei blies sie mit dem Munde vor sich hin, als ob es eben so heiß im Zimmer wäre, als es leider kalt darin war. „Ich wollte nur etwas sehen," antwortete Katho schüchtern und saß wieder da wie eine Statue.

Eine Weile hörte man nichts, als das Singen des Theekessels und das Geräusch von Mevrouw's Stricknadeln, aber Katho fuhr fort auf jeden Fußtritt auf der Straße zu lauschen. Wenn die Schelle an der Hausthüre ertönte, faßte ihre Hand den Theetopf krampfhaft fest, und sie horchte mit angehaltenem Athem, bis das Dienstmädchen geöffnet hatte. Aber bald war es die Milch, bald der neueste Courant, bald Fische, die zum Verkauf angeboten wurden, und immer nicht der, den sie mit großer Sehnsucht erwartete. Er sollte schon gestern kommen, so hatte er wenigstens versprochen, und doch war er noch nicht da. Die kleine Duckmäuserin hatte ihren Eltern wohlweislich von dem erwarteten Besuch nichts gesagt, denn sie meinte, die Mühe der Bewerbung müsse Friedrich ganz allein übernehmen, und außerdem fürchtete sie, ihr Gefühl im voraus zu verrathen, wenn sie zu viel von dem jungen Deutschen erzählte. Sie hatte nur leichthin erwähnt, daß sie einen jungen Wiener in Amsterdam kennen gelernt habe und daß

er sie vielleicht einmal besuchen werde, ehe er Holland ver=
lasse, welche Mittheilung von Mynheer mit einem tiefen
Brummen und von Mevrouw mit der unausgesprochenen
Hoffnung aufgenommen wurde, daß er wegbleiben werde.
Nur das nette Dienstmädchen aus Oberyssel, Mitje, das
Katho beim Aus = und Anziehen behülflich war, hatte sie
zu ihrer Vertrauten gemacht, und diese konnte es selbst
kaum erwarten, den jungen Deutschen zu sehen, dessen
Schönheit ihre Herrin mit so beredten Worten schilderte.

Mitje war es auch, die bei einem abermaligen Klang
der Hausglocke die Thüre öffnete, und Katho erkannte im
Zimmer auf der Stelle an der hellen Stimme und dem
frembartigen Accent des Eintretenden, daß der Ersehnte
da sey. Sie ward feuerroth und entschloß sich plötzlich zu
einer ganz unmotivirten Excursion nach der Fußwärmer=
pyramide, was ihre Mutter veranlaßte zu sagen: „Katho,
du bist heute schrecklich lebhaft; so etwas habe ich im Leben
noch nicht gesehen!" Und der Vater schüttelte abermals
mißbilligend das Haupt. Da trat das Mädchen ein und
meldete, ein fremder Herr sey draußen, der Briefe und
Empfehlungen von Mynheer und Mevrouw van Saanen
aus Amsterdam bringe. „Es muß ein deutscher Mynheer
seyn," setzte sie zu Katho gewendet hinzu.

„So früh schon zum Besuch!" sagte Mevrouw gedehnt,
„das ist gar nicht fatsoenlyk!" — „Ich kann den Herrn nicht
annehmen, es ist noch zu früh!" versetzte Mynheer, aber

das hatte Katho vorausgesehen und ihren Plan schon ausgedacht. — „Ach, Pa," rief sie aus, „es ist gewiß ein alter Bekannter von mir; ich will einmal sehen!" Und damit war sie zur Thüre hinaus, unbekümmert um Papa und Mama und ihren Kopf voll Papilloten.

„Teufelsmädchen!" donnerte der Papa. — „Sie ist eine wahre Plage!" stöhnte die Mama; aber da kam Katho schon wieder mit dem Gast zur Thüre herein und stellte ihn den Eltern vor.

„Recht angenehm, ihre Bekanntschaft zu machen," sagte Mynheer so frostig als möglich. Friedrich entschuldigte sich wegen der Störung, die er verursache, wegen der frühen Stunde u. s. w., und Katho, die ungeschickte Katho, ergriff den Theekessel und goß den Theetopf so voll, daß das Wasser wie eine Cascade von allen Seiten niederströmte und auf dem Theebrett eine kleine Ueberschwemmung verursachte. Das war zu viel für Mevrouw; sie sah ihre Tochter streng an, schlug dann die Augen zum Himmel auf, als wolle sie ihn zum Zeugen solches Mißgeschicks anrufen, und in ihrem Herzen keimte bereits eine Abneigung gegen den Fremden, der sie in einer so unziemlichen Situation überraschte.

Aber dieser stand ganz unbekümmert neben ihrem Sessel, ergriff ihre Hand, die er nach Wiener Sitte küßte, und im nächsten Augenblick saß er zwischen Katho und ihrem Vater und erzählte im schönsten Kauderwälsch, halb

holländisch, halb deutsch, von der Cousine und ihren Kin=
dern und kramte dazwischen in seiner Brieftasche, um den
Empfehlungsbrief heraus zu finden.

Mevrouw fühlte sich innerlich förmlich über den Hau=
fen geworfen ob dieser schnellen unvorbereiteten Bekannt=
schaft, und Mynheer fuhr sich über die Stirne und dachte:
das ist auch wieder so ein rechter Muff! — Aber was auch
seine Gefühle sein mochten, die Gesetze der Gastfreund=
schaft durfte er deßhalb nicht umgehen; der junge Mann
war ihm von seinen Verwandten empfohlen, seine Tochter
kannte ihn, er mußte ihn auf einige Stunden, vielleicht
den ganzen Tag ertragen. Dieß schrieben ihm seine Grund=
sätze vor und er war entschlossen ihnen zu folgen; aber dieß
zu thun mit freundlicher Miene und zuvorkommender Ge=
sinnung, dies schrieben ihm seine Grundsätze keineswegs
vor, und es hing lediglich von seinem eigenen Wohlgefallen
an dem Gaste ab, wie er ihn behandeln würde. Er zog
sich also einstweilen hinter eine dichte Rauchwolke zurück
und sein Gesicht wurde noch finsterer, als der junge Mann
die Pfeife ablehnte, welche das Dienstmädchen ihm anbot.
Sie würde vielleicht die Friedenspfeife zwischen dem jungen
Deutschland und dem alten Holland geworden seyn, aber
nun sagte Mynheer gedehnt: „Wie, Sie rauchen nicht?" —
„Nein, ich rauche nie," antwortete Friedrich und nahm
die Tasse Thee aus Katho's Hand, welche diese ihm bot.
Dabei küßte er ihr verbindlich die Fingerspitzen und Me=

vrouw schlug abermals die Blicke gen Himmel und rief ihn als Zeugen einer solchen Geckenhaftigkeit an.

„Du haft dem Herrn schlechten Thee eingeschenkt," sagte sie demohngeachtet zu ihrer Tochter, denn Thee, der nicht mindestens aussah, wie bei uns der Kaffee, war der guten Dame ein Greuel. Friedrich versicherte sie jedoch sogleich, der Thee sei vortrefflich, er liebe den allzu starken Thee gar nicht, und überdem sey er schon darum köstlich, weil ihn das Fräulein bereitet habe. Aber die ganze schöne Rede prallte wirkungslos an Mevrouw ab; sie antwortete nichts und erhob nur zum drittenmale die Augen gen Himmel, damit er dieses Muster von deutscher Zungen= geläufigkeit und das Faktum, daß ein Mensch schwachen Thee dem starken verziehe, zu Protokoll nehme.

Katho wagte einige Fragen nach ihren Amsterdamer Bekannten, aber Friedrichs Bewußtsein gerieth trotz seiner fröhlichen Zuversicht immer mehr ins Schwanken. Diesem strickenden und rauchenden Elternpaar gegenüber sank sein ganzer Muth und Katho's Benehmen war auch nicht dazu angethan, ihn aufzurichten. Verlegen und befangen saß sie da, denn die weite Kluft, welche ihre und Friedrichs Wünsche von den Ansichten der Eltern trennte, fing an ihr plötzlich klar zu werden. In Amsterdam, wo ohnehin ein Theil der Gesellschaft fast immer aus Fremden besteht, auf einem Balle oder in einer muntern Gesellschaft bei Gesang und Tanz, da war es ihr gar nicht eingefallen, daß

ihre Eltern Friedrich nicht eben so liebenswürdig finden
würde, als sie selbst. Aber nun — da saßen sie in der
grauen Wirklichkeit einander gegenüber und Friedrich er=
schien ihr so fremd in der ganzen Umgebung, noch viel frem=
der als der Chinese mit dem Wackelkopf auf dem Kamin.

Indessen hatte sich Mynheer entschlossen, Friedrich
einzuladen, den Tag über bei ihnen zuzubringen, was die=
ser natürlich mit großer Zuvorkommenheit annahm. Dann
faßte er sich ein Herz und fing, um seinem Gegenstand nur
einigermaßen etwas näher zu rücken, an von Deutschland
und seiner Vaterstadt zu erzählen. — Man hörte ihm
schweigend zu, und als er endlich Mynheer fragte, ob er
nie in Wien gewesen, nahm dieser vor Verwunderung
seine Pfeife aus dem Mund, sah ihn groß an ob dieser Zu=
muthung und sagte: „Zum Blitz, Mynheer, ich in Wien?"

Mit diesem Ausruf, auf holländisch „Blexem", beglei=
tete Mynheer jede lebhafte Aeußerung, zum großen Leid=
wesen von Mevrouw und ihrem Freunde, dem Domine.
denn dieser Ausdruck war ganz und gar nicht fatsoenlyk
und eben so wenig fromm.

„Nun ja," antwortete Friedrich, „Sie sollten einmal
mit Mevrouw und Juvrouw Katho einen Ausflug dahin
machen." Nun war an Mevrouw die Reihe, das Strick=
zeug niederzulegen; sie mußte sich erst fassen, ehe sie mit
wahrem Abscheu sagen konnte: „O nein, so exaltirt wer=
den wir nie seyn!"

Friedrich und Katho erbebten und ersterer fuhr fort, sich zu erkundigen, weßhalb Mevrouw eine solche Reise so ganz unmöglich erscheine. „Nein, Mevrouw kann nicht reisen," nahm Mynheer statt ihrer das Wort. „Ich bin wohl einmal in Cleve gewesen, und weil es da wirklich gar nicht übel ist, wollte ich meine Frau auch hinbringen, aber sie bekam schon in Arnheim das Heimweh, und nun werden wir nie mehr verreisen."

„Ach!" seufzte Mevrouw, „das war eine schreckliche Reise! Man mußte sich so eilen an das Dampfschiff zu kommen; ich war ganz warm vor Angst," — dabei machte sie dieselbe blasende Bewegung von vorhin — „und dann ging das Schiff so schnell und die Menschen liefen so darauf hin und her; es war fürchterlich! Da ist es doch auf der Trekschuit viel gemächlicher!"

„Und wozu sollte ich reisen?" fuhr Mynheer fort. „Ich habe in Holland Alles, was es draußen in der Welt gibt, und noch viel mehr dazu." Friedrich räusperte sich verlegen, ehe er antwortete: „Es giebt doch auch draußen noch Manches, was Sie hier nicht haben. Unsere Gegenden zum Beispiel —" — „Ihre Gegenden? sind sie etwa schöner als unser Land?" rief Mynheer und die Nase zitterte und ihre blaue Farbe ward etwas dunkler. — „Sie sind eben ganz verschieden; Sie haben hier keine Berge." — „Wir keine Berge?" fuhr Mynheer zornig heraus. Haben Sie unsere Dünen nicht gesehen? Ihre Berge werden wohl nicht schöner seyn!"

"Um Vergebung," sagte Friedrich, "es ist eine ganz andere Art. Sie sollten nur einmal sehen," fuhr er zutraulich fort, "wie sie schon aus weiter Ferne dem Reisenden ihre blauen Spitzen entgegenstrecken, und wie sie dann immer größer und dunkler werden, je näher man ihnen rückt!"

"Ach, die blauen Berge möchte ich doch gern einmal sehen, lieber Pa!" rief Katho lebhaft. Unsinn Kind, verdammter Unsinn! Es giebt keine blauen Berge!" schrie Mynheer noch zorniger; "das ist nur ein Einfall von den verdammten Romanschreibern und der junge Herr schwatzt es ihnen nach!"

Friedrich lachte hell auf: "Ich habe sie aber doch jeden Tag meines Lebens gesehen." — "Und ich sage doch, Unsinn! Wenn es blaue Berge gäbe, dann hätten wir sie in Holland auch, denn in Holland ist Alles." — Ja, das glaube ich auch," setzte Mevrouw mit gehobener Stimme hinzu, und Friedrich war kaum im Stande ein lautes Gelächter zu unterdrücken.

"In den Büchern mag wohl manches stehen, was nicht wahr ist," fing Katho geschwind an, um doch einigermaßen zu vermitteln; "da habe ich einmal gelesen, daß in Deutschland und der Schweiz die Kühe auf den Bergen herum gehen." — "Das thun sie auch," sagte Friedrich heiter. — „O nein!" rief Katho, und ihre großen, braunen Augen blickten ihn mit so unverstelltem Erstaunen an, daß er sich am Stuhle halten mußte, um sie nicht beim Kopf zu nehmen und abzuküssen für ihre Naivetät.

Aber das arme Ding hatte Oel in's Feuer gegossen. Mynheer hatte seinem Herzen in Bezug auf Deutschland lange nicht Luft gemacht, und der Anlaß, es zu thun, war ihm willkommen; außerdem haben wir schon oben bemerkt, daß er sich wohl verpflichtet fühlte, den Gast zu dulden, aber keineswegs, ihn angenehm zu unterhalten. Er warf seine ausgerauchte Pfeife auf den Tisch, daß das Rohr in zwei Stücke sprang und sagte: „Blexem, ich habe es immer gesagt, daß dieß Deutschland ein ganz excentrisches Land ist, Alles verkehrt! Die Berge sind blau, die Kühe gehen auf den Bergen spazieren, was einer holländischen Kuh nie in den Sinn kommen würde, und die Erdbeeren die wir hier so sorgfältig pflegen, sollen wild im Walde wachsen, was aber wahrscheinlich auch gelogen ist; denn unser Boß bei dem Haag ist der schönste Wald, den es giebt und noch niemand hat dort eine Erdbeere wachsen sehen." — „Sie wachsen aber doch wild in unsern Wäldern, es ist keine Lüge", rief Friedrich, „und sie schmecken tausendmal besser, als die Gartenerdbeeren."

Mevrouw zuckte verächtlich die Achseln und Mynheer pustete vor Zorn: „So ist es wohl auch keine Lüge, daß in Deutschland eure vielgepriesenen Berge höher sind als die Wolken und man über diesen stehen kann, wie mich ein windiger deutscher Maler einst auf der Societät anlügen wollte?" — „Ich bedaure sehr," antwortete Friedrich ironisch, „aber das ist abermals keine Lüge. Ich habe erst im vorigen Sommer auf einem Berge in Tirol ein prachtvolles Gewitter unter mir gesehen." — „Ein Gewitter unter sich gesehen! Blexem!" rief Mynheer verächtlich, „das mache mir Einer weiß! Aber ich sage es ja immer, das ganze Deutschland ist das verrückteste Land auf der Welt, nichts als Exaltation und nichts dahinter!" Und Mevrouw begleitete diese Exclamation mit einem ihrer schmachtendsten Blicke gen Himmel.

Friedrich, den bisher die ganze Geschichte höchlich amüsirt hatte, mußte nun doch mühsam an sich halten; er biß sich auf die Lippen und schwieg, und Katho, in ihrer Herzensangst, lief zu ihrem Vater, streichelte ihm die Wange und sagte: „Weißt du was, Pa, wir reisen einmal zusammen nach Deutschland und sehen uns dort an, was wahr und was gelogen ist." Doch dem armen Kinde sollte heute Alles verkehrt gehen. Mevrouw sagte seufzend: „Mein Gott, du bist verrückt? Nun will das Kind auch noch nach Deutschland reisen! Ich werde ganz warm von dem bloßen Gedanken!" Und Mynheer rief: „Blexent, das sollte mir noch fehlen! Du kommst mir nie über Hollands Grenzen hinaus; wir haben hier Alles, und Berge könnten wir auch bekommen, so viel wir wollten, denn wir haben Geld, und mit Geld kann man machen, was man will.“

Bei diesen Worten ward es Friedrich noch kälter als bisher, und Katho, die trotz des aufregenden Gesprächs mit großer Ruhe und Geschicklichkeit die Tassen gewaschen hatte, ließ nun vor Schreck eine Obertasse aus der Hand gleiten, die jedoch unversehrt über den weichen Teppich bis nach dem Kamin rollte. Friedrich sprang der Flüchtigen nach, warf einen melancholischen Blick in den leeren Kaminraum und sagte, um nur etwas zu sagen: „Sie heizen nicht mehr ein, wie es scheint.“ — „O nein,“ sagte Mynheer etwas höflicher, „wir sind ja schon im Mai.“

„Ja wohl, aber es ist doch noch recht kalt.“ Und was Friedrich sagte, wurde vollkommen bestätigt durch Mevrouws blaue Hände und die helle Röthe, welche Kathos zierliche Nasenspitze bedeckte. — „Ja, es ist noch etwas frisch,“ antwortete Mynheer. — „Aber, warum heizen Sie denn nicht ein,“ fuhr Friedrich ganz erstaunt fort, „da Sie alle frieren?“ — „Bewahre, wir frieren nie nach dem ersten Mai,“ sagte Mevrouw feierlich; es ist gar nicht fatsoenlyk, den Ofen länger als bis zum letzten April im Zimmer zu haben, und es ist auch nicht fatsoenlyk, nachher noch zu frieren,“ setzte sie mit einem strengen Blick auf Katho hinzu, die sich die Hände rieb.

Friedrich fand das gar possierlich, er mußte lachen. „So denken wir in Deutschland nicht,“ rief er; „wir sind

so exaltirt, einzuheizen, so lange uns friert, und wenn es
auch den ganzen Sommer hindurch dauerte!" — „Da
haben Sie auch eigentlich Recht," rief Katho; „aber, aber
—" — Das Wort erstarb ihr auf der Lippe, denn Mhnheer war aufgestanden und sagte jetzt: „Du bist immer
vorwitzig und schwatzest Alles nach, was man dir vorsagt.
Deine Vorfahren haben nach dem ersten Mai nicht mehr
eingeheizt, weil es sich nicht schickt, deine Eltern thun es
nicht und sie erfrieren nicht, und so brauchst du auch nicht
zu frieren; verstanden, Jufvrouw?"

Mevrouw nickte beistimmend und wickelte ihr Strickzeug zusammen, was als Zeichen nahenden Aufbruchs galt.
Mhnheer lud den jungen Mann noch ziemlich kalt ein
nach dem Kaffee mit ihm auf die Societät zu gehen, was
der unglückliche Freier natürlich dankend annahm, so gern
er auch auf der Stelle auf und davon gelaufen wäre, und
verließ dann das Zimmer, gefolgt von Frau und Tochter,
für die es Zeit war, Toilette zu machen.

Friedrich befand sich nun allein. Ach, er war von
Katho, seit er sie wieder gesehen, entzückter als je — aber
dieses Elternpaar! Was waren alle Kämpfe der mittel-
alterlichen Ritter mit Ungeheuern und Riesen, um ihre
Schönen zu gewinnen, im Vergleich mit dieser kalten
Grandezza, diesem eingefleischten Vorurtheil, das er über-
winden mußte, ehe er die Geliebte seyn nennen durfte!
Wie kalt, wie unerquicklich war es in diesem hellen, glän-

zenden Zimmer! Er blies sich in die Hände, um sie zu
erwärmen, er sah sich nach Lektüre um, die quälenden Ge=
danken zu vertreiben, aber da lag auf der Kaminecke nur
die Bibel und Vater Katts, der heilig gehaltene Dichter
des Holländers, der in keinem Hause und in keiner Hütte
fehlen darf. Er sehnte sich nach einem Klavier; aber ein
solches gab es nicht im Hause Althollands, nicht einmal
ein Sopha, in dessen Ecke es sich wenigstens hätte träumen
lassen. Er sank in den leeren Strohsessel von Mevrouw
und starrte bald auf das trübe Wasser des Kanals, das
ein kalter Wind vorüberpeitschte, bald auf van Spyk's
Heldenthat, die in schwerem goldenem Rahmen an der
Wand ihm gegenüber hing.

3.

Ein freundlicher, sonniger Maiabend ist unter allen
Umständen erheiternd und reizend, und so lag er auch heute
wie ein verklärender Duft über der Provinz Holland mit
ihren wohlgenährten Viehheerden und üppigen Wiesen, der
eigentlichen Goldgrube des Landes. Dort führt der Bauer
ein Leben wie im Paradiese, wenn man es vergleicht mit
den harten Anstrengungen und Mühen, die der Ackerbau
in andern Gegenden dem Landmann auferlegt. Er weiß
nichts von Sonnenhitze und saurem Schweiß; das Mähen
und Einbringen des Heus und der Verkauf der Käse sind
seine schwersten Arbeiten, und die Frauen genießen gleich

ihm die Vortheile, welche die Verhältnisse gewähren. Der blühende Teint und die weiße Hand der holländischen Bäuerin ist Zeuge genug dafür, daß außer der Sorge für das Hauswesen keine weitere landwirthschaftliche Verpflichtung sie drückt, als das Melken der Kühe und das tägliche Kneten der Käsemasse.

Die Kühe werden, wie in der Schweiz, den Sommer über im Freien gehalten; sie beleben die unübersehbare grüne Wiese, welche, von zahllosen Kanälen durchschnitten, die ganze Fläche des Landes überzieht, und auf welche der Horizont wie eine ungeheure umgestürzte Glasglocke zu ruhen scheint. Stattliche Dörfer und einzelne Bauernhöfe liegen zerstreut an den größern Kanälen und stechen mit ihren rothen Backsteinwänden, jeder einzelne Stein mit einem weißen Rand umzogen, lebhaft genug gegen die grüne Umgebung ab. Aber einen ganz eigenthümlichen, sonderbaren und zugleich langweiligen Anstrich erhält die holländische Landschaft durch die Masse von Windmühlen, welche bald in Reihen, bald im Halbkreis stehend, ihre plumpen Arme in die Luft strecken und mit ruhiger Gleichmäßigkeit fortbewegen. Wo sollte all das Getreide herkommen, um diese tausende von Mühlen zu beschäftigen, wenn sie nur zu diesem Behufe da wären? Nein, sie sind die eigentlichen Erhalter und Forterzeuger des Landes, von dem der Holländer mit gerechtem Stolze sagt: Gott hat die Welt erschaffen, aber der Holländer hat sein Land selbst gemacht.

Und es ist zum Theil wirklich so. An vielen Stellen, wo noch vor Kurzem sich nichts als eine Wasserfläche zeigte, wandelt jetzt der menschliche Fuß und baut die menschliche Hand ihre Wohnungen. Diese Mühlen mahlen das Wasser vermittelst eines einfachen Räderwerks förmlich aus dem dünnen Schlamm heraus, die erdigen Theile zurücklassend. Die nächsten Mühlen treiben es höher hinauf, die andern noch weiter, und so fort, bis es in den zunächst gelegenen Kanal einmündet, der es mit sich fortführt. Nach kürzerer oder längerer Zeit bildet sich ein schwarzer, fetter Moor, überzogen von Wasserlinsen; doch die Mühlen drehen sich fort und fort, sie pumpen rastlos weiter, bis sie ihre Aufgabe vollendet und mit Hülfe der verwesenden und immer wieder neu aufsprießenden Pflanzen da ein fruchtbares Land gegründet haben, wo zuvor nur öde Wasser- und Schlammwüste gewesen. Diese Mühlen jedoch müssen das Land nicht allein erzeugen, sondern auch erhalten, und die Provinz Holland wäre ohne diese Saugwerke, die ihren Ueberfluß an Wasser beständig dem Meere zuführen, bald nicht viel mehr als ein schwerer, nasser Schwamm, der unter das Niveau der Erde hinabsinken müßte.

Doch wir kehren zu unserem Abend zurück. Der Seewind, welcher gewöhnlich am Tag über die Fläche des Landes hinstreicht, hat sich gelegt und die Mühlen bewegen sich kaum mehr unter dem leisen Abendhauch. Ein Strahl der untergehenden Sonne wiegt sich auf ihren schlaff hinhängenden Flügeln und gleitet hinunter auf die endlosen Wasserstreifen, die bald breiter, bald schmaler die saftgrüne Fläche in allen Richtungen durchschneiden. Hier und dort unterbricht ein leiser Ruderschlag die Stille. Die Milchmädchen kehren vom Melken der Kühe heim; vor ihnen in den schmalen Nachen, die sie mit zwei Rudern selbst regieren, stehen die Milcheimer mit Messingreifen, so blank geputzt, daß sie wie Gold im Abendschimmer glänzen, und sie selbst mit ihren rothen Tuchjacken und weißen Häubchen und der Granat= oder Korallenschnur um den Hals schimmern gar lustig hervor zwischen den Weidengruppen, die an vielen Stellen die Kanäle säumen, und weil es denn doch Mai ist, anfangen ihre graugrünen Blätter herauszustrecken. Zu dem friedlichen Bilde passen gar wohl die melodischen Töne des Glockenspiels, die aus dem nahen Städtchen herüberklingend, sich mit denen der nächsten Dörfer vermischen, und so ist, auch ohne Berge und Wälder, oder romantisch geformte Felsen, ein heiterer Abend in Holland voll stillen und erhebenden Friedens.

Dachte nun Mynheer van der Does, es könne in allen fünf oder sechs Welttheilen nichts geben, was sich damit vergleichen ließe, wenn er auf seinem Landgute Yffelland, eine halbe Stunde von G. am Ufer der Yssel gelegen, eine solche Abendstunde genossen, wer durfte ihm dieß verargen? Und darum hatte er sich auch entschlossen, dem jungen Manne, seinem Gast, diese Aussicht, „diese Perle einer

Landschaft", wie er sich ausdrückte, zu zeigen. So war er denn nach dem Mittagsmahl mit Friedrich, Katho und Mevrouw herausgefahren nach seinem Landsitz. Aber heute verschwendete der freundliche Abend alle Reize umsonst, denn wer hätte hier genießen sollen? Drinnen im Wohnzimmer war der Theetisch in einer solchen Unordnung, daß dieß allein schon auf etwas ganz Außerordentliches schließen ließ. Der Deckel des schweren silbernen Kästchens, welches das Backwerk zum Thee enthielt, war, wie vor Schreck, weit offen und die Fliegen durften sich ungestört an seinem Inhalt ergötzen; der Theekessel stand schief und ergoß tropfenweise einen Theil seines Inhalts auf den Teppich und die Zuckerdose hatte sich bis auf das kleine Kohlenbecken verirrt, welches immer vor Mynheer stand, um die Pfeife daran anzuzünden. Er selbst lief, kirschroth im Gesicht und pustend, im Zimmer auf und ab, wenn man anders seine schwerfälligen Bewegungen laufen nennen konnte, und die blaue Nase zitterte und bebte vor innerer Aufregung.

„Vermaledeites Volk, diese Deutschen!" rief er ein über das andremal. Kommt der junge Geck daher und meint, ich würde ihm so ohne Weiteres meine Tochter, meine Katho zur Frau geben, und noch dazu nachdem er mich so tief beleidigt, nachdem er mir Lorenz Coster geschmäht hat! Blexem, hast du schon im Leben solche Keckheit gesehen?" Mit diesen Worten blieb er vor Mevrouw stehen, die solche

Reckheit, wie es schien, in der That noch nicht gesehen, und voll stiller Entrüstung ihre appellirenden Blicke an den Himmel in Permanenz erklärt hatte. Kein Auge von der Stubendecke verwendend, indem sie sich mit ihrem Taschentuch Kühlung zufächelte, sagte sie endlich: „Es ist schrecklich! Nach Wien wollte das Kind heirathen! Das ist doch bestimmt noch viel weiter als nach Cleve und dort giebt es ja gar keine Erbsen und keine großen Bohnen, von was sollte denn das Kind leben?"

„Unsinn, vermaledeiter Unsinn!" schrie Mynheer dazwischen und Mevrouw fuhr fort: „Aber setze dich doch, lieber Mann! ich werde ja so warm von deinem Herumlaufen! Ach, es nicht auszuhalten!" Damit sank sie wie erschöpft an ihre Stuhllehne zurück und stieß schwere Seufzer hervor. Doch Mynheer ließ sich nicht irren, er fuhr fort zu toben und herumzurennen, und wir sehen uns einstweilen nach den unglücklichen Urhebern dieser ganzen Verwirrung um.

Dort saßen sie im Garten auf Mynheers Lieblingsplätzchen in einer Laube, die sich über einen etwa vier Fuß hohen Sandhügel ausbreitete, und Mynheers Ansicht, daß man Berge für Geld haben könne, in der That einigermaßen rechtfertigte. Aber Friedrich und Katho fragten nichts darnach, ob die Sonne eben auf oder untergehe; sie fühlten nur, daß der schöne, glänzende Stern, den Jugend und Liebe ihnen vorgezaubert, im Scheiden begriffen war.

Das ist ein herber Schmerz, wenn er das Herz zum ersten=
mal trifft, wenn Entsagung von ihm gefordert wird, wo es
mit allen seinen Schlägen nur nach Glück verlangt und
dürstet. Und doch konnte es nicht anders seyn: der Vater
hatte ein kaltes unerbittliches Nein ausgesprochen, die
Mutter es bestätigt; was blieb da noch zu hoffen? Aber
das wäre eine schöne Liebe, die sich so schnell besiegen ließe!
Als Friedrich, bleich und zitternd, sich anschickte, das
Zimmer zu verlassen, da war Katho ihm nachgeeilt, nach=
dem sie den Eltern, die sie zurückhalten wollten, mit kalter
Festigkeit erklärt hatte, den Abschied vom Geliebten würde
sie sich wenigstens nicht nehmen lassen.

„Hättest du denn dem Papa gar nicht nachgeben
können?" sagte sie nun, indem sie mit thränenvollen Augen
zu Friedrich aufsah. — „Nein," antwortete dieser, „er hat
mich bei meiner Nationalehre angreifen, mich kränken und
demüthigen wollen als deutscher Mann, und das konnte ich
mir nicht bieten lassen! Wäre es dir lieb, wenn ich so
schwach gewesen und nachgegeben hätte?"

„Nein," rief Katho und strich sich die Locken aus dem
Gesicht, „o nein, gewiß nicht, aber —" — „Ja aber,"
sagte Friedrich; „sieh, es ist mir ganz klar, daß der Vater
doch nie seine Einwilligung zu unserer Heirath gegeben
hätte, wenn ich ihm auch den Willen gethan. Den Ge=
danken, dich in ein fremdes Land ziehen zu lassen, können
die Eltern weder fassen, noch ausführen, und so habe ich

denn beschlossen, mein eigenes theures Vaterland aufzugeben, um dich zu besitzen.

Das wolltest du wirklich?" rief Katho mit freudestrahlenden Blicken. Dann müssen doch die Eltern einwilligen!" — „Ich hoffe es, und du kannst daran sehen, daß ich meiner Liebe jedes Opfer bringen kann, nur nicht das meines Charakters. Ich werde alles thun, um mich in Holland anzusiedeln, und dann werde ich noch einmal um dich." — „Und dann wird auch mir kein Opfer zu groß seyn!" rief Katho feurig. „Ich bin eine freie Holländerin und lasse mich durch keinen Menschen zwingen!"

Friedrich lächelte entzückt, trotz allen Kummers. „Halte du nur aus und bleibe treu!" sagte er, indem er sie an sein Herz drückte. Katho versprach natürlich ewige Treue, aber Friedrich verlangte von dieser Ewigkeit höchstens anderthalb Jahre. „Wenn", sagte er, „ich bis dahin nicht gekommen, mein Wort einzulösen, dann wähle, wen du willst, dann bist du frei!" Katho schüttelte dabei den kleinen Trotzkopf, und was dann noch folgte von nützlichen und angenehmen Gesprächen, war für die Betheiligten jedenfalls interessanter als für den Leser, der sich dieß alles unschwer denken kann. Statt dessen wollen wir ihm, während unter der Laube auf dem Sandhügel wenigstens zwanzig „letzte Abschiede" genommen werden, erzählen, wie das alles so weit gekommen war.

Die jungen Leute hatten keinen Grund, ein so trost-

loses Ende des Tages zu vermuthen; denn so wenig er-
freulich auch Friedrichs Empfang bei Mynheer und Mevrouw van der Does gewesen, so hatte doch der Empfehlungsbrief von Mynheer van Saanen, den Mynheer in der
Stille seines Zimmers studirte, eine wesentliche Aenderung
in seiner Gesinnung gegen den jungen Mann hervorgerufen.
Es war ein Umstand darin hervorgehoben, der unter allen
Verhältnissen den Holländern imponirt und sie wohlthuend
berührt, nämlich der, daß Friedrichs Vater einer der ersten
Kaufleute in Wien und sein Sohn ein Mann sei, der einst
ein schönes Sümmchen besitzen werde. Dieß machte Friedrichs Nationalität schon viel erträglicher, denn den Cosmo-
politismus des Geldes hatte Mynheer immer anerkannt,
und er berührte ihn hier um so angenehmer, da er stets geneigt war, die Deutschen mehr oder minder für bloße
Hungerleider zu halten. Nun war sein Gemüth so weit
erweicht, daß er beim Kaffee, der präcis zwölf Uhr eingenommen wurde, seiner Frau und Tochter vorschlug, dem
Gast, ehe er ihn auf die Societät führe, die reformirte
Kirche, den Stolz der Stadt, berühmt durch ihre Glasmalereien, zu zeigen. Kathos Herz hüpfte vor Freude; die
holländische Etikette schrieb es dem jungen Manne vor, der
jungen Dame auf der Straße den Arm zu bieten, und so
wandelten sie hinter Mynheer her, der Mevrouw sorgfältig
geleitete, und hatten endlich einige Augenblicke Freiheit,
um sich zu sagen, wie sehr sie sich immer noch liebten.

In der Kirche war es noch schöner. Das sanfte Licht, welches durch die gemalten Scheiben fiel, warf einen Schimmer von Friede und Harmonie bis in die Seelen, und wie eine recht einträchtige Familie wandelten die Viere die Seitengänge der Kirche entlang. Friedrich bewunderte aus vollem Herzen die trefflichen Malereien, welche zu dem Besten gehören, was die mittelalterliche Kunst in dieser Gattung geleistet hat, und Mynheer hörte ihm mit zufriedenem Lächeln zu. Die Bilder stellen bunt zusammengewürfelt meist biblische Gegenstände, oder Scenen aus den früheren Kämpfen der Niederlande vor. Auf mehr als einer Scheibe wird die arme Stadt Leyden fort und fort von den Spaniern bombardirt, und darüber kniet, in dreihundertjährige Andacht versunken, eine betende Nonne oder ein Mönch, oder schreitet der heilige Jonas, in eleganter spanischer Tracht, gestiefelt und gespornt, die wehende Feder auf dem Barret, aus dem weitgeöffneten Rachen des Wallfisches hervor.

Jetzt standen sie vor einem der Prachtstücke, einem Bischof, der in vollem Ornat auf einem Kissen kniet, und Mynheer erzählte mit einer Lebhaftigkeit, die man nie bei ihm vermuthet hätte, seine Lieblingsgeschichte, wie nämlich ein Engländer der guten Stadt G. für diese eine Scheibe so viel Guineen geboten habe, als man neben einander darauf legen könne, was aber die Stadt natürlich gebührendermaßen abgeschlagen. Leider hörte Friedrich nicht

viel von all den schönen Sachen und obgleich die Sonne
recht à propos über dem Bischof leuchtete, so daß die Edel=
steine an seiner Mitra und an seinem Stabe wie wirkliche
Topasen und Rubinen erglänzten und sein Purpurmantel
gleich flüssigem Abendroth dahinwallte, hatte er doch nur
Augen für den Effekt, welchen diese Beleuchtung auf Kathos
lieblichem Gesicht hervorbrachte. Aber als er gar die
Bischofsmütze als besonders gelungen rühmte und dabei
dem Fenster fast den Rücken kehrte, was Mynheer im
Eifer seiner Erzählung nicht bemerkte, da schüttelte Me=
vrouw das Haupt und fing an zu blasen, und erinnerte sich
an den überlaufenden Theetopf von heute Morgen, und
schlimme Zweifel stiegen in ihrem Herzen auf.

Doch ging alles noch vortrefflich. Friedrich begleitete
Mynheer auf die Societät, das irdische Paradies der hol=
ländischen Mynheeren, wo sie die Abende und die Stunden
zwischen dem Kaffee und dem Mittagessen hinbringen, ihr
Gläschen Madeira oder Genever leeren, Zeitungen lesen,
politisiren und Schach oder Billard spielen. Friedrich
wurde den wohledlen und wohlmögenden Herren vorgestellt,
und erwies sich bald als ein trefflicher Billardspieler, so daß
Mynheer Ehre mit seinem Gast einlegte; denn es will
etwas heißen, ein guter Billardspieler zu sein in einem
Lande, wo man dieses Spiel mit solcher Vorliebe treibt,
daß sich gewiß in jedem Dorfwirthshaus ein Billard befin=
det und die ganze Nation eine wahre Virtuosität darin besitzt.

Ueberhaupt fand Mynheer nach und nach an dem jungen Mann, nachdem er am Morgen seiner Galle gegen Deutschland Luft gemacht, immer größeres Wohlgefallen. Friedrichs frische Natürlichkeit erinnerte ihn zu sehr an Katho's zeitweise Lebendigkeit, um nicht sein väterliches Herz einigermaßen zu rühren. Auch war Mynheer innerlich freier, als man ihm ansehen mochte, und er beobachtete die äußern Regeln der Etikette vielleicht darum nur so ängstlich, weil er wohl bisweilen eine Neigung fühlte, sich darüber hinweg zu setzen. Es war charakteristisch an dem alten Herrn, daß ein gewisses Etwas nie seine Wirkung auf ihn verfehlte und ihn so lebhaft und feurig machte, als sich nur mit seinem behaglichen, abgezirkelten Wesen vertrug. Dies war die Erinnerung an irgend ein keckes, entschlossenes Handeln oder Auftreten, und wenn er eine derartige Geschichte vortrug, konnte der Hörer fast vergessen, daß er einen Holländer vor sich habe. Das Echauffement von Mevrouw erreichte dann seinen höchsten Grad und in ihrer Bedrängniß rief sie mehr als einmal aus: „O, mein Gott, wie der Mann doch sprechen kann!"

Diese Begeisterungsfähigkeit war eine natürliche Folge von Mynheers bis zu einem gewissen Grade sehr ehrenwerther patriotischer Gesinnung. Er durfte ja mit Stolz und Befriedigung auf die Geschichte seines Volkes zurückblicken, er durfte sich sagen, daß nur dessen zähe Beharrlichkeit dessen unvertilgbares Rechtsgefühl, dessen Auf=

opferungsfähigkeit, sobald das Vaterland in Gefahr war, es von der Fremdherrschaft gerettet und ihm auch noch jetzt unter dem Titel eines Königthums fast alle Rechte und Vorzüge einer Republik erhalten hatten. Darum liebte er aber auch nichts leidenschaftlicher als die Helden seines Landes; van Spyks Heldenthat hing fast in jedem Zimmer und ebenso die Porträts von van Tromp und de Ruyter. Für diese Seehelden hegte Mynheer eine fast abgöttische Verehrung; sein Auge blitzte, wenn er von ihren Thaten erzählte und seine Nase zitterte vor Lachen, wenn er des Besens gedachte, den sie am Maste führten, damit andeutend, wie sie den Ocean von Flibustiern rein fegten.

Friedrich erhöhte den guten Eindruck, den er gemacht, durch allerlei lustige Geschichten, die er über Tisch erzählte, und daß er auf dem Dampfboot einen übermüthigen Engländer auf höchst komische Weise gedemüthigt, trug wesentlich dazu bei, Mynheers Kälte gegen ihn zu vermindern. Selbst Mevrouw ließ zuweilen Töne hören, die an Lachen erinnerten, und sie nickte beistimmend, als ihr Mann ihr beim Aufstehen zuflüsterte: „Wenn er nur kein Deutscher wäre!"

Den jungen Leuten entging diese günstige Veränderung nicht; Katho's gute Laune strahlte wieder im vollsten Glanze und die zwei wohlgenährten Schimmel von Mynheer hatten vielleicht nie in ihrem Leben ein so lustiges Lachen gehört, als jetzt auf der Fahrt nach dem Landgute fast unaufhörlich aus dem Wagen erscholl und der Kutscher warf mehr als einmal einen verächtlichen Blick hinter sich auf seine Herrschaft, die sonst so fatsoenlyk und heute so unanständig lebhaft war.

Friedrich fühlte sich ganz glücklich; er war ein Wunder von holländischer Artigkeit und deutscher Gewandtheit, er hob Mevrouw aus dem Wagen, wie eine Feder, er bot ihr den Arm, er trug ihr den Shawl; Mevrouw lächelte gnädiger, als seit Jahren und Friedrich flüsterte Katho zu: „Es wird schon gehen, nach dem Thee rede ich mit den Eltern!" Aber das Schicksal hatte es anders beschlossen.

Sie saßen recht traulich beisammen am Theetisch und Friedrich bewunderte die schwere silberne Theekanne von kunstvoll getriebener Arbeit, die noch von Mevrouws Großeltern herstammte, da fiel sein Blick auf das Theebrett. Auf braunem Grunde zeigte es das dunkle, schattirte Portrait eines Mannes in spanischer Tracht. So viel war gewiß, van Dyck hatte dieses Conterfei nicht verfertigt, denn es glich mehr einer Karrikatur als einem menschlichen Gesicht, und Friedrich fragte Katho lachend, was für einen schönen jungen Herrn sie denn da vor sich habe.

„O, es ist das Bild von Jan Laurenz Coster!" antwortete sie unbefangen. — „Wer ist dieser Jan Laurenz Coster, wenn ich fragen darf, mein Fräulein?" — „Wie," rief Katho, „Sie wissen nicht, wer Coster ist? Ist man in Deutschland so unwissend?" Und Mynheer setzte lachend hinzu: „Blexem, junger Herr, das weiß bei uns zu Lande jedes Kind!" — „Es ist gewiß einer Ihrer See-helden," antwortete Friedrich ganz betreten.

Katho klatschte lachend in die Hände und Mynheer sagte stolz: „Ein Seeheld war er nicht, aber doch einer der größten Helden, die je gelebt. Laurenz Coster ist der Er-finder der Buchdruckerkunst!" — „Nicht möglich," rief Friedrich, außer sich vor Erstaunen, „dieß ist ja doch kein Anderer, als Johannes Guttenberg!" — „Das bilden sich die Deutschen ein," versetzte Mynheer, mit den Achseln zuckend und schon etwas gereizt; „aber Guttenberg hat die Buchdruckerkunst so wenig erfunden, wie ich, das hat Coster gethan."

Friedrich war beinahe fassungslos; er nahm indessen die Sache für einen Scherz. „Sie wollen mich mystificiren," rief er. „Sagen Sie geschwind, mein Fräulein, was es mit ihrem Laurenz Coster eigentlich für eine Bewandtniß hat!" — „Wir spaßen nicht in so wichtigen Dingen, ant-wortete Mynheer statt ihrer. „Coster ist der alleinige Er-finder der Kunst und Guttenberg war nichts als ein lecker Bursche, ein Dieb, der ihm die Erfindung und den Nach-ruhm vor der Nase weggestohlen hat!" — „Wie, Gutten-berg ein Dieb?" rief Feiedrich, unbekümmert um Katho's Winke. „Nein, Mynheer, da sind Sie wirklich im Irr-thum. Gutenberg, und nur ihm allein, verdankt die Welt die Gabe der Buchdruckerkunst!

Nun war es vorbei. Mynheer richtete sich hoch auf, schlug mit der Faust auf den Tisch und rief: „Blexem und Teufel, Laurenz Coster ist allein der ächte und rechtmäßige Erfinder der Buchdruckerkunst, das lasse ich mir in meinem eigenen Hause nicht abstreiten, und wenn Sie das nicht glauben wollen, so —"

Da warf sich Katho dem zürnenden Vater entgegen; sie hatte bisher in gewaltiger Spannung dagestanden und fühlte nun, daß sie den Streit unterbrechen müsse, um jeden Preis. „Aber Pa," rief sie aus, „so sey doch nicht so böse! Wir wollen uns ja doch heirathen, und da ist es ganz einerlei, ob" — „Wie, was?, den Laurenz Coster willst du heirathen? bist du verrückt?" schrie Mynheer im höchsten Erstaunen und sah Katho an, die dastand, über und über mit Gluth bedeckt und Thränen in den Augen. — „Ach nein!" rief sie laut, und Friedrich, ihre Hand fassend, trat vor den Vater und sagte: „Mich will sie heirathen, Mynheer, und ich will sie auch!"

„Schrecklich! schrecklich, welch ein Lärm! Wie in der Komödie!" stöhnte Mevrouw und verbarg ihr Gesicht im Taschentuch. Mynheer war nicht minder entsetzt. „Bin in einem Tollhause?" rief er ein über das anderemal. „Katho, was fällt dir ein?"

Aber Katho war bereits wieder die kaltblütige Holländerin. „Ja, Pa," sagte sie ruhig, „Friedrich Walter und ich liebten uns schon in Amsterdam, und er kam hierher,

um mich zu werben. Sei gut, lieber Pa!" setzte sie schmei=
chelnd hinzu. — „Ach, meine Ahnung!" seufzte Mevrouw.

Doch der Pa hatte nicht die mindeste Lust dazu, gut zu
seyn, er schwankte zwischen den widersprechendsten Gefühlen
hin und her; aber endlich siegte der Holländer über den
Vater: „Mynheer Walter," sagte er feierlich, „wenn Sie
mir zugeben, daß Laurenz Koster der wahre und alleinige
Erfinder der Buchdruckerkunst ist, und dieß in einer hol=
ländischen Zeitung mit ihrer Namensunterschrift erklären,
dann will ich mir einmal Ihre Werbung überlegen, ob=
gleich ich mir vorgenommen habe, meine Tochter nie einem
Fremden zur Frau zu geben." — „Um Gotteswillen,
Mann, was machst du?" rief Mevrouw, überzeugt, daß
der junge Mann ohne Weiteres Ja sagen würde.

Aber sie irrte sich; langsam ließ Friedrich Katho's Hand
fahren sagte: „Es thut mir leid, Mynheer, daß wir uns
über diesen Punkt ereifert haben. Im Grunde ist es
einerlei, wer die edle Kunst erfunden hat; da es nun aber
einmal bewiesen ist, daß diese Ehre einem Deutschen ge=
bührt, so werde ich mein höchstes Lebensglück nicht durch
eine wissentliche Lüge erkaufen. Mynheer, auch ich bin
stolz auf meine Nation, so stolz wie Sie, und wie gern ich
auch Ihr Sohn geworden wäre, den Ruhm eines meiner
größten Landsleute werde ich darum nicht schmälern!"

Katho schluchzte laut, Mynheer räusperte sich etwas
verlegen und Mevrouw holte ihren letzten Rettungsanker,

4 *

ihr Flacon, aus der Tasche und roch daran. Nach einer kleinen Pause sagte Jan van der Does: „Nun wohl, Holland und Deutschland gehen nicht zusammmen, sind sich ewig feind, und so suchen Sie sich eine deutsche Frau, wie ich für meine Tochter einen Mann in Holland suchen werde. Hätten Sie der Wahrheit nachgegeben, so würde ich vielleicht einen andern Entschluß gefaßt haben, aber nun geht es nicht!"

„Geht es nicht?" fragte Katho und sah Friedrich mit thränenvollen Augen an. — „Um diesen Preis nicht," antwortete Friedrich ernst. „Gerade weil man den Deutschen beschuldigt, daß er keinen Stolz besitze, so werde ich den meinigen nicht bis zu diesem Grade demüthigen!"

Mynheer sah erstaunt auf den jungen Mann, wie er ruhig und entschlossen dastand, den Mund schmerzlich zusammengezogen, aber das ehrliche Auge fest und offen auf ihn gerichtet. Der Deutsche nöthigte ihm fast wider Willen Bewunderung ab, aber schnell erwachte wieder der alte Zorn und die alte Hartnäckigkeit. „Behalten Sie Ihren Guttenberg und ich behalte meine Tochter! Es wäre mir doch leid gewesen, das schmuckste Mädchen in der Provinz einem Muff zur Frau geben zu müssen!" Und damit blies er dicke Rauchwolken aus seiner Pfeife und ließ es geschehen, daß Friedrich bleich und zitternd das Zimmer verließ, und sein Zorn fand erst die rechten Worte, nachdem Katho ihm gefolgt war.

Das übrige wissen wir bereits. Friedrich kehrte zu
Fuß nach der Stadt zurück, von wo er noch am selben
Abend abreiste. Mynheer und Mevrouw sah er nicht
mehr; er ließ durch das Dienstmädchen seinen Hut heraus=
holen und sich empfehlen, was Mevrouw für eine teutsche
Grobheit erklärte, wozu Mynheer einstimmend nickte. —
Katho fuhr mit den Eltern nach G. zurück und die Gesell=
schaft im Wagen betrug sich ganz so fatsoenlyk, wie der alte
brummige Kutscher es nur wünschen konnte; denn Katho
weinte still, Mevrouw war sanft entschlummert nach all
den Aufregungen dieses Tages, und Mynheer saß tief in
Gedanken versunken.

4.

„Wenn ich Friedrich Walter nicht heirathen darf,
dann will ich gar Keinen haben!" antwortete Katho mit
ruhiger Festigkeit jedesmal dem Papa, so oft er sie in sein
Zimmer rief, um ihr mit wichtiger Miene mitzutheilen,
daß sich wieder ein Freier um ihre Hand eingestellt habe.
Dieß geschah ziemlich häufig und war die einzige Unter=
brechung in ihrem sonst so einförmigen Leben; denn seit der
Geschichte mit Friedrich durfte Katho nicht mehr allein ver=
reisen und der gesellige Verkehr in der kleinen Stadt bot
für ein junges Mädchen wenig Abwechslung dar. Die
Eltern wünschten nun nichts sehnlicher, als daß sie sich
bald verheirathe. Mevrouw fand es entsetzlich aufregend,

eine erwachsene Tochter zu haben, und konnte sich nichts Schlimmeres denken, als die Wiederholung einer solchen Scene mit dem jungen Deutschen gehabt, und Mynheer gewahrte mit inniger Betrübniß, daß Katho's Wange etwas bleicher war als gewöhnlich und ihre Augen nicht mehr strahlten wie sonst.

Aber alle seine Vorstellungen, Katho zu einer andern Heirath zu bestimmen, blieben erfolglos. Es half nichts, daß er ihr jeden schriftlichen Verkehr mit Friedrich aufs Strengste untersagt hatte. daß er ihr bei jeder Gelegenheit wiederholte: „Ja, warte nur, der kommt nicht mehr zurück!" Es half nichts, daß Mevrouw am Tage nach dem unglück= lichen Ereigniß ihrer Tochter ihre eigene Herzensgeschichte mitgetheilt, wie sie auch einen andern Mann lieb gehabt und mit ihm verlobt gewesen, wie aber ihr Pa, als Jan van der Does gekommen, lieber gewollt, daß sie diesen hei= rathe, und wie sie es gethan, ohne darüber zu sterben, und mit ihrem Jan ganz zufrieden sey, und wie ihr die Liebe zum andern nie eine schlaflose Nacht bereitet habe. Nach dieser erstaunlich langen Trostrede sprach Mevrouw mit Katho über diese Sache nichts mehr; sie begnügte sich da= mit, einen halben Tag lang zu blasen und zu stöhnen, so oft Katho einen neuen Korb ausgetheilt hatte, während Mynheer in seinem Innern immer ärgerlicher und ingrim= miger ward. Seiner Kapitalien wurden stets mehr und er bekam so viele Coupons abzuschneiden, daß er die Arbeit bald nicht mehr allein fertig bringen konnte und durchaus eines Schwiegersohns bedurfte, um ihm einen Theil seiner Last abzunehmen. Was aber Mynheer am tiefsten kränkte, war, daß er wider Willen so oft an den kecken Wiener denken und sich seiner Standhaftigkeit freuen mußte. Er konnte nicht anders, er ließ sich mehr als einmal zu dem innerlichen Ausruf hinreißen: „Blexem, es ist doch der bravste Deusche, den ich je gesehen!" Doch schnell fügte er dann hinzu: „Wie konnte sich aber der Muff nur einbilden, daß ich ihm meine Tochter geben würde, und noch dazu nachdem er mir den Laurenz Coster verachtet!"

Aber auch Katho's Liebe zu Friedrich war gerade dadurch gesteigert, daß er sie nicht mit einer Demüthigung erkaufen wollte. Sie war im Anfang wirklich sehr betrübt, weinte manche Stunde und schüttelte ihren Kummer in Mitje's treues Herz aus. Diese ermuthigte ihre junge Herrin, so gut es ging; sie war eine strenggläubige Calvinistin und versicherte Katho jeden Tag, wenn es ihr im Himmel bestimmt sey, Mynheer Friedrich zu heirathen, so müsse dieß geschehen, ob auch die ganze Welt dawider wäre. Wenn es nun aber nicht bestimmt war? Ja, dann mußte man sich seinerseits ebenfalls fügen, aber vorläufig war Katho fest entschlossen, ihre Zeit abzuwarten.

Inzwischen verging ein Monat nach dem andern; es ward ein Jahr seit Friedrichs unglücklicher Werbung, und Katho hörte und sah nichts von ihm. Wohl aber

herrschte in Deutschland Verwirrung und Graus in allen
Ecken und Enden. In jeder Stadt, in jedem Dörfchen
Revolution; der Harlemer Courant war noch einmal so
dick als sonst, bis er dieß alles berichtet hatte, und Mhn=
heer war durch die deutsche Bewegung total in seiner Zeit=
eintheilung gestört. Bis er alles gelesen und dazwischen
seinem Herzen Luft gemacht hatte, über die „verdammten
Myffs", die sich anmaßten eine Revolution zu machen, und
sich so schlecht dazu anstellten, war es schon wieder Zeit,
Kaffee zu trinken, und sein ganzer Tag war ihm verschoben
und verdorben. Dabei standen die Papiere sehr flau und
das bloße Wort „Socialist" war schon hinreichend, ihm das
Blut in den Adern erstarren zu machen. So war Mhn=
heers Laune nicht die beste; er zankte und tobte bei dem
geringsten Anlaß, wodurch sich Mevrouw in einem be=
ständigen Echauffement befand, und ihre Blicke waren wie
an den Himmel festgekettet, wenn nur das Wort Deutsch=
land genannt wurde.

Katho antwortete nichts und hing den Kopf, wenn der
Vater sie jetzt bisweilen fragte: „Möchtest du wohl in
Wien verheirathet seyn? Sie fing selbst an sich vor Deutsch=
land und den Deutschen zu fürchten, und die Vorstellungen
des calvinistischen Stubenmädchens, daß es doch wirklich
Juvrouws Bestimmung nicht zu seyn scheine, den jungen
hübschen Herrn zu heirathen, begannen, Wurzel in ihrem
Herzen zu schlagen. Doch blieb sie noch standhaft; sie las

Werthers Leiden und Matthissons Gedichte und frischte
ihren Liebesschmerz damit von Zeit zu Zeit auf. Aber als
noch ein halbes Jahr — der längste Termin — verstrichen
war, da fühlte sich Kathe, wir müssen es gestehen, mehr
gelangweilt, als betrübt. Ihr Mädchenstolz erwachte, er
empörte sich gegen Friedrichs unerwartetes Ausbleiben.
Daß Wien im vollen Aufstand begriffen war, der Krieg
in Ungarn und Italien tobte, und alle Geschäfte stockten,
dienten ihm nicht länger zur Entschuldigung. Sie warf
den Trotzkopf zurück und beschloß in ihrem Innern, den
Wünschen der Eltern endlich nachzugeben und die erste
passende Partie anzunehmen, die sich ihr böte. Von der
Liebe wollte sie nichts mehr wissen, und wer steht uns dafür, daß Kathe nun nicht eben so vertrocknet an Geist und
Gemüth werden wird, als Mevrouw?

An einem Novemberabend lag ein so dichter Nebel über
den Graachten von G., daß die Trekschuit, welche zweimal
in der Woche von Delft herüberkommt, kaum ihren Weg
nach dem Hafen zu finden wußte. Aus dem Rueff, der
ersten Kajüte und dem vornehmsten Platz einer Trekschuit,
kam bei dem trüben Schein der Laterne erst eine große
runde, bunt bemalte Blechschachtel, dann ein Schließkorb,
nach diesem eine Reisetasche nebst Regenschirm und zuletzt
der Besitzer aller dieser Herrlichkeiten selbst hervor. Die
Reisetasche enthielt seine Kleider, der Korb und die Blechtrommel den Rest der Provisionen, welche ein Reisender

auf der Trekschuit, wenn er nicht verhungern will mit=
nehmen muß. Dieses interessante Fahrzeug gleitet zwar
immer 5—6 Schritte weit vom Uferrande hin, legt aber
beileibe nicht ein einzigesmal an, denn in seinem be=
dächtigen Gange braucht es zu viel Zeit, um sie dafür ver=
geuden zu können. Dabei gibt es aber nichts, was den
Hunger und Durst mehr schärfte, als eine Fahrt auf dem
„Ziehschiff“, und wer etwa an Appetitlosigkeit leidet, wird
sie dort durch das überwiegende Gefühl der Langeweile ge=
wiß verlieren.

Major van Zabel, so hieß unser Reisender, hatte denn
auch unterwegs nicht viel weniger als drei Flaschen Bor=
beaur, eine Pastete von gehacktem Kalbfleisch, so groß wie
ein Rindskopf und das nöthige Brod dazu zu sich ge=
nommen und befand sich demgemäß in recht behaglicher
Stimmung, als er im Hause von Jan van der Does die
Glocke zog.

Die Damen waren allein im Hause, denn Mynheer
war nach der Societät gegangen und Katho blickte mit
Freude auf den Ankömmling, der die Langweile eines allein
mit Mevrouw zuzubringenden Abends zu unterbrechen kam.
Außerdem war Major van Zabel ein alter Freund des
Hauses, und Katho hatte ihn besonders lieb wegen der
schönen Geschichten, die er immer von Ostindien und seinen
Reisen zu erzählen wußte. Die bleigraue Farbe seiner
Haut, sowie der rothe Tuchstreif an seiner Mütze belehrten

gleich jedermann, daß er längere Zeit unter Indiens heißer
Sonne als Militär gedient und nun im Vaterlande sich
ausruhen durfte. Er verzehrte in Delft seine Pension,
die gerade für den Aufenthalt in einer kleinen Stadt aus-
reichte, verbrachte seine Zeit mit Rauchen und Schach-
spielen, und kam bisweilen herüber zu seinem alten Freunde
Jan van der Does, um die Herren auf der Societät durch
seine Geschicklichkeit im Schachmattsetzen zu verblüffen.

Aber dießmal hatte er offenbar noch einen andern Zweck.
Er war liebenswürdiger gegen Katho als je, malte ihr Java
und das Leben daselbst in den glühendsten Farben, konnte
nicht Worte genug finden, um zu schildern, wie beliebt
sein Sohn Karel bei seinen Vorgesetzten in Batavia sey,
und übergab schließlich Katho ein zierliches Briefchen von
diesem selben Karel, seinem einzigen Sohne und Katho's
Jugendfreund.

Karel van Zabel war auf der Schule von G. erzogen
worden, und durfte die meisten seiner Sonntage im Hause
von Mynheer van der Does zubringen. Da hatte er
natürlich keinen andern Spielkameraden als die kleine Katho.
Karel war ein netter, gewandter Junge, und er zeigte bereits eine ganz ritterliche Galanterie gegen seine hübsche
Spielgefährtin, ehe er noch den militärischen Stand zu
seiner künftigen Laufbahn erwählt hatte. Während der
Kirmeß verfehlte er nie, ihr ein großes Herz von Pfeffer-
kuchen und eine Düte mit Krachmandeln zu bringen und

sie am Arm aus Karoussel zu führen, auf dem sie zusammen unter Aufsicht der Eltern fahren durften. Ebenso war er ihr Begleiter bei einem abendlichen Besuch des Waffel- oder Pofferjeskrams, und wenn sie genug gegessen, dann führte Mynheer sie in ein Speel, zu den Kunstreitern, dem Taschenspieler oder in eine wirkliche Komödie, und die Kinder hatten dann Stoff genug zur Unterhaltung, bis ein neues Jahr eine neue lustige holländische Kirmeß brachte. Doch ihr liebstes Spiel war es stets, „nach dem Ost zu fahren". Ein Holzschuh wurde mit einem rothen Band- läppchen bewimpelt, ein weißes Fleckchen Zeug mußte als Segel dienen, und wenn dann das schmucke Fahrzeug an einem langen Bindfaden auf dem schmalen Kanal hinter dem Garten von Kathos Eltern hin und herschwamm, ge- lobte sie ihrem lieben Freund Karel mehr als einmal, ihn zu begleiten, wenn er einmal hinüber müsse nach Batavia, um im Kampfe gegen die wilden Stämme Sumatra's sich seine ersten Sporen zu verdienen.

Kinderspiele und Kinderträume! Die Zeit kam, da Karel wirklich in der Kadettenuniform erschien, um Abschied zu nehmen, ehe er nach dem Ost segelte. Katho war ein wildes Ding von vierzehn Jahren und sollte morgen in eine Pension abreisen, sie reichte dem alten Spielgefährten kaum die Hand zum Abschied hin, und er hatte viel an der neuen Degenkuppel zu nesteln und zurecht zu schieben, daß er sie fast zu nehmen vergaß.

Der Holzschuh, der kühne Ostindienfahrer, lag indessen in einer Ecke und faulte, was mit Katho geworden, ist uns bekannt, und Karel, der schon ein schmucker Cadet gewesen, war bald ein noch schmuckerer Officier, ein gern gesehener Gesellschafter in den Soireen von Batavia, ein Tonangeber in der Oper und in den Concerten; aber ob er von den menschenfressenden Battas schon viele gesehen und bekämpft hatte, das wissen wir nicht. Indessen kostete die Oper in Batavia und die Ausflüge nach Buitenzoorg auf die Bälle des Herzogs von Braunschweig Geld, viel Geld, und Major van Zabel besaß nicht überflüssig viel von diesem edlen Metall. Da gedachte Karel eines Tages seiner alten Freundin Katho, die ein schönes Mädchen geworden seyn mußte, und der Scheeren von Mynheer, welche er oft als Knabe mit ehrfurchtsvollem Grausen betrachtet hatte. War Katho noch frei, warum sollte er ihr nicht seine Hand bieten dürfen? Er war eben Oberlieutnant geworden, war gern gesehen bei seinen Vorgesetzten, jung und hübsch; in sechs, längstens zehn Jahren durfte er nach Holland zurückkehren, und bei Katho's Reichthum und seinem eigenen gewandten Benehmen lag die Möglichkeit einer künftigen Adjudanten= stelle im Haag beim König oder einem der Prinzen keines= wegs in Utopien. Karel besann sich also nicht lange, er schrieb an den Pa und legte einen Brief an Katho bei, und der Pa steckte den Brief in die Tasche, reiste ab und kam gerade zur glücklichsten Stunde im Hause von Mynheer van der Does an.

Katho entzifferte auf ihrem Zimmer Karels Brief mit
einiger Rührung. Er versicherte sie so herzlich seiner steten
Anhänglichkeit, er schilderte ihr so beredt das Glück, das
sie ihm bereiten würde, wenn sie seine Wünsche erfüllen
wollte; er erinnerte sie in so drolliger Weise an die ver-
gangene Kinderzeit und den prophetischen Holzschuh, daß
sie, noch ehe der Tag graute, mit sich einig war. Sie entschloß sich, Karel zu wählen, da ihr das Schicksal die Vereinigung mit dem frühern Geliebten nun doch einmal ver-
sagt zu haben schien. Jedoch dürfen wir nicht verschweigen
daß im tiefsten Grund ihrer Seele immer noch eine schwache
Hoffnung auf Friedrichs Wiederkommen zurückblieb. Bis
ihre Antwort nach Ostindien kam und Karel selbst erschien;
um sie zu holen, mochte immer noch fast ein Jahr vergehen,
und was konnte sich in diesem Jahre nicht noch alles ereignen?

Möchten unsere Leserinnen darin keine heuchlerische
Doppelzüngigkeit von Seiten Katho's erblicken. In Holland nimmt man es mit einer Verlobung nicht so ernsthaft
wie bei uns. Man verlobt sich, „um sich kennen zu lernen",
nicht gleich mit der bestimmten Absicht sich zu heirathen.
Da es für einen jungen Mann sehr schwer ist, anders als
auf diese Weise Zutritt in eine Familie zu erlangen, so er-
folgt das Verlöbniß oft nach zwei oder dreimaligem Sehen,
dann fängt die „Bekanntschaft" an. Dieß verhindert nun
nicht, daß beide Theile fortfahren, sich in der Welt umzu-

sehen, und wenn sie es für interessanter oder einträglicher
halten, Jemand anders „kennen zu lernen", der ersten Bekanntschaft Valet zu sagen. Diese Freiheit verhindert in
Holland vielleicht das Zustandekommen mancher unglücklichen Ehe, aber dafür ist das gesellschaftliche Leben um so
gesegneter mit Liebschaften, und die Leidenschaft spielt dort
gewiß keine kleinere Rolle, als in dem heißblütigen Italien.
Es gibt aber einen Zeitpunkt, wo die Verlobung wirklich
bindende Kraft hat, und diese tritt ein vierzehn Tage vor
der Trauung. Dann wird das liebende Paar ein wirk-
liches „Brautpaar", ihre Namen werden von der Kanzel
herab proklamirt und es gehört zu den sehr traurigen und
unangenehmen Fällen, wenn dann noch eine Verlobung
aufgehoben wird.

Wir dürfen es also Katho keineswegs sehr verargen,
wenn sie sich einstweilen verlobte, ehe die alte Liebe noch
ganz todt war. Auch wählte sie Karel um so lieber, als
sie fühlte, daß sie neuer Eindrücke, neuer Scenen bedürfe,
um Friedrichs Andenken ganz zu verwischen, und eine Reise
nach dem Ost hatte von jeher zu ihren Lieblingsträumen
gehört. Also Katho war entschlossen, aber die Eltern?
Nachdem Katho ihrem Schwiegervater in spe ihre Zustimmung zu seines Sohnes Wünschen zu erkennen gegeben,
nahm es dieser über sich, mit Mynheer van der Does zu
reden. Der schüttelte zwar anfänglich das Haupt und auch
Mevrouw verdrehte ein wenig die Augen; nachdem aber

Katho herbeigerufen war und erklärt hatte, daß sie, wenn auch Karel nicht heirathen solle, auf Friedrich Walter warten wolle bis zu ihrem achtzigsten Jahre; da ward Mynheer nachgiebiger.

„Blexem, sie ist eigensinnig genug, als alte Jungfer zu sterben!" brummte er in den Bart, und Mevrouw meinte, der Ost sey ja gerade nicht aus der Welt, was Mynheer van Zabel auf's eifrigste bekräftigte. Wie war es aber möglich, daß die gute Dame, welche bei dem bloßen Gedanken einer Reise nach Wien schon fast Krämpfe bekam, sich mit dem Gedanken vertraut machen konnte, ihre Tochter nach Ostindien zu verheirathen? Weil dieß für den Holländer durchaus kein fremdes Land ist, sondern nur eine Erweiterung der Heimath, eine Provinz des Vaterlandes. Wohl rollt der Ocean dazwischen, aber die Schiffe fliegen hin und her und verbinden ihn sicherer mit der Kolonie, als die festen Wege, welche südwärts in das ihm fremde Binnenland führen. Jeder Holländer weiß mehr von Java und Batavia, als von dem nächsten Städtchen, welches jenseits der holländischen Grenze auf deutschem Boden liegt. Seine Blicke fliegen vorwärts über das Meer, nicht rückwärts, und selbst den Fremden, den Binnenländer, überrascht dieses Gefühl, wenn er am Meeresufer steht und ein fernes Segel am Horizont herauf schweben sieht. Er fühlt sich dem fremden Welttheil fast näher, als der eigenen Heimath. Eine Reise nach dem Ost ist also für

den Holländer kaum mehr, als für uns eine Reise nach
Paris. Der junge Mann, der sein Glück schneller machen
will, als zu Hause, schifft hinüber, das junge Mädchen,
welches eben erst die Schule verlassen und ihr Examen als
Gouvernante oder Institutsvorsteherin bestanden hat, zieht
dahin, wo ein höherer Lohn ihrer Mühe zu Theil wird.
Welche Familie hat nicht eines oder mehre ihrer Glieder
jenseits des indischen Meeres? Kinder suchen ihre Eltern
auf, Brüder die Schwestern oder umgekehrt; es ist ein ge=
meinsames Band, das die beiden sich so unähnlichen Länder
und Climate umschlingt. — Und wer hinüber geht, findet
die Gewohnheiten seines Vaterlandes wieder, er braucht
sich in keine fremde Lebensweise zu schicken. Da drüben
unter der glühenden Sonne siedet der Theekessel zur be=
stimmten Stunde, so gut wie daheim im kühlen, feuchten
Vaterlande. Die vaterländischen Seefische, die vater=
ländischen Gemüse wandern in Blechkapseln und Flaschen
hinüber nach Java und die Insel schickt dafür ihre Süd=
früchte, ihre köstlichen Confituren und brennenden Gewürze
zurück.

Genug, nach verschiedenen Hin= und Widerreden war
die Sache abgemacht und Katho empfing noch am Abend
desselben Tages die Glückwünsche der vier Mägde als die
Braut von Karel van Zabel. Daß alle heirathsfähigen
Herrn in G. wüthend waren über das ungeheure Glück,
das dieser Geck von Officier mache, versteht sich von selbst,

aber es störte nicht den Frieden, der im Hause am Hafen seit Kathe's Entschluß wieder eingekehrt war. Mynheer überlegte sich die Summe, die er ihr als Mitgift aussetzen wolle, Mevrouw dachte schon an den Küchenzettel für den Hochzeitstag und Kathe schaukelte sich bereits in Gedanken auf dem Schiffe, das sie hinüberbringen würde in das Land, wo orientalisches Raffinement die Behaglichkeit noch behaglicher macht und das Nichtsthun für den Europäer gleichsam eine Pflicht ist.

5.

Ein jedes Volk hat seine Feiertage, die es besonders festlich begeht und nach althergebrachter Sitte verlebt. Dem Holländer erhellt nicht, wie uns, ein festlich geschmückter Tannenbaum die trübe Weihnachtszeit, aber desto höher in Ehren hält er die Geburtstage, und vollends die Hochzeitsfeste weiß er mit wahrhaft poetischem Glanz zu umgeben. Die vierzehn Tage vor der Trauung, die eigentliche Brautzeit, vergehen in fortgesetzter Festlichkeit. Die Gesellschaften, welche Verwandte und Freunde zu Ehren des Brautpaars veranstalten, werden in diesem Zeitraum abgehalten, und die Braut ist dort, wie zu Hause, die Königin, die Gefeierte, der alle zu dienen sich bestreben. Alles, was sie und der Bräutigam brauchen, scheint sich unter ihren Händen in Blumen zu verwandeln. Das Glas, die Tasse, aus denen sie trinken, sind mit einer klei-

nen Guirlande umgeben, selbst die Pfeife des Bräutigams
ist mit kunstvoll eingebrannten Blumenkränzen geschmückt.
Ein eigenthümliches süßes Getränke, aus rothem oder
weißem Wein bereitet, Hippocras, oder poetische Braut=
thränen genannt, und der Brautzucker stehen die bereit,
um die Besuchenden zu bewirthen. Der Brautzucker ist
ein buntes Durcheinander von überzuckertem Anis, Calmus
oder sonstigen Bitterkeiten. Auf seine mythologische Be=
deutung zurück zu gehen, ist für uns eine zu schwierige
Aufgabe, aber fast scheint es; als solle damit angedeutet
werden, wie der Zucker der Liebe alle Herbigkeiten der Ehe
versüßen müsse, während vielleicht die „Brautthränen"
der holden Braut anschaulich machen sollen, daß die Wein=
und die Geneverflasche ihr später noch manchen Seufzer
und manche Thräne entlocken würden.

Diese en Symbole der Ehe werden s zierlichste
verpackt, in Düten von goldbedrucktem Papier und in klei=
nen Flaschen, deren Stöpsel von gefranstem Pap und
bunten Bändern umhüllt sind, an alle nahen und fernen
Verwandten des Hauses mit der gedruckten Heirathsan=
nonce geschickt und auf das Wohl des Brautpaars verzehrt
und ausgetrunken.

Daß nun im Hause von Jan van der Does dieses ganze
Hochzeitsceremoniel mit ausgesuchtester Pünktlichkeit be=
folgt wurde, als die zur Trauung Kathos festgesetzte Zeit
erschien, versteht sich von selbst. Es war dieß beinahe ein

Jahr nach ihrer Verlobung und das Haus am Hafen befand sich in freudiger Aufregung und festlichem Schmuck. Die Mägde regten sich um ein Takttheilchen schneller als gewöhnlich und Mevrouw, obgleich sie sich von all dieser Unruhe ärmer befand als jemals, bewegte sich doch mit ruhiger Fassung inmitten dieser ungewöhnlichen Unruhe und schlug die Augen nur dann zum Himmel auf, wenn sie dieselben mit Fug und Recht einen Augenblick von dem irdischen Treiben um sie her abwenden durfte. Auch Mynheer war ganz Geschäftigkeit: In Mevrouws Speisekammer stand der Brautwein und der Brautzucker massenweise aufgeschichtet, und er packte eigenhändig eine Unzahl kleiner Kistchen, in welchen diese Zeugen einer fröhlichen Hochzeitsfeier an alle Vettern und Basen in Nord- und Südholland verschickt wurden. Er vergaß sich dabei so weit, eine seiner geliebten Scheeren zum Abschneiden von gewöhnlichen Papierschnitzeln zu gebrauchen, und der Haarlemer Courant lag mehr als einmal bis zum Abend unberührt auf seinem Tisch. Und mit welch feierlicher Miene geleitet er die Besuchenden den langen Gang entlang, an dessen Ende der Salon, das Staatszimmer, sich befindet, das nur bei besonders feierlichen Anlässen, an den Geburtstagen, oder bei einem solennen Familiendiner geöffnet wird! Wer es früher gesehen, wird es jetzt kaum wieder erkennen, denn es ist in einen Garten voll der kostbarsten blühenden Gewächse verwandelt. Die Guirlanden auf dem weichen und

prächtigen Fußteppich wetteifern an Farbenpracht mit den
Blumen, die dem Eintretenden von allen Seiten entgegen
winken. Aber die reizendste Blume unter allen, die wie
eine Fee inmitten ihres Reich zu schweben scheint, sitzt dort
unter der grünen Laube, welche gerade der Thüre gegenüber
gebildet ist. Es ist Kathe, im blauseidenen Kleide, weiße
Rosen in die wallenden Locken geflochten, die auf ihre
weißen Schultern herab fallen und halb das kostbare Per=
lenhalsband bedecken, das ihren Nacken umfängt. Wie
schön ist sie und wie wird sie angestaunt von all den Be=
suchenden, die sie in dieser feierlichen Situation empfangen
muß, während gutgemeinte und falsche Glückwünsche, kost=
bare Porcellanvasen, schwere silberne Geräthe und niedliche
Stickereien auf sie herein regnen, denn niemand kommt zu
dieser Brautvisite mit leerer Hand.

Aber wo in aller Welt ist denn der Bräutigam dieser
lieblichen Braut, der hoch hier neben ihr sitzen sollte, im
schwarzen Frack, in würdiger Haltung, einen Blumenstrauß
an der Brust? Da es unsern Leserinnen etwas schwer
fallen dürfte, dieß zu errathen, so wollen wir nur gestehen,
daß er ganz ruhig und bescheiden im Zimmer nebenan, in
Mynheers Schreibtisch liegt bei den Heirathsdokumenten
und einem recht ansehnlichen Päckchen von Saatspapieren,
die Kathos schöne Hand ihm als Mitgift bringen wird.
Daß dieser Bräutigam, der sich so geduldig in eine enge
Schublade einsperren läßt, ein sehr vielversprechender Ehe=

mann seyn muß, liegt auf der Hand; aber leider sind es nur ein Paar weiche, weiße Männerhandschuhe, die ihn repräsentiren, mit denen Katho in Ermanglung des wirklichen Bräutigams in den nächsten Tagen auf dem Stadthaus getraut werden wird. Die glückliche Bräutigam selbst harrt dort, wo die Woge des indischen Meeres die Küste von Java küßt, mit Sehnsucht und Ungeduld des Schiffes, das ihm die Gattin in seine Arme führen soll.

So geschäftig sich Mynheer van der Does jetzt auch erwies, so ärgerlich hatte er den Kopf geschüttelt, als von Karel van Zabel die Nachricht einlief, daß es ihm unmöglich sey, in den nächsten drei Jahren einen Urlaub zu einer Reise nach Holland zu erhalten; doch knüpfte sich daran die Hoffnung, dann um so früher, in längstens sechs Jahren, die Kolonie für immer verlassen zu dürfen. Den kostbaren Armbändern von chinesischer Arbeit, die Karel seiner lieben Braut herüberschickte, war also die eindringlichste Bitte beigefügt, sich so mit ihm trauen zu lassen, wie es bei Prinzen häufig und in Holland in solchen Fällen auch bei Privatleuten gebräuchlich ist, das heißt durch Procuration. Wenn nun ein Prinz oder König für diesen Zweck, als seinen Repräsentanten, einen artigen Hofcavalier schickt, so wählt der Holländer die weniger gefährliche Nebenbuhlerschaft von ein Paar unschuldigen Handschuhen. Die Trauung mit ihnen verleiht der Braut den Namen des Gatten und alle Rechte einer Frau; unter diesem Schilde kann sie ruhig die Reise über das Weltmeer antreten, und drüben wird sie dann, wenn sie nicht inzwischen Wittwe geworden, durch eine kirchliche Trauung definitiv mit dem Bräutigam von Fleisch und Bein verbunden.

Doch hat die Sache immerhin ihre sehr unangenehme Seite, und die Eltern hätten das ganze Verhältniß jetzt lieber wieder aufgehoben; aber Katho bestand darauf. Je weniger sie von Friedrich etwas hörte, je mehr trieb es sie fort; sie glaubte Karel nun eben so sehr zu lieben, wie jenen, und als sich für den Herbst Gelegenheit bot, die Reise mit einer nahe befreundeten Familie zu unternehmen, da blieb den Eltern keine Wahl. Sie mußten sich darein ergeben, ihr Kind auch ohne den wirklichen Schutz des Gatten nach Indien ziehen zu lassen.

Aber in einem Punkte gab Mynheer nicht nach, und zwar in dem der hergebrachten Hochzeitfeier, wie sehr Katho auch um deren Abkürzung bat; denn ein Brautstand mit einem nur eingebildeten Bräutigam ist doch ganz gewiß eine traurige Geschichte. Auch ward Katho mit jedem Tag blässer und fühlte sich immer unbehaglicher in ihrem Staate auf dem einsamen Sitz in der Laube. Es war umsonst, daß Major van Zabel in seiner schönsten Uni= form sie keinen Augenblick verließ und sich in all den kleinen Diensten und Artigkeiten erschöpfte, die ein Herr nur immer für eine Dame haben kann. Was nützt aber einer jungen Braut ein alter Schwiegerpapa, und wenn er auch noch so galant und aufmerksam ist? Und was Kathos Situation immer peinlicher machte, war der Umstand, daß ihr, seit sie so dasaß im bräutlichen Schmucke, Friedrichs Bild wieder frischer und lebendiger vor der Seele stand als je. Hätte ein lebendiger, munterer Bräutigam sich neben ihr befunden, wer weiß, ob nur ein einziger ihrer Gedanken in die frühere Zeit zurückgeflogen wäre; aber nun saß er wie ein Geist fortwährend neben ihr. Sie fühlte wie sonst seinen Händedruck, sie sah seine freund= lichen Blicke auf sich gerichtet wie ehedem, und sie erschrak bei jedem Glockenzug, denn es war ihr immer zu Muthe, als wenn sie ihn jeden Augenblick müßte eintreten sehen. — Aber nun war es zu spät und sie blickte auf den Hochzeittag wie auf einen Tag der Erlösung. Acht Tage später sollte das Schiff, dem sie sich anvertrauen wollte, absegeln, und sie meinte, der frische Seewind und die spritzende Welle müsse ihr dann alle die brennenden Gedanken aus Sinn und Herzen jagen.

Zwar schüttelte die ganze holländische Bekanntschaft und Verwandtschaft den Kopf über die zerstreute, stille Braut, aber man legte die Sache auf's Günstigste aus. Die bevorstehende Trennung von den Eltern galt als hinläng= licher Grund, und außerdem flüsterte Mynheer van Zabel Mevrouw mehr als einmal zu, die kleine Katho müsse doch ganz erschrecklich verliebt in seinen Karel seyn, wogegen Mevrouw mit sichtlichem Abscheu erklärte, dieß sey keines=

wegs fatsoenlyk. Das nette Dienstmädchen aus Overyssel
wußte besser wie es stand, aber sie hatte beschlossen, ihre
liebe Jufrouw nach dem Ost zu begleiten, und war jeden
Abend, wenn sie sich mit Katho allein befand, unerschöpf-
lich in Tröstungen und Hinweisungen auf eine höhere Prä-
destination, die hier obwalte.

So kam der Hochzeittag endlich heran und Alles stand
bereit zur Abfahrt nach dem Stadthaus, wo die bürgerliche
Trauung immer stattfindet. Eine zweite, kirchliche Trauung vornehmen zu lassen, steht in dem Belieben jedes
Paares, und wird als eine überflüssige Ceremonie betrachtet,
die gewöhnlich nur von den begüteteren beobachtet wird,
da die Kirche sich dieselbe ziemlich theuer bezahlen läßt.
In unserem Fall war sie nun natürlich gar nicht zulässig,
und darum war auch vorläufig erst der männliche Theil
der Familie bei Jan van der Does versammelt, da bei der
Civiltrauung, als einem rein bürgerlichen Akt, keine Frauen,
nicht einmal die Mutter der Braut, zugelassen werden.
Mevrouw fand dies sehr gemächlich und freute sich auf
das Stündchen Ruhe, das sie nun genießen konnte, so lange
die Andern fort waren. Mynheer hingegen war tief erschüttert; es wollte ihm doch gar nicht in den Kopf, daß er
seine Katho auf so lange Zeit fortgeben sollte, und die
Thränen kamen ihm fast in die Augen, als sie endlich
unter die harrenden Männer herein trat und sich bereit
erklärte. Ein Murmeln der Bewunderung erscholl von

den Lippen der wohledlen Herrn, denn reizend stand ihr
trotz ihrer ungewöhnlichen Bläſſe der weißſeidene Brauthut
mit den duftigen Orangenblüthen, und das ſilbergraue
Atlaskleid mit der Garnitur von den koſtbarſten Brüſſeler
Spitzen wogte wie eine glänzende Wolke um die feine Ge=
ſtalt. Die verhängnißvollen Handſchuhe trug ſie in der
Hand. Major van Zabel ſtrahlte vor Entzücken beim An=
blick ſeiner lieblichen Schwiegertochter; er führte ſie hinaus
an den Wagen und die übrige Geſellſchaft folgte.

Vor der Thüre drängte ſich ein Schwarm von Gaffern,
denn der holländiſche Pöbel iſt wo möglich noch ſchauluſtiger
als an andern Orten und die Hochzeittoilette Kathos van
der Does erregte ſchon im voraus die allgemeine Neugierde.
Aber wie die Menge ſich um die Einſteigenden drängte
und kaum zurückgehalten werden konnte, da ſtand hinten
ein junger, bärtiger Mann und verſuchte vergebens ſich
einen Weg in das Haus zu bahnen, oder zu ſehen, was es
denn eigentlich da gebe. In fremdartigem Accent fragte
er endlich ein kleines Mädchen, das eben ſo wenig ſehen
konnte, als er, was denn der Vorgang bedeute, worauf
ihm das Kind halb weinend antwortete, Jufrouw Katho,
die ſie alle ſo lieb hätten, fahre eben zur Trauung und ſie
könne dieſelbe vor den vielen großen Leuten gar nicht ſehen.
Ein Peitſchenknall unterbrach ihr Geplauder; die Wagen
konnten endlich abfahren, ſie bahnten ſich langſam ihren
Weg, und ihnen nach wogte und drängte die Menge.

Der junge Mann ließ sich mit fortreißen, obgleich es siedendheiß in ihm aufwallte und die Bäume am Kanal vor seinen Augen eine Galoppade zu tanzen schienen. Da wo die Wagen langsam über eine Brücke des Kanals fahren mußten, war es ihm möglich, bei der Biegung einen Blick in den Wagen zu werfen, in dem Katho saß. Sie war blaß, todtenblaß — dieß genügte um ihn weiter fort zu treiben mit dem Muthe der Verzweiflung.

Am Stadthaus angelangt, wurden die Hochzeitequi= pagen von einer eben so großen Menge empfangen, als sich ihnen nachgedrängt, und die ganze Gesellschaft war längst ausgestiegen und im Rathhaussaal versammelt, bis es für die Nachkommenden nur möglich war, sich dem Portal zu nähern. Da oben im alterthümlichen Saale des Stadt= hauses mit seinen Spitzbogenfenstern und dem dunkeln, kunstreich geschnitzten Eichenholzgetäfel, fand sich eine acht= bare Gesellschaft versammelt. Der Bürgermeister mit seinen Beisitzern und Schreibern saß in feierlichster Hal= tung an der langen, mit grünem Tuch überzogogenen Tafel, vor sich die Papiere und Akten, welche zu einer Trauung unerläßlich sind. Ihm gegenüber saß Katho in einem rothgepolsterten Sessel und auf einem Zweiten an ihrer Seite lagen die Handschuhe ausgebreitet. Dicht hinter ihr hatten Mynheer van der Does und Mynheer van Zabel ihre Plätze eingenommen, und um diese her im Halb= kreis saßen die männlichen Zeugen und Verwandten.

Der Bürgermeister liest den Ehevertrag mit gedämpfter Stimme und deutlicher Betonung vor, da unterbricht ein Murmeln und Hin- und Hergehen auf dem breiten Gange die feierliche Stille. Die Stimmen werden lebhafter, man hört deutlich, daß zwei Menschen miteinander ringen, und endlich erhebt sich ein Mitglied der Versammlung voll Entrüstung, um Ruhe zu gebieten. Er öffnet die Thüre, aber entsetzlich — in demselben Augenblick reißt sich ein Mensch aus den umschlingenden Armen von zwei Gerichtsdienern los, stürzt zur offenen Thüre hinein, auf Katho zu und hält erst inne, als er den leeren Sessel an ihrer Seite erblickt. Wo ist er denn, der Bräutigam, der Unverschämte, den Friedrich Walter — denn es ist niemand anders als er — sich zugeschworen hat mit eigenen Händen auf den Marktplatz hinunterzustürzen, ehe er duldet, daß er ihm die Geliebte entreiße? Sollte es Major van Zabel seyn, der alte steife Herr mit der Perrücke? Schon geht er drohend auf ihn zu, da ruft ein leiser Schrei von Katho ihn zu ihr zurück. Halb ohnmächtig liegt sie vor ihm im Sessel und Bildsäulen gleich stehen, sitzen um sie her die wohlmögenden Väter der Stadt, denn solch ein Frevel, solche Frechheit hat sich noch nie begeben, seit die holländische Freiheit sich rühmen darf zu existiren.

Aber was kümmert dieß Friedrich? Er reißt Katho empor, er ruft im Ton des tiefsten Schmerzes: „Katho, warum hast du mir das gethan?" Aber sie liegt bereits an seiner Brust, sie ruft mit von Thränen erstickter Stimme: „Liebst du mich denn noch?"

„O Katho!" war alles, was Friedrich antworten konnte, und nun ist alles wieder gut. Die alte Liebe, die alte Spannkraft sind wieder da. Sie macht sich aus Friedrichs Armen los, sie ergreift die unschuldigen Handschuhe, sie fliegt zum Kamin, in dem eine helle Flamme lodert und schleudert sie mitten in die Glut.

Schneller, als wir es niederschreiben können, war dieß geschehen. Was nützt es, daß der entrüstete Schwiegerpapa hinzu springt, was nützt es, daß Mynheer nach einem wüthenden „Blexem!" wie vernichtet auf seinen Stuhl zurückgesunken ist? Die rothe Flamme leckt lustig an dem weißen Leder empor und Katho spricht ruhig, zu dem Bürgermeister gewendet: „Mynheer, ich bin eine freie Holländerin und mache von meinen Rechten Gebrauch. Ich liebe diesen jungen Mann und will und kann keinem andern angehören! Karel van Zabel wird in Ostindien leicht eine andere Frau finden."

Und nun begreift Friedrich alles; er stürzt jauchzend vor Katho nieder, und sie hört es nicht, wie der Bürgermeister ohnmächtige Versuche macht, sie zu ihrer Pflicht und der Fortsetzung des feierlichen Actes zurückzuführen; sie bemerkt es nicht, wie sich alles entrüstet von ihr wendet, wie man ihren Vater hinab in den Wagen schafft, und wie endlich Friedrich sie selbst hinunter führt und nach Hause bringt.

Wie es dort nun aussah, fällt der Feder schwer zu
schildern.   Troja konnte nicht bestürzter seyn durch die
plötzliche Anwesenheit der Griechen in seinen Mauern, nicht
in größerer Verwirrung, als wie sie jetzt in dem so friedlichen Hause am Hafen herrschte.   Die Braten und Fische
schwankten zwischen Anbrennen und Kaltwerden, die Hochzeitgäste wußten nicht, sollten sie gehen oder bleiben, und
unter den Mägden war jede Spur von Disciplin verschwunden; denn Mevrouw lag in ihrem Sessel stöhnend
und seufzend, und ihre Blicke schienen bis in den siebenten
Himmel zu dem Erzengel Gabriel vordringen zu wollen,
um ihn zu befragen, ob sich schon jemals Aehnliches auf
Erden begeben habe.   Ihr Freund, der Domine, war her-
beigeeilt, um sie zu trösten, aber sie sah und hörte nichts,
als die Schmach und Schande, die über ihr ehrbares Haus
gekommen.   Mynheer und Major van Zabel tobten und
wütheten um die Wette und konnten sich erst bei der zweiten Flasche Madeira Rechenschaft darüber ablegen, wie
das alles eigentlich so gekommen und ob man es nicht hätte
verhindern können.

Aber was bedeutete dieß Alles gegen den Lärm in der
Stadt, nachdem sich die Kunde von dem Auftritt auf dem
Stadthaus verbreitet hatte!   Eine unheilvolle Spaltung
drohte auszubrechen.   Alle jungen Herrn und Damen unter
zwanzig Jahren, alle unglücklich Liebenden waren entzückt
von Kathos entschlossener That.   Alle Eltern, alle Frauen-

zimmer gesetzten Alters und alle Bräutigame geriethen
außer sich vor Entrüstung, insbesondere die letzteren. Sollten sie etwa auch, wie die Handschuhe Karels van Zabel,
in den Kamin geworfen und geröstet werden, sobald ein
früherer Liebhaber sich wieder zeigte? Es bedurfte alles
Zärtlichkeit der Bräute, um sie nur einigermaßen zu beruhigen, obgleich wohl gar Manche in ihrem Innern das
Mittel für gar nicht so übel hielt, um einen lästigen Freier
loszuschwerden. Auch das Haupt der Stadt war auf's
tiefste empört; er gab Befehl, den unverschämten Deutschen, den Störer der öffentlichen Ordnung augenblicklich
aus dem Städtchen zu verweisen — aber der hatte sich
bereits auf den Weg nach Rotterdam begeben.

Nach dem ersten Freudentaumel des Wiederfindens
hatten Katho und Friedrich wohl eingesehen, daß sie für's
Erste sich wieder trennen müßten, bis der Sturm sich gelegt. Mit dem Wagen, in dem Friedrich Katho nach
Hause gebracht, fuhr er weiter nach Rotterdam, und sie
hielt sich in ihr Zimmer eingeschlossen. Niemand war der
Zutritt gestattet als der treu ergebenen Mitje, deren Glaube
an die höhere Bestimmung durch dieses unerwartete Ereigniß auf's tiefste erschüttert wurde.

Nun saß Katho da, befreit vom lästigen bräutlichen
Schmuck, weinend und lachend, voll Freude und doch voll
Angst, und mit einem kleinen Anflug von Reue. Ihre
Liebe hatte gesiegt, ihr Herz sein Recht behauptet, aber

die Nationalsitte war tödtlich beleidigt und mit ihr der
Eltern innerstes Gefühl. Das gab doch am Ende Grund
genug zu ernstem Nachdenken.

6

Es giebt ein Ding in der Welt, gegen das schlechter-
dings nicht weiter aufzukommen ist: dies ist das Faktum,
die Thatsache, die keine menschliche Macht mehr kann unge-
schehen machen. Was die Welt auch dazu sagen mochte,
für den Augenblick waren Friedrich und Katho Sieger und
sie benutzten ihren Sieg, um sich zu erzählen, wie alles bis
auf den Punkt gekommen war, an dem sie sich wiederge-
funden. Was kümmerte es Mynheer und Mevrouw, daß
Mitje fast jeden Tag einen Brief an einen gewissen Herrn
in Rotterdam zur Post brachte und dagegen einen Brief
an eine gewisse Dame in G. in Empfang nahm! Sie
waren am Tag nach der unglücklichen Katastrophe auf ihr
Landhaus an der Yssel abgefahren, Katho Herrin ihres
Hauses am Hafen lassend, wie sie sich zur Herrin ihres
Schicksals gemacht hatte. Kathos Hauptinteresse drehte
sich natürlich jetzt um die Ursache, welche Friedrich so lange
von ihr fern halten konnte, und die er ihr nun bis auf's
Kleinste auseinandersetzte.

Es war ihm erst nach vieler Mühe gelungen, seinen
eigenen Vater für den Plan einer Uebersiedelung nach Holland günstig zu stimmen. Endlich wurden Vorkehrungen

getroffen zur Gründung eines Zweiggeschäfts in Rotter=
dam, da begannen die Vorboten des Jahres achtundvierzig
sich in der Handelswelt zu zeigen. Friedrich mußte also
dem Vater für jetzt noch beistehen. Er brachte den Winter
in Triest zu und dort überraschte ihn die Märzrevolution,
welche begreiflicherweise sein jugendliches Gemüth in die
größte Aufregung versetzte. Hatte er für die Aufrecht=
haltung der Nationalehre schon einmal seine Liebe in den
Hintergrund gedrängt, so mußte er nun Katho eben so
offen, als er damals die Anerkennung von Laurenz Coster
verweigert hatte, gestehen, daß von da ab für die erste Zeit
sein ganzes Sinnen und Trachten nur auf den Aufschwung
des Vaterlandes gerichtet war. Er nahm den lebendigsten
Antheil an all den Fährlichkeiten und Schwankungen, denen
die junge Freiheit sich unterworfen sah, und in den Wiener
Aufstand mit verwickelt, fand ihn der Herbst, statt auf der
Reise nach Holland, im Gefängniß. Dort nahm das Bild
der holden Göttin Germania, der er bisher allein gedient,
wieder immer mehr die Züge Katho's an, und mit dem
ganzen Schmerz eines in seinen höchsten Gefühlen ge=
kränkten Herzens wandte er sich seiner Liebe auf's neue zu.
Aber fast ein Jahr verstrich, ehe es dem Einfluß seines
Vaters gelang, ihm die Freiheit wieder zu verschaffen.
Dieser hatte nun dem Plan seines Sohnes nichts mehr
entgegen zu setzen; in Oesterreich konnte er ohnehin nicht
bleiben, und es hing nun bloß noch davon ab, ob Katho

ihm treu geblieben, ehe er die weitern Schritte thun konnte.
Am ersten Tag nach seiner Freilassung schrieb Friedrich
an Mevrouw van Saanen, aber keine Antwort erfolgte.
Augenscheinlich hatte die vortreffliche Dame die Hiobspost,
welche sie Friedrich zu geben hatte, bis nach Katho's Abreise nach Indien verschoben, in Erwägung dessen, was
sich ereignen konnte. Da hielt es Friedrich nicht länger
aus. Er reiste ohne Aufenthalt nach Rotterdam und dort
drang ein dunkles Gerücht von Katho's Verlobung zu seinen
Ohren. Dieß war genug, ihn ohne weitere Anmeldung
und Vorbereitung nach G. weiter zu treiben, und das
Uebrige ist uns bekannt.

Katho las und überlegte und warf mehr als einmal
die Locken trotzig zurück, wenn es ihr schien, als hätte
Friedrich doch gar manchmal weniger an sie gedacht, als
Recht war, aber am Ende verzieh sie die Sorglosigkeit,
mit der er sie ein ganzes Jahr länger, als ausgemacht war,
in Ungewißheit über sich gelassen hatte; denn sorglos blieb
sein Benehmen immerhin. Sie selbst war ja auch nicht
ganz frei von Schuld und hatte die Ewigkeit ihrer Liebe
kaum ein par Tage länger bewährt, als man einst von ihr
gefordert. Doch das Glück hatte beide wunderbar begünstigt; nur wirft es uns oft wunderliche Früchte in den
Schooß, und so erging es eben Friedrich und Kathe. Mit
kühnem, rücksichtslosem Schritt hatten sie sich Freiheit erobert, und nun wußten sie selbst nicht recht, was damit an-

zufangen. Der paſſive Widerſtand der Eltern war miß=
licher als offener Krieg.

Nachdem Katho ſich ſelber einigermaßen beruhigt, war
es natürlich ihr Erſtes, das ſie ſuchte, von dem Pa und
der Ma Verzeihung zu erlangen; aber weder Mynheer noch
Mevrouw wollten ſie ſehen. Der ganzen Verwirrung war
außerdem noch ein heftiger Zank mit dem alten Hausfreunde
gefolgt, worauf Mynheer van Zabel im hellen Zorn ab-
gereiſt war, ſich verſchwörend, nie mehr die Schwelle von
Mynheer van der Does zu betreten. Sein Fall gehörte zu
denjenigen, in welchen es ſchwer, ja unmöglich wird, nach
irgend einer Seite hin genügende Satisfaction zu erlangen.
Sein Sohn, der Oberlieutenant Karel, lag einſtweilen als
ein Häuflein Aſche im Kamin des Stadthauſes, und bis er
in Perſon von Oſtindien kommen konnte, um die Schmach
zu rächen, war ſie längſt verjährt. Der alte Major, vom
Podagra übel zugerichtet, durfte es nicht wagen, die Sache
ſeines Sohnes ſelbſt gegen den Ruheſtörer zu verfechten;
ſo blieb ihm denn nichts übrig, als die Schale ſeines Zorns
über Mynheers ſchlechte Kindererziehung zu ergießen, der
immer Katho zu ſehr den eigenen Willen gelaſſen und jetzt
die Früchte davon ernte. In der einen Stunde beſtand er
darauf, daß man Katho zu der Trauung mit ſeinem Sohn
zwingen müſſe, in der andern verſicherte er, ſich glücklich zu
ſchätzen, daß ſein Sohn keine ſo eigenwillige Frau bekomme,
wenn nur die öffentliche Beſchimpfung nicht wäre. Wie warm

'es Mevrouw bei allen diesen Diskussionen wurde, läßt sich
leichter begreifen als beschreiben, und Mynheer, bei dem
wunden Punkt seiner Erziehungsweise gepackt, hörte am Ende
damit auf, dem zürnenden Freunde gegenüber die Tochter bei=
nahe zu entschuldigen, wie tief er sich auch selbst beleidigt fühlte.

Da legte Mynheer van Zabel den dreieckigen Hut in
die Blechschachtel, die ihm auf allen seinen Zügen nach
Ost= und Westindien gefolgt war, packte die Uniform in
den Koffer und bestieg die Trekschuit, welche jeden Morgen
an Yffelland vorüberfährt, mit dem Schwur, den sonst so
stillen, friedlichen Aufenthalt nie mehr zu betreten. Dieser
eine Feind war also glücklich beseitigt. Mevrouw blies
ihm aus erleichtertem Herzen einen langen Abschiedsseufzer
nach, der sie wunderbar stärkte, denn nun hatte sie doch
wieder Ruhe, und die war ihr unter allen Umständen das
liebste. Mynheer seinerseits konnte sich in seinem Innern
nicht zurecht finden; denn, seltsam, wie empört er auch über
Katho und Friedrich war, wie er sich auch wahrhaft schämte,
nach der Scene auf dem Stadthaus einem seiner Ver=
wandten oder Freunde begegnen, so konnte er doch eine
heimliche Bewunderung für Katho's Entschlossenheit nicht
los werden. Was half es, daß er in hellem Zorn jeden
Morgen mindestens sechs Thonpfeifen, die Spitze abbiß,
oder den Kopf zerschlug, was half es, daß ihm das Un=
glaubliche begegnete und er mehr als einmal beim Ab=
schneiden der Coupons in den nächstfolgenden hinein knippte?

Er sah sie immer wieder vor sich, wie sie dastand, von der Gluth des Kamins beleuchtet, mit flammenden Blicken, und wie sie mit gehobener Stimme ausrief: „Ich bin eine freie Holländerin und mache von meinen Rechten Gebrauch!" — „Es ist Kraft und Entschlossenheit in dem Mädchen," dachte er dann mit innerer Freude; „es rollt noch Geusenblut in ihren Adern und sie hätte handeln können wie die Frau des Hugo Groot!" Aber seinen Groll konnte dieß alles doch nicht überwinden. Katho's Briefe voll zärtlicher Bitten bewirkten indessen endlich so viel, daß sie wieder heraus zu den Eltern kommen durfte, die darauf beharrten, in Offland zu bleiben, obgleich man sich tief im Oktober befand. Mevrouw empfing sie mit schneidender Kälte und der Papa erlaubte ihr kaum, ihm die Wange zu küssen. Gesprochen wurde vor der Hand von dem ganzen Ereigniß nichts. Mynheer wußte sehr wohl, wie die Sache enden würde und enden müsse, und ließ darum alles gehen, weil er durch unnütze Verbote sich nicht noch mehr demüthigen wollte. Er fragte nur, ehe er sich zum Mittagsschlaf zurecht setzte: „Katho, hast du Mynheer Walter seitdem wieder gesehen?" — „Nein, Pa," antwortete Katho über und über roth. — „Gewiß nicht?" — „Ich lüge nicht, Pa!" sagte Katho stolz und Mynheer schloß die Augen, und träumte immer und immer wieder von der Scene auf dem Stadthaus, und Entrüstung und Bewunderung stiegen in seiner Seele auf und ab, und keine Empfindung konnte die andere ganz niederkämpfen.

Wieder verstrichen Wochen der schrecklichsten Langeweile
für Katho, und ihr einziger Trost war das treue Mitje,
das mit all der Schlauheit, die schon weiland die Göttin
Iris für ihre Gebieterin anzuwenden wußte, auch jetzt
immer Mittel und Wege fand, daß Katho und Friedrich
sich gegenseitig konnten Nachricht zukommen lassen. Gesehen
hatten sie sich nicht wieder, aber Friedrich arbeitete Tag
und Nacht, um sein Geschäft in Ordnung zu bringen, und
ein Haus, das er am Maaskanal in Rotterdam gemiethet,
einzurichten. Was vermag nicht Geld fertig zu bringen?
Friedrichs Vater gab mit vollen Händen, da bei der schwan-
kenden Lage der Geldverhältnisse zu Hause eine Ueber-
siedlung seiner Kapitalien in ein fremdes Land in seinem
eigenen Interesse lag und er nunmehr wünschte, daß sein
Sohn auch äußerlich glänzend auftrete, um das Ansehen
seines Namens zu fördern. Die Einrichtung von Friedrichs
Haus war also ein Muster von deutscher Eleganz und
holländischer Behaglichkeit und nicht das Kleinste fehlte
mehr darin, als die schöne, junge Frau, die darin schalten
und walten sollte.

Da kam Katho's Geburtstag heran, und dieser Tag
wird in Holland immer festlich begangen. So geschah es
auch heute; Mevrouw, die ihrer Tochter kaum einen freundlichen Blick gönnte, arrangirte gleichwohl den Geburtstags-
tisch für sie, wie immer, denn das war so hergebracht.
Daß Katho ein mütterlicher Kuß, ein verzeihendes Wort

lieber gewesen wäre, als die kostbaren Spitzen und das goldene Armband, das zwischen den Blumen hervorlugte, daran dachte sie nicht.· Auch Mynheer war frostig wie immer, doch konnte er einen Seufzer nicht unterdrücken, als er Katho nach dem Frühstücke gebot, ihm in sein Zimmer zu folgen. Er setzte sich dort an seinen Schreibtisch, nahm ein Päckchen Papiere hervor, welches bedeutend kleiner war, als jenes, das neben den verhängnißvollen Handschuhen gelegen hatte, und sagte:

„Katho, du hast ohne Zweifel den heutigen Tag mit großer Sehnsucht erwartet, denn er macht dich zur ganz „freien Holländerin". Du bist dreiundzwanzig Jahre alt geworden, folglich majorenn, und hast nunmehr das volle Recht, dich ohne Einwilligung deiner Eltern zu verheirathen." — „O lieber Papa," rief Katho, „ich hoffe, du wirst mir diese Einwilligung doch jetzt nicht mehr verweigern!"

„Unterbrich mich nicht!" sagte Mynheer streng. „Ich habe dir jetzt nichts mehr zu erlauben und zu verbieten. Ich achte die Gesetze meines Landes zu hoch, um dich an deinem Recht verhindern zu wollen. Du hast auch jedenfalls darauf gezählt, denn es ist die einzige Aussicht, die dir bleibt. Hier ist deine Mitgift; man soll nicht sagen, daß Jan van der Does seine Tochter wie eine Bettlerin aus dem Haus geschickt habe. Heirathe nun deinen deutschen Windbeutel, oder wen du sonst willst — mir gilt alles gleich!"

„Aber Pa," schluchzte Katho, „du weißt ja gar nicht,

wie gut Friedrich ist, du weißt gar nicht, daß er --" —
„Blexem! ich will es auch nicht wissen!" rief Mynheer zornig.
„Ihr habt mich beide vor der ganzen Stadt zu Schanden
gemacht! So etwas hat sich in Holland noch nie begeben!
Verdammter Muff mit deinem glatten Gesicht und deinem
Johannes Guttenberg!" Und Mynheer stampfte mit dem
Fuß und sein Gesicht ward kirschroth.

Was war da zu machen? Katho verließ schweigend und
weinend das Zimmer, ohne die Papiere zu berühren, die ihr
der Vater hingelegt hatte. Am Mittag lagen sie jedoch auf
der Toilette in ihrem Schlafzimmer, und es blieb Katho,
nachdem ein Sturm auf das Herz ihrer Mutter ebenfalls
erfolglos geblieben, keine andere Wahl, als Friedrich den
ganzen Sachverhalt zu berichten. Sie erklärte ihm offen,
daß sie nunmehr bereit sey, ihm anzugehören, sobald er es
wünsche, da von den Eltern nichts mehr zu hoffen sey, und
Mitje mußte den Brief an Friedrich besorgen. Aber dieser
hatte auch bereits seinen Entschluß gefaßt und er wollte
nur die Großjährigkeit seiner Braut eintreten lassen, ehe
er handelte.

7.

Mynheers Stirne wurde noch finsterer, als sie seither
immer gewesen, da man ihm einige Tage nach Kathos Geburtstag beim Kaffee einen Brief überreichte von einem
Notar in Rotterdam, mit dem er öfter wegen Güterverkaufs

zu thun gehabt hatte. Mynheer dachte nicht anders, als daß Katho sich wegen ihrer bevorstehenden Verheirathung an diesen Mann als Beistand gewendet habe, und er nun doch in Verhandlungen würde gezogen werden, von denen er nun einmal durchaus nichts wissen wollte. Er drehte den Brief unschlüssig hin und her, ob er ihn erbrechen, oder als Fidibus benützen solle; endlich siegte die Neugierde, er zerbrach das Siegel und sein Gesicht klärte sich unter dem Lesen zusehends auf.

Es war nämlich in Holland schon seit einiger Zeit im Werke, der Welt auch durch ein sichtbares Zeichen darzuthun, daß die holländische Nation ihrem Landsmann Jan Laurenz Coster von Haarlem für den wahren Erfinder der Buchdruckerkunst halte. Zu diesem Behufe war eine Subscription eröffnet, um ihm in seinem Geburtsort ein schönes Denkmal zu errichten, und daß der Name von Jan van der Does in der ersten Reihe der Gebenden prangte, versteht sich von selbst. Er interessirte sich ungemein für die Art der Ausführung des Denkmals, und nun schrieb ihm sein Geschäftsfreund, daß in Rotterdam im Hause eines seiner Bekannten sich ein wohlgelungenes Oelbild des weiland Holzschneiders befinde, welches von einem jungen, talentvollen Maler nach einem alten, kürzlich aufgefundenen Holzschnitt verfertigt sey. Mynheer Smitts rühmte das Bild als sehr gelungen und lud Mynheer van der Does ein, bald möglichst nach Rotterdam zu kommen, um es zu

sehen; vielleicht — war klugerweise eingeschoben — würde
der gegenwärtige Besitzer sich auch bewegen lassen, das
Bild um einen entsprechenden Preis wieder wegzugeben.

Mynheer war sonst nicht leicht von der Stelle zu be=
wegen, aber die Aussicht, ein Bild von Laurenz Coster,
für den er seit der Scene mit Friedrich eine noch zärtlichere
Vorliebe gefaßt hatte, zu sehen, vielleicht zu besitzen, war
zu verlockend. Noch am Mittag desselben Tages fuhr er
hinüber nach Rotterdam, und Mynheer Smitts mußte
ohne Verweilen mit ihm nach dem Hause gehen, wo das
kostbare Bild zu sehen war.

Mynheer Smitts zeichnete sich eben so sehr durch seine
Schlankheit, als Mynheer van der Does durch seine Wohl=
beleibtheit aus, und sein Gesicht war so bleich und asch=
farben, als das des andern roth und wohlgenährt. Er
blinzelte gar pfiffig mit seinen kleinen, durch eine Brille
verdeckten Augen, während er Mynheer nach dem statt=
lichen Maaskanal führte, auf dem dichtgedrängt Kaufmans=
schiffe aller Art, selbst die größten Ostindienfahrer abge=
takelt liegen und innerhalb der stattlichen Häuserreihen und
der belebten Straßen zu beiden Seiten gleichsam noch eine
schwimmende Stadt für sich selbst bilden.

Es war ein nettes, ganz neu hergerichtetes Haus an
dem Mynheer Smitts den glänzenden Schellengriff zog;
ein fein gekleideter Bediente öffnete fast unmittelbar darauf
und geleitete die Herren in das Vorderzimmer. Mynheer

trat mit seinem Begleiter ein, und es war ihm augenblicklich
nicht anders zu Muthe, als wäre er in die bekannte Vor=
kammer seines eigenen Hauses in G. eingetreten. Es sah
ja hier alles ganz genau so aus wie dort; dieselbe Tapete,
dasselbe Muster auf dem elastischen Teppich, die zwei Stroh=
sessel an den beiden Fenstern, die nämliche schwarz und
rothe Decke auf dem runden Tisch. Er sah sich verwundert
um; auf dem schwarzen Teppich, die zwei Strohsessel an
den beiden Fenstern, die nämliche schwarz und rothe Decke
auf dem schwarzen Marmorsims des Kamins wackelte der
Chinese mit dem Kopf, ihm gegenüber hing van Spyk's
Heldenthat im schweren goldenen Rahmen und zu beiden
Seiten blickten van Tromp und de Ruyter wie alte Be=
kannte auf ihn herab. Mynheer schaute zum Fenster hin=
aus, um sich zu überzeugen, daß er wirklich in Rotterdam
sey, und fand endlich noch im Zimmer selbst einen Anhalts=
punkt, um ihm über die Täuschung hinaus zu helfen.
An der Hinterwand des Zimmers befanden sich zwar
in den beiden Ecken die pyramidalisch aufgeschichteten Fuß=
wärmer, ganz wie daheim, aber dazwischen stand, statt des
Sekretärs, ein allerliebstes kleines Sopha mit rothem
Plüsch überzogen und davor ein zierlicher runder Tisch, auf
dessen Marmorplatte Bücher und Zeitungen ausgebreitet
lagen. Der Anblick dieser verhaßten modernen Möbel
gab Mynheer seine Fassung zurück; in seinem Zimmer
würde man dergleichen nie finden; kein Zweifel also, er

war nicht zu Hause und nur ein sonderbarer Zufall hier im Spiel.

Indessen hatte der Diener eine kleine Staffelei herein gebracht und das fragliche Bild darauf gestellt. Mynheer blickte mit Bewunderung auf das breite, braune Gesicht, das ihm über der steifen weißen Halskrause, von einem schwarzen Barret überschattet, entgegen schaute. Ob das Bild gut oder schlecht war, wagen wir nicht zu entscheiden, daß es aber dem wirklichen Laurenz Coster gewiß nicht weniger ähnlich sah, als Mynheer van der Does dem Mynheer Smitts scheint mehr als sicher. Was lag daran? Mynheers vaterländisch gesinntes Herz klopfte vor Freude; er war gewillt jeden Preis für das Bild zu zahlen, und überlegte bereits in seinem Innern, ob er van Spyk ins Eßzimmer verbannen solle, oder ob es möglich wäre, noch außerdem einen passenden, ehrenvollen Platz in der Vor= kammer für Laurenz Coster ausfindig zu machen.

„Ist Mynheer nicht zu Hause?" fragte er den harren= den Diener. — „Doch, Mynheer, er wird sogleich seine Aufwartung machen." Der Diener entfernte sich und Mynheer blickte abermals die Wände an, um sich schon im Geiste vorzustellen, wie das neue Bild sich darauf ausnehmen müsse. Da ging die Thüre auf und mit einer leichten Verbeugung trat der Hausherr herein. Mynheer drehte sich nach ihm um; aber wer malt seine Bestürzung, ja sein Entsetzen, als er keinen andern als

Friedrich Walter erblickte, der ihm freundlich grüßend näher trat!

„Was wollen Sie hier? Lassen Sie mich! Ich habe nichts mit Ihnen zu thun! Gehen Sie augenblicklich fort!" rief Mynheer außer sich und wehrte den Unwillkommenen mit beiden Händen von sich. — „Sie werden entschuldigen, Mynheer, wenn ich bleibe," versetzte Friedrich sehr ruhig und höflich, „denn ich bin in meinem eigenen Hause." — „In Ihrem Hause? Das ist nicht wahr!" — „Doch, in meinem Hause," fuhr Friedrich eben so ruhig fort. „Ich habe mich hier etablirt und dieses Haus für mich einge- richtet."

Mynheer rang nach Fassung. „So verzeihen Sie, daß ich Sie belästigt," sagte er feierlich und sich nach der Thüre bewegend, „wir suchten den Besitzer dieses Bildes, Myn- heer Smitts hat mich hierher geführt." — „Dieses Bild gehört mir, ich habe es malen lassen, erwiederte Friedrich. — „Ihnen?" rief Mynheer. „Sie haben es malen lassen?" Und sein Zorn schlug in hellen Flammen auf. „Nun wollen Sie mich auch noch verspotten, nachdem Sie mir das Herz der Tochter abwendig gemacht haben! Durch eine List hat man mich hieher gelockt! Mynheer Smitts, das werde ich Ihnen gedenken!" Und der arme, dicke Mynheer sank in das rothe Plüschsopha, unfähig weiter zu gehen, oder noch ein Wort zu reden.

Mynheer Smitts hatte sich still in eine Ecke zurückgezogen und seine pfiffige Miene war einer etwas nach= denklichen gewichen. Aber Friedrich blieb unerschütterlich, er hatte dieß alles vorausgesehen. „Mynheer,“ sagte er nach einer kleinen Pause sanft, hören Sie mich nur zwei Minuten lang an.“ — „Ich will nichts hören, ich will fort! Blitz und Teufel!“ stöhnte Mynheer und suchte sich zu er= heben, aber Friedrichs Hand hielt ihn zurück. — „Sie sind ein Ehrenmann und werden als solcher mein Haus nicht verlassen ohne zu hören, was ich ihnen durchaus sagen muß!“

Dieses Argument wirkte. Mynheer drehte den Kopf nach der Wand und verhielt sich leidend, so daß Friedrich fortfahren konnte: „Dieses Bild, Mynheer van der Does, habe ich malen lassen, nicht um Sie zu verspotten, sondern um es Ihnen als ein kleines Geschenk anzubieten, da ich weiß, wie sehr Sie Laurenz Coster verehren, und bis jetzt niemand in Holland ein gleiches besitzt. „Ich, als Deutscher, halte Guttenberg zwar noch stets für den Erfinder der Buchdruckerkunst —“ Mynheer zuckte un= muthig mit den Achseln — „Sie haben aber als Hol= länder das vollkommenste Recht, das nämliche von Coster zu denken.“

„Lassen wir diesen Streit!“ unterbrach ihn Mynheer rauh. — „Es handelt sich auch jetzt nicht darum,“ aber ich muß Ihnen allerdings gestehen, daß ich mir mit Hülfe von Mynheer Smitts die kleine List mit dem Bilde erlaubte, um Ihnen bei dieser Gelegenheit meine Wohnung zu zeigen." — „Wäre gar nicht nöthig gewesen!" brummte Mynheer.

„Sie sehen, Mynheer," fuhr Friedrich mit weicher Stimme fort, daß ich kein Opfer gescheut habe, damit Ihnen Ihr Kind so viel als möglich erhalten bleibe. Ich habe mein eigenes theures Vaterland verlassen, damit Katho Ihnen stets nahe sey, ich habe meine deutschen Gewohnheiten aufgegeben und, wie Sie sehen, Katho's neue Heimath genau so eingerichtet wie die alte, damit sie und ihre Eltern sich von der ersten Stunde an darin heimisch fühlen mögen." — „Das ist recht gut für Katho," unterbrach ihn Mynheer; „ich und Mevrouw werden keinen Gebrauch davon machen."

Aber Friedrich ließ sich nicht irren. „Ich bin noch nicht zu Ende, Mynheer. Ich finde es begreiflich, daß Sie mir und Katho zürnen, denn wir haben beide rücksichtslos gehandelt, haben Sie schwer gekränkt, aber die Umstände ließen es nicht anders zu. Doch werden wir in dieser Rücksichtslosigkeit nicht beharren. Zwar erlauben uns die Gesetze dieses Landes unsere Verbindung ohne Ihre bestimmte Einwilligung, und Sie selbst haben Katho diesen Weg angedeutet." — „Blexem, wozu also das lange Geschwätz!" fuhr Mynheer zornig heraus. — „Weil ich ohne den Segen der Eltern diesen Weg nicht betreten werde," fuhr Friedrich sehr ernst fort. „Mynheer, Sie wissen, wie innig wir uns lieben, geben Sie uns freiwilligen Herzens Ihre väter-

liche Zustimmung — in anderer Weise will ich Katho nicht
besitzen!"

Mynheer blieb stumm. „Nun wohl," fuhr Friedrich
fort und seine Stimme bebte, „ist Ihnen meine Person und
meine Nationalität wirklich in diesem Grade zuwider, können
Sie sich nicht entschließen, dann gebe ich Ihnen mein Ehren=
wort, daß ich morgen dieses Haus und die Stadt wieder
verlassen werde, trotz aller Verluste, die für mich daraus
entspringen mögen. Ich will Ihnen keinen verhaßten
Schwiegersohn aufdringen, will Ihnen Katho nicht gewalt=
sam vom Herzen reißen — und sie muß sich dann eben so
gut zu trösten suchen, wie ich selber!"

In Mynheer hatte es auf und ab gewogt, während
Friedrich redete; mit magnetischer Gewalt zog es seine
Blicke zu ihm hinüber, und als er nun schwieg und er das
offene Auge des jungen Mannes schmerzlich auf sich ge=
richtet sah, da konnte er doch nicht länger widerstehen.

Er streckte ihm die Hand hin: „Das war wacker ge=
sprochen!" sagte er langsam und tief Athem holend; „fast
wie ein Holländer! Junger Mann, Katho mag es mit Euch
probiren, und ich will sie selbst in die Kirche führen!"

Friedrich jubelte laut auf, er hätte gern Mynheer um=
armt trotz der blauen Nase und der kleinen Näschen darauf,
aber der Holländer ist kein Freund von solchen Demon=
strationen. Indessen war Mynheer sichtlich ergriffen; er
empfing mit lächelnder Miene Mynheer Smitts feierlichen

Glückwunsch zur neuen Verlobung seiner Tochter und klopfte Friedrich freundlich auf die Schulter, als dieser seinem Diener empfahl, das Bild Costers mit aller Sorgfalt zu verpacken und in Mynheers Wagen zu bringen. Nach kurzer Zeit saßen Beide ebenfalls darin und rollten im besten gegenseitigen Einverständniß Jsselland zu.

Katho ahnte nicht, was ihr bevorstand, als sie still neben der wortkargen Mutter saß und mit einer Mischung von Freude und Unbehagen an die nächste Zukunft dachte. Aber wie fliegen ihre Locken und wie lacht der kleine Mund, als der Vater hereintritt und ihr Friedrich mit den Worten entgegenführt: „Da hast du deinen Deutschen, und reden kann er, so schön wie der Domine!" Sie fragt nicht weiter, sie sinkt an Friedrichs Brust und Mynheer bleibt völlig ungestört, um Mevrouw, die wie Lots Weib dasaß, dieses Räthsel zu erklären. Es ist eine schöne Wahrheit, daß eine warme, tüchtige Gesinnung, frei und offen ausgesprochen, selbst auf die ausgetrocknetsten Naturen ihre Wirkung selten verfehlt. Mevrouw fühlte Thränen in den Augen, was ihr bei all den vergangenen Schrecknissen und Alterationen nicht begegnet war, während ihr Mynheer seine Begegnung mit Friedrich in dessen Haus schilderte, und als er geendet, drückte sie ihrem Mann die Hand und sagte: „Du hast wohl gethan, Jan, er ist wacker und wird unser Kind glücklich machen!"

Am andern Tag saßen Friedrich und Katho wieder in

der jetzt entblätterten Laube auf dem Sandhügel, in welcher sie vor beinahe drei Jahren den letzten Abschied genommen hatten, und nun erst konnte es Friedrich Katho klar und deutlich erzählen, wie es ihm gelungen war, den Sinn des Vaters zu wenden.

„Ich dachte gar nicht, daß du so klug wärest," rief sie lachend; „aber eigentlich sollte ich böse sein," setzte sie schmollend hinzu, „weil du so ohne weiteres daran warfst, mich ein zweitesmal aufzugeben — und ohne mich nur zu fragen!" — „Es war gewagt," sagte Friedrich ernst, „aber mein deutsches Herz konnte es nicht über sich bringen, ein einziges Kind so ohne weiteres gegen den Willen der Eltern heimzuführen, auf ein bloßes Gesetz hin, und außerdem wußte ich auch, daß man mit Güte oft weiter kommt, als mit Trotz. Verstehen Sie mich, Mevrouw Walter, die freie Holländerin?" Und Friedrich sah lachend in Katho's braune Augen, die sie erröthend senkte, denn sie verstand den Wink und erkannte in ihrem Herzen ihren Herrn und Meister.

Es bleibt uns nicht mehr viel zu sagen übrig, als daß es in Osseland jetzt eben so lustig zuging, als es dort zuvor langweilig und traurig gewesen. Der Laurenz Coster auf dem Theebrett ward nicht mehr zum Störefried und im übrigen bemühte sich Friedrich, so viel an ihm war, die Vorurtheile seiner Schwiegereltern zu schonen. Mynheer ward bei den Scherzen seiner Kinder selber ganz witzig und lebhaft, und obgleich Mevrouw ihr fröhliches, lautes Lachen und die kindischen Possen, die sie mit einander trieben, nicht im Mindesten fatsoenlyk fand, so appellirte sie doch weniger oft als sonst an die himmlischen Mächte, wenn sie schon jeden Abend aus vollem Herzen Gott dankte, daß sie nicht sechs Töchter zu verheirathen habe. Sobald Friedrichs Papiere in Ordnung waren, sollte die Trauung stattfinden, und Mynheer abstrahirte der unangenehmen Erinnerung wegen aus eigenem Antrieb von dem üblichen Hochzeit= ceremoniel, was natürlich niemand lieber war, als den Brautleuten selbst. Auch die Vettern und Basen mußten den Brautzucker und die Brautthränen von der unter= brochenen Hochzeit her als empfangen annehmen. Der Brautthränen waren in diesem Fall ohnehin schon genug geflossen, und den Brautzucker, welchen sie jetzt genossen, wollten Friedrich und Katho für sich allein behalten.

Zwar rümpfte mehr als einer der alten Herren auf der Societät die Nase, als sich die Nachricht von der Schwäche und Nachgiebigkeit Jans van der Does verbreitete, und der Bürgermeister erklärte voll Würde, er habe nicht Lust, sich noch einmal von Juvrouw Katho zum Narren halten zu lassen. Aber Jan hielt sich wacker; er ließ seine Katho in Rotterdam auf dem Stadthaus und in der Kirche trauen und kam erst nach G. zurück, als das junge Paar bereits auf dem Kanale schwamm, um erst London und Paris zu sehen, ehe sie sich in ihre eigene Häuslichkeit zurückzogen,

7*

obgleich dieß Mynheer und Mevrouw „sehr neumobisch" fanden.

Es war wahrscheinlich in denselben Tagen, daß das Schiff in den Hafen von Batavia einlief, welches Karel van Zabel die ersehnte Gattin bringen sollte. Statt ihrer empfing er nur einen Brief vom alten Major, welcher dem Sohn in maßlosen Ausbrücken meldete, daß er in effigie verbrannt und seine Ansprüche auf die Hand Katho's vernichtet seien. Karel van Zabel schwor glühende Rache, aber im Interesse des glücklichen Paares wollen wir hoffen, daß, bis er die heimathliche Küste wieder betritt, seine Leidenschaft und sein Zorn, nach dem gewöhnlichen Lauf der Dinge, ebenso verkohlt sein werden, wie seine Handschuhe im Kamin des Stadthauses zu G.

Die kleine Hand.

I.

Nicht im sanften Hauche der Abendröthe, sondern unter Blitz und Donner ging ein schwüler Sommertag zur Neige, und ein bis zum Sturme entfesselter Südwest übertönte das Brausen der Locomotive, welche einen durch das Unwetter verspäteten Zug einer größern Residenzstadt Deutschlands zuführte. Bald hatte die Schnelligkeit des Dampfes den eilenden Riesen aus dem nächsten Bereich der Gewitterwolken entführt, und nur der Wind und ein heftig herabströmender Regen machten sich noch als deren Nachwirkung geltend, als zum Aerger der mit der Route wenig bekannten Reisenden der schrille Signalpfiff noch einmal ertönte und die fliegende Schlange noch einmal ihre Bewegungen hemmte vor dem Erreichen einer Hauptstation, welche für Manche heute das Ziel ihrer Reise war.

Das Stationshaus lag einsam auf einem hoch gewölbten Viaduct, der sich über die Landstraße hinzog, und weder rechts noch links konnte das Auge im Helldunkel des Abends und des Gewitterhimmels die menschlichen Wohnplätze entdecken, welche harrende Passagiere hierher entsandt haben konnten. Aber es waren welche da, und nicht den angenehmsten Weg hatten sie zu machen, bis sie, fast am Ende des ungeheuren Zuges, die vor Wind und Regen schützenden Wagen erreichten.

In einem Coupé der zweiten Wagenklasse saßen, in die vier Ecken desselben gedrückt, vier männliche Gestalten, deren Stellungen hinlänglich bewiesen, wie müde sie des Fahrens und Reisens für heute waren. Dieser Anblick bot sich zwei Damen dar, welche rasch einstiegen, froh, das schützende Asyl erreicht zu haben. Nur das Rauschen von seidenen Kleidern konnte den Reisenden verrathen, daß sie muthmaßlich den höheren Ständen angehörten. Ob sie jung oder alt, hübsch oder häßlich waren, blieb in Nacht und Dunkel gehüllt, obgleich die Blicke der vier Gestalten in den Ecken schon aus Langeweile sich zugleich bemühten, den Schleier zu durchdringen. Das Verlangen, zu schauen, wurde durch die eventuelle Möglichkeit des Schauens unterstützt; denn an der Decke des Waggons brannte das vorschriftsmäßige Licht; aber es fristete ein jämmerliches Dasein. Halb ausgelöscht, vom Winde hin und her bewegt, warf es nur matte, ungewisse Schimmer auf die Dinge und Menschen, die es beleuchten sollte, und ließ sie um so geheimnißvoller erscheinen.

Drei der Reisenden waren es auch bald müde, beim
Flackern dieses Irrlichtes etwas erkennen zu wollen, was
des Erkennens vielleicht gar nicht werth war, und versanken
wieder in jene stumme Apathie, die sich nach langer Eisen-
bahnfahrt so leicht der Betheiligten bemächtigt. Der vierte
Reisende, ein junger Professor der Botanik an einer kleinen
süddeutschen Universität (wir klären den Leser schneller
über ihn auf, als es die ersterbende Wagenbeleuchtung
hätte thun können), fühlte nicht minder die Wirkung einer
halben Tagereise, der schwülen Luft und einer ziemlich langweiligen Gesellschaft. Das kleine Intermezzo war ihm
indessen willkommen. Erst wunderte er sich, wo in aller
Welt plötzlich an diesem scheinbar sehr einsamen Ort, zur
Abendstunde, Damen auftauchen könnten, und, wie es schien,
im Putz. „Möchte doch wissen, ob beide, oder vielleicht Eine
dem Mädchen aus der Fremde gleicht!" dachte er. Aber zur
Erfüllung dieses Wunsches war wenig Aussicht vorhanden.
Eine der Damen saß neben ihm und bildete nur einen
dunklen Schattenriß; die andere ihm gegenüber genoß
etwas mehr von der Wohlthat der Zauberlaterne über ihr,
aber noch lange nicht genug, um nur mit einiger Gewißheit
entscheiden zu können, ob ihr Haar braun oder blond, ihre
Augen hell oder dunkel waren. Je nach den Streifereien
des neckischen Lichtes erschien die Nase bald unverhältniß-
mäßig groß, bald klein, bald war sie gar nicht vorhanden,

und vom Munde ließ sich eben so wenig Sicheres erkennen.

Nachdem die Neugierde des jungen Mannes sich an
diesem chamäleonartigen Gesichte erschöpft hatte, glitten
seine Blicke auf die Gestalt. Diese schien mittelgroß und
zierlich, war aber durch die seidene Mantille verhüllt, und
das Einzige, was seine Aufmerksamkeit noch erregen konnte,
war die Hand, welche, wohl der Hitze wegen, vom Handschuh entblößt, unbeweglich auf dem seidenen Kleide lag.
Der dunkle Hintergrund ließ zuweilen erkennen, daß sie
klein und schmal war, und wenn das flackernde Licht über
die schlanken Finger dahin glitt, glichen sie den sammtarti-
gen, langgestreckten Blättern der japanischen Lilie. Der
Stein eines Ringes blitzte zuweilen dazwischen wie ein
matter Stern, je nachdem ihn ein sekundenlanger Lichtblick
traf, und machte das zarte Gebilde nur um so reizender.

War es die Erinnerung an die Lilie, die den Botaniker
fesselte, oder sonst etwas, genug, die Blicke des jungen
Mannes blieben auf der Hand haften und ergötzten sich
daran, wie sie bald im Dunkel verschwamm, bald wieder
dämmernd wie der Mond aus einer dunkeln Wolke hervor
trat. Er konnte dies um so ungestörter thun, als die Besitzerin der Hand ihn gar nicht beachtete und nicht minder
stumm als die übrige Gesellschaft nur zuweilen zu dem
phantastischen Lichte über ihr ihre Augen erhob, die dann
groß und dunkel erschienen. Endlich gab ein Pfiff das

Zeichen, daß man sich einem Theil des Zieles nahe, und riß den jungen Mann, Gustav Welden, aus seinem träumerischen Anschauen.

„Nun," dachte er, „werden mich wohl die Laternen der Halle belehren, welchem Blendwerk ich seit einer Viertelstunde meine Betrachtung widme, mögen sie aussteigen oder nicht." Daß Letzteres geschehen würde, ward indeß aus den Bewegungen der Damen ersichtlich, aber — Gustav hatte sich verrechnet. Der Gang des Zugs ward ruhiger, endlich stand er ganz still, aber es blieb dunkel wie zuvor und die neben ihm sitzende Dame sagte: „Mein Gott, der Zug ist so groß, daß er nicht ganz unter die Halle fahren kann; wir müssen hier einen zweiten Sprung machen." Ehe noch jemand antworten konnte, riß der Conducteur die Thüre auf und forderte die nicht weiter Reisenden auf, auszusteigen. Dieß war jedoch wirklich eine schwierige Sache. Der Regen goß fortwährend in Strömen herab und gute Springer mußten es sein, die da heraus wollten, denn erst etwa drei Fuß unter dem Wagentritt war fester Boden zu finden. „Wie werden wir da herauskommen?" sagte abermals die Dame, welche zuerst gesprochen und die dem Ausgang zunächst stand. Gustav besann sich nicht lang, er sprang heraus, stellte sich neben die Thür und mit seiner und des Conducteurs Hülfe stand die vorderste Schöne bald glücklich auf festem Grunde. Nun kam die andere; sie reichte dem Conducteur die eine, Gustav die

andere, die so lang betrachtete Hand und glitt so flüchtig
zwischen diesen beiden Stützen zur Erde, daß er wenigstens
hoffen durfte, keiner sechzigjährigen Schönen diesen Ritter-
dienst erwiesen zu haben. Aber wie war ihm denn, als
die kleine, weiche Hand so ruhig in der seinen lag, leicht
wie ein Blumenblatt, mild erwärmend wie der erste Strahl
der Frühlingssonne! Er konnte sie nicht los lassen, wie
mit magischer Gewalt blieben seine Finger darum geschlossen, als sie sich schon zum Gehen wandte. Sanft zog sie
nun ihre Hand aus der seinigen, flüsterte mit angenehmer
Stimme ein freundliches: danke Ihnen! und war mit ihrer
Begleiterin verschwunden.

Gustav stürzte ihnen nach, er glaubte noch zu sehen,
wie sie in einen Wagen stiegen, und dahin war der Traum
einer Viertelstunde, eine Phantasmagorie, welche die Eisenbahnen, die man so gern und mit gewissem Unrecht die
prosaischen nennt, tausendfach hervorzaubern. Einen
Augenblick besann sich Gustav, ob er weiter reisen, oder
die Spur der Damen, die ihn plötzlich so lebhaft interes-
sirten, verfolgen solle. Verfolgen — aber wie? Die ganze
Thorheit eines solchen Beginnens durchzuckte ihn, und fast
beschämt über sich selbst, drückte er sich wieder in seine
Wagenecke, um nach einer weiteren halben Stunde sein
heutiges Ziel in jener bedeutenden Handelsstadt zu finden, in welcher die Eisenbahnnetze, die Nord- und Süd-
deutschland verbinden, sich an einander anschließen. Dort

wollte er mit einem vorausgeeilten Freunde zusammentreffen zu einer Fußwanderung durch die lieblichen Thäler
des Taunus, die gerade um diese Zeit in ihrem schönsten
Schmucke, dem reichsten Wiesenflor, erblühen und dem
Botaniker manche interessante Ausbeute versprachen. Der
Unsrige dachte aber jetzt weder an Kryptogamen noch an
Phanerogamen, sondern sah in wachem Traume noch immer
die schmale, feine Hand vor sich, die seine Blicke gefesselt
und deren Druck er empfunden hatte. Das tückische Licht
war nun ganz erloschen und die völlige Dunkelheit be-
günstigte die Phantasiemalereien des schwärmerischen Professors, der die zarten Finger noch immer zwischen den
seinigen zu halten meinte.

II.

„Du bist ein Narr!" werden unsere Leser mit Gustav
Weldens Freund, dem wohlbestallten Professor der Anatomie zu F., Eugen Boden, ausrufen, wenn sie erst den
Grund dieses zarten Compliments erfahren haben. Die
beiden Freunde lagerten an einem sanften Abhang des
niedern, in die Ebene vorspringenden Bergrückens, auf
dem die Ruine K., zur Zeit der Raubritter und Wegelage-
rer ein gefürchteter Name, täglich mehr in Schutt und
Trümmer zerfällt. Sich abwendend von diesen fossilen
Resten der Feudalzeit, schweifte ihr Auge hinaus auf die
Thäler und Höhen, welche die ewig junge Natur hier auf's

Neue in ihr lieblichstes Gewand gehüllt hatte. Wer es
noch nicht gesehen, hat keinen Begriff von dem Blumen=
schmelz, welcher um diese Zeit die Wiesen des Taunus in
einen Teppich verwandelt, dessen Farbenpracht alle Werke
der Kunst weit überstrahlt. Von zahllosen kleinen Bäch=
lein durschnitten, geben sie unzähligen Orchideen die üppigste
Nahrung, und in allen Schattirungen des Regenbogens
erblüht die duftige, zierliche Blume auf dem saftigen
Stengel, der sich hoch über die rings anschwellenden Gräser
erhebt. Die Königin unter der bescheideneren Wiesenflora,
war sie es vornehmlich, die den jungen Botaniker angelockt,
und gefüllt mit den seltensten Exemplaren derselben, lag
seine Pflanzentrommel neben ihm. Er selbst schaute träu=
merisch hinauf in die Wipfel eines zahmen Kastanienbaums,
der seine breiten Aeste über ihm ausstreckte. Ein ganzes
Wäldchen dieses anmuthigen Baums zog sich zerstreut an
den grünen Abhängen hinab. Seltsam contrastirte das
matte Hellgrün der erst im Entfalten begriffenen Blätter
mit dem dunkleren Laub der umstehenden Obstbäume, und
ließ die Kinder des Südens nur um so malerischer hervor=
treten. Der tiefblaue Himmel, der das ganze herrliche
Bild überwölbte, gab ihm vollkommen den Reiz einer ita=
lienischen Landschaft, und so linde Lüfte wehten, als kämen
sie eben vom Mittelmeer und wollten mit freundlichem
Kosen die Kastanien ermuthigen, alle Knospen zu sprengen
und das federartige Laub vertrauend hervorspießen zu lassen.

Und wie nahm sich denn der Mensch aus, inmitten dieses harmonischen Bildes voll Frieden und süßer Schönheit? Wer dieß einmal zu schauen vermöchte mit dem unbefangenen Blicke des Schöpfers! Doch möge kein irdisches Auge beleidigt werden beim Anblick unseres Freundes Eugen, der lang ausgestreckt auf dem weichen Rasen lag und wenigstens eine Million armer Grashalme und unzählige Schlüsselblumen durch das mächtige Embonpoint seiner Gestalt zu Boden drückte. Da er nicht groß war, trat die hier angedeutete Eigenschaft um so auffälliger hervor, und das breite, vollkommene Gesicht paßte vortrefflich zu der stämmigen, corpulenten Gestalt. Unter der breiten Stirne lagen ein Paar braune Augen, in denen es fortwährend von Spott, Muthwillen und Schelmerei blitzte. Der breite Mund hielt, was die Augen versprachen, und floß beständig über von Witz und Neckereien. Das runde Kinn vollendete das Bild des genialen Lebemannes, dem nichts über eine leckere Tafel und einen guten Spaß geht. Wer da glaubt, die Wissenschaft vertrage sich nicht mit diesem Zug zum Lebensgenuß, irrt gewaltig. Die Zeit der Fauste, die in dunkler Kammer über die Gesetze des Lebens und der Natur brüteten, ist vorüber; die laute Welle des Lebens rauscht dicht neben dem geheimnißvollen Born der Wissenschaft, welche nicht mehr schroff und einsam auf steiler Höhe erblüht, und Eugen Boden war am Anatomietisch eben so tüchtig wie an der Wirthstafel, und

seinem Secirmesser und seinem geistvollen Vortrag folgten
die Augen und Ohren der Hörer mit gleicher Begierde.

Wie das Ungleichartige sich oft am liebsten zu einander
gesellt, so hatte er sich an Gustav Welden angeschlossen.
Dieser war sein gerader Gegensatz. Schlank gebaut, die
Stirne von hellbraunen Locken umflogen, in den stillen,
blauen Augen ein träumerisches Hinstarren, der kleine,
weiche Mund oft von einem ernsten Lächeln umschwebt:
so verrieth sein ganzes Aeußere auf den ersten Blick den
tiefsinnigen Mann, das mehr ideale Streben, die Abneigung
gegen das laute Geräusch des Lebens. Er paßte vortreff=
lich für seinen Beruf und dieser für ihn. Von frühester
Jugend daran gewöhnt, einsam in Berg und Wald herum=
zustreifen, halbe Tage lang einer seltenen Blume, einem
Schmetterling nachzujagen, wandte er sich sehr natürlich
dem Studium der Naturwissenschaften und vorzugsweise
dem der Botanik zu, welches ihn nach mühsamen Unter=
suchungen doch fortwährend wieder hinaus in's Freie rief.
Ziemlich unabhängig in seinen Vermögensverhältnissen,
konnte er um so ungestörter seinem Lieblingsstudium nach=
leben und begnügte sich vorläufig gern mit der wenig ein=
träglichen, aber ihm ganz zusagenden Stellung eines außer=
ordentlichen Professors der Botanik an der kleinen Uni=
versität F. im reizenden Breisgau.

Eugen war es wohl zufrieden, als sein Freund ihm vor=
schlug, ihn auf einer seiner gewöhnlichen Ferienfußwan=

rerungen zu begleiten und für einige Tage die Menschenleiber über den zärteren Blumenleibern zu vergessen. Die Fuß= wanderung hatte begonnen und wir finden sie gerade in dem Moment, wo es disharmonisch genug zwischen Vogelgezwit= scher und Blumengeflüster aus Eugens Munde erscholl: „Du bist ein Narr!" nachdem er in staunender Bewunde= rung eine Zeitlang darüber nachgedacht hatte, wie ein ver= nünftiger Mensch auch nur zwei Minuten lang über ein so unbedeutendes Abenteuer nachsinnen könne, als das war, welches Gustav ihm eben mitgetheilt hatte, und wel= ches nichts anderes als seine Begegnung auf der Eisenbahn betraf.

Gustav richtete sich halb empor, sah den Freund an und sagte lächelnd: „Du magst recht haben, aber daß ich ein solcher Narr bin, wußtest du ja schon lange. Ich hänge gern meinen Träumen und Phantasien nach, und wo wäre dieß mehr erlaubt, als unter diesem blauen Himmel, unter diesen grünenden Bäumen? Laß mich immerhin denken, ich hielte die kleine, weiße Hand noch zwischen der meinen, drückte sie an meine Lippen, fühlte ihren Gegendruck — kann es eine unschuldigere Freude geben?"

„Nein, das ist mehr als Träumerei, das ist baare Thorheit!" rief der Andere ungeduldig. „Seit zwei Tagen redest du fast kein Wort, läufst an den prachtvollsten Pflanzen vorüber, und ich muß mich bücken und sie für dich pflücken, damit wir doch nicht ganz umsonst in der

Welt herumziehen." — „Was deinem breiten Rücken wohl bekommen möge," erwiederte Gustav lachend. „Aber warst du denn noch nie verliebt, daß du mir diese kleine Schwärmerei so mißgönnst, daß es dich in Harnisch bringt, weil ich noch zwei Tage lang an die Dame meines Herzens denke?" — „Nein, es wird immer toller!" rief Eugen. „Nun ist sie schon die Dame seines Herzens, weil sie muthmaßlich, nur muthmaßlich ein paar weiße Hände hat, die vielleicht einer Putzmacherin oder Schauspielerin angehören! Mir wäre dieß nun freilich völlig einerlei, insofern sich Jugend und Schönheit damit paarte, aber du Unschuldsmensch, du eingefleischte Solidität, du würdest bei dieser Entdeckung vor ihr flüchten, wie vor dem bösen Feind."

„Wer weiß!" sagte Eugen halb im Ernst, halb im Scherz, „wer weiß! der magnetische Zug in meiner Hand war so stark, der elektrische Strom fuhr so schnell und gewaltsam durch mein Herz, daß ich mich vielleicht selbst entschließen könnte, eine Schauspielerin oder Putzmacherin an den Altar zu führen, wenn, ja wenn —"

„Wenn die Schöne erst aufgefunden wäre," rief Eugen. „Ja, siehst du, wäre dazu die geringste Hoffnung vorhanden, so ginge ich mit dir bis an's Ende der Welt, nur um des Spaßes wegen, und um zu erleben, daß eine fünfzigjährige Huldin, die beinahe deine Großmutter sein könnte, der Zitteraal war, der deine Nerven und dein Blut in Wallung brachte, oder eine so wunderbare Schönheit, daß bei

ihrem bloßen Anblick dein ganzer magnetischer Schwindel
zu Eis erstarrt. O, nur eine kleine Spur, damit ich dir
beweisen könnte, welche Bewandtniß es mit deinem viel=
gerühmten und längst erwarteten Zug des Herzens hat!
Aber selbst wenn die „Schönhändige“ da vor uns stünde,
würde dein blödes Auge sie sicher gar nicht erkennen; oder
vertraust du auch hierin abermals auf deinen Zug des
Herzens?“

„O,“ rief Gustav feurig, „noch nach hundert Jahren
würde ich den Druck dieser Hand wieder erkennen, wie die
zarten Finger sich um die meinen schlossen, als sie ihr zur
Stütze dienten! Spotte, soviel du willst, dieß bleibt sicher,
diese Hand würde ich unter tausenden wieder heraus fühlen.“

„Dann weiß ich dir keinen bessern Rath, als nach D.
zu reisen und dort allen Frauenzimmern, jung und alt, groß
und klein, die Hand zu drücken, vielleicht findest du die
Rechte. An komischen Verwicklungen wird es dabei auch
nicht fehlen. Aber dieß Eine sage ich dir, wenn ich mich
je verheirathe, dann rührst du mir die Hand meiner Frau
nicht an. Noch besser wäre es, du machtest dich zum
Dichter, um eine neue Auflage des alten italienischen Lie=
bessängers Conti zu bilden, der einen ganzen Band über
die schöne Hand seiner Geliebten zusammenreimte und sie
unter dem Titel: „Die schöne Hand“ herausgab.“

„Auch nicht übel,“ sagte Gustav, „aber nun lasse es nur
gut sein, du nimmst die Sache ganz gegen deine Ge=

wohnheit viel zu ernsthaft. Du weißt, daß ich von jeher eine Passion für schöne Hände hatte und mit wahrem Vergnügen die Abhandlung von Carus über diesen Gegenstand studirt habe. Ich habe mich seitdem daran gewöhnt, den Menschen beinahe eher nach den Händen, als in das Antlitz zu sehen, um mir daraus eine Idee über ihre Wesenheit zu abstrahiren. Nun kann ich dich versichern, daß meine Unbekannte, wenn mich anders das Irrlicht nicht allzu grausam täuschte, eine der ausgeprägtesten seelischen Hände hatte, welche ich noch gesehen habe, und die Berührung derselben erweckte in mir die sonderbarsten und weichsten Empfindungen."

„Seelische Hände! Unsinn!" unterbrach ihn Eugen; „schöne Hände sind schöne Hände und damit fertig. Ich sehe auch eine zarte, weiße Hand lieber als eine große, rothe; aber Systeme darauf zu bauen, ist abgeschmackt. Gehe mir nun vollends noch zu den Phrenologen über, dann ist's mit unserer Freundschaft zu Ende. Von den Klopfgeistern bist du wohl auch schon angesteckt, nach allem zu schließen, was du mir vorhin von elektrischem Strom, magnetischen Empfindungen u. s. w. vorgefaselt hast."

„Bah," lachte Gustav, den die üble Laune des Freundes aus seiner Träumerei aufgerüttelt und heiter gestimmt hatte, „so weit als unsere Herzensansichten gehen unsere wissenschaftlichen Wege doch nicht auseinander. Du bist im Stande, dir eine Frau durch die Zeitung zu suchen, ich

denke, die meinige käme für mich direkt vom Himmel herab;
ich glaube an die Zauberkraft der Liebe, welche die Herzen
oft auf die wunderlichste Weise zusammenführt; du be-
trachtest, ganz im Geiste unserer Zeit, die Ehe wie ein Geschäft. Doch dieß soll unsere Freundschaft keineswegs stören.
Von der kleinen Hand erzähle ich dir nichts mehr, gehe
auch nicht nach D., um sie unter tausenden herauszusuchen,
aber ganz leise und heimlich halte ich sie an mein Herz gedrückt und warte —" — „Bis an den jüngsten Tag!"

„Wer weiß, bis an den jüngsten Tag!" rief Gustav
neckisch. „So lange dieses Gefühl frisch in mir bleibt,
brauche ich kein anderes. Aber jetzt komm', meine Kehle
lechzt nach Erquickung auf das lange Geschwätz, und wie?"
fuhr er fort, indem er sich im Aufstehen verwundert umsah,
„muß ich heute der Mahner dazu sein? Das erstemal
im Leben vielleicht!"

„Gott Lob und Dank, daß du wieder auf eine vernünftige Idee kommst," sagte Eugen aufspringend, nachdem er sich noch einigemal im Grase ausgestreckt und gedehnt hatte. „Vorwärts! und alle Sammetpfötchen der
Welt sollen leben! Aber von der deinigen will ich nun
nichts mehr hören!"

Es ist nicht unsere Absicht, die Freunde auf ihrer weiteren Wanderschaft zu begleiten. Genug, daß sie Beide,
vollkommen befriedigt davon, zu ihren gewöhnlichen Be-
rufsbeschäftigungen zurückkehrten. — Gustavs kleines Aben-

teuer wurde nur noch vorübergehend scherzhaft erwähnt und war nach wenigen Wochen von Eugen fast vergessen, der, an die phantastisch träumerischen Neigungen seines Freundes gewöhnt, immer neue Gelegenheit fand, kleine Züge dieser Art an ihm zu geißeln, und darüber die alten vergaß.

Mit Gustav war es anders, er rief sich gern und oft die süße Empfindung jenes Abends zurück, und die Leser mögen sich darüber nicht allzusehr wundern: dieses träumerische sich Zurückversetzen entsprang ganz folgerichtig aus seiner innersten Natur. Die romantische Ader im Menschenherzen pulsirt unaufhaltsam fort, im einen mehr, im andern weniger, und gerade die jetzige Herrschaft des Materialismus ist bei den einzelnen oft am wenigsten dazu geeignet, sie zu zerstören. Gustav besaß im täglichen Leben ganz den klaren Blick des Mannes, wie unsere Zeit ihn braucht. Er erkannte hinter den positiven materiellen Strebungen der Wissenschaft den tiefen, geistigen Gewinn. Er sah das immer mehr hervortretende Zusammengreifen der zu Tage geförderten Wahrheiten, sah mit freudigem Staunen, wie die Riesenschritte der Wissenschaft immer dringender, immer gewaltiger in die socialen Zustände eingreifen und Anschauungen erwecken, Gesichtspunkte aufstellen, die noch vor wenigen Jahrzehnten erst wie blasse Sterne am Horizont des Fortschritts erschienen. Der Kampf mit der Materie, das Ablauschen und Abzwingen ihrer Gesetze und Ge-

heimniſſe, die Dienſtbarmachung derſelben auf den Wegen
der Induſtrie und des Handels war für ihn ein erhebendes
Schauſpiel. Es erſchien ihm dieß nicht, wie ſo vielen, als
Unterwerfung unter die Herrſchaft der Materie, ſondern
als Bekämpfung, als Unterjochung derſelben. Er erkannte
im Gelde nicht den Herrn, ſondern den Knecht unſerer Tage,
der ewige Beſitzthümer an's Licht fördert.

So wirkte er unabläſſig und mit freudigem Muthe auf
dem Boden ſeiner beſonderen Wiſſenſchaft. Sie war ja
nicht mehr eingezwängt in die ſtarren Formen der Claſſi=
fikation, ſie war ein lebendiges Glied geworden in der
großen Kette der zuſammenwirkenden Kräfte, und Hand in
Hand mit der großen Schweſter Chemie durfte ſie hoffen,
der Cultur des Bodens bald neue Geſetze vorzuſchreiben.
Sein Geiſt alſo fühlte ſich befriedigt und erhoben, und
in weiterem Sinne auch ſein Herz. Aber die Menſchen=
bruſt beherbergt neben dem großen, gewaltigen Herzen,
das der ganzen Menſchheit ſchlägt, noch ein kleines,
ganz individuelles, deſſen Streben allein dahin geht, die
Eine Bruſt zu beglücken, in der es zitternd pocht. Und
dieſes Herz empfindet oft bitter genug den Jammer
des täglichen Lebens, den Lärm des ewigen Ringens
und Strebens, die kalte Theilnahmloſigkeit, die ihm auf
jedem Schritte begegnet. Es will ſein kleines, beſchränktes
Glück für ſich ſelbſt, ein Hüttchen auf grüner Flur, eine
Spanne Landes, die ihm allein gehört und auf der es

seinen Altar baut. Je tiefer die Menschenbrust für das
Wohl der Menschheit empfindet, je sehnsüchtiger ist ihr
Drang nach einem kleinen Theil eigner Befriedigung,
aus welcher die Seele neue Kraft und Thatenlust schöpft.
So fühlte Gustav und mit ihm empfinden Tausende und
aber Tausende das Nämliche, die nach außen mit demselben
ruhigen, überzeugten Blick in die Wirbel unserer ge=
waltigen Zeit hinabsehen.

Und hier, im Suchen nach diesem Glücke war es, wo
seine träumerische Natur ihr volles Recht zurückforderte.
In's Mysterium der Liebe sollte ihm die kalte Hand der
Wirklichkeit nicht eingreifen, dort wollte er ahnen und nicht
schauen. Wie eine goldene Wolke sollte die Liebe sich auf
sein Herz herabsenken und ihn dem Irdischen entrücken;
ein willenlos Besiegter wollte er zu ihren Füßen liegen,
aber nicht suchen — um Gotteswillen nicht suchen nach dem,
was wie ein heiliger Wetterstrahl seine Seele erleuchten
sollte. Je klarer er in der Wissenschaft sich dem Leben
zuwandte, je zäher hielt er an diesen ersten Jünglings=
schwärmereien, an dem von seinen praktischeren Freunden
längst überwundenen Standpunkt fest. Auf diesen einen
Punkt hatte sich die ganze unterdrückte Schwärmerei seines
Wesens concentrirt, hier hoffte und verlangte er poetische
Erfüllung, während alles Andere in ihm sich dem Bedürfniß
seiner Zeit und seines Berufs gefügt hatte.

Nun sollte man sich billig wundern, daß ein so gestimm=

tes Herz nicht schon lange den Gegenstand seiner Träume
gefunden, aber die Ironie des Schicksals traf auch ihn.
Eine flüchtige Jugendneigung abgerechnet, die fast noch in
die Knabenzeit fiel, fühlte er sich nur auf Momente hie
und da angezogen. Der Zauber eines schönen Auges, einer
lieblichen Gestalt machte sich bei ihm so gut wie bei Andern
geltend, aber eben weil er nur durch die Phantasie wollte
gefangen werden, stand sein Verstand ihm selber unbewußt
ewig auf der Lauer und zersetzte im voraus jeden tieferen
Eindruck.

Außerdem war auch Gustav schwer zu befriedigen, sein
wirklich rein und ideal gestimmtes Herz konnte nur durch
das wahrhaft Hohe und Schöne gerührt werden; aber, wir
wissen es ja Alle, dieses findet sich nicht häufig und seine
Begegnungen mit dem weiblichen Geschlecht gingen alle
so platt und prosaisch ab, die jungen Damen waren alle
so freundlich und lächelnd, so Eine wie die Andere — die
Romantik der Liebe wollte dem romantisch Suchenden nicht
lächeln und er fühlte dieß oft schmerzlich und tief.

So ward der Mann äußerlich beinahe zum Weiberfeind;
er hielt sich mehr zu den gebildeten Frauen von mehreren
seiner Freunde und Collegen, und alle Bemühungen der=
selben, ihn für diese oder jene Heirath zu stimmen, schei=
terten an der kühlen Ruhe seines Herzens. Die Gegen=
gründe, welche er geltend machte, erwarben ihm bald genug
den Namen eines Schwärmers und er ließ es sich lächelnd

gefallen, wenn man ihn so nannte. Bei den Frauen nützte ihm dieses Prädikat am Ende eher, als daß es ihm schadete, und die Männer schätzten ihn darum nicht minder als Gelehrten und Mann von Geist und Charakter. Was Wunder nun, daß dieses Herz, so spröde und doch so zerbrechlich, weil ja jede Stunde den erwarteten Glockenton anschlagen konnte, unter dem Druck der kleinen Hand zerbrach und mit unendlichem Sehnen dem Verlangen nachhing, die zu schauen, der sie angehörte! Eben weil dem Verstand hier jeder Anhaltspunkt fehlte, konnte die Phantasie um so mächtiger wirken, sie zauberte ihm die lieblichsten Bilder, die wunderlichsten Verkettungen vor die Seele, und es ward ihm zuletzt fast zur fixen Idee, daß dieses ahnungsvolle Räthsel sich noch einmal in wunderbarer Weise für ihn entwickeln würde. Damit schien denn sein Herz jedem neuen Eindruck völlig verschlossen, mit einem gewissen Behagen empfand er den ruhigen, sanften Zauber, der ihn umfloß, und wer konnte ihm am Ende das Recht bestreiten, sich öfter selbst zu wiederholen: „So lange dieses Gefühl frisch in mir bleibt, brauche ich kein anderes.“

III.

Auf dem Schloßberge, an dessen Fuß die freundliche Universitätsstadt sich lehnt, war eine kleine heitere Gesellschaft versammelt. Den Mittelpunkt derselben bildete eine junge Dame von mehr anziehender, als gerade reizender

Perſönlichkeit. Der ſchönſte Schmuck, welcher Auguſte Wieland zierte, war ein auffallend klares und ausdrucks= volles Auge, deſſen Schimmer, beſonders wenn ſie im Sprechen ſich belebte, einen ſo ſeltenen Zauber um ſie ergoß, daß man gerne vergaß, daß die Natur ſie zwar liebevoll, aber nicht gerade verſchwenderiſch bedacht hatte. Es war in ihr ein tiefes, geiſtiges Leben, und der Blick ihres dunkeln Auges erſchien als der treue Spiegel deſſelben. Etwa vierund= zwanzig Jahre alt, hatte ſie ſchon frühe des Lebens Schatten= ſeiten neben ſeinen Lichtblicken kennen gelernt, und zwar genug davon, um ihr Gemüth zu reifen, ihrem Charakter Feſtigkeit zu verleihen; aber doch nicht ſo viel, um ihrem Geiſte ſeine friſche, bewegliche Heiterkeit zu rauben. Dieſe Vereinigung von faſt kindlichem Scherz und Ernſt machte ſie überall zum gern geſehenen Gaſt, und mit Ungeduld hatte man ſie ſchon ſeit mehreren Monaten in F. erwartet, wo eine ältere Freundin von ihr, die Gattin des Profeſſors P., ihr ein treues, liebendes Herz bewahrte. Endlich war ſie da, und eben jetzt ruhte ihr Auge in ſtiller Freude auf dem reizenden Panorama, welches ſich weit umher ausbreitete.

Freund Eugen ſaß neben der liebenswürdigen Auguſte auf einem bemooſten Felsſtück und würzte den Naturgenuß durch luſtige Bemerkungen, fortwährend bemüht, wie er ſelbſt ſagte, dem allzu großen Enthuſiasmus, ſobald er ſich regen wollte, die Flügel zu beſchneiden. Doch brauchte er dieß bei ſeiner Nachbarin nicht zu fürchten; eine leiden=

schaftliche Verehrerin der Natur, war sie doch selbst zu
natürlich, um derselben mit dem gewöhnlichen „göttlich,
entzückend, himmlisch" ihren abgeschmackten Tribut dar=
zubringen. Sie begnügte sich gewöhnlich mit dem bloßen
Schauen, und wenn sie heute zuweilen in die abgedroschene
Naturexstase zu gerathen schien, so war es nur, um ihren
Nachbar zu necken und zu spaßhaften Erwiederungen an=
zureizen.

„Aber, dieß ist wirklich wundervoll!" rief auf einmal
Auguste, die einige Minuten lang in stilles Anschauen ver=
sunken dagesessen, und der Ernst in dem weit geöffneten,
strahlenden Auge bewies, daß sie dießmal nicht aus Schel=
merei in den enthusiastischen Ausruf ausbrach. Der An=
blick zu ihren Füßen rechtfertigte ihr Entzücken. Die Sonne
war bis an den äußersten Rand des Horizonts vorgerückt,
und ihr feuriger Ball schwebte eben über den bläulichen
Linien der Vogesen, die sich auf dem Hintergrund des Him=
mels sanft abzeichneten. Als sei es der Sonne leid, die
Erde zu verlassen, ohne ihr den letzten und schönsten Ab=
schiedsgruß zu senden, flammte sie noch einmal auf in ro=
then, mächtigen Gluthen. Durch die Bogen und Fenster
des Münsters fluthete das glühende Licht, und als ob auf
einen Moment der Geist sichtbar werden wolle, welcher einst
in andächtiger Verzückung diese Hallen gewölbt, diese
Mauern gethürmt, so leuchtete das ehrwürdige Monument
einer hinabgesunkenen Zeit, wie von einem inneren Lichte

verklärt, in strahlender Helle. Die niedern Dächer der
Stadt streifte der Gluthblick nur mit einem schwachen, ro-
sigen Schimmer als matte Folie, und Auguste hatte Recht,
als sie ausrief: „Liegt der Dom nicht vor uns wie ein
prächtiger Edelstein, dem dieses ganze weite Land, diese
Stadt, diese Berge und grünen Ebenen nur zur Fassung
dienen sollen — die Natur dem Werke des Menschen-
geistes?"

„Gemach, mein Fräulein!" erwiederte Eugen. „Wenn
der Sonnenuntergang Sie zu sehr afficirt, dann denken Sie
an Heine und das Fräulein vom Meere." — „Ich brauche
nicht an Heine zu denken," sagte Auguste, „ich habe den
Spötter schon neben mir. Aber stille!" setzte sie hinzu und
deutete mit aufgehobenem Finger rückwärts.

Alle schwiegen und lauschten. Von einer kleinen, mit
Gebüsch bedeckten Erhöhung hinter ihnen, wo die Aussicht
noch freier war, erscholl eine kräftige Männerstimme und
sang in ausdrucksvollen Tönen des Schäfers Abendlied.
Unter dem Gesange verbleichte und erlosch das glühende
Bild; die Sonne sank hinter die Berge, und als die letzten
Töne des Liedes verklungen waren, bedeckte nur noch jener
bläuliche Duft, welcher der Abenddämmerung vorangeht,
die Gegend.

„Meine Herren und Damen, die Schnupftücher heraus!"
rief Eugen, der geschworene Feind jeder gehobenen Stimmung, mit starker Stimme und brachte mit affektirter Ge-

berte das seinige an die Augen. Aber dießmal belächelte ihn niemand, als er sich selbst; der Moment war kein gemachter, sondern ein wirklich schöner und ergreifender, und keines der Anwesenden empfand dieß tiefer als Auguste, welche sich etwas unwillig von dem immer lustigen Nachbar abwandte.

„Dieß war Welvens Stimme, ganz gewiß!" sagte nun Marie, Augustens Freundin; „er singt das Lied oft und gern. — Aber warum ist er denn nicht mit uns gegangen?" wendete sie sich fragend gegen ihren Mann. — „Er wußte es wohl selbst nicht recht," erwiederte dieser. „Irgend eine Blume blüht auf irgend einem Berg und diese mußte er holen."

„Er wird jeden Tag weniger zugänglich," sagte Eugen; „das Blumenholen wird bei ihm nachgerade zur Manie." — „Dies ist ja auch nur ein Vorwand für ihn, um draußen ungestört umherschweifen zu können," erwiederte Marie eifrig, „und gerade sein tiefer Sinn für die Natur macht ihn zu dem weichen und liebenswürdigen Menschen, den mein Mann und ich hochschätzen."

„Ja, ja, meine liebe Frau Professorin," rief Eugen, „wir wissen, daß Freund Gustav sich Ihrer ganz besondern Huld, wie fast der aller Damen zu erfreuen hat. Schade, daß er so wenig Nutzen davon zieht," setzte er halb leise hinzu, und dann zu Auguste gewendet, fragte er: „Kennen Sie Herrn Professor Welven?" — „Wir wechselten gestern einige flüchtige Worte mit einander, als ich ihm bei meinen Freunden vorgestellt wurde," lautete die gleichgültige Antwort. — „Können Sie schwärmerische Männer leiden, mein Fräulein?" fuhr Eugen fort. — „Nicht sehr, sie müßten denn sehr genau wissen, wofür sie schwärmen." — „Nein, Sie dürfen dieselben gar nicht leiden können, Sie sind viel zu gescheidt dazu. Ich habe Sie zwar vorhin etwas in einer sentimentalen Stimmung gestört, aber das kommt bei Ihnen gewiß nur auf Augenblicke. Sie sind verständig, realistisch, Sie sind ganz nach meiner Art, gestehen Sie es selbst."

Auguste hatte ihm lächelnd zugehört; sie sah ihn nun eine Minute lang forschend an, schüttelte leise den Kopf und sagte: „Einigermaßen ja, aber nicht so ganz, wie Sie glauben, ach nein, noch lange nicht!" — Sie bemerkte den pfiffigen Blick nicht, mit welchem Eugen sie von der Seite betrachtete.

Nahende Schritte wurden hörbar und heraus zwischen den Büschen trat eine schlanke Männergestalt, in der wir sogleich Gustav Welden erkennen. Er schien einen Moment betreten, sich so plötzlich mitten in der Gesellschaft zu finden, deren Einladung zu einem Spaziergang er ausgeschlagen hatte; aber Professor P. trat freundlich auf ihn zu, reichte ihm herzlich die Hand und sagte:·„Da haben wir nun den Flüchtling doch. Ihre Freunde müssen fast wünschen, in Blumen oder Bäume verwandelt zu werden, damit Sie noch einige Notiz von ihnen nehmen."

„Verzeihung," sagte Gustav, indem er die übrige Ge=
sellschaft begrüßte, „aber ich brauchte einige gerade jetzt
blühende Pflanzen für das Werk, welches ich herausgebe,
und konnte doch den Damen nicht zumuthen, mit mir in
den Bergen herumzuklettern, um sie zu finden." — „Glau=
ben Sie ihm nicht," rief Eugen; „er verkehrt da oben mit
den Waldgeistern und Wassernixen, schreibt Gedichte auf
die Bäume, und ich wette, wenn wir seine Pflanzentrommel
aufschließen, so ist nichts darin zu finden, als die unsicht=
bare blaue Blume der Romantik."

Alle lachten und Marie sagte: „Schweigen Sie, ewiger
Spötter, und Sie, Welben, nehmen Sie uns einmal mit
auf Ihre botanischen Wanderzüge, Auguste und ich klettern
wie die Gemsen, und wir werden dann am besten sehen, was
es mit den Waldgeistern und Wassernixen für eine Be=
wandtniß hat." — „Von Herzen gern," erwiederte Gustav,
„Sie sollen mit mir gehen, aber für heute will ich Herrn
Boden gleich überführen und Ihnen von meinen Schätzen
etwas mittheilen." Er öffnete die Pflanzentrommel und
reichte jeder der Damen ein prächtiges Exemplar von
Edelweiß.

„Sie können daran sehen," fuhr er fort, „in welche
hohen Regionen ich mich verstiegen habe." — „O, du lebst
immer in den höchsten Regionen," lachte Eugen, „und warfst
es sicherlich auch, der vorhin, nicht mich, denn ich bin ein
schlechter Erdenwurm, aber unsere liebenswürdigen Ge=

fährtinnen in diese Sphären verzaubert hast. Warst du nicht der fromme Sänger des Abendliedes, der die Sonne in den Schlaf gelullt? Sie sehen, mein Fräulein, daß ich auch poetisch sein kann."

„Beinahe," erwiederte Auguste, und da Gustav inzwischen die Frage bejaht hatte, wendete sie sich an diesen mit den Worten: „Sie haben uns wirklich einen seltenen Genuß dadurch bereitet, Herr Welden." Die Anderen stimmten in das Lob mit ein, aber ehe Gustav noch antworten konnte, fuhr Eugen schon wieder dazwischen: „Nie wird doch das Verdienst richtig belohnt! Dieser zarte Mensch läßt seine Freunde hingehen, wo es ihnen beliebt, treibt sich in den Bergen herum, singt zuletzt ein Lied in die blaue Luft hinaus, sein Glücksstern führt ihn am Ende zu uns, und nun wird er mit Dank und schönen Worten übergossen, während ich für all meine Liebenswürdigkeit kaum einen freundlichen Blick erhasche."

„Stille! der Neid spricht aus Ihnen," rief Professor P. „Geizen Sie bereits nach freundlichen Blicken aus den schönen Augen unserer lieben Auguste?" — „Ja," rief Eugen und ließ sich scherzend auf ein Knie nieder, obgleich es ihm etwas beschwerlich fiel, „ja, reizende Auguste, das ist der Liebe heil'ger Götterstrahl, der in die Herzen fährt, oder schlägt, oder trifft — — Nun, Gustav, hilf mir doch, wie geht es weiter?"

„Seit wann muß ich dir bei deinen Liebeserklärungen

helfe?" entgegnete dieser und sah Auguste an, welche lachte,
erröthete und zuletzt ausrief: „Stehen Sie auf, Herr
Professor, stehen Sie geschwind auf, ich halte nicht das
Mindeste von der Liebe heil'gem Götterstrahl, er rührt
mich wahrlich nicht!" Unter dem allgemeinen Gelächter
erhob sich Eugen etwas mühsam, und Gustav, der dicht
neben Auguste stand, fragte: „Wirklich nicht? im Ernst
oder Scherz?" — „Im Ernst nicht," erwiederte sie, etwas
betroffen über die Frage, und Eugen sagte, indem er sich
tief verbeugte: „Sie haben Recht, mein Fräulein, ich
halte auch nichts davon, und Sie sehen daran abermals,
wie gut wir einander verstehen." — „Ja wahrhaftig," fuhr
Gustav heraus, „ganz deine Theorie! Sehr verständig!"
setzte er mit leiser Ironie hinzu.

Auguste fühlte sie heraus und erröthete vor Aerger.
Sie versetzte laut und mit einem ernsthaften Blick: „Ja, wer
lieben will, muß auch bestimmt wissen warum. Dieser blinde
Glaube an den Götterstrahl der Liebe hat schon manches
Unheil angestiftet, und meiner Natur wenigstens wider-
strebt nichts mehr, als dieses schwächliche Herumsuchen und
Herumtappen des Herzens. Der rechte Mensch soll wissen,
was er zur Beglückung seines Innern braucht." — „Bravo,
Auguste," rief Professor P. Eugen drehte seinem Freund
eine Nase, und dieser, der sich an seiner schwachen Seite
angegriffen fühlte, versetzte abermals halb leise: „Sehr
verständig!"

Dieses Wort, welches Auguste heute nun schon zum
drittenmal aus dem Munde der zwei verschiedenartigsten
Menschen hörte, war ihr höchst fatal. Sie war wirklich
verständig, aber nicht in dem nüchternen, hausbackenen
Sinn, welchen man gewöhnlich damit verbindet. Sie fühlte
sich verletzt, daß man sie so falsch beurtheilte und völlig
mißverstand. Sie sah Gustav fest an und sagte: „Sie mögen
es nur verständig finden, aber ich glaube, es ist zugleich
wahr und gerecht und des ächten Menschen, sei er nun
Mann oder Weib, würdiger, daß er erst prüfe, ehe er das
heiligste Gefühl seines Herzens hingibt. Uebrigens," setzte
sie lächelnd hinzu, um die Unterhaltung wieder in den
vorigen scherzhaften Ton zu bringen, „ist es gar nicht ein=
mal meine Schuld, daß ich so verständig bin. Ein sehr
gelehrter Professor und berühmter Physiognomiker der
Hand hat nach Prüfung der meinigen erklärt, ich würde
nie mein Herz verschenken, ohne genau zu wissen weßhalb.
Also beklagen Sie mich, meine Herrschaften, wenn der ge=
heimnißvolle unerklärbare Zug des Herzens wirklich so
nothwendig zu unserem Glücke ist."

„Wirklich?" rief Professor P., „hat man Ihnen dieß
gesagt?" Und alle Blicke richteten sich unwillkürlich auf
Augustens Hände. Völlig unabsichtlich ruhte ihre Linke
auf dem grünen Moosteppich des Felsstücks, auf welchem
sie saß, und zeigte sich so in ihrer ganzen Schönheit. Zart,
schmal, von fast durchsichtiger Weiße, mit rosig gefärbten

Fingerspitzen bot sie zugleich ein Modell für einen Maler und das vollkommene Abbild der sogenannten psychischen Hand, von der wir wissen, daß sie Gustav Welden so sehr entzückte.

„Ihre Hand ist aber auch wirklich wundervoll," rief Eugen in seiner gewöhnlichen derben Manier, und Auguste erröthete tief, als sie dieselbe so plötzlich zum Gegenstand der allgemeinen Aufmerksamkeit gemacht sah. Sie zog sie schnell zurück, erwiederte rasch: „Darum habe ich es nicht gesagt!" und aufschauend gewahrte sie, wie Welden ihre Hand unverwandt betrachtete, während sie den Handschuh darüber zog. Eugen bemerkte es auch und schlug plötzlich ein lautes Gelächter auf, indem seines Freundes halb vergessene Schwärmerei ihm wieder einfiel. Gustav errieth die Ursache desselben und ward roth bei dem Blick, den er mit dem schalkhaften Freund wechselte, welcher seinerseits im höchsten Grad amüsirt schien.

„Aber, mein Gott, warum lachen Sie denn so sehr?" fragte Auguste erstaunt. „Waren Sie nie in D.?" lautete die Gegenfrage. „Ich? sehr häufig, wie Sie wissen; ich habe eine verheirathete Schwester da und komme eben von dort her, aber warum?" — „Machten Sie nie Ausflüge in die Umgegend?" fuhr Eugen immer lachend fort, während Gustav nur mühsam seine Fassung behauptete, denn der Spaß war ihm doch zu arg und er hätte den übermüthigen Frager gerne kopfüber den Schloßberg hinabgestürzt.

„Natürlich, sehr häufig," sagte Auguste, „aber welche Thorheit, mich so auf einmal" — „Hatten Sie nie dabei ein Eisenbahnabenteuer zu bestehen?" fuhr Eugen unerschütterlich fort. „Besinnen Sie sich wohl darauf!" — „Gottlob, nein; was wollen Sie denn nur?" — „Fuhren Sie auch nie auf der Eisenbahn bei Gewitter, Sturm und Regen?" — „Mehr als einmal," rief Auguste, indem sie aufstand; „aber nun bin ich diese interessante Inquisition müde und möchte Sie selbst fragen, ob Sie etwa ein verkappter Landjunker sind, der nicht mehr weiß, was er reden soll, weil Sie mich mit so schönen Fragen bestürmen?"

Eugen blies sich auf, dankte für das Compliment und war eben im besten Zug, die ganze Geschichte seines Freundes mit der nöthigen Würze aufzutischen; aber Marie, die schon einigemal zum Aufbruch gemahnt hatte, wiederholte ihre Bitte ernstlicher und Gustav benutzte die kleine Pause, Eugen zuzuflüstern: „Ich verbitte mir jede weitere Ausführung deines Scherzes; du würdest mich im höchsten Grad beleidigen, wolltest du jene kleine Schwärmerei zum weiteren Stichblatt deines Witzes machen. Dein Wort darauf, daß du nie mehr davon sprichst!"

„Nun, nun, nichts für ungut," sagte Eugen; „dein schmachtender Blick auf die wirklich schöne Hand von Fräulein Auguste war es allein, der meine Erinnerung daran neu belebte. Uebrigens," fuhr er fort, indem er neben Gustav hinter den Uebrigen drein schlenderte, „hättest du mich sollen weiter fragen lassen. Trotz den ungünstigen Antworten ist sie vielleicht dennoch deine mysteriöse Schöne und wir hätten gleich auf dem Platz die rührendste Scene erlebt. Du wärest ihr zu Füßen gestürzt, hättest die schöne Hand ergriffen, ihr von deiner Liebe, Treue, Anhänglichkeit erzählt, während ich im verzweiflungsvollsten Schmerz — denn sie gefällt mir wirklich — mich nicht in jenen Abgrund gestürzt hätte. Fräulein Auguste, ja, Fräulein Auguste — ei, zum Teufel! sie hätte dir wahrhaftig in's Gesicht gelacht und du würdest mit deinem Zug des Herzens verdientermaßen abgefahren sein."

„Laß doch dein ewiges Spotten," unterbrach ihn Gustav etwas gereizt. „Ich verlange nichts von dir, als dein Wort darauf, daß du jenes Vorfalls, welchen ich dir in einer unglücklichen Stunde mitgetheilt, gegen niemand mit einer Sylbe erwähnst. Was das Fräulein betrifft, so ist sie mir höchst gleichgültig, und hätte ich ihr tausendmal an jenem Abend die hülfreiche Hand gereicht, so möchte ich's doch schwerlich für's Leben thun. Dieses Frauenzimmer ist mir zu superklug; ich mag keine philosophische, sondern eine poetische Frau."

„Hm," meinte Eugen, „ich mag eine, die gut kochen kann und mich ein wenig in Ruhe läßt; im Fall sich die Prosa und die Philosophie der Dame so weit erstrecken, wer weiß, wer weiß — Aber, armer Yorick," fuhr er nach einer Pause wieder fort, „du hast wirklich Mißgeschick und dauerst

mich. Du schwärmst für seelische Hände und nun kommt
ein hochweiser Professor daher und entdeckt mit mathematischer Gewißheit, daß solche Hände sich nur mit Bewußtsein verschenken. O, armer Yorick."

IV.

Der Gegenstand dieser Unterhaltung war ziemlich ein-
sylbig nach Hause gewandelt, und wir können es nicht
verschweigen, daß Augusten noch am folgenden Tage
Weldens: „sehr vernünftig!" in den Ohren klang. Sie
saß mit Marien bei einer Handarbeit traulich beisammen,
die Freundinnen plauderten von Diesem und Jenem, zuletzt
auch von dem gestrigen Spaziergang, da sagte Auguste:
„Was wollte nur euer Welden mit seinem: sehr verständig!
Es scheint mir ein sonderbarer Mensch zu sein." — „Ei
behüte, nur in Bezug auf die Liebe hat er etwas schwärmerische Ansichten." Und sie erzählte Augusten ungefähr
das, was wir dem Leser bereits mitgetheilt haben.

„Pah," antwortete diese, „das ist doch eigentlich recht
fade für einen Mann, ganz à la Werther!" — „Du ur-
theilst zu scharf; es mag eine Grille sein, aber du mußt
zugeben, daß sie ihre sehr poetische Seite hat."

„Nenne doch nicht poetisch, was eigentlich nur schwäch-
lich ist! Wie kann ein vernünftiger Mensch noch heut zu
Tage hinsitzen und warten, bis ihm die Gewässer der Liebe

über dem Kopf zusammenschlagen! Ein tüchtiger Mann prüft und wählt, was seiner Natur das Entsprechende ist. Liegt darin nicht mehr Poesie, nicht mehr Heiligkeit des Gefühls, nicht eine höhere Garantie künftigen Glücks, als in diesem Hangen und Bangen in schwebender Pein, welches auf äußere Eindrücke wartet?"

„Dann muß dir Boden sehr gut gefallen, der ganz genau weiß, was er will und nicht will, das heißt jedenfalls eine Braut mit Geld. Magst du ihn nicht?" — „Pfui, Marie, was muthest du mir zu! In Gesellschaft wüßte ich mir keinen bessern Nachbar, aber heirathen — nein, einen von diesen skeptischen Männern heirathen, welche die Ehe wie ein abzumachendes Geschäft betrachten, welche erst fragen: was hat sie? ehe sie sich darum bekümmern, was sie ist, das wäre mein Tod."

„Und doch verwirfst du Welden als Schwärmer? welch ein Widerspruch!" — „Weil ich in allem die schöne Mitte liebe. Es soll sich niemand in meine Augen, noch in mein bischen Geld vergaffen, ich will nur um meines innern Werthes willen geliebt sein. Ich mag den Leuten nicht wie ein Götterstrahl in die Seele fahren, und sie sollen mir's auch nicht!"

„Du bist köstlich; wenn sich nun aber einer unserer Herren gestern Abend stehenden Fußes in dich verliebt hätte?" — „Dann ließe ich ihn stehen bis an's Ende der Welt. Ueberhaupt, was ist dieß „verliebt" für ein häß-

liches Wort! Man sollte gar nicht denken, daß es sich vom
schönen vollen Ton „Liebe" ableitete. So viel kannst du
mir glauben, einem Mann, der mir, nachdem ich ihn zwei-
oder dreimal gesehen, eine Erklärung machte, müßte ich in's
Gesicht lachen."

„Nun, mein Mann und ich haben uns nach achttägiger
Bekanntschaft verlobt und sind, wie du siehst, recht glücklich
mit einander." — „Weil sich da einmal zufällig zwei gute,
prächtige Menschen zusammengefunden haben; aber wie
oft geschieht das Gegentheil! Nein, die Ehe wird nicht
eher wieder ein heiliges Institut, als bis man sie nicht
mehr so leichtsinnig schließt."

„Im Princip hast du Recht, aber in der Wirklichkeit
treibt der kleine Gott oft ein anderes Spiel. Hüte dich,
hüte dich mit deiner Verständigkeit!" — „Pah, ich fürchte
mich weder vor euern rationellen, noch vor euern schwärmerischen Professoren!" — „Auf den Letzteren lasse ich
durchaus nichts kommen. Ich bin älter als du, und du
darfst es mir glauben, es ist recht schön, wenn ein Mann
heut zu Tage noch an ein Ideal in der Liebe glaubt."

„Ja, dieß bestreite ich eigentlich nicht," antwortete
Auguste etwas betroffen. „Doch stille, da kömmt der
schwärmerische Professor in Person; hoffentlich folgt ihm
der Rationelle bald nach, damit das Gleichgewicht nicht
gestört werde."

„Und du Gesellschaft zum Spotten findest. Aber wie

ich dich kenne, wird Welden doch noch dein Freund." —
„Wollen sehen."

V.

Gustav hielt Wort und forderte nach einigen Tagen
die Damen auf, ihn auf einer seiner botanischen Excur=
sionen zu begleiten. Es hatte sich indessen zwischen Au=
gusten und ihm ein recht freundliches Verhältniß heraus=
gestellt, wie es Marie ganz richtig voraussah. Er gestand,
daß er selten ein liebenswürdigeres und gebildeteres Mädchen
kennen gelernt habe, und Auguste konnte nicht leugnen,
daß er ein geist= und gemüthvoller Mann sei, den man von
Herzen hochachten müsse. Beide näherten sich einander
um so unbefangener, als seine Schwärmerei und ihre
„Verständigkeit" sie ja von vorn herein vor jedem tieferen
Gefühl sicher stellten. Einen weiteren Anknüpfungspunkt
zwischen ihnen bildete Augustens Vorliebe für Botanik,
worin sie sogar nicht unbedeutende Kenntnisse besaß. Gustav
freute sich dessen, belehrte, half nach, wo sie es bedurfte,
und die ruhige Klarheit, mit der sie alles aufnahm und ihn
befragte, freute ihn als Lehrer und machte die Schülerin
erst recht interessant.

Eugen, Gustavs gewöhnlicher Begleiter im P.'schen
Hause, sah manchmal ganz scheel darein, wenn die Beiden
sich so eifrig von Zellen und Gefäßen, Pflanzenmembran
und Endosmose unterhielten, und schlug dann Gustav seine

mitgebrachten Kupferwerke auf, so erkundigte er sich spöttisch, ob er Fräulein Auguste nicht auch seine anatomischen Tafeln mitbringen und sie über den Kreislauf des Blutes u. s. w. unterrichten dürfe.

„Behalten Sie dieß nur für Ihre Studenten," antwortete sie dann lächelnd, „ich begnüge mich mit der Anatomie der Blumenleiber und bin schon zufrieden, wenn ich nur weiß, wie wunderbar der Saft in den zarten Zellen circulirt, emporquillt und ihnen Farbe und Nahrung verleiht."

So vergingen mehrere Wochen in heiterer, vergnüglicher Weise; die Zeit der akademischen Ferien rückte heran, und Plane, sie angenehm zu verbringen, wurden entworfen. Auguste sprach hin und wieder von ihrer Abreise, aber davon wollte man im Kreis der Freunde noch nichts hören. Es verging kein Tag mehr, an dem Gustav seine „botanische Freundin," wie Professor P. sie oft scherzweise nannte, nicht gesehen hätte; er begleitete die Familie auf allen ihren Spaziergängen, und hier vornehmlich war es, wo sein erstes Urtheil über Auguste sich bedeutend modificirte. Ungleich den meisten unserer jungen Damen, war Auguste nirgends liebenswürdiger, als wenn sie draußen frei über Berg und Thal hinausstreifen konnte. Der unermüdlichen Fußgängerin war kein Berg zu steil, blühte keine Blume zu hoch, und ihre natürliche Heiterkeit und Anmuth wetteiferten an Reiz mit dem Zauber und der Frische ihrer

Umgebung. Dabei hatte sie eine so innige, kindliche Freude
an der Natur, war so entzückt von der geheimnißvollen
Schönheit des Schwarzwaldes und dem lieblichen Contrast,
welchen damit die sich rings anlagernden fruchtbaren
Thäler des Breisgau bilden, daß sie darin auf's Vollständigste mit Gustavs Stimmung und Neigung sympathisirte.
Er würde es wohl nicht geglaubt haben, wenn man ihn
daran erinnert hätte, daß ihm diese nämliche Auguste vor
nicht langer Zeit als höchst unpoetisch und nüchtern erschienen sei. Dennoch blieb es zwischen ihnen auf dem
gewöhnlichen freundschaftlichen Fuße, und Eugen, dem
Auguste wirklich gefiel, weil eben ächte weibliche Anmuth
und Liebenswürdigkeit auf die verschiedenartigsten Männer
doch den gleichen Eindruck machen, und der auch ernstlich
daran dachte, sich eine eigene Hütte zu bauen, war fest
überzeugt, daß ihm von Gustavs Seite keine Gefahr drohe.
Er würde sich auch, seiner übermüthigen Natur gemäß,
welche die ernstesten Dinge leicht aufnahm, schon längst
erklärt haben, besonders nachdem er erfahren, daß Auguste
kein unbedeutendes Vermögen besaß und unabhängig dastand, wenn sie ihm, ohne daß er sich dessen deutlich bewußt
war, nicht zu sehr imponirt hätte, was ihm öfter ein unbe-
hagliches Gefühl ihr gegenüber verursachte.

Und Gustav? — ja, er gestand sich wohl ein, daß
Auguste ihm besser gefalle, als bis dahin irgend ein weibliches Wesen; aber der Eindruck, den er dadurch empfing,

war gar zu ruhig und gleichmäßig. Wohl fühlte er sich innerlich glücklicher und zufriedener als seit langer Zeit, aber keine leidenschaftliche Erregung, kein Erdbeben, kein Orkan war in seinem Herzen — wie konnte sie also die Rechte sein? Er vergaß, daß das Wesen der wahren Schönheit immer nur besänftigend, wohlthuend sich offenbart, er wußte noch nicht, daß Frauen wie Auguste nicht verwirren, nicht hinreißen, nicht wie ein loderndes Feuer die Seele verzehren. Sie gleichen der milden Maiensonne, die sanft belebend und erwärmend sich immer gleich bleibt in ihrem Liebesreichthum, und zum reichsten Segen wird für das Herz, welches von ihren Strahlen sich durchleuchten läßt.

Der Geburtstag des Professors rückte heran und Marie beschloß, ihn durch ein kleines Fest zu feiern. Daß Eugen und Gustav sich unter den Geladenen befanden, versteht sich von selbst. Am Vorabend des Festes, auf der Heimkehr von einem gemeinsamen Spaziergang, sprach Auguste abermals von ihrer baldigen Abreise. Marie hielt ihr den Mund zu und Gustav, der das Wort unangenehm empfand, sagte weich: „Aber nicht wahr, dann kommen Sie doch recht bald wieder?" —„Schwerlich!" lautete die Antwort; „einer meiner Brüder, welcher in Berlin wohnt, wünscht mich in seiner Nähe, und es dürften wohl Jahre vergehen, bis ich mich wieder einmal so weit nach dem Süden wage." •

„Ich darf gar nicht daran denken!" rief Marie halb weinend und Gustav preßte nur ein kurzes Ah hervor. Man ging ziemlich still nach Hause; Eugen, der mit seinem Humor bald wieder alles in's Gleiche gebracht haben würde, fehlte.

Wie den friedlich hingleitenden Kahn eine plötzliche Stromschnelle unerwartet fortreißt, so durchzuckte mit einem mal Gustavs Herz der Gedanke, daß er Auguste lange, lange Zeit, vielleicht nie mehr wieder sehen werde; wenigstens so nicht mehr wie jetzt, in der freundlichen Gewohnheit jedes wiederkehrenden Tages. Mit haftigem Schritt ging er in seinem Zimmer auf und ab. Sollte er Augusten wirklich lieben? so fragte er sich wohl hundertmal. Aber nein, nur seine Vernunft hatte ihn ja nach und nach überzeugt, daß sie zu den liebenswürdigsten ihres Geschlechts gehöre. War denn auch sein Herz davon durchdrungen? Und mit einem mal war der Traum von der kleinen Hand wieder in seiner ganzen Stärke da. Wie er sich unruhig die Nacht hindurch auf seinem Lager herum warf, lag sie schwer wie ein Alp auf seinem Herzen, umschloß sie es mit der krampfhaften Gewalt der Muschel, welche die ausgeborene Perle nicht aus ihrem Banne entlassen will. Mit dem Tagesgrauen fuhr er heftig empor. „Es muß klar in mir werden," rief er, „und hier verwirre ich mich immer mehr! Droben im Gebirg bei den Wasserfällen und dem Rauschen der Tannen muß ich dieses krank-

hafte Gefühl von mir werfen, muß ich erfahren, ob ich noch
länger der Spielball meiner Phantasie bleiben soll."

Gesagt, gethan; wenige Zeilen an den Rektor der
Universität genügten, ihm einen mehrtägigen Urlaub zu
erwirken; die Zahl der Studirenden hatte sich ohnehin
schon bedeutend gelichtet. Die leichte Reisetasche an der
Seite, den Wanderstab in der Hand, stand er in zwei
Sprüngen rechtzeitig an der Post, um wenigstens bis zum
Höllenthal die Füße zu schonen, welche ihn später nach
Lust und Laune in die höhere Gebirgsregion tragen sollten.
Wie er so dastand, fuhr ihm die vergessene Einladung zu
Professor P. wieder durch den Sinn und fast zu gleicher
Zeit bog die gemächliche Gestalt Eugen Bodens um die
Ecke. Schnell unterrichtete er ihn von seinem Vorhaben,
bat ihn bei P.'s zu entschuldigen, und schwang sich dann
rasch auf die Imperiale des Wagens, der eine Minute
später mit ihm davon rollte. Eugen, die Hände in den
Taschen, sah ihm eine Minute mit pfiffiger Miene nach.
„Fahr hin, mein Guter!" sagte er dann leise vor sich hin.
„Während du den Nixen und Dryaden nachläufst, hoffe ich
mit Augusten fertig zu werden. Wer kann Weiber ganz ergründen? Sollte sich ihr Herz, was ich jedoch kaum glaube,
bis in deine Pflanzentrommel verirrt haben, dann wird diese
romantische Flucht in die böhmischen Wälder sie wohl kuriren,
meine liebe verständige Freundin. Ueberhaupt ist mir nicht
bange, Eugen Boden holt sich nicht so leicht einen Korb!"

VI.

Indeſſen waren Marie und Auguſte eifrig mit den Vorbereitungen für den Abend beſchäftigt und Letztere ahnte nicht, wie krampfhaft und ſchwer ſich ihr Herz zuſammen= ziehen würde, als dieß wirklich geſchah, da ſie anmuthig und von innerer Heiterkeit ſtrahlend, in der Mitte der blumengeſchmückten Räume ſtehend, Eugen Bodens Gruß freundlich erwiederte und gleich darauf aus ſeinem Munde die ſpottenden Worte vernahm: „Lord Guſtav läßt ſich entſchuldigen, er iſt zwar nicht zu Schiff nach Frankreich, aber geradewegs auf unbeſtimmte Zeit in die Hölle abge= reiſ't, wo man jedoch ein ſo frommes Gemüth ſicherlich mit Proteſt zurückweiſen wird. Alſo, erſchrecken Sie nicht, meine Damen!" ſetzte er leiſer hinzu, als er zu ſeinem Aerger gewahrte, wie Auguſte abwechſelnd erröthete und erbleichte und ihn, ohne daß ſie es wollte, mit großen Augen anſah, aus welchen plötzlich jeder Strahl von Heiter= keit entwichen war. Eugen, der Auguſte fortwährend fixirte, wollte wenigſtens Nutzen aus dem Eindruck ſeiner Worte ziehen, und um das Eiſen zu ſchmieden, ſo lange es warm war, folgte er ihr nach einigen Minuten in eine Fenſterniſche, in welche ſie ſich, begünſtigt durch den Beginn einer muſikaliſchen Leiſtung, ſtille zurückgezogen hatte.

Das klare muntere Mädchen fühlte ſich in der ſonder= barſten Stimmung. Ihr eigenes Herz hatte ſie überraſcht, sie empfand Gustavs Ausbleiben, nachdem er sich so sehr auf den heutigen Abend gefreut, wie einen stechenden Schmerz. Das Plötzliche dieser Empfindung verwirrte und beängstigte sie und sie bedurfte ihrer ganzen Herrschaft über sich selbst, um ruhig stehen zu bleiben, als sie Eugens breites, gleichmüthiges Gesicht wieder neben sich erblickte, das ihr in diesem Augenblick wahrhaft widerwärtig erschien. „Sehen Sie, so launenhaft ist unser Freund Güstav," hob er an, während Auguste abermals so roth ward, wie die Granatblüthe, welche zum Fenster hereinlugte. „Weiß der Himmel, was er sich heute Nacht wieder zusammenträumt hat, und nun läuft er auf und davon, denkt weder an die Einladung unserer Freundin, noch an den Geburtstag des Professors, noch daran — und dieß ist das Unbegreiflichste — daß Ihre Nähe, mein Fräulein, uns leider nur noch so kurz zugemessen ist! Sehen Sie dagegen, was ich für ein treues Gemüth bin," setzte er mit betonter Selbstironie hinzu.

Auguste hatte die lange Rede ruhig angehört, dann sagte sie kalt: „Warum sollte Herr Welden meinethalben eine Vergnügungsreise aufgeben? Ich sehe keinen Grund dazu." — „Warum? fragen Sie?" erwiederte er, Augustens Hand ergreifend und sich bemühend, in sein sarkastisches Gesicht einen möglichst zärtlichen Ausdruck zu legen; „weil die, welche Sie lieben, nicht vor Ihnen fliehen, sondern Sie ewig sehen und besitzen möchten. Wollen Sie Ihren Verehrern dieß nicht gestatten?"

Die Erklärung war deutlich genug, so deutlich, wie ein vorsichtiger Mann gleich Eugen sie nur wagen kann, wenn er seiner Sache noch nicht ganz sicher ist, und er liebte Auguste auch wirklich, so weit er überhaupt neben seiner Anatomie, seiner Spottsucht und epicuräischen Lebensphilosophie eine Frau lieben konnte. Aber das Weib, welches vor ihm stand, war für ihn doch zu tief und zu innerlich. Erschrocken zog Auguste ihre Hand aus der seinen und sagte mit erzwungenem Lächeln, denn die Anspielung auf Weldens Entfernung schnitt ihr tief in's Herz: „Sie halten nichts von der schwärmerischen Ausdrucksweise, Herr Professor, und wenden sie nun selbst an. Gewiß, Sie werden sich über meine baldige Abreise trösten und meiner freundschaftlich gedenken!" Die letzten Worte, etwas betont und mit einem großen, ernsthaften Blick begleitet, sagten Eugen genug. Er verbeugte sich tief und rief lachend: „Sie verstehen es, Phantasten zu heilen, mein Fräulein, und sollten es auch einmal mit unserem Professor der Botanik versuchen. Er ist doch noch etwas schwärmerischer als ich und träumt droben im Schwarzwald gewiß wieder von der kleinen, weißen Hand, die er einst im Dunkeln gedrückt."

„Was ist das für eine Hand gewesen?" fragte Auguste betroffen, und Eugen, auf's Aeußerste bemüht, den erlebten Aerger hinter Lustigkeit zu verbergen, und durch den Gedanken ergötzt, Augustens Eifersucht zu erregen, vergaß, was er dem Freunde schuldig war, und rief: „O, das ist eine wundervolle Geschichte, und Sie können daran deutlich den Unterschied zwischen empfindsamen und vernünftigen Männern kennen lernen. Es ist zwar eigentlich ein Geheimniß, aber —" — „Dann bewahren Sie es," sagte Auguste kalt und stolz, empört über den spöttischen und anmaßenden Blick, mit dem Eugen sie fortwährend fixirte, wandte ihm den Rücken und trat an das Piano, auf dem eben die ersten Accorde zur Begleitung eines Liedes angeschlagen wurden.

Eugen bebte innerlich vor Zorn; er lehnte sich zum Fenster hinaus und zerriß die arme Granatblüthe in tausend Stücke, als wolle er die Pflanzenwelt entgelten lassen, daß deren Freund und Vertreter ihn geärgert. „Also ein Korb!" murmelte er leise vor sich hin, „und doch machte ich ein so zärtliches Gesicht wie noch nie im Leben! Nun, meinethalben, das Fräulein ist mir doch zu mondscheinhaft. Eine Frau, wie ich sie brauche, hätte sich kürzer besonnen und mich jetzt gerade genommen, wäre es auch nur gewesen, um den romantischen Flüchtling zu ärgern."

Auguste stand indeß am Piano, lauschte dem Gesang und hatte Mühe, ihre Thränen zurückzuhalten, denn die Worte der einfachen und ausdrucksvoll vorgetragenen Weise waren mit ihren Gefühlen nahe verwandt. Sie kannte das Lied, hatte es selbst öfter von Gustav singen hören, aber heute ergriff es sie mit unbekannter Gewalt, und ihr war, als sei ein dichter Schleier plötzlich vom Innersten ihrer Gefühle hinweggezogen. Das Lied lautete:

> Kam die Liebe in mein Herz gezogen,
> Kam nicht wie ein heitrer Sommertag,
> Kam nicht wie das junge Grün im Walde,
> Wie die duft'ge Blume auf der Halde,
> Kam wie Noth und bittres Ungemach!
>
> Wohl ist wie ein Sommertag sie kommen,
> Aber nur von Staub und Gluth erfüllt,
> Wie das Grün, vom nächt'gen Frost verheeret,
> Wie die Blume, die der Wurm verzehret,
> Eh' die Knospe sich noch ganz enthüllt.
>
> Anders, anders ahnte sie die Seele,
> Anders hoffte sie mein pochend Herz.
> Aber ob sie mir im Festgeschmeide
> Sei erschienen, ob im Trauerkleide,
> Nimmer tausch' ich meinen süßen Schmerz!

Und als es geendet, da war sich Auguste bewußt, daß sie liebte, und — wie konnte es anders sein? — nicht wieder geliebt würde.

VII.

„Das kann nicht so bleiben!" sagte Auguste laut und entschlossen zu sich selbst, nachdem sie in der Stille ihres Zimmers die verschiedenen Eindrücke des Abends gesammelt und sich zurecht gelegt hatte. Gustavs Verschwinden, die Andeutung, welche Eugen ihr hinsichtlich einer andern

Neigung desselben gemacht hatte, reichten hin, ihr den Weg zu zeigen, welchen sie einschlagen mußte. Und war nicht außerdem vielleicht in Gustav mehr Phantasterei, ein größeres Hin= und Herschwanken, als sich nach seinem äußeren Auftreten erwarten ließ? War er wirklich un= männlich, unklar? und konnte er sie doch gewinnen? Dieser Zweifel war Augusten fast quälender als alles Uebrige; dazwischen trat sein Bild wieder in voller ungetrübter Klarheit vor sie hin. Sie fühlte Kraft und Glauben genug in sich, an Letzterem festzuhalten, aber empfand auch zu= gleich, daß sie gleich gehen, daß sie Gustavs Rückkehr hier nicht erwarten dürfe, ohne sich in ein Meer von Zweifel und Ungewißheit zu stürzen, das ihrem ganzen Wesen un= erträglich werden mußte. Für klare und bewußte Naturen giebt es kaum etwas Schrecklicheres, als sich momentan von dem ganzen Chaos überstürzt zu fühlen, welches die Gewalt der Leidenschaft in schwächeren geistigen Con= stitutionen so häufig hervorruft. Wie gerne pflegt man deren tiefste Gefühlswärme, die poetischste Hingabe an das Er= lebte zu erblicken und die Stärkeren dagegen für kalt an= zusehen! Aber welch ein Irrthum ist dieß! Gerade die ruhigere, harmonische Seele leidet doppelt, wenn sie es auch selten verräth, indem sie die äußeren Ergüsse und Hülfs= mittel der Leidenschaft verschmäht. Wie manchmal lechzt auch sie darnach, den erleichternden Schrei der Ver= zweiflung auszustoßen, sich ihrem Schmerze schrankenlos zu überlassen, aber sie wird und muß ihn unterdrücken, weil ihr dadurch jenes höhere Gleichgewicht geraubt würde, welches ihre schönste Blüthe, ihr erhabenster Besitz ist, den sie um keinen Preis veräußern darf.

Auguste hatte manchmal über den Moment nachgedacht, der ihr ganzes Sein und Fühlen an ein anderes Wesen unauflöslich binden würde. Welches Mädchen thut dieß nicht? aber der Gedanke an eine unglückliche Liebe lag ihr ferne. Sie hielt sich für zu ruhig, als daß ihr dieß so leicht geschehen könnte. Sie war zu wenig eitel, um in jeder flüchtigen Huldigung gleich etwas Tieferes zu vermuthen, zu wenig leidenschaftlich, um einem jeden leisen Eindruck auf ihr Gemüth auf den Spuren der Phantasie nachzugehen und ihn zur Flamme anzufachen. Gustavs Entgegen= kommen, so freundschaftlich und offen, so fern von jeder banalen Hofmacherei, sein einfaches, bescheidenes Wesen hatten ihr Vertrauen, ihr Interesse gewonnen, und ohne daß sie's ahnte, ihr Herz dazu, weil es zu innig mit den beiden ersten verschmolzen war. So war die Liebe über sie gekommen wie ein schmerzlicher Traum. Sie mit schonungsloser Hand aus dem Herzen zu verstoßen, daran dachte sie nicht, dazu stand ihr jede Wahrheit des Gefühls zu hoch, aber sie mußte den Stein vor die Grube wälzen, darin das Geheimniß noch in halbem Schlummer lag, mußte es schnell thun, ehe der Funke zur Flamme ward und den ganzen Frieden ihres Innern zerstörte.

Später als gewöhnlich und mit bleicher Wange, doch hellem Blick trat sie am folgenden Morgen in das Familien= zimmer. Sie traf Marien allein, der Professor war schon seinen Berufsgeschäften nachgegangen.

„Langschläferin!" rief ihr die Freundin mit drohendem Finger entgegen. „Aber was fehlt dir?" setzte sie ernster hinzu, als sie Augustens ungewöhnliche Blässe wahrnahm. — „Nichts," sagte Auguste und drückte der Freundin warm die Hand; „aber," fuhr sie stockend, und nach Worten suchend fort, „da wir gerade allein sind, wollte ich dir doch sagen, daß ich mich fest entschlossen habe, in zwei, längstens drei Tagen abzureisen."

„Wie!" rief Marie erschrocken aus, „warum willst du uns so plötzlich verlassen?" — „Nicht plötzlich, gute Marie, ich sprach schon die ganze Zeit davon." — „Nein, nein, so schnell sollte es noch nicht geschehen. Es muß dir etwas Un= angenehmes wiederfahren sein. Du warst gestern Abend auf= fallend still, mein Mann sprach noch diesen Morgen davon. Ich hielt es für Abspannung nach des Tages Mühe und machte mir Vorwürfe, dich zu viel in Anspruch genommen zu haben. Oder — hattest du vielleicht etwas mit Boden? Ich sah ihn angelegentlich mit dir sprechen und später deine Verstim= mung theilen, so sehr er sich auch zwang, lustig zu scheinen." — „Er vertreibt mich nicht. Herr Boden schien eine Hoff= nung zu hegen, die ich ihm kurz abschnitt und worüber er sich sicherlich heute schon getröstet hat. Aber — ich muß fort!"

Der wahre Schmerz hat seine Keuschheit und entzieht sich am liebsten jedem Blick, selbst dem theilnahmvollsten. So ward es Augusten erst nach den liebevollsten Bitten der Freundin möglich, ihr unter mühsam zurückgedrängten Thränen und mit purpurbedecktem Antlitz den wahren Grund ihrer beschleunigten Abreise mitzutheilen. — Marie fühlte sich durch dieses Geständniß eigentlich nur freudig bewegt. Wie oft hatte sie Auguste ganz in ihre Nähe gewünscht, wie oft sich selbst den Wunsch gestanden, sie und Gustav möchten vereinigt werden, und sie bekämpfte Augustens Ansicht, daß Welden höchstens Freundschaft für sie empfinde, mit allen ihr zu Gebote stehenden Gründen. Von einer heimlichen Neigung desselben, wie Boden sie angedeutet, hatte sie nie etwas gehört, glaubte nicht daran, fand seine plötzliche Abreise launenhaft und unhöflich, konnte aber kein bestimmtes Zeichen der Kälte darin erblicken.

Auguste jedoch blieb unerschütterlich; sie rang nach Fassung, trocknete ihre Thränen und sagte: „Wiege mich nicht in Illusionen ein, die ich mir alle selbst schon zerstört. Ich bin es mir selbst schuldig, an die Dinge so zu glauben, wie sie mir erscheinen, wenn ich Muth behalten will. Irre ich mich, so bin ich für Welden immer noch erreichbar. Ihn hier zu erwarten vermag ich nicht. In meine alten Verhältnisse zurückgekehrt, hoffe ich in kurzer Zeit das Schmerzliche dieser neuen Empfindungen überwältigt zu haben; Welden ganz zu vergessen suche ich ja nicht. Wohl ist die

Liebe der köstlichste Tempel, der unser Dasein verschönernd
überwölbt, aber es gibt noch so viel Ernstes und Nothwen-
diges im Leben zu thun, so viel positives Elend, daß ich im
Hinblick darauf in meinen Pflichten nicht zu erlahmen hoffe,
auch ohne Glück. Also laß mich ziehen mit dem innigsten
Dank für deine Liebe und Freundschaft!"

Marie mußte sich gefangen geben, und am Ende fühlte
sie sich Augustens Denkweise selbst zu nahe verwandt, um
ihr nicht zuletzt beizustimmen. Sie übernahm es, ihrem
Manne und den näheren Freunden gegenüber Augustens
beschleunigter Abreise den möglichst natürlichen Anschein
zu geben. Abschiedsbesuche wurden gemacht und empfangen
und Auguste nahm alle ihre Kraft zusammen, eine jede
falsche Auslegung unmöglich zu machen, und flog auch
manchmal ein Schatten von Wehmuth über ihr Antlitz, so
galt der nahende Abschied von der theuren Freundin dafür
als nächste Erklärung. Professor Boden, dessen Taktik es
war, sich jetzt erst recht aufmerksam zu zeigen, um nicht als
grollender Liebhaber zu erscheinen, mochte wohl seine eigenen
Gedanken haben, wenigstens schaute er noch ironischer drein
als sonst, aber Augustens ruhiger, stolzer Blick hielt ihn
in den Schranken gebührender Ehrerbietung.

VIII.

Während sich dieß Alles begab, flog Gustav leicht wie
ein Vogel durch Gebirg und Thal. Je weiter er sich von

Auguste entfernte, je mehr fühlte er sich zurückgezogen, und dieses Gefühl war ihm, da er ja jeden Augenblick umkehren konnte, so neu, so wohlthuend, entsprach so ganz seinen romantischen Ansprüchen an die Gewalt der Liebe, daß er in wahrer Herzenstrunkenheit fort und fort stürmte und nicht genug haben konnte von der himmlischen, überwältigenden Sehnsucht, die ihn zurückzog und vorwärts trieb. Am Abend des dritten Tags stand er am Ufer eines jener geheimnißvollen Bergseen, an denen der Schwarzwald so reich ist, am Titlisee. Als müsse es der düstern Majestät seiner fichtengekrönten Scheitel zum Spiegel dienen, so war das Wasser heraufgekommen bis auf die steile Höhe und strahlte in seiner dunkelblauen Fläche den großartigen Zauber dieser gewaltigen Gebirgswelt zurück. Dieser See war Gustavs Lieblingsplatz und hatte schon oft seinen Streifereien zum Zielpunkt gedient. Dort hatte er manche Stunde verträumt, manchen sehnsüchtigen Blick in die Zukunft geworfen. Der phantastische Hauch dieses Gebirgs, das reicher ist als jedes andere an räthselhaften Sagen und Märchen, hatte sich auch an ihm bewährt, und als er das letzte mal hier gewesen, schwebte der Gegenstand so mancher Träume, die kleine, weiße Hand, wie ein Geist über den murmelnden Wassern, und ihm war, als müsse er sich von ihr niederziehen lassen in den feuchten Grund. In der Nacht, die seiner Flucht von F. voran ging, führte ihn ein fieberhafter Traum wieder an den stillen Weidenplatz am

Seufzer und die Hand hob sich bittend, drohend, warnend
gegen ihn empor. Aber sie sollte ihn nun nicht mehr necken
und äffen. Dort am See senkte er heute die Erinnerung
daran tief, tief hinab in die Fluth; er fühlte sich zu frischem
Leben, zu seligem Bewußtsein erwacht, und wie sein phan-
tastisches Traumbild mit dem letzten Schimmer des Abend-
roths, das auf kurze Zeit das feuchte Element in ein Rosen-
beet verwandelt hatte, abwärts zog und erblich, da gelobte
er sich feierlich und heilig, Augusten zu beglücken, wie nur
ein Sterblicher es vermag. Lange stand er da an einen
Baum gelehnt und malte sich sein künftiges Leben aus; er
war sich ganz klar bewußt, was er in Augusten besitzen würde,
und dieses Zusammenklingen des überzeugten Verstandes und
Herzens, welches ihm früher unleidlich erschienen war, erhöhte nur das Gefühl seines Glücks. Giebt es denn auch
ein größeres auf Erden, als den vollen Werth eines Mit-
geschöpfes in Harmonie mit unserem eigenen Innern zu
erfassen?

Schon war die Dämmerung dem Helldunkel einer
Sommernacht gewichen, da fuhr ein Windstoß über die
zitternden Wellen und schreckte Gustav aus seinen Träumereien empor. In diesem Augenblick überrieselte ihn
eiskalt der Gedanke: „Und wenn Auguste dich nun nicht
wieder liebt? Sie war sich immer so gleich in ihrer Freundlichkeit, ihrem gütigen Wesen — wenn du ihr nun völlig
gleichgültig wärest!" Sonderbarerweise stieg ihm dieser

Zweifel jetzt zum erstenmal auf. Dieß war bei ihm nicht
Eitelkeit, es gehörte zu seinen eigenthümlichen Anschauun=
gen, daß jedes wahre, heilige Gefühl nicht ganz vereinzelt
dastehen könne, daß Auguste mit ihm sympathisiren müsse.
Aber sie war ja so verschieden von ihm, wenn sie dennoch
— der Gedanke erschien ihm schrecklich. Nun duldete es
ihn nicht länger hier, er mußte so schnell als möglich
zurück, mußte in ihren Augen lesen, ob er etwas für sich
hoffen dürfe. Er lief mehr als er ging zurück nach der
letzten Poststation, gönnte sich keine Ruhe, spähte vor dem
Hause sitzend die Straße hinauf, ob noch nicht der matte
Funke in der Postwagenlaterne, ihm für heute der schönste
Stern, das Nahen dieses ersehnten Fahrzeugs verkünden
würde.

Endlich, schon dämmerte der Morgen herauf, erschien
der Erlöser. Von Frost durchbebt, erhielt er zum Glück
noch einen Platz im Innern des Wagens, und in unruhigen
Halbschlummer versunken, durchlebte er in seinem Herzen
alle die seligen und unheimlichen Schauer von Himmel
und Hölle, wie sie draußen auf dem Wege, welchen er
dahinrollte, die Natur in pittoresken und sanften Zügen
veranschaulicht hat. Gegen zehn Uhr Morgens fand er
sich am Ziel seiner Wünsche; er eilte in seine Wohnung,
warf sich in ein passendes Costüm und kam erst wieder zu
völliger Besinnung, als er an der Thüre seines Freundes
P. stand. Er schöpfte einen Augenblick Athem, sagte sich

selbst vor, daß er doch nicht ohne weiteres die Treppe
hinauf und Augusten zu Füße stürzen könne, und in diesem
Moment sah er das Dienstmädchen des Hauses die Straße
herauf kommen. Sie bot ihm schon von weitem einen
freundlichen guten Morgen und setzte näher getreten hinzu:
„Die Herrschaft ist nicht zu Hause, Herr und Madame
haben das fremde Fräulein an die Eisenbahn begleitet;
ich brachte so eben das Gepäck hin, der Zug wird sogleich
abgehen."

Mit einem höflichen Knicks verschwand sie hinter der
Thüre und Gustav stand da, wie vom Donner gerührt.
Auguste fort, im Begriff abzureisen — das war entsetzlich,
und fort stürmte er wieder die Straße hinauf, dem Bahn=
hof zu, um wenigstens noch einen Blick von der Scheidenden
zu erhaschen. Er hatte zum Glück keine Zeit, sich Com=
mentare über diese plötzliche Abreise zu machen, sonst wäre
sein Fuß wohl weniger beflügelt gewesen, und Eile that
Noth. Als er endlich athemlos an's Ende der langen
Wagenreihe gelangte, setzte sie sich eben langsam in Be=
wegung, die Conducteure sprangen auf die Tritte, um die
Karten abzufordern, und der schrille Pfiff schnitt durch
die Luft.

Dort oben standen Professor P., seine Frau und Eugen;
sie winkten noch mit den Händen einer weiblichen Gestalt
zu, die sich aus dem Fenster bog. Da stürzte Gustav
heran. — „Fräulein Auguste!" rief er mit halb erstickter

Stimme und streckte ihr neben den Zug hinlaufend seine
Hand hin; sie legte die ihrige, vom Handschuh entblößt,
hinein, nicht weniger bestürzt über sein plötzliches Erschei=
nen, als in Angst, er möchte sich beschädigen. Zwei Se=
cunden lang hielten sich ihre Hände umschlungen, dann
flogen sie auseinander; die zunehmende Schnelligkeit des
Zuges trennte, was sich ewig hätte halten mögen, und
keine Lippe vermochte das gewöhnliche Lebewohl zu stam=
meln.

„Mensch, sind Sie von Sinnen?" rief Professor P.
und riß Gustav von dem Wagen zurück, an den er halb
bewußtlos sich anklammern wollte, und taumelnd, glühend
von Eile und Aufregung sank Gustav in des Freundes
Arm. „Laßt mich, laßt mich!" rief er wie außer sich. „Ich
muß zu ihr, sie ist es, meine kleine Hand! O Gott, die
Hand, die Hand!"

„Haben Sie sich an der Hand beschädigt?" fragte der
Professor gutmüthig, und Eugen, an einen Pfeiler gelehnt,
lachte wie noch nie im Leben. Marie stand zwischen den
Dreien und wußte nicht, sollte sie mitlachen oder weinen,
so bewegt fühlte sie sich von den verschiedenartigsten Ein=
drücken; aber sie faßte sich zuerst, nahm Gustavs Arm,
der mit verzückter Miene dastand, und sagte freundlich:
„Kommen Sie mit uns nach Hause, Freund, Sie sind ja
ganz erhitzt und bedürfen der Ruhe. Dann erklären Sie
uns den Grund Ihrer Aufregung." Gustav dankte ihr

mit einem gerührten Blick und ließ sich wie ein Kind ruhig und schweigend von der gütigen Freundin in ihre Wohnung geleiten.

Aber Eugen brannte es auf der Seele. In einiger Entfernung mit Professor P. hinter dem Paare drein gehend, erzählte er diesem die Geschichte mit der Hand in so komischer Weise, daß dieser zu der Gattin und dem Freunde mit einer Heiterkeit heimkehrte, welche die zu gebenden Erläuterungen wesentlich-erleichterte.

Und Auguste? Von der unerbittlichen Gewalt des Dampfes fortgerissen, war ihre Lage die peinlichste von allen, und doch mischte sich ein leiser Hauch von Beseligung hinein. Mit geschlossenen Augen drückte sie sich stumm in die Wagenecke, und was auch ihr Stolz, ihre Selbstbeherrschung dagegen sagen mochten, sie konnte es nicht verhindern, daß hinter dem verhüllenden Schleier sich große, schwere Tropfen zwischen den langen Wimpern hervordrängten und ihre bleichen Wangen hinabrollten.

IX.

Gustav hatte seine Beichte vollendet. Er erzählte dem Freunde und seiner Gattin Alles, was seit mehr als einem Jahre sein Inneres bewegte: — wie er Tag und Nacht von der kleinen Hand geträumt und immer gehofft, sie wiederzufinden; wie Augustens Erscheinen, die Ueberzeugung ihres vollen Werthes den Traum erbleichen machte, wie er sich aus seinen Banden losgerissen, um sich der frischen, klaren Wirklichkeit zuzuwenden, die aus ihren Augen ihm entgegenstrahlte; wie dieses Bewußtsein, warum er liebe, ihn tausendmal mehr beseligt, als seine Phantasie sich je geträumt, und wie er nun im Momente des Schmerzes über den Abschied von ihr, in der Ungewißheit, ob er wieder geliebt werde, beim Druck von Augustens Hand empfunden habe, daß sein Traum und die Wirklichkeit in Eins zusammenfalle.

„Nehmen Sie mir's nicht übel," lachte Professor P., „das sind Possen. Aufgeregt, überreizt, wie Sie sind, ist dieser Glaube abermals nur eine Ausgeburt Ihrer Phantasie, und außerdem müssen Sie ja auch in Ihrem häufigen Verkehr mit Auguste deren Hand mehr als einmal berührt haben." — „Nein," rief Gustav erröthend, „ich hatte, meiner Schwachheit mir bewußt, eine wahre Scheu vor der Berührung einer Frauenhand. Bewundert und betrachtet habe ich Augustens feine, weiße Hand gar oft, aber mich darum doppelt gefürchtet, sie zu berühren, um so mehr, als sie mir, o ich Thor! anfänglich gar nicht gefiel. Aber nun, liebe, verehrte Frau," fuhr er fort, Mariens Hände ergreifend, „haben Sie Mitleid mit mir. Sie sind Augustens Freundin: haben Sie nie in ihrem Herzen gelesen, ob ich etwas für mich hoffen darf?"

Marie saß einen Augenblick verlegen da. Eine Frau kann für die andere dem Manne gegenüber nie Zartgefühl

genug besitzen, und wo es von ihrer Seite verletzt wird,
darf man immer auf eine gewöhnliche Natur schließen.
Aber nein, Gustavs rückhaltslos ausgesprochenen Gefühlen
gegenüber beging sie keine Indiscretion an der Freundin,
wenn sie ihm lächelnd erwiederte: „Auguste hat zwar die
Schwärmer und Phantasten nicht minder verabscheut, wie
Sie die verständigen Frauenzimmer, aber wie ich glaube,
hat die Liebe in ihrer Unbegreiflichkeit an Euch Beiden
abermals ein Exempel statuirt, daß sie eine neckische Gott=
heit ist und ihre Pfeile willkürlich verschießt.“

Gustav flammte bei diesen freundlichen Worten in
Freude und Jubel auf; er wollte mehr wissen, wollte er=
fahren, warum Auguste so schnell abgereist, aber alles
Uebrige lehnte Marie entschieden ab: „Eure plötzliche Reise=
lust erklärt Ihr Euch gegenseitig am besten selbst. Wenn
Sie Auguste jetzt vermissen, so denken Sie nur, daß Sie
an ihrer Flucht die halbe Schuld tragen, und nun lassen
Sie mich in Frieden. Dort auf meinem Schreibtisch fin=
den Sie alles Nöthige; setzen Sie sich hin und schreiben
Sie einen möglichst vernünftigen Brief an meine arme
Freundin, denn während wir hier Unsinn schwatzen, wird
sie sich vergebens abmühen, manches Räthsel zu lösen, das
ihr Kopf und Herz bewegt.“

„Schreiben?“ rief Gustav. „Nein, mit dem nächsten
Zug reise ich ab, ich muß Auguste sehen, sprechen!“ Aber
Marie und ihr Mann waren der Meinung, daß es unter

den obwaltenden Umständen besser und angemessener sei, an Auguste zu schreiben und erst ihre Antwort abzuwarten. Bis dahin konnten die Gemüther sich beruhigt und gesammelt haben. Gustav gab nach. Ist nicht ein Strohhalm von Hoffnung genug, das arme Menschenherz über Abgründe von Monden und Jahren hinwegzutragen? und ihm baute sich ja über wenige Tage der Trennung die reichste Brücke, welche Glück und Freude je geschlagen.

„Wenn nun aber Auguste nicht die Besitzerin der fabelhaften Hand ist?" fragte Marie neckisch, ehe sie das Zimmer verließ, und Gustav rief entzückt: „Ach, lassen Sie mich! Ich liebte sie ja nur um ihrer selbst willen — aber sie ist es gewiß, mein Herz hat sich nicht geirrt!"

Der folgende Morgen brachte Augusten in aller Frühe nach einer aufgeregten, schlaflosen Nacht Gustavs Brief. Sie hatte ihn fast mit Bestimmtheit erwartet, wie oft auch ihr Verstand diese Hoffnung als Thorheit verwarf. Der Schluß lautete: „Ich habe Ihnen nun, meine theure Freundin, die ganze Geschichte meines Herzens offen dargelegt und es ruft mir in seliger Ahnung zu, daß Sie es nicht verwerfen werden. Dürften Sie mir denn auch darum zürnen, mich einen Phantasten nennen, weil ich Ihnen schon treu war, ehe ich Sie noch kannte und liebte? Es ist mir geschehen, was wohl nur wenigen Sterblichen begegnet. Traum und Wirklichkeit reichen sich versöhnt die Hand, und im Moment, da ich dem Glauben an das geheimnißvolle

Weben der Liebe entsagen wollte, zieht es mich tiefer, be=
seligender als je hinab in ihr räthselhaftes Zauberland.
Wird die Fee, die da drinnen in rosigem Dämmerlicht
schwebt, die mir zu winken scheint mit den weißen, schlanken
Händen, wird sie mich verstoßen, weil sie mir in ahnungs=
vollen Träumen schon früher erschienen?"

Nach zwei Tagen hielt Gustav Augustens Antwort in
Händen. „Mein Freund, es muß mehr als ein Jahr sein,
da hat wirklich ein hülfreicher Fremder keiner Fee, sondern
einer armen Sterblichen während eines fürchterlichen Un=
wetters die hülfreiche Hand geboten, um einen Eisenbahn=
wagen zu verlassen. Er hielt ihre Hand eine Sekunde
länger fest als nöthig gewesen wäre — und es entspann sich
für ihn ein ganzer Roman daraus; ihr entschwand das kleine
Abenteuer bald völlig aus dem Gedächtniß. Diese Sterb=
liche bin ich — ich gestehe es Ihnen gern und freudig, und
wenn heute jener Fremdling und nun so Bekannte wieder
vor mir steht und meine Hand zu fassen sucht, so lege ich
sie eben so vertrauensvoll in die seine, als damals, da sie
mir zur Stütze diente. Ja, mein Freund, die Macht der
Liebe hat sich wunderbar an uns bewährt. Ich wollte sie
zuerst mit dem Verstand erfassen und sie stürzte über mich
hin mit steigender Gewalt, wie der Waldstrom vom Berges=
hang; sie hatte mein ganzes Sein durchdrungen, ehe ich
mir nur einmal Rechenschaft gegeben, was mich zu Ihnen
hinzog. Aber Recht behalte ich darum doch: nicht die Leiden=

11 *

schaft, keine Aeußerlichkeiten, sondern die wirkliche Uebereinstimmung unserer geistigen Eigenschaften und Herzens-
neigungen hat das Wunder bewirkt. So erlagen Sie der
„kalten, verständigen“ Auguste mit Bewußtsein, ohne den
plötzlichen Blitzstrahl, den Sie erwarteten. Sie Schwärmer, ich betrachte mit Freuden meine Hand; wer weiß, ob
Sie mir ohne diese Entdeckung nicht schon wieder untreu
geworden wären? Für einen Phantasten halte ich Sie
trotzdem nicht; ich habe erfahren, daß meine Freundin recht
hatte, als sie mir kürzlich sagte: „Es ist heutzutage gar zu
schön, wenn ein Mann noch an ein Ideal in der Liebe glaubt!“
O, mein Freund, ich fühle mit Gewißheit, daß ein Anderer
doch die „verständige“ Auguste nie beglückt haben würde.
Mit Freude und Sehnsucht erwartet Sie Ihre Auguste.“

Um Pfingsten, wenn droben im Schwarzwalde die
dunkeln Tannen sich selbst das Weihnachtsfest feiern und
ihre hellgrünen Sprossen wie eben so viele Lichter an der
Spitze jedes Zweiges in die laue Luft hinaus strecken, da lag
Augustens kleine, weiße Hand in der Gustavs vor dem Trau-
altar, und sie wird ihn gewiß sicher und freundlich durch's
Leben geleiten. Eugen war Brautführer und hatte die Erlaubniß erhalten, zur Erheiterung der Hochzeitgäste die Geschichte von der kleinen Hand zum Besten zu geben, was
ihm denn auch in gewohnter humoristischer Weise gelang.

Unter der Tanne.

I.

Es mögen wohl siebenzig Jahre her sein, oder noch mehr, da war ein gar fröhliches Hin- und Herrennen in dem kleinen Hause, das in der Mitte des Dorfes S. im Odenwalde stand und nur durch etwas hellere und größere Scheiben, als damals in Bauernhäusern gewöhnlich waren, zu erkennen gab, daß hier Leute höheren Standes hausten. Der Mann, welcher mit seiner Familie das Haus bewohnte, war auch in der That fast der Angesehenste auf zehn Stunden im Umkreise und galt in vielen Fällen mehr, als der Herr Pfarrer selbst. Er war der Heilkünstler und Doctor des Dorfes und wenn auch noch jung, doch wohl erfahren in äußeren und inneren Krankheiten, deren es in der guten alten Zeit nicht weniger gab, als heutigen Tages. Was ihn vielleicht an Bücherweisheit abging, das ersetzte ihm sein ungewöhnlich heller Blick, ein vertrauter Umgang mit der Natur, sowie eine früh gereifte Erfahrung; denn er lag unablässig Tag und Nacht seinem mühseligen Berufe ob.

Es gab keine Stunde in der Nacht, zu der er's verweigert
hätte, den kleinen Grauschimmel zu besteigen, um Leidenden
seine Hülfe zu bringen, und manche abergläubische Oden=
wälderin mochte sich, wenn sie um Mitternacht den Huf=
schlag seines Pferdes hörte, tiefer unter die Decke strecken
und von dem wilden Jäger und seinem Auszug vom Roden=
stein auf den Schnellarts träumen. — Wo das Aberlaß=
männlein versäumt hatte, seine Dienste zu thun, oder das
Streichen mit der Fuchspelzmütze des alten Mathes —
eines großen, sympathetischen Heilkünstlers und Concurren=
ten des Doctors — nichts mehr fruchtete, da mußte er
selbst herbei, und es gelang ihm häufig genug, das wieder
gut zu machen, was Fahrlässigkeit oder Aberglaube bereits
verbrochen hatten. Wo aber auch der „Doctor", so nannte
man ihn schlechtweg, erschien, freute sich Jung und Alt und
es schadete ihm selbst nicht, daß er mit wahrem Feuereifer
gegen so manches bäuerliche Vorurtheil und besonders gegen
den Unsinn des regelmäßigen Blutablassens zu Felde zog.
Jedes Vierteljahr versammelte der Jahrmarkt in dem
Städtchen M. die Bauern der ganzen Umgegend, und
wenn die Geschäfte abgethan waren, dann ging es an das
unvermeidliche Aberlassen. Ein Jeder drängte sich nach
der Barbierstube, um unter den Schnepper zu kommen
und oft floß das unschuldig vergossene Blut wie ein Bach
über den Marktplatz. Unser guter Doctor wehrte sich
wacker gegen die Tollheit, so muthwillig den edlen Lebenssaft

zu vergeuden; es gelang ihm auch, Manchen zu überzeugen und jedenfalls wurde er von Allen als der Freund und Wohlthäter der ganzen Gegend verehrt. Leider ernteten seine redlichen Bemühungen öfter bloßen Dank, als großen Lohn, und so blieb der Reichthum seinem Hause fern, aber er hatte genug und der Segen waltete unter seinem Dache. Eine freundliche, junge Gattin und sechs Krausköpfe, von denen der Aelteste kaum 9 Jahre zählte, empfingen ihn am Abend und bei ihnen ruhte er von des Tages Last und Hitze aus. Die Doctorin war wie geschaffen für ihren Mann und den Beruf, dem er diente. Ebenso sanft, als er leicht hitzig und aufbrausend, wußte sie immer das richtige Gleichgewicht wieder herzustellen. Mit sicherer Ruhe verwaltete sie den Haushalt, erzog sie die Kinder und stand selbst dem Manne in seinen nothwendigen Schreibereien bei, denn, Dank der „guten, alten Zeit", verging fast kein Monat, an dem er nicht Berichte nach der nahen Kreisstadt zu schicken hatte, über Schlägereien oder Unglücksfälle.

Marie war der Sprößling einer angesehenen Emigrantenfamilie aus dem nördlichen Frankreich, welche durch das Edict von Nantes aus der sichern Ruhe der Heimath vertrieben worden waren.

Ihren Urgroßvater hatte das Schicksal, wie so manchen andern seiner Glaubensgenossen in den Odenwald verschlagen und er siedelte sich dort in dem reizenden Mümmlingthale an. Obgleich ihnen keine andere Wahl blieb, als dem Boden das abzugewinnen, was sie bedurften, so erhielt sich doch in diesen Familien traditionell ein feinerer Sinn, eine vornehmere Erziehung, als sie sonst, selbst bei den Wohlhabenden dieser Gegend üblich war. Die heimathliche Sprache, das Französische, wurde fortwährend im Familienkreise gesprochen und es erweiterte schon allein die Kenntniß zweier Sprachen, so wie die Erinnerung an die Vergangenheit den Gesichtskreis dieser kleinen Kolonie und machte sie aufgeklärter und vorurtheilsloser, als ihre Umgebung. Es war natürlich, daß der Doctor dort seine besten Freunde fand und sich bei ihnen am heimischsten fühlte. Marie war noch fast ein Kind, als er schon wenigstens einmal in der Woche am Hause ihrer Eltern seinem Pferde die Zügel über den Kopf warf und auf einige Stunden zu freundlichem Beisammensein hereintrat.

So wuchs sie beinahe unter seinen Augen auf, von der Mutter, einer ächten deutschen Hausfrau, zu einem tüchtigen Mädchen herangebildet. Als die Zeit kam, wo der Doctor fühlte, daß es nicht gut sei, wenn der Mensch allein bleibe und er eine Frau ernähren konnte, da fiel sein Gedanke wie von selbst auf die „französische Marie", wie sie die Bauersleute nannten, und sie fand es eben so natürlich, daß er sie zu freien kam. Ohne Kampf, ohne Leidenschaft ward sie die Seine und sie waltete nun in dem Hause des Gatten eben so sicher und treu, so freundlich und hingebend .

wie daheim. Freilich, die sechs wilden Buben machten ihr
große Last und wie sie just eben Alle durcheinander schrieen
und tobten, da war es wohl gut, daß sie unter sie trat und
mit etwas stärkerer Stimme als sonst sagte: „Kinder, wenn
Ihr nicht stille seid, dann trägt das Christkind Alles wieder
fort!"

„Hat es denn etwas gebracht?" schrie ein kleiner
Schwarzkopf, den man schon seit vier Wochen damit
geängstigt hatte, daß er diesmal leer ausgehen würde,
weil er so gar zu schlimm und wild war. Die Mutter
mußte lachen.

„Für Dich nichts und für Euch Alle nichts, wenn's
jetzt nicht Ruhe giebt." Damit öffnete sie vorsichtig die
Thüre in's Nebenzimmer, in dem die Christbescheerung
bereitet wurde, schlüpfte hinein und schob den Riegel an
der Schlafstubenthüre vor: „Bist Du bald fertig, Lilli?"
sagte sie zu einem jungen Mädchen, das auf einem Stuhle
stand und beschäftigt war, Aepfel und Nüsse an einem
kleinen Tannenbaum aufzuhängen, der auf dem weiß-
gedeckten Tisch stand, „die Kinder sind kaum im Zaum zu
halten."

„Gleich, gleich," lautete die Antwort, „aber Dein Mann·
ist ja noch gar nicht da!"

„Er muß jeden Augenblick kommen, er hat es mir fest
versprochen, vor Nacht da zu sein; denn Du weißt,

wenn es um fünf Uhr den heiligen Abend einläutet, dann muß auch unser Glöckchen erklingen."

„Jetzt ist's fertig," rief Lilli, sprang vom Stuhl herunter, sah an dem Baum in die Höhe und rief, vergnügt in die Hände klatschend: „Ach Gott, wie schön!"

„Du freust Dich mehr als die Kinder," sagte Marie, sie liebevoll anlächelnd.

„Das thu' ich auch! hast Du noch je einen solchen Baum gesehen? Das war eine gute Idee von mir, die Nüsse zu vergolden und zu versilbern; sonst hingen sie immer so hölzern und langweilig zwischen den rothbackigen Aepfeln da, wie Tannenzapfen. Aber nun ist's ein Staat!"

Zur Zeit als dieser Christbaum geputzt wurde, war es in der That ein außerordentlicher Staat, obgleich nichts, gar nichts an den Zweigen hing, als Aepfel aller Art und Gold= und Silbernüsse, auf deren Erfindung sich Lilli so viel zu Gute that. Aber jetzt blieb nicht viel Zeit zum Betrachten; Marie trieb mit Wort und That und die beiden Freundinnen — Schwestern dem Herzen nach, trotz der Verschiedenheit des Alters — beeilten sich, die Aufstellung der einfachen Bescheerung zu Ende zu bringen, damit man nur noch die Kerzen anzuzünden brauche, wenn der Doctor käme. Da erhob sich im Nebenzimmer, nachdem die Kinder bisher leidlich stille gewesen, ein lautes Zetergeschrei und Marie sagte fast ärgerlich: „Sie sind aber auch heute gar zu unartig!" Damit ging sie hinaus, um zu sehen, was es gäbe.

„Der Nikolaus ist da! der Nikolaus kommt! Er hat eben an's Fenster geklopft!" schrien sechs Kinderstimmen entsetzt durcheinander und Marie erschrak fast selbst, als sie im letzten Tagesschimmer, zwischen wirbelnden Schneeflocken eine hohe Männergestalt mit einem schwarzen Schnurrbart und ganz in Pelz gehüllt, an dem niedern Fenster stehen sah.

Es will sich Jemand mit den Kindern einen Spaß machen! dachte sie und ging, um größeren Schrecken zu verhüten, nach der Hausthüre, auf welche die fremde Gestalt zuschritt. „Ist der Doctor nicht zu Hause?" frug eine wohlklingende Stimme mit etwas frembartigem Accent, aber als sie eben antworten wollte, fühlte sie sich von zwei starken Armen festgehalten, ein warmer Mund preßte sich auf den ihrigen und der armen Frau vergingen fast die Sinne, bis sie die Worte vernahm: „Schwägerin, liebe, gute Schwägerin, kennt Ihr mich denn nicht mehr?"

Nun stieß Marie einen Freudenschrei aus: „Wie, Hermann, Ihr seid es? Meines Mannes Bruder! Welche Freude für ihn und uns Alle!"

Sie zog ihn in die Stube, wo die Kinder sich scheu hinter die Betten verkrochen und der Jüngste zu weinen anfing. „Ich habe die Kinder erschreckt," sagte der Mann, „als ich, selbst wie ein Kind, erst in jedes Fenster hereinsah, ehe ich zur Thüre ging. Es war mir gar sonderbar zu Muthe, nach so langer Zeit das Vaterhaus wieder zu betreten."

„Aber wo kommt Ihr her?" frug Marie, indem sie neugierig an dem Fremden hinaufleuchtete, „man hat ja in ewiger Zeit nichts von Euch gehört!"

„Ja nun, vom Schreiben bin ich kein Freund, da komme ich lieber einmal selbst. Unser Regiment liegt seit Herbst in der Festung N. und es hat mir der Rhein, den ich jeden Tag vor Augen sah, fast das Heimweh zugezogen. Jetzt bin ich noch frank und frei; im Winter, wenn es erst einmal friert, haben wir immer die wenigsten Kranken und so konnte ich Urlaub bekommen. Ich besann mich nicht lange, setzte mich auf's Pferd und da bin ich nun, aber todtmüde, denn ich bin heute schon zwölf Stunden geritten, um am heutigen Abend hier zu sein!"

Marie nahm dem Schwager den Mantel ab, holte ihm den alten Sessel seines Vaters herbei, lief dann hinaus, um dem Knechte zu sagen, daß er des Schwagers Pferd gut versorge, brachte ihm selbst eine Flasche von ihrem besten Aepfelwein und war überhaupt so liebevoll geschäftig, daß er mit freundlichen Blicken jeder ihrer Bewegungen folgte: „So behaglich war es hier nicht seit meiner Mutter Tod," sagte er, „es ist doch ein ganz ander Leben, wenn eine Frau für Alles sorgt, Schwägerin, mein Bruder hat gut gewählt!"

Marie erröthete und lachte: „Wir sind recht vergnügt zusammen und ich hoffe, es soll Euch bei uns gefallen. Aber wie lange seid Ihr nicht hier gewesen? Es müssen schon über zehn Jahre sein, zwei Tage vor unserer Hochzeit mußtet Ihr ja fort!"

„Worüber ich so zornig war, daß es Euch ganz bang vor mir ward. Aber wo bleibt denn Ludwig?"

Als die Kinder sahen, daß die Mutter so freundlich mit dem fremden Mann plauderte, faßten sie sich ein Herz und kamen nach und nach aus ihrem Versteck hervor. Endlich wagte Johannes, der älteste und keckste, die Frage: „Du bist also nicht der Nikolaus mit der großen Ruthe?" Der Onkel lachte hell auf. „Nein," rief Marie, „das ist der Onkel Hermann, von dem Euch der Vater schon so viel erzählt hat!"

„Das lasse ich mir eher gefallen!" sagte Johannes trocken.

„Und das lasse ich mir auch gefallen," rief der Onkel „eins, zwei, drei, vier, fünf, sechs, lauter prächtige Jungen, die mögen Euch Last genug machen, Schwägerin!"

„Das will ich meinen," antwortete Marie, und nahm den Jüngsten, der sich immer noch ein wenig vor dem Onkel fürchtete, auf den Arm; „aber die armen Kinder," fuhr sie fort, „ich vergesse ganz, daß es Weihnacht-abend ist!"

„Der Nikolaus ist ja bereits da!" rief der Onkel.

„Wir brauchen aber noch das Chriſtkindchen!" und
damit ſetzte ſie ohne Umſtände den kleinen Konrad auf des
Onkels Schooß und eilte nach der Thüre, die ein klein
wenig offen ſtand und durch deren Spalt zwei neugierige
Mädchenaugen guckten. Der Onkel Hermann wußte ſich
mit den Kindern ganz gut zurecht zu finden. Der Jüngſte,
der mit weinerlich verzogenem Geſicht immer nach der
Thüre ſah, durch welche die Mutter entſchwunden war,
wurde mit der dicken, ſilbernen Uhr beſchwichtigt, die der
Onkel an einer langen Stahlkette trug, und die Uebrigen
wußte er bald mit Fragen ſo zu beſchäftigen, daß ſie ſich
wie ein Bienenſchwarm um den Armſeſſel drängten und
Alles erzählten, was ſie irgendwie vom Chriſtkindchen und
Nikolaus wußten. Dem Onkel ward es trotz der Kälte,
die er heute ertragen und dem zwölfſtündigen Ritt warm
in den Gliedern und um's Herz. So hatte er einſt ſelbſt
als Kind an dem nämlichen Armſtuhl gehangen und die=
ſelben Märchen vernommen und nacherzählt, die er nun
wieder von den fröhlichen Kindern vernahm.

„Weißt Du auch," rief Johannes, „daß der Vater
geſtern, als er über die Böllſteiner Höhe ritt, das Chriſt=
kindchen geſehen hat, ganz weiß angethan und mit einer
goldenen Krone auf dem Kopf?" „Und da hat es geſagt,
daß es heute zu uns kommen wolle," unterbrach ihn Karl,
der Zweitälteſte.

„Wir haben es noch nie geſehen, nur erſt den Nikolaus

und der hatte gerade so einen Pelzmantel um wie der Hansjörg, der dem Vater den Schimmel sattelt, wenn der Peter nicht da ist."

„Habt Ihr denn aber auch Euere Schuhe vor die Thüre gestellt mit Heu, für Christkindchens Esel?"

„Ja, ja!" riefen sie Alle auf einmal.

„Und was hat's denn da gegeben?"

„Am andern Morgen war das Heu fort und in jedem Schuh lag ein Apfel, so dick!" rief der Karl, „nur der Johannes hatte keinen!"

„Warum denn nicht?"

Johannes zog sich etwas gedemüthigt nach der Rücklehne des Sessels und antwortete kleinlaut: „Ich hab' durch's Schlüsselloch geguckt und da hat die Mutter grad —"

„Nein, da hat Dir das Christkind in die Augen geblasen und nichts hingelegt. Das war ganz recht, wer wird auch vor Weihnachten die Augen weiter aufmachen, als nöthig ist!"

So ging es fort in fröhlichen Gesprächen; die Kinder vergaßen über den neuen Ankömmling fast ganz ihre Ungeduld und indessen gab es im Nebenzimmer eine sehr ernste Berathung.

Es stand Alles auf's Schönste bereit, für jedes der Kinder, die Eltern, Lilli, die Magd und den Knecht ein zinnener Teller auf dem weißen Tuch, das den Tisch bedeckte

und an deſſen oberem Ende der Chriſtbaum prangte. Auf
einer Unterlage von Aepfeln und Nüſſen ruhte ein mäch=
tiges Lebkuchenherz, wie ſie im Odenwalde noch bis auf
den heutigen Tag mit althergebrachter Kunſt von Mehl
und Honig zubereitet werden. In der Mitte deſſelben
prangt der verhängnißvolle Aepfelbaum aus dem Garten
Eden mit der ziſchenden Schlange und davor ſtehen Adam
und Eva im Begriff, der Verſuchung zu unterliegen. Daß
kein Albrecht Dürer die Holzform ausgeſchnitten, in die
der Odenwälder Lebküchler die braune Maſſe drückt, ver=
ſteht ſich von ſelbſt, aber dennoch war der Gegenſtand
unverkennbar. Ringsum zieht ſich ein Vers mit großer
Kunſt in weißen Lettern aufgetragen, es kann ſich aber wohl
bis heute noch Niemand rühmen, dies kalligraphiſche Meiſter=
werk entziffert zu haben. An das Herz lehnte ſich eine
koloſſale Wecpuppe, Augen, Naſe und Mund von glänzend
ſchwarzen Wachholderbeeren. — Bis dahin war auf den
zinnernen Tellern nur das bäuerliche Element vertreten,
aber der höhere Rang der Familie gab ſich gerade am
Weihnachtsabend noch durch eine feinere Zugabe kund.
Auf dem braunen Lebkuchen lagen fünf Stückchen Anis=
gebackenes in regelmäßigſter Ordnung — Wolf und Schaf,
Hund und Katze im tiefſten Frieden beieinander. Sie
glänzten im gleichen Schmuck, denn auf jedem Stück war
an den vier Ecken und in der Mitte ein nagelgroßes Fleck=
chen Goldſchaum aufgeklebt. Dieſe pompöſe Verzierung

hatte der erfindungsreichen Lilli den Gedanken eingegeben, die Nüsse in gleicher Weise zu übergolden. Aber in der Mitte zwischen dem Anisgebackenen prangte der Hauptschmuck, die eigentliche Zierde des Ganzen, ein handgroßes Stück Marzipan, das in allen Farben des Regenbogens schillerte und sich in den verschiedenartigsten Formen vorfand.

Es war ein großer Tag, wenn der Doctor nach der nicht weit entfernten Residenz ritt, um alle diese Herrlichkeiten einzukaufen. Ein heimliches Grauen beschlich jedesmal die Kinder und die Bauernmagd, wenn die Doctorin noch zuletzt ihrem Manne eine länglichte, hölzerne Schachtel geheimnißvoll auf's Pferd reichte und dieselbe Schachtel dann am Abend bei seiner Rückkehr mit großer Vorsicht herabgenommen und in den Weißzeugschrank der Mutter verborgen wurde. Nicht eher ward es den Kindern ganz weihnachtlich zu Muthe, nicht eher gewannen die Erzählungen der rothbackigen Bärbel vom Christkind und dem Nikolaus ihre ganze Wärme, ehe die Schachtel eingethan war, denn sie enthielt die Offenbarung und Erfüllung zugleich. Ihr entströmte gewissermaßen jener zauberhafte Weihnachtsduft, der tagelang die Seele des Kindes in eine bunte Wolke von Furcht, Erwartung und glückseligem innern Aufjauchzen hüllt, bis an dem heißersehnten Abend der Schleier vor seinen Blicken sich öffnet. Doch nicht nur der Inhalt der Schachtel sollte die muntern Knaben

12*

erfreuen, es fehlte noch außerdem für keinen der kleinen Kumpane an einem passenden Spielzeug. Steckenpferd, Trommel, Peitsche und Trompete durften hoffen, allen Erwartungen zu genügen. Die Doctorsbescheerung war aber auch weit und breit berühmt und der Christbaum das Wunder Aller, die ihn noch am andern Tag bewundern durften. Hatten sich die französischen Emigranten und ihre Nachkommen im Lauf der Zeit auch ganz in die deutsche Sitte und Gemüthlichkeit eingelebt, es blieb ihnen doch noch ein Rest von französischem Geschmack und ein Talent des Arrangements, welches wieder seinerseits gar nicht unerheblich auf das deutsche Familienleben einwirkte. So fand sich in diesem Hause mitten auf dem Land unter einer Bevölkerung von Bauern ein feiner Schönheitssinn, der jetzt fast allgemein, damals aber weit seltener zu finden war. Auch heute hatte wieder die Christbescheerung mit den einfachsten Mitteln den Ausdruck einer gewissen Feierlichkeit erhalten, den sie sonst bei Niemanden trug, und seit einigen Jahren that immer Lilli das Meiste dabei. Für heute hatte sie sich noch eine ganz besondere, nie dagewesene Ueberraschung ausgedacht, auf die sie sich selber kindisch freute, aber nun wurde sie zaghaft durch die unerwartete Ankunft des Gastes, und überdem war sie ganz echauffirt wegen der Störung, die der hergebrachten Bescheerordnung drohte.

„Was fangen wir an?" sagte Marie, „der Schwager

muß doch auch bedacht werden und wir haben gar nichts für ihn."

Die Sache war ganz einfach; eine so eclatante Ausgabe, wie sie das alljährliche Füllen der Weihnachtsschachtel bedingte, mußte natürlich bis an die äußerste Grenze beschränkt werden und der bedächtige Hausvater kaufte gewiß nie ein Stückchen mehr, als gerade für den Christabend nothwendig war. Ebenso sorgfältig war die Zahl der Lebkuchenherzen berechnet. Für den Besuch, welchen die Feiertage brachten, sorgte Marie durch selbstgebackene, köstliche Kuchen, die in reicher Fülle vorhanden waren.

„Der Schwager muß durchaus auch seinen Teller haben!" wiederholte Marie, aber da war guter Rath theuer, welcher gelten konnte, ohne daß das Gleichmaß des Ganzen gestört wurde.

Lilli überschaute sinnend die Tafel: „Ich hab's!" rief sie endlich in die Hände klatschend. „Der fremde Herr Vetter darf natürlich heute am wenigsten leer ausgehen, wir machen die Sache so: Fünf von den Kindern verlieren jedes ein Stück von seinem Anisgebackenen, was Du ihnen später von dem Deinigen ersetzen kannst, denn für den Abend schickt es sich nicht, daß die Eltern weniger haben, als die Kinder!"

„Schon gut, aber das Lebkuchenherz, was gerade am meisten in die Augen fällt?"

„Da gebe ich natürlich das meinige, ich vergaß es zu sagen!"

„Das geht nicht!"

„Ja freilich geht es!" und sie lief nach der Küche, holte einen Teller, schichtete Aepfel und Nüsse auf, legte das Herz darauf, das Gebackene gleichfalls und zuletzt Konräbchens Marzipanstück, den sie schon wieder schablos halten wollte. „Und nun ist endlich Alles fertig!" hieß es in Beider Munde. Es war aber auch die höchste Zeit, Pferdegetrappel kam die Straße herauf, der Doctor sprang eiligst ab, ging in's Haus und im selben Augenblick ertönten feierlich langsam die Glocken der nahen Kirche, die den heiligen Abend einläuteten. Die beiden Frauen legten andächtig die Hände zusammen, Lilli dabei fröhlich wie ein Kind ihren Weihnachtsbaum anschauend, dessen Stunde nun endlich gekommen war, Marie mit ernster Miene, aber doch auch friedlich lächelnd — die Eine hatte des Lebens Schwere noch gar nicht, die Andere nur wenig erfahren. Nicht Allen tönt der Klang der Weihnachtsglocken in so freundlicher Weise, wie viel bittere, wie viel schmerzliche Erinnerungen rufen sie in dieser Stunde wach, wie manche Thränen locken sie hervor, den Lieben geweint, die sonst dies Fest mit uns gefeiert, den bunten Träumen, die so oft in dieser Stunde in helleren Farben aufglühten und die heute — nicht mehr sind.

Aber im Doctorhause hörte man in diesem Augenblicke nur Ausrufungen der Ueberraschung, und wurden Thränen

geweint, so waren es die der Freude. „Der Vater kommt,
die Glocken läuten!" so erscholl es mit einem Male unter
dem kleinen Häuslein, das sich um des Onkels Kniee drängte
und eine Minute später lagen die beiden Brüder einander
in den Armen. Die Kinder standen still und ruhig, als
ahnten sie, daß in diesem Augenblick ein schöneres Christfest
gefeiert würde, als sie drinnen erwartete. Marie war leise
hereingetreten und legte sanft, zum Zeichen des Mitgefühls,
die Hand auf ihres Mannes Schulter. Durch die Thür=
spalte guckten abermals zwei neugierige Mädchenaugen,
aber sie konnten nicht viel sehen, denn über die blauen
Sterne zog sich ein feuchter Flor und langsam, langsam
verhauchte die Glocke ihre letzten Töne in die Luft. —

„Es hat geklingelt!" hieß es endlich nach einer halben
Stunde, und die Kinder, deren Geduld heute auf eine harte
Probe gestellt war, wurden nun von den Qualen der Er=
wartung erlöst. Sie stürzten nach der offenen Thür, aber
wie festgebannt blieben sie plötzlich stehen. So etwas hatte
ihr Auge nie erblickt, sie wußten nicht, ob sie wachten oder
träumten. Dort unter dem Christbaum stand das Christ=
kind, wie es leibte und lebte. Grade so sah es aus in dem
alten Bilderbuch, welches es ihnen vor mehreren Jahren
gebracht, so hatten es die Bärbel und die Tante Lilli immer
beschrieben — und nun war es wirklich da! Unbeweglich
stand die zarte, schlanke Gestalt und blickte die kleine Schaar
vor sich an. Ueber dem weißen Kleid erhob sich der feine

Kopf ganz von blonden Flechten umgeben, deren Fülle er
kaum zu tragen vermochte; das lieblichste Lächeln spielte
um die rothen Lippen und die blauen Augen wetteiferten
an Glanz mit der Krone von Flittergold, die auf die hohe,
weiße Stirne gedrückt war. Kein Wunder, daß die Kinder
in ehrfurchtsvollem Grausen erbebten, standen doch auch die
Eltern und der Onkel ganz hingerissen von der lieblichen
Erscheinung, die nun mit sanfter Stimme sprach:

> „Kinder, weil Ihr artig seid,
> Kommt zu Euch das Christkind heut,
> Und bescheert Euch Alles brav,
> Was Ihr nur geträumt im Schlaf,
> Und wenn Ihr so ferner thut,
> Bleibt es Euch auch immer gut!“

Bei den letzten Worten sah das Christkind empor und
begegnete mit seinen Blicken gerade dem großen dunklen
Auge des Onkel Hermann, in dem eine helle Thräne funkelte. „Das muß doch ein recht guter Mensch sein!“ dachte
es, drehte sich um und war dann ebenso schnell verschwunden, wie seine Erscheinung überraschend gewesen war.

„Hat sie den Vers selber gemacht, oder mußte der
Schulmeister dran?“ fragte der Doctor seine Frau.

„O nein, sie hat ihn selbst zusammengedrechselt,“ antwortete Marie ganz stolz; „sie wollte ihn nicht sagen, weil
der Schwager gekommen, aber ich ließ ihr keine Ruhe.
Nun Kinder, warum kommt Ihr denn nicht und seht Euch
Euere Sachen an?“ Es bedurfte wirklich dieser Ermahnung,

denn das kleine Volk stand noch ganz verblüfft da und die
Bärbel wußte sich gar nicht zu fassen. Endlich machte sich
Johannes Luft: „Das Christkind sah gerade aus wie die
Lilli!" rief er laut, und die Uebrigen stimmten bejahend ein.

„Wer ist denn die Lilli?" fragte der Onkel und fuhr ihm
mit der Hand durch die langen Flachshaare.

„Die Lilli?" antwortete das Kind ganz überrascht von
dieser Frage, „die Lilli, ist die Lilli!"

Hermann lachte laut auf, aber er konnte nicht weiter
fragen, denn gerade trat sie in ihrem einfachen Hauskleide
herein und im nächsten Augenblick war sie auch schon von
allen Sechsen umringt. Jeder wollte ihr sein Spielzeug
zuerst zeigen, ein Jedes sollte sie zuerst probiren. Sie mußte
trommeln und trompeten, in das neue Bilderbuch sehen,
und sogar auf dem Steckenpferd zu reiten und die Peitsche
knallen zu lassen, muthete ihr Johannes zu. Sie war aber
auch mit Leib und Seele bei dem Weihnachtsvergnügen
und ihr lautes Lachen klang nicht minder frisch und heiter,
wie das ihrer jugendlichen Freunde. Die Eltern schauten
entzückt auf das Treiben um sie her, und der Onkel Her=
mann verwandte keinen Blick von Lilli, in der er natürlich
sogleich das Christkind von vorher erkannte. Er hätte sie
gerne begrüßt, aber fast wie absichtlich wich sie der fremden
Gestalt immer aus, wo ihr diese in die Nähe kam. „Ist
denn das eigentlich ein Kind oder ein Frauenzimmer?"
fragte Hermann den Doctor, und die Frage war gar nicht

unerlaubt, denn mit der entwickelten Gestalt contrastirte so lebhaft der kindliche Ausdruck des Gesichts, besonders wenn sie lachte, daß es Jedem auffallen mußte.

„Beides," antwortete der Doctor lakonisch.

„Nun, wer ist's denn eigentlich, soll ich es denn nie erfahren?"

Marie nahm das Wort: „Meine älteste Tochter und zugleich meine Freundin und in beiden Fällen bin ich wohlberathen. Aber Lilli, so komm' doch herbei, Du hast ja noch gar nicht Bekanntschaft mit dem Schwager gemacht."

Lilli kam zögernd näher und der Doctor sagte zu seinem Bruder: „Du mußt sie als Kind doch öfter gesehen haben, drüben im Thal, wo sie herstammt gleich meiner Frau. S'ist ein Franzosenkind und es steckt noch genug Franzosenblut in ihr," dabei drohte er ihr mit dem Finger. Lilli warf schmollend den Kopf zurück; es bestand zwischen ihr und dem „Herrn Doctor", wie sie ihn unerschütterlich nannte, stets eine kleine Fehde von Neckerei und das Franzosenblut bekam sie oft vorgeworfen, wenn sie mit den Kindern herumtollte, daß es dem ernsthaften Manne ganz heiß um die Ohren wurde.

„Ich kann mich nicht erinnern, Euch als Kind gesehen zu haben, Mademoiselle," sagte der Onkel nachsinnend, „aber ein allerliebstes Christkindchen habe ich vorhin gesehen und das kenne ich noch!"

Lilli fuhr erschreckt mit dem Kopf herum und legte den

Finger auf den Mund: „Laßt die Kinder nichts merken,“ sagte sie rasch, „der Johannes traut mir so schon nicht recht!“

„Behüte, aber ich muß Euch doch sagen, daß Ihr mir noch mehr Freude gemacht, als ihnen, denn wie oft ich auch schon von dem Christkindchen gehört, gesehen hatte ich es doch noch nie.“

„Das ist aber auch Lilli's eigene Erfindung, sich so zu verkleiden,“ antwortete Marie, „wie die silbernen und goldenen Nüsse auch!“

„Du wirst ja jeden Tag gescheidter,“ sagte der Doctor, „und den Vers hast Du auch gemacht? Du könntest wahrhaftig Schulmeister werden!“

„Hab's wohl gewußt, daß mich der Herr Doctor wegen des Verses ausspotten würde!“

„Er war sehr schön,“ sagte Hermann, „Ihr müßt ihn mir aufschreiben! Gott, wie herrlich ist es diesen Abend hier, die Welt geht immer voran, nicht allein draußen. Das ist dasselbe enge Stübchen, wie früher, und doch wie ganz anders sieht es darin aus!“

„Meine Frauensleute machen's so schön,“ sagte der Doctor trocken; und Hermann fuhr fort: „Weißt Du noch, wie es war, wenn uns nach dem frühen Tod der Mutter die selige Großmutter bescheerte, da stand nur die Oellampe auf dem braunen Tisch, die Aepfel und Lebkuchen zu Häufchen geschichtet rund herum, von einem Teller darunter, oder gar einem weißen Tuch war gar nicht die Rede.“

„Ja wohl weiß ich's noch und wir waren doch eben so vergnügt dabei, wie meine Kinder mit ihren vollen Tellern!"

„Nein, so ist's doch schöner — wie, und auch Marzipan? es ist wirklich unerhört, ich muß mir nun auch einmal meinen Weihnachtsteller genauer betrachten;" er ging nach dem Tisch, betrachtete ein Stückchen nach dem andern und zeigte eine so herzliche Freude dabei, daß Lilli abermals dachte: Das ist doch ein recht guter Mensch! Auf einmal rief Karl mit lauter Stimme: „Seht einmal, die Lilli hat ja kein Herz bekommen! Warum hat denn die Lilli kein Herz?"

„Und der Konrad hat keinen Marzipan!" stimmte Johannes ein, denn nachdem jedes Kind sich an dem Seinen satt ge= sehen, musterte es nun auch die Geschenke der Andern. Lilli faßte den naseweisen Frager an der Schulter und zog ihn hinweg, aber Hermann, der noch an dem Tisch stand, hatte Alle gehört und den einfachen Zusammenhang natürlich gleich begriffen. Er wendete sich lächelnd zu Lilli: „Ihr habt mir Euer Lebkuchenherz gegeben, damit ich nicht leer ausgehen solle, ich danke Euch recht herzlich dafür!"

Lilli ward feuerroth und stammelte: „Ich that's ja gerne, und — und — ich bekomme schon ein anderes dafür!"

„Gewiß bekommst Du ein anderes, meine gute Lilli," sagte Marie, „morgen muß mein Mann extra über B. reiten und von dem Lebküchler eines für Dich mitbringen."

„Nein, das besorge ich selbst," rief Hermann, aber Marie wehrte mit der Hand und erwiederte: „Morgen und über=

morgen und vielleicht noch einen Tag darüber hinaus wird der Schwager froh sein und zu Hause bleiben, bis er sich von der beschwerlichen Reise erholt hat."

„Das denke ich auch," sagte der Doctor und zündete seine Pfeife an. —

Die tollste Lust, die lauteste Freude muß ein Ende nehmen, und so geschah es auch im Doctorhause. Nachdem sie noch ein Weilchen gespielt und gelärmt hatten, verlangte eins der Kinder nach dem andern in's Bett und dann saßen die Eltern mit dem Onkel und Lilli noch beisammen und des Plauderns wollte kein Ende nehmen. Der Nachtwächter hatte schon lange die Zehne ausgerufen und friedliebende Menschen ermahnt, zur Ruhe zu gehen, da stand der Doctor endlich auf, klopfte seine Pfeife aus und sagte: „So vergnügte Weihnachten hab' ich im Leben noch nicht gehabt, aber jetzt ist's Zeit zum Schlafengehen!"

Lilli, die schon lange mäuschenstill gesessen und den Männern zugehört hatte, sprang auf, küßte Marie, rief freundlich: „Eine recht gute Nacht!" warf ein Tuch über den Kopf und war hinaus.

„Halt! nicht so schnell!" rief der Doctor.

„Die Bärbel geht mit," sagte Marie, und Hermann fragte: „Wohnt sie denn nicht hier im Hause?"

„I, bewahre!"

„Ich begreife nicht, wo das Frauenzimmer eigentlich hin gehört," sagte Hermann ärgerlich.

„Morgen, alles Morgen!" rief Marie, „gute Nacht, Schwager, mir fallen die Augen zu!"

In der Oberstube, in der sein Vater noch im besten Alter gestorben, war Alles für Hermann nett und zierlich eingerichtet. Er streckte sich müde auf's Lager und träumte bis zum Morgen, von dem Christkind, das sich auf den Zweigen einer ungeheuren Tanne wiegte und einer schlanken, schneeweißen Lilie, die dazwischen emporwuchs, immer höher und höher und einen so betäubenden Wohlgeruch ausströmte, daß er sich beim Erwachen an Kopf und Gliedern wie gelähmt fühlte! —

II.

Die jetzt zwanzigjährige Lilli war das einzige Kind nicht unbemittelter Eltern, die zu jener kleinen Emigrantengemeinde gehörten, welche sich in dem obengenannten Thale des Odenwaldes angesiedelt hatte. Mit sechs Jahren ward sie Waise; ein bösartiger Typhus, der fast alle Flecken und Dörfer des Gebirges verheerte, raffte ihre Eltern dahin. Sie fand ein Unterkommen bei Mariens Eltern, die sie wie ihr jüngstes Kind betrachteten und liebevoll mit den andern auferzogen. Aber kaum war sie dem Kindesalter entwachsen, so erhob eine alte, taube Großtante, die mit einer eben so alten Magd, wie sie selbst, in einem kleinen Häuschen, dem Doctorhause schräg gegenüber, wohnte, Ansprüche auf sie. Man wollte ihr Lilli nicht verweigern, um so weniger, als sich an eine kleine Erbschaft, die ihr nach dem Tod der Tante zufallen sollte, die Bedingung ihres Aufenthalts bei derselben knüpfte. Der neue Wohnort würde gar traurig für Lilli gewesen sein, ohne Marien's freundliche Nähe, die seit einigen Jahren des Doctors Hausfrau geworden war. Nicht weniger erquickend war für die Letztere der Umgang mit dem heiteren Mädchen, denn wie manchen Tag und langen Abend mußte sie ganz die Gegenwart des Gatten entbehren, und so bildete sich zwischen Beiden, trotz der Ungleichheit der Jahre, das innigste Freundschaftsband. Marie hatte wahr gesprochen, als sie sagte: „Sie ist meine älteste Tochter und Freundin!" Wo es der Lust und Heiterkeit galt, da war Lilli nur das älteste Kind, nur die Gespielin der kleinen Knaben, die fast noch mehr an ihr, als an der Mutter hingen. Aber wo Marie einer Gehülfin bei der Arbeit, eines Rathes, eines tieferen Eingehens bedurfte, da stand Lilli eben so treu an ihrer Seite. Mit der ihr eigenthümlichen Lebhaftigkeit des Geistes, übersah sie es in einem Augenblick, wo etwas fehlte, und war eben so gewandt und erfinderisch, dem Mangel abzuhelfen. Alles Unfertige und Unklare war ihr wie von selbst verhaßt und nicht die kleinste Arbeit ging aus ihrer Hand hervor, die nicht in ihrer Art ganz vollendet gewesen wäre. In noch höherem Grad beseelte ihr Gemüth jener Instinct des Schönen und Guten, der manchen Naturen, wie von einer gütigen Fee, schon in der Wiege als Geschenk

verliehen wird. Trotz der engen Verhältnisse, in denen sie
lebte, und ihres totalen Mangels an Menschenkenntniß,
überraschte sie oft durch die richtigen Urtheile, welche sie
über Andere aussprach. Ihr feines Gefühl umgab sie,
ihr selber unbewußt, mit einer unübersteiglichen Schranke
gegen alles Unwahre und Gemeine. Sie sah und hörte
Manches unter ihrer rohen Umgebung, was sie mit Schreck
und Abscheu erfüllte, davon, daß sich dasselbe auch unter
feineren Formen verstecken könne, hatte sie kaum eine
Ahnung. Aber eben so gab es Eigenschaften bei Andern,
die sie, weil ihrer eignen, reinen Natur zu nahe verwandt,
eben so gränzenlos anzogen, wie ihr Gegentheil sie gränzenlos abstieß. Sie schloß aus diesem einen Zug dann
auf den ganzen Menschen, weil sie keine Ahnung davon
hatte, daß erst die Art und Weise, wie sich alle Eigenschaften eines Menschen zu einander verhalten, seinen Werth
ausmacht. Sie sah und fühlte nur die Vorzüge und Tugen-
den derer, die sie liebte, von ihren Fehlern wußte sie nichts
und mit rücksichtsloser Wärme umfaßte sie Alle, die ihr in
dieser Weise nahe standen. Es war nicht Mangel an Verstand, der sie so blind machte, sondern Mangel an jeglicher
Berechnungs- und Beobachtungsgabe. Sie bedurfte ja
auch für sich selbst keine dieser Eigenschaften — wie die
unbewegte Flamme kerzengerad zum Himmel emporsteigt,
so diese glücklich und unglücklich organisirte Natur. Es
gab für sie kein Rechts und Links, keine kluge Ueberlegung,

sie dachte, fühlte, handelte stets aus dem Innersten ihres
einfachen Wesens heraus — und siehe, es war immer gut.
Es galt darum weniger ihrer Erscheinung, wenn Marie
sie manchmal scherzhaft ihre Lilie nannte. So einfach, so
unschuldsvoll wie diese Blume, war ihr ganzes Wesen, so
entfaltete sie sich ohne andern Schmuck, als den ihrer reinen, keuschen Schönheit. Doch war Lilli nicht eigentlich
schön zu nennen, obgleich sie am Weihnachtsabend wie ein
verkörperter Engel ausgesehen, und überhaupt manchmal
so aussehen könnte. Aber anziehend war sie immer, ihr
Reiz lag in ihrem Ausdruck, nicht in den Formen. Die
blauen Augen waren mitunter matt; weder Mund noch
Nase besonders klein, die Gesichtsfarbe entbehrte der Frische,
aber die runde Form des Gesichts und der freundliche Zug
um den Mund, verliehen ihren Zügen etwas so Kindliches,
die hohe, weiße Stirn gab ihnen zugleich einen so ernsten,
geistigen Ausdruck, daß man sich an dieser Mischung, beson=
ders wenn sie sprach, oft nicht satt sehen konnte. Wahrhaft
schön jedoch war Lilli's wundervolles, blondes Haar, welches
sie in dicken Flechten um den Kopf gewickelt trug, und das,
wenn aufgelöst, ihr fast bis auf die Füße niederwallte.
Es gehörte zu den Lieblingsvorrechten ihrer kleinen Freunde,
zuweilen die langen Flechten abwickeln und wieder auf=
nesteln zu dürfen, wie es ihrer Laune gefiel. Dabei ging
es eben nicht stille zu und ein solcher Lärm war es, der den
Onkel Hermann endlich aus seinem Feiertagsschlaf, den er

bis über Mittag ausgedehnt, aufweckte. Er ging leise die
Treppe hinab und fand Lilli an der Erde sitzend, wie eine
Najade von den langen Haaren überfluthet und von den
Kindern umringt. Als er an der Thür erschien, sprang
sie entsetzt auf, floh in die Schlafstube und erschien nicht
wieder bis nach dem Abendessen. Es war ihr höchst fatal,
daß ihr der Vetter — er behauptete dies zu sein — vor
den Andern Schmeicheleien über ihre schönen Flechten
sagte. Sie schämte sich gar sehr und wußte überhaupt
noch gar nicht recht, ob sie ihm gut oder böse war — bis
sie das ins Klare brachte, zog sie sich scheu zurück.

Der Onkel Hermann war eine eben so bewegliche Na=
tur, als der Doctor bedächtig und ruhig abgemessen erschien.
So hatte es den Einen in's Weite getrieben, während der
Andere zufrieden auf seiner Scholle sitzen blieb. Des
Doctors Wahlspruch war: Die Welt ist überall des Herrn!
und kein Plätzchen ist so klein, auf dem ein Mann, wenn
er nur will, nicht etwas Tüchtiges leisten kann! Treu dieser
Gesinnung war er an der Stelle geblieben, wo sein Vater,
Großvater und Urgroßvater ehrbare Chirurgen und Bar=
biere gewesen waren. Ein mächtiger Trieb zum Lernen
zog ihn selber aus diesem Bereich in das eines studirten
Arztes und so ward er der Wohlthäter der ganzen Gegend.
Dem jüngeren Bruder sollte die Barbierstube zufallen,
aber dieß war nicht nach dessen Sinn. Er überließ es
seinen Landsleuten, sich über den Löffel barbieren und

ſcheeren zu laſſen, von wem ſie wollten und zog es vor, in eine niederländiſche Arzneiſchule einzutreten, in der junge Militärärzte herangebildet wurden, und wo man gerade um Eleven in Verlegenheit war. Ein junger Springins- feld von achtzehn Jahren, nahm er kurz vor der Hochzeit ſeines Bruders Abſchied von den Seinen und war nun zum erſtenmal wieder nach Hauſe zurückgekehrt, ein ſchöner, ſtattlicher Mann, dem die blaue, ſilbergeſtickte Uniform und die gepuderten Haarlocken gar nicht übel ſtanden. Er war ſchnell avancirt und hatte jetzt ſchon Hauptmanns- rang, denn die ſtrenge Vaterhand, welche ihn und den Bruder erzogen, hatte ihm trotz ſeines nicht unbedeutenden Leichtſinns, doch genug Pflichttreue und Pünktlichkeit anzu- bilden gewußt, daß er der ſtrengen militäriſchen Disciplin genügen konnte, und ſo ſtellte er denn nun freilich etwas ganz Anders vor, als wenn er ein einfacher Chirurg ge- worden wäre.

III.

So ſchöne Abende wie jetzt, hatte es im Doctorhauſe noch nie gegeben, dies meinten wenigſtens Marie und ihre junge Freundin. Wenn die Kinder glücklich im Bett lagen, was jeden Abend keine kleine Arbeit verurſachte, ſaßen Marie und Lilli, denn um dieſe Zeit konnte die alte, kin- diſche Tante Letztere ganz entbehren, mit ihrem Spinnrocken in der Wohnſtube, und während die Räder ſchnurrten und

die Spindel sich eifrig drehte, horchten sie auf die Ge=
schichten, die der Onkel Hermann meist gar lustig vorzu=
tragen wußte. Dabei wurde der reiche Vorrath von Aepfeln
und Nüssen, den Marie aufgespeichert, nicht geschont und
der gute Doctor, wenn es ihm zu Theil ward, an der
Abendunterhaltung Theil nehmen zu können, blies vor
Vergnügen dicke Rauchwolken aus und wußte sich nichts
Schöneres zu denken, als wenn der Bruder immer so bei
ihnen bliebe. Dem ward auch in den ersten acht bis zehn
Tagen die Zeit gar nicht lang; von Johannes geleitet, der
mit halber Geringschätzung auf seine kleinen Bauernfreunde
herabsah, seit er an der Hand des Onkels herumstolzirte,
besuchte er nach der Reihe die Häuser des Dorfes und
wußte mit jedem seiner Bewohner etwas Freundliches zu
reden, denn als kleiner Junge war er einst, wie jetzt der
Johannes, fast überall wie zu Hause und des „Doctors
Hermann" lebte noch frisch in der Erinnerung eines Jeden.
Wenn er gar Sonntags in seiner schönen Uniform zur
Kirche ging, staunten ihn die jungen Bursche fast neidisch
an, und die Alten machten sich eine Ehre daraus, wenn er
stehen blieb und einige Worte mit ihnen wechselte. Sah
ihn Lilli dann in einem Kreis von Bauern stehen, die er
fast um Kopfeslänge überragte und wie er freundlich mit
ihnen plauderte und lachte, dann begriff sie selbst nicht,
warum sie sich so vor ihm scheute und unwillkürlich mußte sie
wie am Weihnachtsabend denken: Wie gut er doch ist! Der

Herzensgüte konnte sie nun einmal gar nicht widerstehen und so fühlte sich ihr Inneres täglich mehr zu dem Vetter hingezogen, obgleich er ihr noch zuweilen so sonderbare Complimente machte, die sie gar nicht leiden mochte. Indessen theilte der Onkel Hermann auf die Dauer das Entzücken der Uebrigen über seine Anwesenheit nicht ganz. Er fand nach einiger Zeit die langen Abende mit den beiden Spinnerinnen etwas monoton, wovon die Beiden freilich keine Ahnung hatten, sondern sich einbildeten, er amüsire sich eben so sehr wie sie. Um sich zu zerstreuen, versuchte er es, der jungen Base den Hof zu machen, aber der war gar nicht recht beizukommen; seine schönsten Redensarten verstand sie offenbar nicht, und er kam nach und nach zu dem Schluß, daß sie gar zu kindisch wäre.

So waren einige Wochen vergangen, da trabte der Doctor mit seinem Bruder von seinen Krankenbesuchen, wobei ihn dieser oft begleitete, nach Hause.

„Höre, Hermann," sagte er auf einmal, „willst Du denn wirklich wieder fort von hier?"

„Ei natürlich!" rief Hermann und biß sich auf die Lippen, denn die Frage seines Bruders kam ihm doch etwas naiv vor.

„So natürlich ist das eben nicht," antwortete der Doctor, und hielt sein Pferd zu langsameren Schritte an, „die Welt hast Du nun gesehen, auch etwas Tüchtiges gelernt, Du dürftest Dich schon irgendwo festsetzen. Hier bist Du zu Hause, jedes Kind kennt Dich und ist Dir gut; es giebt für uns Beide kranke Leute genug, denn die Dörfer vergrößern sich mit jedem Jahr, ich bringe es doch bald nicht mehr allein fertig und die Lilli wäre ganz eine Frau für Dich."

„Ach, die Lilli!" rief Hermann, „hat sie sich vielleicht in mich verliebt, weil ich auf einmal dableiben und sie heirathen soll?"

Dem Doctor stieg die Röthe in die Wangen: „Du schwatzest wie vor zehn Jahren. Die Lilli verliebt sich nicht so schnell und außerdem kannst Du froh sein, wenn sie Dich nimmt. So ein prächtig Mädchen giebt's im ganzen Odenwald nicht mehr!"

„Wird Deine Frau nicht eifersüchtig, wenn sie das hört?" fragte Hermann spöttisch.

Dem guten Doctor verging die Geduld; er hieb auf das arme Thier, daß es heftig zusammenfuhr und sagte erst nach einer Weile: „Siehst Du, Hermann, das hat mich immer von Dir geärgert, daß Du so wenig Respect vor Dir selbst hast, weil Du Andern so gerne etwas Gewöhnliches zutraust."

„Weil ich die Welt besser kenne," rief Hermann gereizt, „ereifre Dich übrigens wegen Eurer Lilli nicht zu sehr. Sie war am Weihnachtsabend wirklich allerliebst, wenn ich auch gestehen muß, daß ich sie beim Tageslicht viel weniger hübsch fand — aber im Ganzen — ist sie doch noch ein halbes Kind und oft gar zu still."

„Das ist wahr, sie ist eben viel stiller, als sonst, es muß von Deiner Anwesenheit herrühren, denn sie kommt gar wenig mit Fremden zusammen; das wird sich schon geben, wenn Ihr Euch besser kennt. Uebrigens gilt es mir für Lilli ganz gleich, ob Du sie heirathest oder nicht; ich schlug Dir's nur in Deinem eignen Interesse vor, ihr fehlt es an Verehrern nicht."

„Du bist sehr gut," antwortete Hermann und unter=
drückte mit Mühe ein Lächeln, denn er dachte, daß er inter=
essantere Frauenzimmer als Lilli kenne. Nach einer kleinen
Pause setzte er hinzu: „Siehst Du, ich bin für Euer stilles
Dorfleben nicht geschaffen und außerdem — bin ich auch
schon halb und halb verlobt."

„Alle Wetter!" schrie der Doctor und fuhr auf seinem
Pferde herum, „und das sagst Du mir erst jetzt?"

„Weil die Sache noch nicht im Reinen ist, auch bitte
ich Dich sehr, mit Deinen Frauenzimmern noch nichts
darüber zu verhandeln!"

„So liebst Du also ein Mädchen in den Niederlanden?"

„Das heißt, das Mädchen liebt eigentlich mich," lachte
Hermann übermüthig.

Der Doctor ward wieder ärgerlich: „Bildest Du Dir
immer noch ein, alle Mädchen wären in Dich verliebt?
sogar von Marie hast Du's einmal geglaubt, obgleich Du
noch ein Knirps warst, als ich sie heirathete."

„Du bist heut' schlecht gelaunt," sagte Hermann und

trieb sein Pferd zu schnellerem Trabe an, im Stillen den-
kend, daß ihn der Bruder nun wohl künftig mit seinen
Heirathsplänen in Ruhe lassen werde. Der Doctor ritt
hinter ihm her und Gedanken, die ihm bisher gar nicht in
den Sinn gekommen waren, zogen ihm nun durch den Kopf.
„Einem Frauenzimmer muß man nicht einen Schritt weit
trauen," sagte er sich selbst, „und wenn die Lilli auch noch
ein halbes Kind ist, so wäre sie am Ende doch im Stande,
sich in den schmucken Jungen zu verlieben," und dabei ruhte
sein Auge mit Wohlgefallen auf der schlanken Gestalt des
Bruders, denn der kleine Groll von vorhin war längst
wieder vergessen, „da muß ich einen Riegel vorschieben.
Ein passendes Paar wäre es schon gewesen, aber wenn er
nicht will, so kann ich's nicht ändern!"

Am Abend vertraute der Doctor beim Schlafengehen
seiner Frau als tiefes Geheimniß an, sein Bruder sei
Bräutigam mit einem hübschen, reichen Mädchen, aber daß
noch Niemand etwas davon erfahren solle und sie ihn am
wenigsten dürfe merken lassen, daß sie darum wisse.

„Darf ich's auch der Lilli nicht sagen?" fragte Marie,
nachdem sie sich von dem ersten Erstaunen erholt hatte.

„Der Lilli? ach ja!" sagte der Doctor, „vor Der kannst
Du doch nichts auf dem Herzen behalten." Damit zog er
sich das schwere Federbett über den Kopf, schmunzelte ganz
befriedigt in sich hinein ob seiner Kriegslist und schlief in
zwei Minuten den Schlaf des Gerechten. Aber Marie

blieb noch lange wach und dachte darüber nach, was wohl
Lilli zu dieser unerwarteten Neuigkeit sagen werde. Diese
sagte nicht viel, als ihr Marie dieselbe am folgenden Abend
flüsternd mittheilte, wie sie eben am Feuerherd standen
und gemeinschaftlich die Abendsuppe bereiteten, aber ihr
Gesicht glühte über und über und Marie sah sie staunend
an, denn sie wußte nicht, ob es der Wiederschein des Feuers
war, oder das aufwallende Blut, was ihre Wange so pur-
purn färbte. Als sie eben fragen wollte, trat Hermann zu
ihnen in die Küche, um sich seine Pfeife anzuzünden und
sagte zu Lilli: „Wie hübsch Ihr heute Abend ausseht, Mamsell
Lilli, so rosig wie ein Engelein!" Lilli wendete sich schmollend hinweg, war das eine Sprache für einen Bräutigam?

„Ihr habt wohl noch nie einen Engel gesehen, Monsieur
Hermann," antwortete sie schnippisch und war mit einem Satz
zur Thür hinaus in den Hof, Marien gute Nacht! zurufend.

„Lilli, wo läufst Du hin?" rief Marie und Hermann
versetzte: „Ich habe sie wohl geärgert, sie war ja gar kurz
angebunden!"

„Sie hatte ganz Recht!" sagte Marie, denn ein Bräutigam kam ihr gleichfalls wie ein Mensch vor, der das
Recht, Augen zu besitzen, völlig verloren habe, und sie ging
hinein in die Schlafstube zu den Kindern. Hermann setzte
sich ganz verwundert in den alten Lehnstuhl und obwohl
sein Bruder schon früh nach Hause kam und obgleich er
täglich Marie sowohl, wie Lilli in seinem Innern für gar

langweilig erklärte, so fand er es doch heute ebenso lang=
weilig, daß Letztere den ganzen Abend wegblieb.

Lilli saß daheim in ihrem Stübchen und ließ ihrer
Phantasie, die ihr Hermann's Braut unter allen möglichen
Gestalten vorzauberte, freien Spielraum. „Ich möchte
doch wissen, wie sie aussieht!" sagte sie wohl zwanzigmal
vor sich hin und dabei glühten ihre Wangen fort und fort.
„Warum bin ich nur so roth?" dachte sie, indem sie vor
ihren kleinen Spiegel trat, wobei ihr der Vergleich mit
dem Engelein wieder einfiel. Sie war ganz aus ihrem
gewöhnlichen Gleichgewicht und empfand dies höchst un=
behaglich: „Aber was liegt mir denn daran, daß er Bräu=
tigam ist," sagte sie endlich trotzig, „ich habe ihn ja nicht
heirathen wollen!" und damit blies sie ihr Licht aus.

IV.

Am andern Tag war Lilli wie umgewandelt, sie sang
durch das kleine Häuslein so laut, daß selbst die taube
Tante es hörte und sie fragte, ob ihr denn etwas Angeneh=
mes begegnet sei. Sie mußte kopfschüttelnd gestehen, daß
dies keineswegs der Fall sei, aber sie fühlte sich heute gar
wohl, es habe ihr die ganze Zeit her so schwer in den Glie=
dern gelegen.

„Du hast Dich erkältet als Christkindchen in dem dünnen
Kleidchen," brummte die Alte, „das hast Du von dem Unsinn."

„Der Unsinn war recht schön," rief Lilli, „wie haben

die Kleinen geguckt! Das Kleid hat es auch nicht gethan,
sondern das häßliche Wetter, das ewige Schneegestöber und
die Nässe. Aber heute ist prächtiger Sonnenschein und
darum bin ich wohl so lustig. Ja lustig — setzte sie leise
vor sich hinzu — aber nicht vergnügt, wie sonderbar, ich
bin lustig und eigentlich doch betrübt!"

Als sie nach dem Doctorhaus ging, stand Hermann an
die Ecke gelehnt und sonnte sich. Sie betrachtete ihn von
weitem und er kam ihr heute ganz anders vor, viel bekannter, und doch so ehrwürdig, so recht wie ein alter Vetter.
Lilli blieb auch ganz freundlich neben ihm stehen, als er ihr
guten Morgen bot, und wie sie lächelnd zu ihm aufsah,
was eigentlich noch nie geschehen war, konnte er der Lust, sie
zu necken, nicht widerstehen: „Ihr seid mir doch nicht böse,
weil ich Euch gestern ein Engelein nannte, Mamsell Lilli?"

„Warum nicht gar? ein Engelein läßt man sich schon
ganz gern schelten. Euch ist's gewiß noch nicht passirt,"
setzte sie muthwillig lachend hinzu, indem sie zur Thüre
hinein sprang.

„Was die auf einmal keck ist," dachte Hermann, indem
er ihr langsam nachging. „Aber sie hat Recht, ich bin auch
wirklich eher ein Bengel, als ein Engel gewesen, als ich
vorgestern bei dem Bruder so verächtlich von ihr sprach!"

Der Doctor hatte es wirklich sehr pfiffig gemacht, indem
er seinen Bräutigamsriegel vorschob. Er gab Lilli damit
ihre ganze Unbefangenheit und Harmlosigkeit dem Bruder

gegenüber zurück; das kleine Unbehagen, welches sie am Abend vorher empfand, war schnell verschmerzt und sie war wieder ganz so liebenswürdig und heiter, wie am Weihnachts=abend, was natürlich dem Onkel Hermann nur angenehm auffallen konnte.

So viel es der Kinderlärm um sie her erlaubte, flüster=ten und zischelten am Nachmittag die beiden Freundinnen in der Schlafstube miteinander. Das wichtige Ereigniß, einen Bräutigam im Hause zu haben, beschäftigte Marie in Gedanken gar zu sehr, und daß sie nicht mit ihm darüber reden, ihn nicht über die kleinsten Umstände, welche die geheimnißvolle künftige Schwägerin betrafen, ausfragen konnte, war ihr sehr fatal. „Warum bist Du denn gestern so roth geworden und fortgelaufen?" fragte sie endlich, nachdem sie über die unvermuthete Brautschaft auch wirk=lich kein Wörtchen mehr zu sagen wußte.

„Ich weiß selbst nicht," sagte Lilli und strich sich über das Gesicht, welches wieder zu brennen anfing, „ich weiß es wirklich nicht!" betheuerte sie, als sie bemerkte, wie Marie sie schlau lächelnd von der Seite betrachtete.

„Du hast wohl dabei an Deine eigene Verlobung ge=dacht," fuhr Marie endlich heraus, da ihr diese Gelegenheit am schicklichsten schien, Lilli wegen eines Verehrers, dessen Absichten sich ziemlich deutlich zu erkennen gaben, auszu=forschen. „An meine eigene Verlobung?" antwortete Lilli ganz bestürzt, „will mich denn Jemand?"

Marie mußte laut lachen: „Der Johannes ist wirklich gescheidter als Du, der hat erst gestern zu mir gesagt: Mutter, warum guckt denn der Herr Pfarrer die Lilli immer so starr an, als ob er sie eben den Katechismus überhören wollte?"

„Du hättest dem Johannes eins auf den Mund geben sollen," rief Lilli ärgerlich, „der alte Herr Pfarrer wird doch wahrhaftig nicht daran denken, mich zu heirathen!"

„Ach, der Pfarrer nicht, sein Vicar! Du stellst Dich auch, als ob Du gar keine Augen hättest!"

„Ihr seid nicht gescheidt, der war ja mein Lehrer, zu dem bin ich ja noch in die Kinderlehre gegangen. Wem hat er's denn gesagt, daß er mich heirathen will?"

Marie machte eine Bewegung der Ungeduld: „Siehst Du, Lilli, wenn Du so bist, dann meint man, Du könntest nicht Drei zählen! Niemand hat er's gesagt, aber alle Welt kann es merken, daß er Dich schrecklich lieb hat."

„Dann hab' ich's eben nicht bemerkt, weil ich ihn nicht wieder liebe!"

„Geh', das bildest Du Dir ein, warum wirst Du ihn denn nicht lieb haben — so einen guten Menschen!"

„Ich bin ihm ja auch von Herzen gut, aber —"

„Nun, wenn Du ihm gut bist, so ist's ja schon genug!"

„Genug?" rief Lilli, „nein! Das ist zum Heirathen noch lange nicht genug, da muß man sich so lieb haben, ach! ganz anders lieb, wie ich den Pfarrer habe!" und in ihrem

Auge strahlte ein Glanz, den Marie nicht ganz begriff, denn sie murmelte kopfschüttelnd: „Wo sie nur wieder das Alles her hat?"

„Aber weißt Du," fuhr Lilli nach einigen Minuten fort, indem sie den Kopf nachdenklich in die Hand legte, „das ist ein rechtes Unglück, daß mich der Herr Vicar lieb hat, wenn ich's nur ändern könnte!"

„Nun, ein Unglück ist's eben nicht," sagte Marie beschwichtigend, und mit einigem Stolz setzte sie hinzu: „das passirt wohl jedem Mädchen einmal, daß sie einen Freier zurückweisen muß," denn sie erinnerte sich, daß sie dem Schullehrer ihres Nachbardorfes auch einen Korb gegeben, weil sie im Begriffe stand, sich mit dem Doctor zu verloben. Als Lilli nur leise seufzte und den Kopf schüttelte, fuhr sie fort: „Nun, mach' jetzt nur kein Gesicht, man kann nur Einen heirathen, und den Mädchen ist's ja lieb, wenn sie viele Anbeter haben!"

„Das ist aber schlecht, grundschlecht! Ist denn da ein Vergnügen dabei, wenn man zuletzt Jemanden weh thun muß, der uns gut ist? ich möcht's dem Vicar auf den Knieen abbitten, daß ich ihn nicht wieder lieb haben kann!"

„Du machst's auch gar gefährlich, dem Vicar wird's schon wieder vergehen. Es ist noch kein Mann an der Liebe gestorben."

„Ich weiß nicht, wie die Männer sind, aber ich glaub', ich könnt' dran sterben!" sagte Lilli und zwei große Thränen

traten in ihre Augen. Eben wollte Marie auf diese Er=
regtheit gehörig schelten, da kündigte eine unruhige Be=
wegung unter den Kindern und das Knurren des Hundes
einen Besuch an.

„Wenn man an den Wolf denkt, kommt er gerennt!"
sagte Marie halblaut, indem sie sich erhob und durch das
gegenüberliegende Fenster des Wohnzimmers den Vicar
erkannte, der eben zur Hausthür hereintrat. Lilli wischte
sich schnell die Thränen aus den Augen und sie gingen
Beide dem Gast entgegen.

Der Vicar war ein kleiner, blasser Mann, dem man
es wohl ansah, daß die gute Pfarre, die er verwaltete, ihm
alle ihre Mühen und Beschwerden, aber nur die geringsten
ihrer Vortheile zukommen ließ. Er gehörte zu jenen stillen
Naturen, die von Jugend an, auf sich selbst gestellt, daran
gewöhnt sind, alle ihre Empfindungen in sich zu verschließen,
die dann aber auch auf diesem innern Herd nur um so tiefer
glühen, weil sie nach der Außenwelt hin keine Ablenkung
finden. Er kannte Lilli schon seit Jahren; das Wenige,
was sie wußte und was sie gelesen, verdankte sie größten=
theils ihm. Des Doctors Bibliothek war nicht sehr reich=
haltig, außer Gellert's Fabeln und dessen schwedischer
Gräfin war von belletristischer Literatur nichts bei ihm zu
finden, und es ist selbst zweifelhaft, ob sich Marie jemals
die Zeit nahm, sich in die Leiden und Freuden der schönen
Gräfin Ullfeld zu vertiefen. Bei Lilli war dies anders;

an stillen Sonntagnachmittagen wußte sie nichts Besseres,
als sich mit einem Buche in eine einsame Ecke zurückzu=
zieh'en, und wenn es auch manchmal ein Vierteljahr dauerte,
bis sie mit einem Bande zu Ende war, so hatte sie doch
„Sophiens Reise von Memel nach Sachsen" und noch
einen oder zwei andere Romane jener Zeit glücklich durch=
stubirt. Wie schwer es dem guten Vicar oft wurde, diese
Bücherschätze anzuschaffen, mag der Himmel wissen, aber
er war glücklich, wenn er ihr wieder einen neuen Band
bringen durfte, um dann den alten noch einmal mit dem
Bewußtsein durchzulesen, daß ihre lieben Augen darauf
geruht und ihre liebe Hand jedes einzelne Blatt herum=
gedreht hatte. Seine Neigung, zart wie ein Blumenblatt
und bescheiden wie sein ganzes Wesen, sog immer neue
Nahrung aus den Schilderungen der Leidenschaft, während
Lilli sich harmlos und unbefangen dran erfreute, wie ein
Kind an bunten Märchenträumen. Und das war des
Vicars einziger Trost, daß diese Blume noch in süßer Un=
schuld alle ihre Blätter zusammengefaltet hielt. Er wartete
unverdrossen, bis die Knospe sich öffnen würde, und die
feine, treue Seele rührte mit keinem Finger daran, um Lilli
nicht zu erschrecken und zu verscheuchen. Ach, ihre Un=
befangenheit war immer noch dieselbe! dies ward ihm
wieder recht klar, als sie ihm, trotz des Gesprächs mit
Marie, freundlich entgegensprang, ihm den Hut und Stock
abnahm und einen Stuhl herbeirückte, was sie zwar immer,

aber heute mit besonderer Freundlichkeit that, weil sie es
ihm gewissermaßen abbitten wollte, daß sie ihm noch weh
thun würde ohne ihr Verschulden. Aber der Vicar wußte
dies richtig zu deuten. Er kannte Lilli so durch und durch,
daß ihn ihr unbefangenes Entgegenkommen nicht zu seinen
Gunsten täuschte; es wäre ihm lieber gewesen, wenn sie
scheu und stumm sich vor ihm zurückgezogen, dann hätte sein
Herz frohlockt — aber so! Was ihn jetzt öfter als sonst in
des Doctors Haus trieb, das war die Angst vor dem Onkel
Hermann; daß Letzterer täglich um Lilli sein könne, ohne sie
zu lieben, schien ihm unzweifelhaft, und sie — war sie nicht,
als er sie zum letzten Male im Familienkreis sah, stumm
und still, wie er sie immer sich gegenüber zu sehen wünschte?
In dieser Herzensqual verrieth er mehr von seiner Neigung,
als ihm selbst lieb war, und es blieb auch nicht unbemerkt.
Doch heute ward die Brust ihm wieder leicht. Als es zu
dunkeln anfing, und der Doctor mit seinem Bruder heimkehrte, da war Lilli noch viel lustiger als zuvor. Sie neckte sich
mit dem Doctor herum, von dem sie es durchaus nicht leiden
wollte, daß er immer so viele Krankheitsgeschichten zum
Besten gebe, daß man am Ende ganz in Angst geriethe und
sich einbildete, alle diese schrecklichen Uebel selbst zu haben; sie
blieb Hermann keine Antwort schuldig, und der gute Vicar
ging entzückter als je, von Lilli nach Hause, um in seiner kleinen Klause nur von ihr zu träumen. Wenn sie nur keinen Andern liebte, dann war er ja vor der Hand schon zufrieden. —

V.

An einem prächtigen, sonnigen Februartag kam aus des Doctors Haus eine ganze Karavane, um sich auf die Wiesen zu begeben, die hinter S. sich bis zu dem nächsten Dorfe hinziehen und auf denen sich im Winter die ganze Dorfjugend herumtummelt, um zu schleifen und Schlitten zu fahren. Den Zug eröffnete Hermann und Lilli, die in den letzten vierzehn Tagen so innige Freundschaft geschlossen, daß Hermann den Bruder jetzt viel seltener als sonst auf seinen Krankenbesuchen begleitete. Dies ward dem Doctor ein wenig bedenklich und er versuchte es, seinem Bruder noch öfter wegen dessen Verlobung auf den Zahn zu fühlen, hatte aber nie eine befriedigendere Antwort erhalten, als das erste mal. Er theilte seine Besorgniß seiner Frau mit, der es natürlich auch nicht entging, daß Hermann seit einiger Zeit weit aufmerksamer und zuvorkommender für Lilli war, als am Anfang. Aber Marie fand dabei gar nichts: „Sie kennen sich jetzt besser und er ist ja Bräutigam!" sagte sie mit so ruhiger Sicherheit, wenn ihr Mann einen Zweifel erheben wollte, daß er sich immer wieder auf's Neue gratulirte, eine, für das reine Gefühl der beiden Frauen so unübersteigliche Scheidewand zwischen seinem Bruder und Lilli aufgebaut zu haben. „Aber Lilli" — wagte er dennoch einmal einzuwenden — „aber Lilli," wiederholte er, als seine Frau ihn erstaunt ansah, „sie ist jung, und wenn ein junges Mädchen so den ganzen Tag mit einem jungen Mann zusammen ist." — „Ich glaube, Du träumst!" rief Marie, „sie ist ja auch den ganzen Tag mit Dir zusammen, und denkt nicht daran, sich in Dich zu verlieben!"

„Nun," erwiederte der Doctor etwas geschmeichelt, „ich bin ein alter Ehemann, aber Hermann —"

„Und Hermann ist verlobt, der ist ein Ehemann vor Gott, kein anderes Weib darf an ihn denken! Meinst Du, Lilli wolle ein anderes Mädchen unglücklich machen?"

Der Grund war schlagend; obgleich der Doctor etwas mehr von der Welt und ihren Leidenschaften wußte, als seine einfache Frau, so war ihm doch ebenso bekannt, daß sie und Lilli gar keine Ahnung hatten von der Untreue, welche so oft die heiligsten Verhältnisse des Lebens untergräbt.

„Sieh' nur, wie lustig sie wieder zusammen sind, wie die Kinder!" fuhr Marie fort, indem sie an's Fenster trat. In dem Hof wirbelte es von Schneebällen; die Kinder, gewohnt, Lilli fast an allen ihren Spielen theilnehmen zu sehen, wenn sie gerade Zeit hatte, hatten sie und den Onkel Hermann, der seit einiger Zeit ebenfalls der erklärte Freund und Beschützer der Kleinen geworden war, auch jetzt wieder mit Bitten herausgelockt.

Es verging fast kein Tag, an dem nicht Schneeballschlachten geliefert wurden, und dabei war Niemand kecker und muthwilliger, als Hermann und Lilli, die dann gewöhnlich den begonnenen Krieg noch den ganzen Abend lang mit neckischen Redensarten fortsetzten, zum großen Ergötzen des Doctors und Mariens und zur großen Betrübniß des Vicars, dem das: was sich liebt, neckt sich! plötzlich wie eine Offenbarung in die kaum erst wiedergewonnene Sicherheit hineinfuhr. —

Ein prächtiger Sonntagnachmittag war es also, an dem die Aussicht auf eine Eispartie, welche auf den überschwemmten und nun bei dem starken Frost ganz zugefrorenen Wiesen stattfinden sollte, Alt und Jung hinaus lockte. Hermann hatte in den Niederlanden die dort einheimische und im Odenwald noch fast gar nicht bekannte Kunst des Schlittschuhlaufens erlernt und sich darin bis zu einem hohen Grad der Vollkommenheit ausgebildet. Schon die ganze Woche her benutzte er unter dem Zulauf der gesammten Jugend die prächtige Eisfläche, um sich wieder einzuüben; aber erst am Sonntag waren die Schwägerin und ihre Freundin dazu zu bewegen, den Eiskünstler und sein jugendliches Gefolge zu begleiten. „Das schickt sich nicht, in der Woche spazieren zu gehen," sagte Marie, „die Leute würden mit Fingern auf uns deuten!" Dafür sollte nun der Sonntag, der heute seinem Namen Ehre machte, denn die Sonne glitzerte auf allen Wegen und die bereiften Bäume sahen aus, als hingen sie voll Diamanten, gehörig ausgebeutet werden.

Gleich nach dem Essen ging es fort; selbst der Doctor

gönnte sich für heute einige Stunden Ruhe und schritt gra-
vitätisch neben seiner Frau einher. Nicht minder feierlich
zog die Jugend, in ihrer Mitte einen Schlitten, ein wahres
Meisterwerk, das der Onkel vermittelst eines alten Stuhles,
dem er Querhölzer an die Beine genagelt, selbst verfertigt
hatte. Der neumodische Schlitten flößte Allen einen unge-
heueren Respect ein und wie ein höheres Wesen schritt
der Onkel, die Schlittschuhe über die Schulter geworfen,
vor seinem Machwerk einher.

Vor dem Dorfe, wo der Weg sich theilte, wurde Halt
gemacht, links ging es nach den Wiesen, rechts einen Hügel
hinauf, von dem man eine prächtige Aussicht über die
ganze Gegend genießt. Der Doctor, der, wenn er sich einmal ein Vergnügen erlaubte, auch Alles recht gründlich
sehen wollte, bestand darauf, erst hinaufzugehen und das
Ganze von Oben zu überschauen, ehe er näher kam. Die
Kinderschaar zog also mit Hermann nach der Wiese, aber
Lilli mußte Anstands halber mit den Andern gehen, was
ihr recht schwer wurde, so schön es auch auf dem Hügel war.
Es that der Gegend keinen Eintrag, daß auf dem Kamm
des Hügels der Friedhof lag und die schwarzen Kreuze jetzt
etwas unheimlich aus dem weißen Schnee hervorragten.
Wenn man doch einmal begraben werden sollte, so war für
diesen Zweck wohl nicht leicht ein schöneres Plätzchen zu finden als hier, wo der Lebende, der die Gräber seiner Lieben
besucht, von der lieblichen Natur ringsum wieder gar sanft

getröstet wird und zu neuem Leben sich erhoben fühlt. Wie oft nun auch der Doctor schon da oben gestanden, er freute sich immer wieder auf's Neue, der freundlichen Stätte seiner Geburt und seines Wirkens, und auf seinen Stab gelehnt, wurden erst die fernen Berge gemustert, ehe er dem fröh= lichen Treiben unter ihm einen Blick schenkte. Laut scholl das frische Lachen der Kinder bis herauf und jubelnd klatschten sie in die Hände, als auf einmal der Onkel mit seinen wunderlichen Schuhen über das Eis dahinflog und dabei die gewagtesten Wendungen ausführte. Bald war er der Mittelpunkt des ganzen Vergnügens; die Knaben ließen ihre Stachelschlitten stehen, um ihm zuzusehen, und die Bauern rückten lächelnd an ihren runden Pelzmützen, als wollten sie sagen: Der kann's. Der alte Mathes, der sich von jeher mehr herausnehmen durfte, weil er mit seinem berühmten Fuchspelz eigentlich auch ein Stück von einem Heilkünstler war, sagte alle fünf Minuten einmal: „Ja, des Doctor's Hermann war sein Lebtag ein Galgen= strick!" was natürlich ein großes Lob sein sollte. Lilli stand auf dem Hügel und trippelte vor Ungeduld mit den Füßen, sie wäre so gerne unten dabei gewesen! Aber der Doctor erzählte eben eine lange Geschichte von dem Blotz= berg, der ihnen gerade gegenüber so unschuldig und weiß dalag, als ob oben auf seinem Gipfel nie ein armes Hexlein verbrannt worden wäre, und er ward bitterböse, wenn man ihn in seinen Erzählungen unterbrach. Endlich erlöste sie

Johannes, der athemlos herbei gestürzt kam: „Tante Lilli,“ rief er schon von Weitem, „der Onkel hat Deinen Namen, nein, er hat ein L in das Eis geschnitten und eine ganze Reihe von Achten daneben, komm' schnell herunter, eh' es die Sonne wieder verschmilzt!“ Nun war kein Halten mehr, in drei Sätzen war sie drunten auf der Wiese. Hermann kam ihr gerade entgegengefahren und sah so stolz und prächtig aus wie ein König. In dem frisch gerötheten Gesicht blitzten die dunklen Augen noch feuriger als sonst und Lilli's Herz hüpfte vor Freude, als er ihr entgegenrief: „Kommt Ihr endlich, Base Lilli? Mein Bruder erzählt gewiß wieder Geschichten, bis die schönste Zeit vorüber ist; kommt schnell herbei, wozu habe ich denn drei Tage lang an dem Schlitten herumgezimmert, wenn wir ihn jetzt nicht benutzen!“

„Aber wollt Ihr nicht zuerst die Schwägerin?“ sagte Lilli zögernd; es war ihr eigentlich auch ein bischen bang vor dem ungewohnten Vergnügen.

„Das dauert zu lang, setzt Euch nur,“ bat Hermann, und gleich darauf flog sie, wie vom Sturm davongeführt, über die Wiese.

„Ach wie schön? ach wie herrlich!“ rief sie ein über das andere mal: „Wie oft werde ich noch daran denken, wenn ich nächsten Sommer hier das Tuch bleiche, welches wir eben spinnen,“ setzte sie hinzu, als Hermann sich, einen Augenblick ausruhend, auf die Rücklehne des Schlittens stützte.

„Werdet Ihr dann aber auch manchmal an mich

denken?" fragte er und sah ihr in die blauen Augen, die
vor Vergnügen strahlten.

„Ja so, dann seid Ihr wohl nicht mehr hier?"

„Nein!" sagte Hermann kurz und stieß den Schlitten an,
aber Lilli zog ihr dünnes Mäntelchen von großgeblumtem
Zitz fester um sich, denn ein leises Frösteln zog ihr durch
alle Glieder und sie dachte, eine Schlittenpartie sei doch
eigentlich ein recht kaltes Vergnügen. Endlich war auch
der Doctor nebst seiner Gattin auf dem Schauplatz ange-
kommen und eben fuhr Lilli auf's Neue wie ein Blitz an
dem Zuschauerschwarm vorüber.

„Halt, nicht so schnell!" rief der Doctor.

„Ja, recht schnell!" schrie Hermann, der sich zeigen
wollte, übermüthig zurück, „in drei Minuten sind wir in
N.!" Schon lag das Nachbardörfchen dicht vor ihnen, da
rief Lilli, die fast athemlos war: „Zurück! hier sind
Gräben!" Aber der Mahnruf kam zu spät. Sie hatte
das letzte Wort noch nicht ausgesprochen, als es unter ihnen
krachte, der morsche Schlitten brach auseinander und Lilli
stürzte vorwärts. Doch im nächsten Augenblick stand sie
schon lachend auf den Füßen; der Graben, in den sie gerathen, war nicht tief und nur der zerbrochene Schlitten
schien zu beklagen.

„Jetzt können wir zu Fuß nach Hause gehen," sagte sie,
sich zu Hermann wendend, der auf die abgebrochene Stuhllehne gestützt, dastand.

„Ja, wenn wir das nur könnten," erwiederte er, „da
wäre ich schon zufrieden, aber ich bin mit dem rechten Fuß
gerade in das verdammte Loch hineingefahren, so daß er
sich umgebogen hat und ich habe ihn entweder verstaucht
oder gebrochen," und der Ausdruck seines Gesichts zeigte
deutlich, daß er große Schmerzen litt.

„Das ist ja schrecklich," rief Lilli, „aber geschwind setzt
Euch, damit ich Euch die Schlittschuhe ausziehe!" Hermann ließ sich mühsam auf den Sitz des unglücklichen
Schlittens nieder und Lilli löste die Riemen der Schuhe
auf.

„Jetzt stützt Euch auf mich, daß wir zu den Andern
kommen, die gewiß in Angst um uns sind!"

Hermann erhob sich und legte seinen Arm um Lilli's
Schultern. „Es geht nicht," sagte er, „Ihr zittert ja wie
ein Blatt, geht lieber allein und ruft mir Jemand her."

„Nein, nein," rief Lilli, „ich bin stark, stützt Euch nur
fest auf!"

„Gebrochen ist der Fuß nicht, sonst könnte ich nicht darauf
treten, aber eine langweilige Geschichte wird's doch geben."

Eine langweilige, schmerzhafte Geschichte war es gleichfalls, bis sie endlich zu den Uebrigen kamen, die das ver-
unglückte Paar mit lauten Ausrufungen des Erstaunens
umringten. Es war Zeit, daß Lilli ihrer Last entledigt
ward, denn sie war leichenblaß und zitterte so sehr, daß sie
Mariens Arm nehmen mußte, indem sie mit ihr hinter

Hermann einherging, der nun von dem Doctor und einem starken Bauernburschen geführt nach Hause hinkte.

„Brüderchen, Deinen Urlaub kannst Du Dir nur verlängern lassen," sagte der Doctor, nachdem er den kranken Fuß untersucht und eine starke Verrenkung gefunden hatte, „das wird eine Weile dauern, bis Du ihn wieder ganz gebrauchen kannst!"

„Es ist eine verdammte Geschichte," murrte Hermann, „ganz verdammt! Aber," fuhr er freundlicher fort, sich zu Lilli wendend, die, wo es anging, hülfreiche Hand geleistet hatte, „Base Lilli, mit Euch bin ich in's Verderben gerannt, nun könnt Ihr mich auch pflegen, damit ich wieder herauskomme!"

„An mir soll's nicht fehlen, es thut mir herzlich leid, daß Euch das Unglück begegnen mußte."

Als sie zu Marien in die Küche kam, um frisches Wasser zu holen für die Aufschläge, sagte sie: „Dem armen Vetter wird jetzt gewiß die Zeit recht lang nach seiner Braut, aber ich will ihn gut unterhalten, daß er nicht mißmuthig wird."

„Das ist schön von Dir," antwortete Marie, „ich werde Dich auch wirklich für ihn brauchen, denn bis ich mit der Haushaltung und den Kindern fertig bin, bleibt mir nicht viel Zeit übrig, bei ihm zu sitzen. Aber Dir rathe ich, gehe heim und lege Dich in's Bett, daß Du morgen wieder frisch bist, denn Du siehst aus wie ein Schatten."

VI.

Was zarte Neigung und weibliche Aufmerksamkeit vermögen, um einen Kranken zu erheitern und ihm seine Leiden
erträglich zu machen, ward von Lilli bei Hermanns Pflege
aufgeboten. Er fühlte sich tief gerührt und noch mehr geschmeichelt von ihrer unermüdlichen Hingebung, und jede
Minute, die sie nicht neben seinem Lager zubrachte, ward
ihm doppelt lang. Da er von uneigennütziger Liebe und
Aufopferung noch nicht viel im Leben gesehen, so zog er
auch aus Lilli's Aufmerksamkeit einen falschen Schluß.

„Sie liebt mich, das ist augenscheinlich, und darum
schlug mir der Bruder vor, sie zu heirathen!" sagte er sich
wohl fünfzigmal, ehe es ihm nur ein einzigesmal einfiel,
sich selbst zu prüfen, ob er denn dieser „augenscheinlichen
Neigung" auch ein tieferes Gefühl entgegenzubringen hatte.
Daß sie ihm für den Augenblick unentbehrlich sei, dessen
war er sich klar bewußt, aber für's ganze Leben? Pah,
solche ernsthafte Fragen legte sich Hermann nur vor, wo es
sich um seinen persönlichen Vortheil handelte. Die Situation, in der er sich jetzt befand, war viel zu reizend und
er viel zu schwach, um ihr nicht zu erliegen. Er fing an
sich ernstlich in Lilli zu verlieben und nahm sich vor, ihr
eifriger den Hof zu machen, aber sobald sie wirklich vor ihm
stand, war es ihm fast unmöglich, dies zu thun. Das einfache
Mädchen imponirte ihm trotz all ihrer Freundlichkeit viel

zu fehr. Als er eines Tages, in Wahrheit hingerissen von
ihrer liebenswürdigen Natürlichkeit, ihre Hand ergriff und
ausrief: „Was für ein gutes, liebes Kind Ihr doch seid!"
da ward Lilli ganz roth, zog ihre Hand zurück und sagte:
„Ihr müßt so etwas nicht sagen, Ihr wißt wohl, daß sich
das für Euch nicht schickt!"

Hermann schwieg verlegen, er begriff nicht, warum es
sich für ihn nicht schicke, einem hübschen, lieben Mädchen,
das ihm Alles zu Gefallen that, etwas Schönes zu sagen.
Aber dieser sonderbare Widerstand, der sich jeden Augenblick zeigte, reizte ihn immer mehr und Lilli ward ihm stündlich interessanter. Doch wie sie sich auch für ihn mühte,
manche Stunde mußte er allein zubringen und immer mehr
stiegen dann die Bilder seiner Kindheit und der Vergangenheit in ihm auf. Die weiche Wehmuth, welche von jedem
längeren Kranksein unzertrennlich ist, kam über ihn und er
fühlte, wie ihm die Heimath mit jedem Tage wieder theurer
wurde. Das Häuschen des Bruders erschien ihm nicht
mehr so klein und eng, als in der ersten Zeit seines Hier-
seins, wo er dies beschränkte Dasein, im Vergleich zu dem,
was er in der Welt gesehen, für entsetzlich hielt. Der Gedanke, hier an Lilli's Seite zu leben und gleich seinem
Bruder als Arzt zu wirken, erweckte seine Spottsucht nicht
wie früher, und Alles, was aus seinem frühern Leben ihn
wieder locken und verführen wollte, verbleichte von Tag zu
Tag mehr. Der Augenblick übte wie immer seine vollste

Macht über ihn aus und er überließ sich diesem Einfluß
um so willen= und gedankenloser, als Lilli's ganzes Wesen
zu sehr den Zauber rechtfertigte, mit dem sie ihn umwand
und dem sich Niemand entziehen konnte, der längere Zeit
in ihrer Nähe lebte und sie in ihrem Thun und Treiben
beobachtete. „Es giebt eine brave Frau!" sagte er sich mit
Stolz, wenn er sah, wie aufmerksam sie für seine kleinsten
Bedürfnisse sorgte und wie flink sie im Hause wirthschaftete.
Sie schwebte die enge Treppe hinauf und hinab und der
Doctor beklagte sich manchmal im Scherz, wie wichtig und
breit sich die Lilli mit ihrem „kranken Kinde" mache, so daß
gar kein anderer Mensch mehr neben ihm aufkommen könne.

„Es ist auch wahr," sagte Hermann bei einer solchen
Gelegenheit, „Ihr waret am Anfang lang nicht so freund=
lich gegen mich. Ihr liefet mir immer gleich davon, wenn
ich einmal allein mit Euch reden wollte; bin ich denn so
schrecklich?"

„Ach nein, gar nicht!" rief Lilli, „ich weiß selber nicht,
Ihr waret im Anfang so groß!"

Hermann lachte laut auf: „Ich bin doch seitdem nicht
kleiner geworden! Nein, sagt es nur heraus, Ihr konntet
mich am Anfang nicht leiden, weil ich Euch gleich am ersten
Abend Euer Herz hinwegnahm," setzte er neckend hinzu.

Lilli hob auf's Tiefste erschrocken den Kopf empor, alles
Blut wich ihr aus dem Gesicht: „Ach, ja so, mein Leb=
kuchenherz," stammelte sie verlegen, und Hermann sagte sich

frohlockend: „Eben hat sie sich verrathen, die kleine Hexe liebt mich, aber warum sie so spröde thut, begreife ich nicht."

Als Lilli noch immer mit gesenktem Haupte da saß, frug er mit heiterem Ton: „Nun, Jungfer Lilli, denkt Ihr immer noch daran, einmal nach Frankreich auszuwandern, wie Ihr mir neulich erzählt habt, um die Orte aufzusuchen, wo Euere Vorfahren gelebt haben?"

„Ja," sagte Lilli ernsthaft, „warum sollt' ich nicht mehr daran denken, und seit Ihr mir so Manches von dem Lande erzählt habt, ist mein Verlangen nur größer geworden."

„Pah," sagte Hermann, dem es ein inneres Entzücken verursachte, sie in Verlegenheit zu bringen, „wie bald wird es heißen: die Jungfer Lilli ist Braut und der Bräutigam wird sich wohl bedanken, die weite Reise nach Frankreich mitzumachen."

Lilli bebte zusammen, sie kannte sich heute selbst nicht. Noch nie war sie in einer so einfältigen Stimmung gewesen: „Nein," rief sie heftig, „das wird es sobald nicht heißen!"

„Wenn das Wort eine Brücke wäre, ginge ich nicht darüber," versetzte Hermann, immer im neckenden Ton, „ei Base Lilli, wenn das der arme Vicar gehört hätte!"

„Wie wunderlich seid Ihr heute," sagte sie, indem sie eine ihrer langen Flechten, die losgegangen war, wieder aufsteckte, „so viel müßt Ihr doch gesehen haben, daß ich nicht daran denke, den Vicar zu heirathen."

Hermann athmete auf, der Vicar war ihm immer noch

ein kleiner Dorn im Auge gewesen: „Ja nun, wer kann das bei einem Frauenzimmer so genau wissen, Ihr seht ihn doch freundlich genug an!"

„Warum soll ich ihn nicht freundlich ansehen?" sagte Lilli, „wenn Ihr nur wüßtet, wie mich der arme Mensch dauert," und dabei schossen ihr Thränen in die Augen.

Hermann begriff sie schon wieder nicht. Das war auch natürlich; um Lilli zu begreifen, mußte man eben so gut, eben so rein sein, wie sie selbst; wie überhaupt zum völligen Begreifen eines Andern dasselbe Maß der Empfindungen, die ihn beseelen und dieselbe Stufe der Entwickelung, auf der er steht, gehören. Wie viele Täuschungen, wie viel Herzweh gäbe es weniger im Leben, wenn auf dies „sich begreifen" mehr Werth gelegt würde. Nur der Gute weiß auch den Guten nach seinem ganzen Werth zu schätzen.

„Geht doch," sagte Hermann gleichgültig, „je mehr Anbeter die Frauenzimmer haben, je lieber ist es ihnen!"

„Mir nicht, was hat mir der Eine schon für Kummer gemacht, auf den Knieen möcht' ich's dem Vicar abbitten, daß ich ihm Herzeleid verursache."

Hermann schwieg betroffen; nach einer Pause sagte er: „Ihr nehmt Alles gar genau, aber Ihr seid wirklich ein gutes Kind, Lilli, so gut wie ich noch keins gesehen, und nach Frankreich müßt Ihr nicht gehen, sondern hier glücklich werden."

Er sprach mit so ernsthaftem Tone, daß Lilli diesmal

nicht böse werden konnte, sie sagte vergnügt: „Ach, an
Frankreich denke ich immer nur, wenn ich betrübt bin."

„Könnt Ihr denn betrübt sein, Ihr seht ja aus wie ein
ewiger Sonntag!"

„Das wäre ein sonderbarer Mensch, der nicht auch
manchmal betrübt sein könnte! Wie wüßte er denn sonst,
wenn er lustig ist?" lachte Lilli. „Aber seht, schon oft war
es mir zu Muthe, als ob ich noch ganz, ganz unglücklich
würde und dann muß ich fort, in die weite Welt, dann
gehe ich nach Frankreich, wo mich Niemand kennt."

Hermann erschrak bei diesen seltsamen Worten. „Lilli,"
rief er, „was kommt Euch an, das ist ja tolles Zeug, das
habt Ihr aus des Vicars Büchern, ich werde Euch bei der
Schwägerin verklagen!"

„Nein," sagte sie mit trübem Lächeln, „so war ich schon
als Kind, ich hatte oft so Angst, so schrecklich Angst vor
dem Leben und heute ist's ärger als je!"

Hermann schüttelte den Kopf und wußte nichts zu
sagen; er verstand sie nicht, aber er fühlte sich immer mehr
zu ihr hingezogen. Beide schwiegen. Da stürmte es die
Treppe herauf und Johannes stürzte herein: „Tante Lilli!"
schrie er athemlos, „diesmal hab' ich's gefunden, das erste
Veilchen! was krieg' ich dafür?"

Lilli sprang auf. Ihr holdestes Kinderlächeln ergoß
sich über das noch eben so ernste Gesicht: „Wo hast Du's
gefunden; unter den Weiden an dem Schwarzbach, nicht

wahr? Wie gut das riecht! Gottlob, nun wird's Frühling! Macht, daß Ihr gesund werdet, Monsieur Hermann,
damit wir hinaus können!" und sie flog mit Johannes die
Treppe hinab, den glücklichen Fund Marien zu zeigen.

VII.

Der Frühling kam in seiner vollsten Pracht und nach
einigen Tagen war der Onkel Hermann wieder so weit
hergestellt, daß er, auf seinen Stock gestützt, in dem kleinen
Gärtchen hinter der Scheune herumwandeln konnte; auch
dort war Lilli seine treue Begleiterin. Aber trotz des
heiteren Sonnenscheines und der milden Luft blieb die weh-
müthige Stimmung, die sich ihrer seit einiger Zeit bemächtigt hatte, Herr über sie.

„Es ist sonderbar," antwortete sie dem Doctor, der
ihr vorhielt, sie mache eben immer ein „Gesicht", „daß
mich der Frühling gewöhnlich so traurig macht. Ich meine
oft, das Herz müsse mir zerspringen. Die meisten Leute
sind im Herbst betrübt, und da bin ich ganz vergnügt, obschon ich eigentlich den Winter nicht ausstehen kann!"

„Das kommt davon, weil dann das Christkindchen so
nahe ist," sagte Johannes altklug.

„Der muß immer seine Weisheit dazu geben," rief der
Doctor, aber Lilli küßte den kleinen Schwätzer und rief:
„Nun, deßwegen brauchte mich doch der Frühling nicht so
traurig zu machen — zum Sterben."

„Da sind die Romane daran schuld, die der Vicar bringt. Drinnen liegt wieder ein dicker Band," neckte Hermann.

„Die Romane und der Vicar," setzte der Doctor hinzu.

Lilli ward über und über roth und wandte sich schmollend weg; der Doctor versäumte keine Gelegenheit, sie mit dem Vicar zu ärgern.

„Laßt mir meine Lilli gehen!" rief Marie, „die Frühlingsluft macht gar müde und schwer, davon kommt's, daß sie nicht so heiter ist als sonst!"

Die Wirkung der Frühlingsluft hielt bei Lilli dieses mal länger an als gewöhnlich, und der Doctor ließ sich sogar hinreißen, sie launisch zu nennen, weil er selbst übelgelaunt war und sich gar nicht in eine kurze Abwesenheit seines Bruders, die ihn an die baldige, längere Trennung mahnte, finden konnte.

„Der Junge könnte wohl dableiben," brummte er ein über das andere mal, und als ihm Marie einmal entgegnete: „Du weißt doch, daß er eine Braut in den Niederlanden hat," da räusperte er sich verlegen und rief: „Na, die könnte er ja hierher holen, oder meinetwegen auch sitzen lassen!"

„Mann, was redest Du da!" rief Marie entrüstet, „wie kannst Du ihm eine solche Schlechtigkeit nur zutrauen, und wie viel weniger zumuthen!"

„Ja, das wäre sehr schlecht," sagte Lilli tonlos, und ihre Farbe wechselte mit jeder Secunde.

VIII.

Hermann, deſſen Fuß bis auf eine kleine Schwäche
wieder ganz geheilt war, hatte eine kleine Reiſe nach M.
angetreten, einer nicht unbedeutenden Handelsſtadt zwiſchen
der Bergſtraße und dem Rhein, wo noch eine Schweſter
ſeiner verſtorbenen Mutter lebte, die er beſuchen wollte.
Er hatte mit einem Blick von Lilli Abſchied genommen,
der ihr bis in die tiefſte Seele drang und ſie doch eben
ſo tief verletzte. Durfte ſie der Bräutigam einer Andern
ſo anſehen? Sie konnte Niemand darum fragen, aber ihr
reines, unſchuldiges Innere rief unaufhörlich: „Nein,
nein!“ Und dennoch hatte ſie ihn ſo herzlich lieb. Er
war ja ſo natürlich, ſo einfach und freundlich, ſo gut —
ſah ſie denn nicht, wie die Kinder an ihm hingen, wie die
Leute aus dem Dorf nur mit Stolz und Freude von des
„Doctors Hermann“ ſprachen, konnte das ein treuloſer,
ſchlechter Menſch ſein? Ach! was wußte Lilli von den
unzähligen Abſtufungen des Böſen und Guten in der
menſchlichen Bruſt! Das Gute war nach ihren einfachen
Begriffen ganz gut, das Böſe ganz böſe, darauf be=
ſchränkte ſich ihre ganze Menſchenkenntniß. Doch war es
nicht zum Verwundern, daß ſie bei dieſem inneren Kampf
täglich ſchweigſamer und bläſſer wurde und Marie ihr
mehr als einmal ſagen mußte: „Aber Lilli, die Frühlings=
luft greift Dich dieſes Jahr mehr als je an!“

„Zu Ostern bin ich jedenfalls wieder da, daß Ihr mir nur den Haas legen lasset, Schwägerin!" rief Hermann noch vom Pferde herab Marien zu und Lilli hatte sich das Wort gemerkt. Mit besonderer Sorgfalt färbte sie die Eier, roth, blau und gelb mit Hülfe von Zwiebelschalen und Blauholz. Da sie aber immer nach des Doctors Ausdruck „etwas Appartes haben mußte," so hatte sie auch noch, nach Anweisung der alten Tante, zarte grüne Blättchen um einige Eier gebunden und sie dann in der dunklen Brühe kochen lassen. Das Experiment war prächtig ausgefallen, die Blätter hatten ihre zierlichen Formen recht deutlich auf der gefärbten Schale zurückgelassen und sie stand nun in der Wohnstube ihr Werk musternd und in einem Körbchen zurechtlegend.

Es war gar still und friedlich um sie her, so recht ein Samstag vor den Feiertagen. Lilli war müde, denn sie hatte wie immer ihrer Freundin beim Scheuern und Putzen treulich beigestanden, und um so süßer schmeckte ihr jetzt die Ruhe und erfreute sie die Stille und das festtägliche Aussehen des reinlichen Stübchens. Marie war drüben im Backhaus, um die Feiertagskuchen herzurichten; bei einer so wichtigen Gelegenheit blieb natürlich keins der Kinder zu Hause. Sie liefen sämmtlich hinter der Bärbel drein, die den Backtrog hinübertrug, und die arme Marie hatte genug zu wehren und zu schelten, bis sie, umgeben von dem unruhigen Häuflein, ihre Arbeit fertig brachte.

Keiner war zum Weichen zu bringen und da die sanfte Mutter eigentlich schon längst daran gewöhnt war, diesen Wirrwarr zu den unvermeidlichen Uebeln beim Kuchenbacken zu zählen, so setzten sie auch heute ihren Willen durch und blieben unerschütterlich zugegen, bis der letzte Ranftkuchen, köstlich duftend und braun wie eine Kastanie, aus dem Ofen heraus= kam. Während dessen schien die Sonne gar warm und freundlich an die Scheiben im Doktorhause, ihre Strahlen fielen durch die frischgewaschenen, schneeweißen Vorhänge und spielten auf dem weißen, feinen Sande, mit dem der frischgescheuerte Fußboden bedeckt war. Lilli stand an dem runden Tisch bei ihren Eiern und freute sich an ihrem Werk; sie freute sich auf Hermann's Rückkehr und fürchtete dieselbe doch wieder. Die Unbefangenheit war dahin; seine Abwesenheit hatte sie über ihr Herz mehr aufgeklärt, als gut für sie war. Mit Schaudern fühlte sie, wie sehr er ihr fehle, wie es ihr fast nicht möglich sein würde, noch in diesen Räumen ohne ihn zu leben, und sie schloß unwill= kürlich die Augen, wenn sie daran dachte, wie bald er wieder ganz scheiden werde. Es war eine Trostlosigkeit in ihr, über die sie sich selbst die bittersten Vorwürfe machte, aber immer kam es wieder dies bange Gefühl, das ihr weder Ruhe noch Freude an etwas Anderm gönnte. Auf einmal ertönte Pferdegetrappel und als sie sich umkehrte, gewahrte sie eben noch, wie ein Reiter rasch in den Hof sprengte: „Es ist der Doctor," sagte sie leise vor sich hin, denn

Hermann's Rückkehr erwartete man erst am Abend, weil er bei den schlechten Wegen wohl einen ganzen Tag für seine Reise brauchte. Noch mit dem Gedanken an ihn beschäftigt, wollte sie eben das letzte Ei zu den übrigen legen, da ging rasch die Thüre auf und Hermann stand vor ihr mit hellem Blick und leicht gerötheten Wangen, alle Spuren seiner Krankheit waren verschwunden, und er erschien Lilli schöner und männlicher als je. Bei seinem plötzlichen Erscheinen war sie heftig zusammengefahren, und das Ei, welches sie in der Hand hielt, rollte nieder zu seinen Füßen.

„Ei, Base Lilli," rief Hermann freundlich, „laßt Ihr mir heute schon den Haas legen? Das ist schön von Euch!" und er bückte sich rasch, um das Ei aufzuheben. Er betrachtete es von allen Seiten, schaute sich dann in der Stube um und fuhr fort: „Ach Gott! wie mich das anheimelt, die ganze Stube sieht wie Ostern aus und seit ich fort bin, habe ich kein solches Ei mehr gesehen!" Lilli betrachtete ihn mit strahlendem Blick, wie am Weihnachtsabend, doch als er das Ei wieder zu den übrigen legen wollte, wehrte sie ihn mit der Hand ab und sagte lächelnd: „behaltet es doch; so wie dieses freut Euch nun morgen kein anderes mehr!"

„Ihr habt Recht, wie immer! und wie schön das gemacht ist mit den weißen Blättchen, das müßt Ihr mich lehren. Gott, wo sieht man draußen so etwas im fremden Land; so viel Spaß wie in Deutschland haben die Kinder

sonst nirgends auf der Welt! O, du mein liebes Deutsch=
land mein, in dir möcht ich sterben und begraben sein!"

Lilli war seelenvergnügt: „Warum bleibt Ihr denn
nicht da?" fragte sie leise.

„Warum? ich weiß selbst nicht!" rief Hermann, den
im Augenblick wirklich sein Ei und die Erinnerung an die
Kinderzeit vollständig in Anspruch nahm. „Doch, wer
weiß, was geschieht!" setzte er nach einer kleinen Pause mit
einem vielsagenden Blick auf Lilli hinzu. Sie war ganz
verwirrt, von dem was sie hörte, konnte aber nicht darüber
nachdenken, denn Hermann fuhr lebhaft fort: „Base, thut
mir den Gefallen und seht einmal den Ofen an, so, jetzt
will ich Euch auch den Haas legen lassen. Ich wollt's
erst morgen thun, aber wir sind eben so schön allein, und
dann geht mir's wie den Kindern, ich kann nichts für mich
behalten und würde es doch vorher verrathen, was ich für
Euch habe — nun, jetzt sucht aber auch!"

Lilli hatte ganz gehorsam den Ofen angesehen und flog
nun hastig herum: „Soll ich wirklich suchen, oder macht
Ihr Spaß?"

„Ei bewahre, sucht nur was Ihr könnt', der Haas hat
gelegt!" und Hermann warf sich lachend und in die Hände
klatschend in den Armstuhl.

Lilli flog von einem Gegenstand zum andern, endlich
stieß sie einen Freudenschrei aus — in Mariens Arbeits=
korb zwischen Strümpfen und Wollknäueln hatte sie ein

kleines Päckchen gefunden: „Ist's aber auch für mich?"
fragte sie schüchtern.

„Ja wohl!"

Sie riß das Papier auseinander, ein bunt bemaltes
Osterei fiel ihr in die Hände: „Ach wie schön! so etwas habe
ich ja noch nie gesehen!" rief sie entzückt und drehte das
grob gearbeitete hölzerne Ei, auf dem in blauem Grund
Rosen von allen Farben prangten, hin und her.

Hermann sah lächelnd zu: „Macht es aber auch auf!"
sagte er endlich.

„Kann man's aufmachen? richtig!" rief Lilli, und als
sie den Deckel drehte und aufhob, lag in der kleinen Höhlung
ein kleines, weißes Seidenpapier. „Ist das auch für mich?"
fragte sie und zögerte, es zu entfalten.

„Versteht sich, das schlechte Ei wäre doch wirklich zu
wenig!"

„Nein, das ist zu schön, das ist zu viel!" rief Lilli
erröthend und ihre Hand hielt an einem schwarzen Seiden=
band ein kleines Herz empor, von braunem Goldstein, aus
dem Millionen Fünkchen zu sprühen schienen, wie es in
der Sonne flimmerte und glänzte. Hermann weidete sich
an Lilli's unschuldiger Freude, aber auf einmal wickelte sie
den kleinen Schmuck wieder in das Papier, legte es in
Hermann's Hand und sagte ruhig: „Das Ei will ich be=
halten, aber das Herz ist zu viel!"

„Lilli, Ihr seid stolz und undankbar! Hab' ich Euer

Lebkuchenherz am Weihnachtsabend auch so schnöde zurück=
gewiesen? Hab' ich Euch nicht damals schon gesagt, ich
würde Euch ein anderes dafür bringen?"

„Das hab' ich schon bekommen," sagte Lilli mit nieder=
geschlagenen Augen, „der Doctor hat mir gleich am andern
Tag eins mitgebracht. Aber — aber — den schönen
Schmuck kann ich nicht annehmen!"

`„Warum nicht?" rief Hermann ungeduldig, stand auf
und stellte sich dicht vor Lilli hin, „warum ziert Ihr Euch
so, das ist doch sonst Euere Art nicht!"

„Weil — weil das für mich zu schön ist, das müßt Ihr
Eurer Braut mitbringen," stieß Lilli endlich mit Anstren=
gung heraus.

„Meiner Braut?" rief Hermann heftig, „wer sagt
Euch denn, daß ich eine Braut habe?"

„O, seid nicht böse," flehte Lilli, „ich sollte freilich nicht
davon reden, aber weil Ihr — ach Gott! ich erzähle es
wahrhaftig sonst keinem Menschen!" Sie sah ihn bei
diesen Worten treuherzig an, während Thränen in den
großen, blauen Augen standen.

Hermann warf stolz den Kopf herum. „Braut!"
wiederholte er spöttisch, „Braut! wer hat Euch das Mär=
chen erzählt?"

Lilli bebte zusammen, „Marie," sagte sie leise.

Im Moment begriff Hermann den ganzen Zusammen=
hang und Lilli's sonderbares und verändertes Benehmen.

Er sah sie an, ihre Blicke ruhten fragend auf ihm, sie war reizend, vor Erstaunen, Angst und Verwirrung. Hermann ergriff ihre beiden Hände, er wollte etwas sagen, da hörte man Kinderstimmen draußen. „Base Lilli," flüsterte er haftig, „ich nehme mein kleines Geschenk nicht zurück; ich habe keine Braut, der ich's geben könnte, Ihr tragt es mir zu Liebe!" dabei sah er ihr so tief in die Augen, daß Lilli sich ängstlich losriß, ihr Körbchen aufraffte und in die Schlafstube entfloh.

Im Augenblick öffnete sich draußen die Thüre und ein fröhlicher Zug kam herein, voran Marie mit einem großen Kuchen in der Hand. „Onkel Hermann," rief Konrädchen, „wir haben acht Kuchen gebacken! willst Du auch davon, weil Du wieder da bist?"

Als der Abend die ganze Familie um den Kaffeetisch mit den frischen Kuchen versammelte, fehlte Lilli, und obgleich Johannes dreimal nach ihr hinüber lief, so erschien sie doch nicht. Sie ließ sagen, die Tante sei krank, und sie müsse durchaus den Abend bei ihr bleiben. —

IX.

Das Osterfest fiel in diesem Jahr erst Mitte April und konnte darum in Wahrheit zugleich als das Auferstehungsfest der Natur gelten. Alle Wiesen prangten im frischesten Grün, und unzählige gelbe Kuhblumen gaben ihnen das Aussehen, als wären sie über und über

mit Goldstücken bestreut. An dem Rand des Schwarz-
bachs blühten schon die Weißdornhecken, die junge Saat
stand handhoch dicht aufgeschossen und die Knospen
der Birn= und Aepfelbäume vermochten kaum mehr die
schwellende Blüthe in der braunen Umhüllung zurückzuhalten.

Dazu lachte die Sonne vom wolkenlosen Himmel und
der schöne Plan, den sich der Doctor schon lange ausgedacht, konnte in Ausführung gebracht werden. — Seine
Frau und Lilli waren immer noch eifrig der reformirten
Mutterkirche zugethan und obgleich Beide sonntäglich den
lutherischen Gottesdienst in der Kirche zu S. besuchten,
so gehörte es doch zu ihren Privilegien, an höheren Feiertagen nach dem zwei Stunden entfernten W. zu fahren,
wo die Gemeinde ganz aus Nachkommen von französischen
Emigranten bestand und jeden Sonntag der Gottesdienst
in französischer Sprache gefeiert wurde. Auf Weihnachten
mußten die beiden Frauen fast immer diesem frommen
Vergnügen entsagen, weil bei ungünstiger Witterung die
schlechten Wege die kleine Reise zu einer sehr anstrengenden
machten. Auch diesmal war das Wetter um Weihnachten
schlecht gewesen, und um so freundlicher wurde das schöne
Osterwetter begrüßt, das den Ausflug ermöglichte. Weil
sie aber dann vorm späten Nachmittag nicht wieder zu
Hause sein konnten, hatte der Doctor beschlossen, ihnen
nach dem Essen mit allen Kindern bis zu dem Fichtengarten

entgegenzukommen, wo dann den Letzteren nach altem Brauch
„der Haas gelegt werden sollte." Jedermann war mit
diesem Plan einverstanden, besonders Hermann, der schon
lange darnach verlangte, den Fichtengarten, einen der lieb=
sten Tummelplätze seiner Jugend, wiederzusehen. Dies war
ein Tannenwald, der sich etwa eine Viertelstunde vor W.
dahinzog und seinen Namen darum hatte, weil die Bäume
so regelmäßig gepflanzt waren, wie in einem Garten und
nach allen Seiten hin Alleen bildeten. Da nun immer von
einem Baum zum andern ein ziemlicher Raum frei blieb,
so hatten sie sich in seltner Stärke entwickelt, und wenn
man unter die zierlich gerundeten Stämme trat, die damals
noch in Jugendfrische prangten, so ward man es sogleich
gewahr, daß hier nach einem bestimmten Plane gepflanzt
worden war, und man der Natur nicht gestattet hatte,
unordentliche Sprünge zu machen. Den Boden bedeckte
überall weiches, üppiges Moos, und indem der Fichten=
garten in dieser Weise die Schönheit des Gartens mit der
Ursprünglichkeit des Waldes vereinte, bot er eine liebliche
Ruhestätte für die Alten und einen so köstlichen Tummel=
platz für die Kinder, daß des Doctors Idee mit allgemeinem
Jubel aufgenommen wurde.

An einem kleinen, sonnigen Abhang hatte sich die fröh=
liche Gesellschaft gelagert; der köstliche Käsekuchen, den
Marie gestern mit so viel Noth und Mühe bereitet hatte,
und von dem jeder Knabe behauptete, daß er daran geholfen

war mitgebracht worden, und man ließ ihn sich herrlich
schmecken. — Einige gelbe Schmetterlinge hatten sich schon
herausgewagt und wiegten sich lustig in der lauen Luft
des Tannenwaldes, die ihre erstarrten Schwingen schneller
belebte, als der schärfere Hauch der Ebene. In der Ferne
hörte man das Picken des Spechtes und durch das mit Tan=
nennadeln bestreute Moos raschelte zuweilen eine Eidechse,
von den warmen Sonnenstrahlen aus dem langen Winter=
schlaf geweckt. Nachdem man sich ausgeruht und satt ge=
gessen, schlich sich Lilli mit ihrem Eierkörbchen davon; das
weiche Moos und manche Höhlung unter den Baumwurzeln
boten ihr Plätzchen genug, die Eier zu verstecken, und als
nun ihr Ruf erschell: „Kinder, kommt schnell herbei, der
Haas hat gelegt!" da stob die ganze Schaar mit lautem
Freudengeschrei auseinander und die Fichten bogen ver=
wundert ihre schlanken Wipfel zu einander; denn ein so
fröhliches Jauchzen hatten sie den ganzen Winter über
nicht gehört und sie merkten's nicht blos am Sonnenschein,
daß wieder Frühling sei, sondern auch an der fröhlichen
Stimmung der Menschen. —

Hermann sprang einigemale mit den Kindern hin und
her, bückte sich da und dort, um ein Ei für sie aufzuheben
und dann suchte sein Auge Lilli, die während des Durch=
einanders auf einmal verschwunden war. Er hatte heute
noch gar nicht mit ihr geredet, denn sie war erst vorhin
von W. gekommen und seitdem fortwährend mit den Kin=

tern beschäftigt gewesen. Wo mochte sie nur sein? Marie
hatte denselben Gedanken, denn sie sagte zu ihrem Manne:
„Da ist die Lilli schon wieder fort! Ich weiß überhaupt
nicht, was sie seit gestern vor hat, sie spricht fast kein Wort
mit mir. Das Mädchen gefällt mir seit einiger Zeit gar
nicht; ich wollte, daß sie sich entschlösse, den Vicar zu
heirathen!"

„Ja, ja, die Jugend, die Jugend!" sagte der Doctor,
den Arm um seine Frau schlingend, „Gottlob, daß wir's
hinter uns haben, nicht wahr?" Marie lachte und hatte
keine Zeit zur Antwort, denn eins der Kinder nach dem
andern kam heran und wieß den Eltern seinen Eierschatz
auf. Dabei wurde getauscht und gehandelt, weil dem einen
diese, dem andern jene Farbe besser gefiel.

Unterdessen war Lilli immer tiefer in den Wald hinein
gegangen; sie schmollte mit Marie, der sie es nicht so schnell
verzeihen konnte, daß sie ihr die Unwahrheit gesagt. Tausend Empfindungen und Gedanken durchkreuzten ihren
Kopf, aber Einer behielt immer die Oberhand, es war die
Freude, daß sie nun ungestört an Hermann denken könne.
Ihr Gewissen durfte es ihr nicht mehr wehren, sie kränkte
keine Andere, wenn auch nur in Gedanken damit. An
Weiteres zu denken, fiel ihr noch nicht ein, aber wenn ihr
manchmal wie von selbst der Blick wieder vorkam, mit dem
Hermann sie gestern betrachtet hatte, dann überlief es sie
siedend heiß und sie hätte sich vor aller Welt, am tiefsten

aber vor ihm verbergen mögen. Nachdem sie sich weit genug von dem Getümmel, an dem sie heute durchaus keinen Theil nehmen konnte, entfernt hatte, blieb sie, an einen Fichten= stamm gelehnt, stehen. Zwischen den Zweigen hindurch fielen die Sonnenstrahlen gerade auf ihr Haupt und um= woben die blonden Zöpfe wie mit einer goldenen Krone. Ihre Lippen lächelten, ihre Augen sahen glücklich und strahlend hinauf in den blauen Himmel. Heute machte sie der Früh= ling nicht traurig, es war ihr zu Muthe, als ob sie fliegen könne und fast sah sie auch so aus, so frei und leicht war der Ausdruck ihres ganzen Wesens.

„Ei, Base Lilli, Ihr seht ja aus wie am Weihnachts= abend, gerade so habt Ihr als Christkind unter dem Tannen= baum gestanden!" rief plötzlich Hermann's Stimme neben ihr und schreckte sie aus ihren Träumen auf. Sie hatte auf dem weichen Moos seinen Schritt nicht gehört und erröthete nun über und über, als er so auf einmal vor ihr stand.

„Wo steckt Ihr? man muß Euch immer suchen!" sagte er näher tretend und ihre Hand ergreifend, „Ihr seid doch eigentlich ein sonderbares Mädchen, Lilli!"

Sie schüttelte den Kopf, sie konnte nicht sprechen. Her= mann fuhr fort, sie zu betrachten, indem er ihre Hand fest= hielt. „Lilli," sagte er endlich, „glaubt Ihr noch immer, daß ich eine Braut habe?"

Sie schüttelte wieder den Kopf und schloß die Augen, um die hervorbrechenden Thränen zu verbergen.

„Lilli, Du liebst mich!" rief Hermann und zog das zitternde Mädchen in seinen Arm; sie weinte laut, während Hermann einen Kuß auf ihre Stirne drückte. „Und Du sagst mir gar nichts?" fuhr er nach einigen Minuten fort, „Lilli, liebst Du mich nicht?"

Da richtete sie sich auf, legte ihre Hand auf Hermann's Schulter, sah ihm, während ihr Gesicht hoch erröthete, fest in die Augen und sagte mit feierlicher Stimme, die bis in die tiefste Seele drang: „Ja, ich liebe Euch!"

„Mutter, eben hat der Onkel Hermann der Lilli einen Kuß gegeben!" rief Johannes, der im Wald herumgestöbert und unbemerkt Alles gesehen hatte.

Marie fuhr empor, wie von einem electrischen Schlag getroffen: „Jesus Maria, was ist das?" rief sie, „da muß ich hin!"

„Laß die Beiden ihre Sachen allein ausmachen," sagte der Doctor und hielt sie fest.

„Aber Mann," rief sie heftig, „das giebt ein Unglück! Du weißt doch, daß er eine Braut hat!"

„Na, mit der Braut wird's vielleicht nicht so gefährlich sein!"

Marie ließ vor Erstaunen die Hände herunter sinken. „Hast Du, oder hat er gelogen?"

„Ich glaube wir alle Beide; beruhige Dich nur, wir werden schon Alles erfahren!"

In diesem Augenblick kamen Hermann und Lilli zwischen

den Bäumen hervor; sobald Lilli ihre Freundin erblickte, war aller Groll vergessen, sie eilte zu ihr und fiel ihr um den Hals: „Du hast ihn wirklich lieb?" fragte Marie leise. Lilli nickte. „Und hast's ihm so ohne Weiteres gestanden?"

„Gewiß," sagte sie, „hatte ich ein Recht, es zu verbergen? Seit ich ihn liebe, gehöre ich ihm an, und darf ihm nichts mehr verschweigen!"

X.

Am andern Morgen in aller Frühe bat der Doctor seinen Bruder sehr ernstlich, ihn auf seinem Krankenritt zu begleiten und da hatte dieser ein scharfes Examen zu bestehen.

„Ich hab' gestern meine Frau ausgelacht, weil Frauenzimmer immer gleich gar viel Wesens aus solchen Geschichten machen," sagte der Doctor, „aber ich will doch nicht hoffen, daß Du Dir mit Lilli einen Spaß gemacht hast, sondern sie auch heirathen willst?"

„Natürlich," rief Hermann etwas gereizt, „ich weiß ja wie es hier zu Lande ist; wenn man einem ehrbaren Mädchen eine Liebeserklärung gemacht hat, muß man gleich den andern Tag mit ihr zum Pfarrer gehen!"

Dem Doctor gefiel die Antwort nicht ganz; er liebte seinen Bruder sehr, aber er wußte auch von früher, daß Ausdauer und Festhalten nicht eben seine hervorstechendste Eigenschaft war.

„Das ist auch ganz in der Ordnung so," entgegnete er, „und gar mit einem Mädchen wie Lilli treibt man am wenigsten Narrheit. Ich denke auch nicht daran, daß Du's thun willst," setzte er hinzu, als er bemerkte, wie Hermann eine ungeduldige Bewegung machte, „aber ich erinnere mich doch, daß Du vor einiger Zeit, hier auf demselben Weg, als ich Dir vorschlug, Lilli zu heirathen, dies gar nicht sehr feurig aufnahmst und mir zu verstehen gabst, Du wärest so gut wie verlobt."

„Und daraus habt Ihr schnell eine Braut gedrechselt, die das arme Kind nicht wenig geängstigt hat," lachte Hermann.

„Lache jetzt nicht," erwiederte der Doctor ärgerlich, „ich bin Lilli's Vormund und muß genau wissen, wie ich mit Dir dran bin. Willst Du sie heirathen, oder hast Du wirklich eine Braut? Aber dann wollt' ich freilich, Du wärst für alle Zeit in Deinem Sumpfland geblieben!"

„Sei nur nicht gleich so hitzig, es ist wahr, ich hatte so eine kleine Liebesaffaire, aber Du weißt ja," setzte er achselzuckend hinzu, „man nimmt's damit nicht so genau." —

„Das heißt, Du nimmst es nicht genau," unterbrach ihn der Doctor.

„Nun, beruhige Dich nur, das bewußte Frauenzimmer hat mich in den drei Monaten jedenfalls schon längst vergessen." —

„So hast Du also wirklich keine anderen Pflichten?"

„In's Teufels Namen, laß mich doch ausreden. Ich habe seitdem Lilli näher kennen und lieben lernen, auch mich an das hiesige Leben wieder gewöhnt und bleibe nun lieber da, als daß ich auf's Neue in der Fremde herumziehe. Wenn Du Lilli's Vormund bist, so gib sie mir zur Frau; ich nehme dann meinen Abschied, ziehe hierher und wir machen in Gemeinschaft die kranken Leute gesund und die Gesunden krank!" Er streckte seine Hand hin, aber der Doctor zögerte noch einzuschlagen.

„Ist's auch ehrlich geredet?" fragte er, den Bruder fest ansehend.

„Ludwig, Du machst mich wirklich böse, willst Du oder willst Du nicht?"

Der Doctor nahm seine Hand und sagte dann: „Kannst Du auch so schnell Deinen Abschied bekommen?"

„Ich denke," antwortete Hermann nachlässig, „und selbst im schlimmsten Fall wäre es kein Unglück, wenn Lilli auf einige Jahre mit mir zöge?"

„Das ginge schon, obgleich es uns bitter leid wäre; aber Lilli ist tüchtig, die findet sich in Alles!"

Am Abend ging es hoch her im Doctorhause; eine gute Flasche Wein, ein seltener Gast, ward herbeigeholt und auf des Brautpaars Gesundheit getrunken. Der Doctor nannte Lilli nicht anders als „Schwägerin," sie mußte ihn Schwa= ger tituliren und des Neckens war kein Ende, obgleich es Lilli gar nicht sehr darum war; sie fühlte sich zu ernst und feierlich gestimmt. Sie hatte sich mit dem Herzchen von Goldstein geschmückt und als Hermann sie fragte: „Nun, bist Du jetzt zufrieden, daß ich das Herzchen doch meiner Braut gegeben?" sah sie ihn mit einem ihrer lieblichsten Blicke an.

Wenn es je eine glückliche und beglückende Braut ge= geben, so war es Lilli. Die ganze Wonne ihres guten Herzens schüttete sie wie ein Füllhorn über den Geliebten und ihre ganze Umgebung aus. Obgleich sie jetzt viel weniger mit den Kindern spielte, als sonst, so hingen sie doch fast noch zärtlicher ihr an und die Leute aus dem Dorf nickten ihr noch einmal so freundlich, als früher zu, denn ein wahrhaft glücklicher Mensch hat immer noch den Vorzug, daß er schon durch seinen bloßen Anblick Andere zu größerer Hinneigung stimmt, weil das innere Glück selbst das Häßliche schön machen kann und dem Schönen erst seinen höchsten Glanz verleiht. So ging es Lilli, ihr ganzes Wesen hatte nun erst seinen vollkommensten Ausbruck ge= funden und Alles, Alles freute sich mit ihr.

Seit dem Augenblick, wo die Bärbel das große Geheim= niß ihrer nächsten Nachbarin anvertraut, und von wo es denn natürlich gleich wie ein Lauffeuer durch das ganze Dorf ging, seitdem ward die „Jungfer Lilli" von allen Seiten mit Gratulationen bestürmt, und wo sie nur mit Hermann über die Straße ging, guckten ihnen aus allen Fenstern neugierige Köpfe nach. Hermann schien nicht

weniger freudig erregt, als seine Braut; die Theilnahme
der Leute that ihm wohl und er sagte ein= über das andere=
mal: „Wie konnt' ich nur daran denken, wieder fort zu
gehen, hier in S. ist es doch am allerschönsten!"

Nur ein Mensch sympathisirte nicht mit der allgemeinen
Stimmung, das war der Vicar. Um sein Mißgeschick noch
schneidender zu machen, hatte er gerade am Ostertag die
längst ersehnte Stelle eines zweiten Predigers und Lehrers
in dem größeren Nachbarorte B. erhalten und er hätte nun
ganz gut eine häusliche, wirthschaftliche Frau ernähren
können. Damit war es nun vorbei. Er resignirte sich, wie
schon so oft in seinem Leben, aber in's Doctorhaus kam er
seit Lilli's Verlobung nicht mehr und Niemand durfte es
ihm verübeln. Sie hatte sich nichts, gar nichts gegen ihn
vorzuwerfen, und doch — wenn ein Schatten ihre helle
Freude trüben konnte, so war es der Blick, der aus den
hellblauen, glanzlosen Augen des jungen Pfarrers auf sie
fiel, so oft sie ihm zufällig begegnete. „Wie sonderbar,"
dachte sie dann, „daß Liebe, die so unendlich beglückt, auch
so wehe thun kann, und daß gerade ich, die ich so selig bin,
einen Andern betrüben muß."

Eines Tages saß sie mit Marie im Hausgärtchen mit
ihrer Näharbeit, während Hermann und der Doctor aus=
geritten waren.

Da brachte ein Kind mit einem Gruß von dem Herrn
Pfarrer einen Feldblumenstrauß für Lilli und ein paar

freundliche Abschiedszeilen für Marie mit dem Bemerken,
daß er morgen nach seinem neuen Bestimmungsorte abgehen werde. Lilli betrachtete wehmüthig die Blumen, da
bemerkte sie ein kleines Papier, das dazwischen steckte, sie
entfaltete es und las:

> „Das hab' ich nicht gedacht,
> Als Blatt und Blüthe sproßten
> Und ich voll Seligkeit,
> Daß mich die Sommerzeit
> Mein ganzes Glück könnt' kosten!
>
> „Das hab' ich nicht gedacht,
> Wie sollt' ich es auch meinen?
> Als diese Haide grün,
> Daß bis zu ihrem Blüh'n
> Ich so viel müßte weinen.
>
> „Das hab' ich nicht gedacht,
> Es gäb' noch tief'res Leide
> Als sonst mein Herz empfand,
> Wenn rings das ganze Land
> Sich barg im Winterkleide.
>
> „O, Freude, gute Nacht!
> Wie ich's auch mag bedenken,
> Mein' Lust ist all' dahin,
> Mag's schneien oder blüh'n —
> Mich kann jetzt nichts mehr kränken!"

Das Lied hatte der Pfarrer nicht gemacht; es stand in
einem alten Liederbuch, welches er Lilli vor einiger Zeit
geliehen hatte. · Er war nur Dichter in der Zartheit der
Empfindung, das Talent, sie in Worte zu gestalten, war

ihm nicht verliehen. So deutlich diese einfachen Worte seine eigene Stimmung bezeichneten, so lebhaft contrastirten sie mit der Lilli's. Eine Weile noch sah sie sinnend auf das Papier, dann rief sie aus: „O, Marie, Gott verzeih' mir's, aber ich muß mir diese Worte anders deuten! Ich bin so froh, so glücklich, ich sage auch: „Mich kann jetzt nichts mehr kränken!" dabei standen ihr die Augen voll Thränen.

„Du bist viel zu heftig," schalt Marie, „so kurios bin ich als Braut wahrhaftig nicht gewesen; es wird noch Manches kommen, was Dich kränkt, so glatt geht's im Leben nicht ab!"

„Du bist langweilig," rief Lilli unter Thränen lachend und ihr Nähzeug zusammenraffend, „ich bleib auch nicht hier, es wird mir viel zu eng in dem kleinen Garten, ich muß hinaus!"

„Um zu sehen, ob ein gewisser Monsieur geritten kommt," spottete Marie, „geh' nur, mit Dir ist nichts mehr anzufangen."

Lilli stieg rasch den schmalen Pfad hinan, der zum Kirchhof führte. Die Sonne warf ihre letzten Strahlen auf die frühlingsgeschmückte Erde, und die Aepfelbäume, die eben in voller Blüte standen, glühten wie rothe Rosen, während der bläuliche Duft des Abends sich schon auf die fernen, dunklen Linien des Spessart lagerte. Ueber die Wiesen am Fuß des Hügels, auf denen Hermann fast den Fuß gebrochen, lagen jetzt statt Eis und Schnee lange

Streifen grauer Leinewand gebreitet, welche mit Hülfe der Sonne und eines klaren Baches in einen Schnee anderer Art verwandelt werden sollten. Die Fenster des alten Schlößchens L., das wohl noch eine Stunde entfernt auf einem Vorsprung des Gebirges liegt, glänzten wie eitel Gold, und Lilli winkte fast unwillkürlich hinüber, als ob die Freunde, die ihr dort wohnten, ihren Gruß erwiedern könnten. Auf die niedere Kirchhofsmauer gelehnt, stand sie lange still und betrachtete das friedliche Bild. Da hörte sie Schritte neben sich und aufschauend blickte sie gerade in das bleiche, kummervolle Gesicht des jungen Pfarrers. Er erschrak gleich ihr, aber er mußte doch stehen bleiben und Lilli's Dank für den Strauß anhören, den sie verlegen stammelte.

„Ich war noch einmal auf dem Kirchhof," sagte er leise, „ehe ich gehe!"

Lilli griff nach seiner Hand: „Herr Pfarrer," sprach sie bebend, „verzeiht mir, seid mir nicht böse!"

„Ich habe Euch Nichts zu verzeihen", erwiederte er mit einem schmerzlichen Lächeln, „das Geschick hat es so gefügt — und böse — werde ich Euch nie."

„Gewiß nicht?" fuhr Lilli freundlich fort.

„Nein, nein!" und in einem plötzlichen Ausbruch von Leidenschaft setzte er hinzu: „Ich könnte es freilich leichter ertragen, wenn man Euch da hinauf zu den Todten getragen hätte, als daß Ihr einem Andern gehören werdet. Aber dieser bittre Schmerz muß vorübergehen", fuhr er ruhiger fort, „und ich bleibe Euch gut, Lilli, wie sonst keinem Menschen auf der Welt. Das müßt Ihr ja in Euch selbst jetzt am besten wissen — kann wahre Liebe je zu Haß oder Gleichgültigkeit werden?"

„Nein," sagte Lilli, und legte die Hand auf's Herz, „sie bleibt ewig!"

„Ewig!" wiederholte der Pfarrer leise, drückte ihre Hand und ging langsam den Hügel hinab.

Sie blieb unbeweglich stehen und sah hinaus in den Abend, der immer dunkler und schweigender sich über die Erde legte; über das Feld her kamen zwei Männer geritten, als sie nahe bei Lilli waren, deren helles Kleid sie bemerklich machte, sprang der eine vom Pferd. Es war Hermann: „Nun, Lillichen," rief er, „Du wartest wohl auf mich, hast Du mich auch noch lieb?" und damit schloß er sie in die Arme.

„Ewig! ewig!" hauchte das tieferregte Mädchen. —

XI.

Jede Freude wie jeder Schmerz müssen ihr Ende nehmen — und so geschah es auch hier. Lilli's bräutliches Glück war voll Licht und Farbe, aber es dauerte nicht lange. Als Pfingsten vorüber waren, mußte Hermann an den Abschied denken, um seinen Verpflichtungen, die ihn noch an die Fremde fesselten, nachzukommen. Zwar meinte der

Doctor, die Sache lasse sich vielleicht auch brieflich ab= machen, aber bei näherer Berathung fanden es beide Theile besser und gewissenhafter, wenn Hermann in Person seinen Abschied verlange. Als Arzt war er weniger streng gebun= den, wie ein andrer Officier, und sollte man ihm denselben für den Augenblick doch verweigern, so war ja Lilli geneigt, ihm in's Ausland zu folgen.

„Bis zum Spätsommer bin ich jedenfalls wieder da, mein kleines Bräutchen," sagte Hermann zu Lilli, „bis dahin spinne und nähe mir fleißig, damit wir bald Hochzeit machen können. Entweder richten wir uns hier ein, oder geht das nicht, so nehme ich Dich hinter mich auf's Pferd und wir reiten zusammen hinaus in die weite, weite Welt!"

„Ich wollte der Sommer wäre herum," seufzte Lilli.

„Er wird schon herumgehen," tröstete Marie, „nur fleißig die Hände gerührt, dann fliegt die Zeit dahin."

Endlich schlug die bittre Stunde. — Hermann hatte sein Pferd eine Strecke Wegs vorausgeschickt, weil Lilli ihn ein Stück zu Fuß begleiten wollte; er ging dahin, den Arm um sie geschlungen, der Doctor und Marie folgten in einiger Entfernung nach.

„Wirst Du mir bald schreiben?" fragte Lilli mit thränenden Augen zu ihm aufblickend.

„Versteht sich, ich werde Dir gleich meine glückliche Ankunft melden. Aber weißt Du, mein Schatz," fuhr er fort, sie näher an sich ziehend, „mehr Briefe mußt Du von

mir nicht erwarten, ich habe am Receptschreiben gerade
genug, und unsre Trennung währt ja nicht lange. Ich
werde Euch wieder wie eine Taube in's Haus fliegen, wie
am Weihnachtsabend und hoffentlich gut empfangen werden,
nicht?"

Lilli nickte unter Thränen: „Und wann wirst Du wiederkommen?"

„Liebes Herz," lachte er und küßte sie auf die Stirn,
„das hast Du mich wohl schon hundertmal gefragt, und die
Zeit wird mir eben so lang werden, als Dir. Aber ganz
genau kann ich es nicht bestimmen, ich denke, wenn der
Flachs hier gerupft wird, komme ich wieder daher galoppirt;"
er deutete damit auf ein Flachsfeld, das im Schmucke seiner
blauen Blümchen prangte.

Lilli konnte nichts antworten, die Thränen erstickten ihr
fast jedes Wort; sie hing fest am Arm des Geliebten, und
weiter und immer weiter ging sie mit ihm.

„Hoho!" rief der Doctor hinter ihnen her, „Schwägerin! wollt Ihr mit dem Herzallerliebsten bis über die
Grenze gehen?"

„Laßt mich noch ein Stückchen weiter," schluchzte sie,
„bis zum Tannenbäumchen, dort wollen wir Abschied
nehmen."

„Das ist weit," brummte der Doctor, aber Marie
sagte: „Thu' ihr den Willen, sie ist gar zu betrübt!"

Die Tanne, bis zu welcher Lilli gehen wollte, war in

der ganzen Umgegend ein berühmter Baum, denn diese war damals noch nicht, wie heute, nach allen Richtungen hin angebaut. Auf der weiten und theilweise öden Fläche, die sich nördlich von S. nach dem nächsten Dorfe hin erstreckte, ragte die Tanne mit ihrer eigenthümlich geformten, runden Kuppe dunkel empor und diente, besonders im Winter, dem einsamen Wanderer als Wahrzeichen und Wegweiser. Wenn er nur erst die Tanne erreicht hatte, dann konnte er außer Sorge sein, den Weg zu verlieren, und es ging Keiner vorbei, der nicht einige Augenblicke unter ihrem Schatten, welcher im Sommer vor der Sonne, im Winter vor dem Schnee und der Nässe schützte, gerastet hätte. Damit nun der kostbare Baum nicht beschädigt oder gar umgehauen werde, hatte Jeder, der vorüberging, die Verpflichtung, einen Nagel in den Stamm zu schlagen, und noch am heutigen Tag, wo sie ihre Bedeutung längst verloren hat, steht sie da, ehrwürdig und unantastbar, die knorrige Rinde über und über mit Nägelköpfen bedeckt. Bis dahin hatte Lilli den Geliebten begleitet; wieder woben die Sonnenstrahlen, welche durch die Zweige brachen, ihr eine goldene Krone um das Haupt, wieder stand sie da wie verklärt, aber der kindliche Ausdruck war in ihrem Gesichte nicht mehr allein vorherrschend — der Liebe Leid und Lust hatte ihm eine höhere Weihe aufgedrückt. Sie hatte sich Hermann's Armen entwunden und weinte nicht mehr, er stand vor ihr und hielt ihre beiden Hände an sein Herz gepreßt. „Hermann," sagte

sie, „Du mußt mich nicht fragen, ob ich Dir treu bleiben
will, das versteht sich ja von selbst. Sieh, so sicher ich weiß,
daß den Baum, unter dem wir stehen, nur des Himmels
Blitz zerschmettern, aber keines Menschen Axt fällen kann,
so fest traue ich auf Dich und so mußt Du auch auf mich
vertrauen; Hermann, nur der Tod kann uns scheiden!"
Sie hielten sich lange sprachlos umschlungen, endlich bat
Lilli leise: „Gehe!" „Ich kann nicht — kann mich nicht
von Dir trennen!" Sie machte sich sanft los, ihr rechter
Arm umschlang den Stamm des Baumes, mit der linken
winkte sie ihm Abschied zu.

„Ja, es muß sein!" rief Hermann mit Thränen in der
Stimme, riß sich gewaltsam los und sprang mit eiligen
Schritten über das Feld bis zu der Stelle, wo der Knecht
mit dem Pferd auf ihn wartete. Er sprang in den Sattel
und fortstürmend winkte er dem Doctor und Marien ein
Lebewohl zu; als die Beiden zu der Tanne kamen, sank
ihnen Lilli halb bewußtlos in die Arme. —

XII.

Unter der strengen Pflichterfüllung eines, von täglich
wiederkehrenden Beschäftigungen erfüllten Lebens, beruhigte
sich die Trostlosigkeit, welche Lilli nach Hermann's Abwesenheit ergriffen hatte. „Ich hätte nie gedacht, daß die Lilli
einen Mann so lieb haben könnte," sagte die ruhige Marie
verwundert zu ihrem Mann.

„Ich wohl," antwortete der Doctor nachsinnend, „die Lilli kommt mir immer vor, wie unsere Kirche auf Pfingsten, auswendig mit Blumen und Kränzen geschmückt, aber drinnen in der Tiefe ist es ganz feierlich und geheimnißvoll!"

Er hatte das rechte Wort gesprochen; Lilli war nach einigen Tagen wieder fröhlich und heiter, aber ihr Inneres baute das urewige Geheimniß der Liebe immer mehr zu einem erhabenen Tempel aus, durch den es fortwährend wie ein heiliger Orgelklang von Wehmuth und Freude rauschte.

„Du nimmst's mit Deinem Herzen aber auch gar zu ernsthaft," sagte ihr Hermann scherzend, als sie ihm einst in den ersten Tagen ihres Glücks diese Stimmung zu schildern versuchte, nachdem er sich über die scheue Zurückhaltung beklagte, die sie ihm gegenüber manchmal zeigte und die er Kälte nannte. „Ich bin nicht kalt," setzte sie hinzu, und ward todtenblaß, „aber es ist mir oft so schauerlich, so ehrfürchtig zu Muthe, wie früher, wenn ich lange in den Sternenhimmel sah, bis mir der Athem still stand vor Grausen über seine Größe und Herrlichkeit!" „Geh," sagte Hermann und küßte ihr die bleichen Lippen wieder roth, „Du bist ein Kind, ich versteh' Dich gar nicht recht!"

In des Geliebten Abwesenheit gewann diese feierliche Stimmung immer mehr die Oberhand über sie. Nur in der Phantasie mit ihm verbunden, leitete sie alle Herrlichkeit und Fülle ihrer Empfindung aus ihm her, und je tiefer sich ihr reines, wahres Herz erregt fühlte, je mehr glaubte sie, daß es seine Vollkommenheit sei, was es so unendlich bewege.

Aber bei alledem waren ihre Hände nicht müßig; auf der Oberfläche ihres Daseins spielten Leinwand und Spinn= rad eine große Rolle, und lange Berathungen, wegen der künftigen Wirthschaft, wurden mit Marie geflogen. Her= mann hatte, wie er versprochen, seine glückliche Ankunft gemeldet, Lilli seiner Liebe versichert und die Hoffnung ausgesprochen, bis längstens Anfang September wieder bei ihr zu sein. — Aber man hatte den Flachs schon geerntet, und die großen Leintücher, auf denen die Landleute dessen Samenkapseln vor ihren Häusern in der Sonne trocknen, waren wieder verschwunden, das Laub fing hie und da an gelb zu werden, die Tage kürzten sich, und vergebens ging Lilli jeden Abend den Kirchhofspfad hinauf, bis zu einer Stelle, wo sie die Landstraße überblicken konnte — der Reiter, nach dem ihr Auge spähte, kam immer nicht. Selbst wenn er krank gewesen, so war doch die Frist, die er selbst gesetzt, schon seit einigen Wochen verstrichen, und gestorben konnte Hermann nicht sein, denn die Zeiten waren damals ruhig, man wußte in N. genau, wo er herstammte, und würde seine Familie jedenfalls davon in Kenntniß gesetzt haben. Der Doctor und seine Frau wurden unruhig, und Lilli stand die Todesangst so deutlich auf der Stirn ge= schrieben, daß der Doctor sich die Zeit abmüßigte, einen

Brief an Hermann zu schreiben, in dem er ihn bat, ihnen
doch ja gleich Nachricht von sich zu geben. Wieder verging
eine Zeit der Qual, aber.keine Antwort erschien. Der
schreckliche Gedanke, Hermann könne auf der Rückreise ver-
unglückt sein, stieg in seiner ganzen Nacktheit auf, und kaum
vermochte Lilli mehr sich aufrecht zu halten. Es gab nur
ein Mittel darüber in's Klare zu kommen — der Doctor
schrieb an den Obersten von Hermann's Regiment — er
wußte dessen Namen — und bat ihn um Auskunft, ob sein
Bruder noch am Leben und gesund sei. Nach Ablauf der
thunlichen Zeit erschien die Antwort von dem Quartier-
meister des Regiments, in streng militärischem Styl ab-
gefaßt. Sie meldete trocken, daß der Regimentsarzt N. N.
sich derzeit noch am Leben und in guter Gesundheit in seiner
Garnison befinde. Als diese Botschaft kam, waren es noch
vierzehn Tage vor Weihnachten; Lilli athmete hoch auf:
„O, nun weiß ich, wann er kommt!" rief sie aus, „er will
uns wieder am Weihnachtsabend überraschen, wie am
vorigen Jahr, jetzt bin ich ganz außer Sorge!" Der Doctor und seine Frau theilten diese fröhliche Ahnung nicht
ganz; Hermann's unerwartetes, unerklärtes Ausbleiben
erschien ihnen auffallend, aber sie sagten nichts, und so groß
war Lilli's freudige Hoffnung und Zuversicht, daß sie am
Ende selbst in ihre Stimmung mit hinein gezogen wurden.
Nicht der Schatten eines Zweifels an dem Geliebten flog
über ihre treue Seele, und wie immer betrieb sie voll Freude

die Vorbereitungen für das Fest. Es rückte näher und näher; schon hatte der Doctor die gefüllte Schachtel heimgebracht, und zwischen Licht und Dunkel wanderte der Christbaum gar heimlich in's Haus. Je näher die Stunde kam, je größer ward ihre Spannung; mit fieberhafter Hast und Ungeduld ging sie während der zwei letzten Tage umher und ordnete Alles an. Selbst Marie und ihr Mann fingen an, es wahrscheinlich zu finden, daß Hermann sie wieder am heiligen Abend überraschen würde, und gleich Lilli, hielten sie damit von ihrem Geiste alle störenden Nebengedanken fern; die Kinder zweifelten natürlich gar nicht daran. „Heute Abend wollen wir uns nicht fürchten," sagte Johannes, „wenn der Onkel zum Fenster hereinguckt. Konrädchen, daß Du nur nicht wieder schreist!"

„Ich bin ja jetzt groß," antwortete der Kleine stolz.

Alles, Alles war fertig; der Doctor kam schon um drei Uhr nach Hause und Niemand fehlte — als er.

An das kleine Fenster geschmiegt, welches die Straße hinunter sah und vor dem dichte Schneeflocken tanzten, stand Lilli und lauschte auf jeden Ton. Es ward dunkler und dunkler, ihr müdes Auge konnte nichts mehr erkennen, ihr Ohr war wie abgestumpft vom vergeblichen Horchen. Sie hielt sich mit den kalten Händen an dem Fensterriegel fest und ihre glühende Stirn sank an die feuchten Scheiben. „Soll ich die Lichter anzünden?" fragte Marie leise. Die gute Seele fühlte sich so beklommen, daß sie kaum mehr wußte, was sie that, und selbst die Kinder regten sich nicht, als ob sie's fühlten, wie eben mit jedem Secundenschlag eine Menschenseele tiefer und tiefer in dumpfe Trostlosigkeit versank.

Lilli konnte der Freundin nicht antworten, Marie ging hinaus in die Wohnstube und einige Minuten lang herrschte die Stille und Dunkelheit des Grabes in dem niederen Zimmer. Da auf einmal dröhnte es voll und schwer durch die feuchte Schneeluft — die Glocke auf dem Kirchthurm sang ihr feierliches Weihnachtslied. Einen Augenblick blieb es im Hause still, dann ward die Thüre aufgerissen, Lichterglanz traf Lilli's Auge, das Jubelgeschrei der Kinder tönte an ihr Ohr. — Der Doctor und Marie vergaßen über der Lust der Kleinen auf einen Augenblick ihr ärmstes, unglücklichstes Kind; erst als Johannes ungeduldig ausrief: „Aber, wo ist denn wieder die Lilli?" eilten sie in die Kammer, nach ihr zu sehen. Da lag sie auf den Knieen, das glühende Gesicht von Thränen überströmt, und als Marie sie, selber schluchzend, liebevoll in die Arme schloß, rief sie mit herzzerreißendem Tone: „O, nun kommt er nimmer, nimmermehr!" In der Oberstube, in welcher Hermann ein Jahr vorher in derselben Nacht von Lilli geträumt, lag sie nun in irren Fieberphantasien, dem Tode nah. Sie hatte alle Hoffnung auf diese eine Stunde gesetzt und sie mit beispielloser Geduld und Selbstbeherrschung erwartet. In Stunden der glühendsten Sehnsucht war es ihr wie zur fixen Idee geworden,

Hermann müſſe am Weihnachtsabend kommen, und als nun
die Glocke läutete, die Lichter brannten und er immer nicht
erſchien — da brach ihre phyſiſche und moraliſche Kraft zu=
ſammen. Eine heftige Hirnentzündung bedrohte ihr Leben! —

XIII.

Als Hermann bei ſeinem Bruder um Lilli's Hand
warb, war er weder der erſte Mann, noch wird er der
letzte ſein, der zwei Mädchen zugleich ſeiner Liebe verſichert
hatte. Wie er ſeinem Bruder ſagte: „ich bin ſo gut als
verlobt", ſprach er die Wahrheit, als er dies ſpäter für
einen halben Scherz erklärte, war es Lüge. Das Mädchen,
dem er eigentlich ſchon angehörte, war die Tochter eines
angeſehenen Arztes in N., der dem jungen Militärarzt
wohlmeinte und ihn häufig mit ſich zu ſeinen Kranken nahm.
Seine Tochter war jung, hübſch, kokett, und liebte ſie auch
Hermann keineswegs ſo ſehr wie ſpäter Lilli, ſo ſchmeichelte
es ihn doch ſehr, daß ſie ihn auszeichnete; und der Vater
ließ ihn gelegentlich durchblicken, daß ein junger Arzt ihm
als Schwiegerſohn willkommen ſein würde, um ihm einſt
ſeine Praxis zu übergeben. So hatte ſich ein Liebes=
verhältniß zwiſchen ihm und Henrietten angeſponnen, doch
ehe noch das beſtimmende Wort mit dem Vater gewechſelt
war, ſtarb plötzlich Henriettens Mutter, und die nieder=
ländiſche Etikette erlaubte es nicht, in dieſem Augenblick
eine Verlobung öffentlich zu erklären. Hermann, der ſchon

lange Sehnsucht gehabt, seine Heimath und seinen Bruder
wiederzusehen, benutzte diese Zwischenzeit zu einem Ausflug nach Deutschland und konnte es um so eher thun, als
er wohl wußte, daß Henriette nicht am Trennungsweh
sterben, sondern sich auch anderweitig amüsiren werde.

Seine leicht bewegliche Natur ließ ihn, wie wir gesehen, bald wieder Geschmack an dem deutschen Leben finden, und Lilli erfüllte sein Herz mit einer Neigung, die
wenigstens so lange er in ihrer Nähe weilte, wirklich tief
und aufrichtig war. Aber je weiter und länger er sich von
ihr entfernte, je mehr verlor sie und die Heimath wiederum
an Reiz. Das ihm neugewordene Leben der Garnison
unterhielt ihn, und obgleich er am Anfang wirklich nicht
daran dachte, dazubleiben und auch gleich um seinen Abschied nachsuchte, so war es ihm doch gar nicht unangenehm,
daß es damit länger dauerte, als er vermuthet hatte.
Seine Freunde, denen es leid war, den muntern Kame-
raden zu verlieren, lachten ihn aus über den tugendhaften
Entschluß, seiner Carrière zu entsagen und sich auf das
Land zurückzuziehen. Auch Henrietten häufig zu begegnen,
konnte er nicht vermeiden, und sie bot alle ihre kleinen
Künste auf, den entflohenen Liebhaber wieder an sich zu
fesseln. Er hatte ihr zwar, für ihn noch reblich genug,
nach seiner Verlobung mit Lilli eine Art von Absagebrief
geschrieben, sie war aber so liebenswürdig, ihn entweder
nicht verstanden oder schon wieder vergessen zu haben, als

Hermann zurückkam. Sie begriff es eben so wenig, als er ihr zu verstehen gab, er habe sich in ein Mädchen in seiner Heimath verliebt; Hermann gefiel ihr und sie dachte gar nicht daran, ihn wegen einer Andern aufzugeben. Poeten nennen das zuweilen „weibliche Hingebung“, es scheint, als ob der gelinde Ausdruck „gewöhnlich“ diese Hingebung besser bezeichne.

Eine Erbschaft von einem Onkel, die Henrietten zur selben Zeit zufiel, that gleichfalls das Ihrige. Das Leben, welches Hermann an Lilli's Seite erwartete, war, obgleich sie auch nicht unvermögend, doch in jedem Fall ein mühseliges und beschwerliches, während er es hier bequemer haben konnte. Die Aussicht auf einen baldigen Abschied ward immer zweifelhafter, und wenn er auch Lilli zu sich holte, so war seine Aussicht auf Praxis in der Stadt gering, sobald er durch eine andere Heirath sich mit Henriettens Vater verfeindete. Er spiegelte sich vor, Lilli werde sich doch wohl nur schwer an das Leben in einem fremden Land gewöhnen, und sollte er allein um ihretwillen seine Liebenswürdigkeit und seine Geschicklichkeit als Arzt unter einer Bevölkerung von Bauern vergraben? Mit jedem Tag erschien ihm dies Opfer größer, mit jedem Tag übte Henriettens Koketterie mehr Macht über ihn aus, genug — Schwäche und Gemeinheit von beiden Seiten schlossen, wie schon so oft im Leben, einen Pakt miteinander, und Lilli's Lebensglück war geopfert!

„Wie ist er doch so gut!" hatte sie oft mit strahlenden Blicken gesagt, und seine anscheinende Güte war es, die ihm zuerst ihr Herz gewann; und Lilli täuschte sich nicht allein, Hermann galt allgemein für einen „gar zu guten Menschen". Aber wie fälschlich wird sie oft gepriesen, diese Gutmüthigkeit der Schwachen! Nein! nur die starken sind auch die wahrhaft guten Herzen, wenn sie auch nicht ewig damit zu prunken und schön zu thun wissen. Es ist wahr, Hermann konnte direct Niemand etwas zu Leide thun, aber er bebte nicht davor zurück, Lilli grenzenlos zu betrügen, sie monatelang auf die Folter ungestillter Sehnsucht und Erwartung zu spannen, sie dem Tode nahe zu bringen und nur aus feiger Schwäche, denn selbst als seine Untreue schon entschieden war, konnte er sich nicht dazu entschließen, sie wenigstens offen davon in Kenntniß zu setzen, weil es gleichfalls nur das Merkmal des Starken ist, seine Fehler zum mindesten selbstständig zu vertreten. Elende, erbärmliche Schwäche! Ihre Folgen sind weit schrecklicher, als die der Bosheit, weil man diese leicht erkennen und sich vor ihr schützen kann; aber mit sanften Worten und Blicken voll Güte schmeichelt sich der Schwache in die Herzen ein, die er dann ebenso gedankenlos verläßt, wie er ihnen gedankenlos näher trat.

An Lilli's Krankenlager schrieb der Doctor einen Brief voll zorniger Anklagen und Vorwürfe an den Bruder und schonte dabei seiner selbst nicht, indem er sich bitter anklagte, ihm zu leichtsinnig vertraut zu haben, als er ihm Lilli verlobte.

Es erfolgte endlich eine Antwort voll leerer Phrasen von Lilli's hinreißender Liebenswürdigkeit, der er nicht habe widerstehen können, früheren Verpflichtungen und leeren Entschuldigungen. Das Schlimmste, was der Doctor und Marie gefürchtet und doch nicht glauben konnten, stand mit dürren Worten darin.

Hermann war im Begriff, ein anderes Mädchen zu heirathen und er klagte sich nur an, daß er es zu lange verschoben, Lilli davon in Kenntniß zu setzen, weil er immer gefürchtet, ihr damit wehe zu thun.

„Der elende Wicht!" sagte der Doctor und zerdrückte den Brief, „wenn wir dies dem armen Kinde sagen, wird sie auf's Neue erkranken."

Marie schüttelte den Kopf: „Ohne daß sie dieß weiß, ist sie von ihrem Unglück überzeugt. Seit sie wieder bei Besinnung ist, murmelt sie, so oft sie sich allein glaubt, die Worte vor sich hin: „O Gott! er hat mich nie geliebt!'"

„Nein, das hat er auch nicht," sagte der Doctor schmerzlich; „es war ihm zu still, zu einförmig bei uns, da wollte er sich eine Unterhaltung machen, wie ein böser Geist schlich er sich in mein Haus; o arme, arme Lilli!"

Wochenlang hatte Lilli zwischen Tod und Leben geschwebt und nur der unermüdlichen Pflege und Sorgfalt ihrer Freunde gelang es, sie dem Dasein zu erhalten. Aber

welchem Dasein? Auch als das Fieber nachgelassen, lag
sie noch Wochenlang stumm, starr und theilnahmlos da. —
Die alte Tante, schon lange ihrer Auflösung nahe, war
während Lilli's Krankheit ruhig entschlafen, Lilli ihr
Häuschen, einige tausend Gulden und die Sorge für ihre
alte Magd hinterlassend. Sie hörte Alles das an ohne
Theilnahme, sie glich der Raupe, die eingepuppt daliegt
und von der Niemand weiß, ob sie in schöner Gestalt sich
zu neuem Leben aufschwingen oder vergehen wird. Endlich
siegten der nahende Frühling, ihre Jugendkraft und der
Zauber der ausdauernden Liebe, die sie umgab und sich
wie ein linder Balsam auf ihr todtmüdes Herz legte.
Ende März konnte sie wieder heruntergehen, sich an den
warmen Sonnenstrahlen erfreuen und neue Lebenskraft
aus ihnen schöpfen. Aber Hermann's Namen nannte sie,
seit die Fieberphantasien sie verlassen, nicht mehr; erst eines
Tages, als Johannes jubelnd hereinkam, seiner „goldigen
Lilli" wieder das erste Veilchen zu bringen und sie recht
damit zu erfreuen vermeinte, schmolz die starre Eisrinde,
die sich um ihr Inneres gelegt hatte. Die ganze Macht
der Erinnerung stürzte über sie herein und sie brach in
heiße, lang entbehrte Thränen aus. Nachdem sie sich einigermaßen beruhigt, sagte sie zu dem Doctor, der mit seiner
Frau bei ihr saß, indem sie seine Hand ergriff: „Wißt
Ihr etwas von ihm, Schwager, so sagt es mir, ich kann
es jetzt hören."

Der Doctor theilte ihr so schonend als möglich den Inhalt von Hermann's Brief mit; sie hörte schweigend zu.
Als er geendet, sah sie Marien mit einem schmerzlichen
Lächeln an und sagte nur: „Siehst Du wohl, er hat mich
nie geliebt!"

Von diesem Tag an erholte sich Lilli rascher. Sie fing
wieder an zu arbeiten und zeigte in ihrem ganzen Wesen
ein rührendes Bestreben, sich über ihren namenlosen
Schmerz zu erheben. Mit der alten Katharine blieb sie
in ihrem kleinen Häuschen wohnen, aber den ganzen Tag
brachte sie bei ihrer treuen Marie zu. Sonst ging sie nirgends hin; die Welt grünte und blühte, aber nicht für sie.
Sie mochte keine Blume sehen, keinen Vogel singen hören.
Es war nicht möglich, sie zu dem kleinsten Spaziergang zu
bewegen. „Ja, wenn Schnee und Eis draußen wäre," sagte
sie, so oft Marie sie darum bat. Ostern war längst vorüber,
Pfingsten kam und gleich nachher der schreckliche Tag, an dem
Lilli unter der Tanne von Hermann Abschied genommen.

„Morgen komme ich nicht," sagte sie am Abend vorher
tonlos zu Marie und diese fragte nicht warum.

Mit dem Frühsten war Lilli heraus, kleidete sich an und
ging mit langsamen, unsicheren Schritten zum Dorf hinaus.
Sie hörte nicht den Lerchengesang, der aus der jungen,
wogenden Saat emporstieg, sie fühlte nicht den Morgen-
thau, der ihre Füße netzte, nicht die reine, frische Himmels-
luft, die sie umwehte. Wie von einer unsichtbaren Macht

ward sie fortgezogen und nur der eine Gedanke, nur das eine Gefühl war deutlich in ihr, bis zur Tanne zu gehen und da sich hinzulegen — zum Sterben. Der Weg war weit und ihre Füße noch so matt von der langen Krankheit, aber unaufhaltsam ging sie fort, bis der grüne Schatten des Baumes sie aufnahm. Sie glitt an dem Stamm nieder, auf das dichte Gras, das ihn umgab, lehnte den Kopf an die harte Rinde und schloß die Augen. In dem Wipfel der Tanne rauschte der Morgenwind — leise, leise wiegte er das arme Kind, das da unten saß in Schlaf und Traum. Wieder spielte die Sonne auf ihren blonden Haaren, die sich in leichten Löckchen um die weiße Stirne schmiegten, denn die langen Flechten hatte man ihr während der Krankheit abgeschnitten und sie sah sich im Traum als Christkindchen, wie sie umringt von der frohen Kinderschaar unter dem Weihnachtsbaume stand. Aber ein anderes Gefühl als damals bewegte ihr Herz; es war nicht mehr die harmlos-heitere Empfindung, als ob sie nur die Aelteste unter dem kleinen Volke sei, sondern sie fühlte sich als Segenspenderin, die gesendet war, ihnen Glück und Freude zu bringen. Ein unendliches Wohlbehagen, eine süße Ruhe, wie sie dieselbe seit lange nicht empfunden, durchzog ihr Herz. Sie gab im Traume immerfort mit vollen Händen und je mehr sie spendete, je leichter hob sich ihre Brust. Der bittere Schmerz, der gleich einem Stein auf ihrer Seele lag, war wie fortgewälzt und aus dem Grabe ihres Glückes

stieg ein lichter Engel empor, der ihr gebot, für Andrer
Glück und Freude zu leben!

Leise athmend, mit verklärtem Antlitz lag Lilli so lange
schlummernd da; die Sonne stand schon hoch am Himmel,
als sie endlich erwachte und verwundert um sich schaute.
Aber wie ganz anders erschien ihr jetzt die Welt — sie
empfand wieder die ewige tröstende Schönheit der Natur
um sich her, sie konnte sich wieder freuen über die kleinen
Blumen, die zu ihren Füßen blühten und die bunten
Schmetterlinge, die über die Haide dahinjagten. Thränen,
aber erquickende, erleichternde Thränen, denn die Wehmuth, nicht die Trostlosigkeit lockten sie hervor, quollen aus
ihren Augen, sie sank auf die Kniee, faltete die Hände,
Alles, was sie erlebt und gelitten, zog noch einmal klar
durch ihre Seele und am Schluß ihrer schrecklichen Prüfung
stand der milde, tröstliche Traum von vorhin.

Es war Gebet, das höchste, heiligste Gebet, wie ihre Seele
in dieser Stunde nach Kraft und Klarheit rang, ohne daß ein
gedachtes, oder gesprochenes Wort ihm Form und Inhalt
gab; aber sein Segen strömte voll und ganz auf sie herab.

„Nicht blos Christkind spielen, sondern auch Christkind
sein," flüsterte sie leise vor sich hin, als sie sich endlich
aus ihrem langen Nachdenken erhob und sich nun stark und
kräftig genug fühlte, den Heimweg wieder anzutreten, den
Heimweg, von dem sie nicht gedacht, daß er sie wieder nach
Hause führen würde.

Noch einmal, ehe sie ging, schweifte ihr Blick über die weite Ebene, da fielen ihr die Worte ein, die ihr der Pfarrer einst mit einem Strauß geschickt: „O,“ rief sie mit lauter Stimme, „jetzt bin ich stark, was auch noch kommen mag — mich kann jetzt nichts mehr kränken!“

Von diesem Tage an war Lilli wieder fast wie früher, nur Marie wußte, daß die geheime Wunde ihre Seele noch nicht ausgeblutet. Wenn sie den ganzen Tag mit ihrer Freundin wacker gearbeitet, jede Mühe und Sorge mit ihr getheilt hatte und dann am Abend Abschied von ihr nahm, da legte sie oft den Kopf auf ihre Schulter und leise Thränen rannen über ihr bleiches Gesicht — aber sonst war sie äußerlich heiter und freundlich, wie man es gewohnt war, sie früher zu sehen.

Doch es gab noch Etwas, das Lilli trotz ihrer Resignation „kränken konnte“, dies Eine blieb nicht aus und traf ihr Gefühl wiederum an seiner empfindlichsten Stelle. Es schien, als wolle das Geschick das friedliche Doctorhaus mit seinen härtesten Schlägen verfolgen, denn als der Herbst kam, fing Marie an zu kränkeln, und nachdem sie sich noch einige Zeit aufrecht gehalten und man ein stilles, trübes Weihnachtsfest gefeiert, mußte sie sich gleich nach den Feiertagen ganz niederlegen. Sie war brustkrank und ihr Mann schüttelte trübe sein sorgenschweres Haupt, wenn er sah, wie sie täglich durchsichtiger wurde und immer mehr dahinschwand. Lilli hatte ihr eigenes Leid ganz vergessen;

sie war Krankenpflegerin, Hausfrau, Mutter zu gleicher
Zeit und die Bärbel meinte, die Jungfer Lilli müsse wohl
zwanzig Hände haben, so geschickt und rasch wußte sie Alles in
Ordnung zu bringen und die Kinder in Ruhe zu halten. Sie
spielte um die Kranke wie ein Sonnenstrahl und den Doctor
erhielt sie trotz alles Hauskreuzes immer bei guter Laune.

„Sie ist wirklich ein Engel," sagte er oft zu seiner
Frau, „und dem Hermann kann es nimmermehr gut gehen,
weil er einen solchen Schatz von sich werfen konnte!"

„Sie ist aber auch mein ganzer Trost und meine ganze
Hoffnung," flüsterte dann die Kranke und gab damit nicht
undeutlich zu verstehen, daß sie wohl fühle, wie für sie
selber bald alle Hoffnung vorüber sei. Schneller als selbst
ihr erfahrener Gatte glaubte, ging sie dem Grabe zu.

Eines Sonntagnachmittags war sie mit Lilli allein;
die Kinder hatte man mit der Bärbel weggeschickt, da faßte
sie ihrer jungen Freundin Hand und sagte: „Höre, Lilli,
Eines mußt Du mir versprechen, denn ich weiß, daß ich
bald, sehr bald nicht mehr bei Euch bin — verlaß' meine
armen Kinder nicht!" Lilli knieete neben Mariens Lager
und verbarg ihr Gesicht in das Kissen, denn sie konnte ihre
Thränen nicht unterdrücken.

„Nie, nie!" sagte sie endlich leise, „ich schwöre es Dir!"

„O, ich weiß, Du wirst es halten," sagte die Kranke,
und ein freundliches Lächeln glitt über ihr Gesicht, „aber
noch um Eines, Lilli — möcht' ich Dich bitten" — sie

stockte und sah die Freundin an, welche die Augen tief
niedergesenkt hatte. „Lilli — mein Mann wird wohl" —
in diesem Augenblick bemerkte sie, wie Lilli's Blicke sich in
Todesangst flehend zu ihr emporhoben und ihre Hand zitterte wie ein Blatt in der ihrigen. Einen Moment sahen
sich die Freundinnen stumm einander an, dann legte Marie
den Kopf nieder und sagte: „Nein, es ist genug — Lilli
— Du wirst es machen, wie es recht ist, für meine Kinder
ist jedenfalls gesorgt!" Lilli antwortete nicht, aber wie in
überwallendem Dankgefühl preßte sie ihre Lippen auf
Mariens fieberglühende Hand. —

Am nächsten Sonntag trug man ihre Leiche den Kirchhofspfad hinauf und im Doctorhause war unsägliches Leid
und tiefe, tiefe Trauer.

Was Lilli ihrer sterbenden Freundin versprochen, hielt
sie treulich; mit unermüdlicher Sorgfalt und Umsicht verwaltete sie das Hauswesen und erzog sie die Kinder. Sie
blieb in ihrem Häuschen wohnen, aber der frühe Morgen,
wie der späte Abend fand sie im Doctorhause und die ganze
Familie erholte sich durch ihre Gegenwart rascher von dem
Schlage, welcher sie getroffen, als dies sonst möglich gewesen. So innig sind im Leben die materiellen Bedürfnisse mit den geistigen verflochten, daß selbst diejenigen
Prüfungen, die das Herz am schwersten treffen, sich leichter ausgleichen und weniger bitter nachgefühlt werden,
wenn nicht auch noch das materielle, tägliche Unbehagen

hinzutritt. In ihrer Thätigkeit vergaß Lilli wie immer
das eigene Herzeleid; sie mußte sich tüchtig rühren, um
nun Alles allein fertig zu bringen, was sie sonst zu Zweien
unter traulichen Gesprächen geschafft. Einen treuen, un=
ermüdlichen Freund hatte sie in dem Pfarrer gewonnen,
der ihr überall mit Rath und That zur Hand ging und den
bedurfte sie öfter, denn der Doctor war fast immer draußen
und die Buben wurden mit jedem Tage größer, wilder und
unbändiger. In Lilli's Krankheit hatte es der Pfarrer be=
währt, daß er ihr wirklich gut bleibe, für's Leben. Kein
Tag verging, an dem er nicht an das Fenster klopfte und
sich erkundigte, wie es ihr gehe. Als sie wieder gesund
war, hatte er es mit dem zarten Tact tieffühlenden Herzens
vermieden, ihr sein bleiches Gesicht zu zeigen, auf dem sie
zu deutlich den Wiederschein ihres eigenen Leidens und den
Ausdruck des tiefsten Mitgefühls gelesen hätte. Erst nach
geraumer Zeit näherte er sich wieder allgemach und nur
einem so ächten Zartgefühl wie dem seinigen gelang es,
ihr jede Erinnerung an früher, sowohl an ihr wie an sein
Mißgeschick fernzuhalten. Er kannte Lilli so gut, daß er
ihr lange Zeit nur als Freund nahe stehen, keine seiner
früheren Empfindungen für sie verrathen durfte, wenn er
sie nicht verletzen — ach! vielleicht doch noch gewinnen
wollte. Da starb Marie, und Alles gewann wieder ein
anderes Ansehen. Aber er ließ sich nicht irren; noch freund=
schaftlicher, noch hülfreicher und thätiger trat er ihr näher,

und ein inniges Freundschaftsband verknüpfte ihn mit ihr
und dem Doctor. Jeden Sonntag Nachmittag, wenn der
Gottesdienst vorüber war, kam der Pfarrer nach S., trank
seinen Kaffee mit ihnen, und wenn es einmal nicht geschehen
konnte, dann fehlte Jedem Etwas.

So verstrich ein Jahr und Niemand fand etwas dabei,
daß Lilli dem „Schwager", wie sie ihn fortwährend nannte,
die Wirthschaft führte und die Kinder erzog. Aber als
das Jahr vorüber war, da steckten alle Leute die Köpfe
zusammen, und was man schon längst bei sich heimlich aus=
gemacht, wurde nun laut ausgesprochen. Daß der Doctor
die Lilli heirathen werde, dies lag ja so auf der Hand, daß
jedes Kind es begreifen konnte. Man sagte es ihm endlich
unverhohlen, ja man machte ihm begreiflich, daß es sich
eigentlich gar nicht schicke, wie Lilli den ganzen Tag drüben
bei ihm sitze und daß er sie nun, da das Trauerjahr vorüber,
unfehlbar heirathen müsse. Der Doctor fand die Sache
nicht minder natürlich, wie alle Vettern und Basen und
verlangte gar nicht mehr, als die Schwägerin zu seiner
Frau zu machen. Aber Lilli? Die gefälligen Menschen,
die Alles für Andere in Ordnung bringen und auch seiner=
zeit Lilli wegen ihres Unglücks recht bedauert hatten, waren
nun doch fest überzeugt, daß die Jungfer Lilli, nachdem sie
der Hermann habe sitzen lassen, jetzt gewiß den Doctor von
Herzen gern nehmen werde. Doch ganz so sicher fühlte
sich dieser nicht, er kannte Lilli besser und wußte, daß sie

immer ihre eigenen Gedanken habe. Was ihn hoffen ließ, war der Umstand, daß er fest überzeugt war, man habe sie gewiß auch nicht mit Andeutungen ähnlicher Art wie ihn verschont, und da sie immer gleich freundlich und thätig blieb, so zog er daraus den Schluß, sie sei einer Heirath mit ihm wohl auch nicht abgeneigt. Doch war dem nicht so — in jedem andern Fall hätte man sicher Lilli mit Neckereien und Sticheleien nicht verschont, aber die Weihe des Unglücks übt selbst auf die rohsten Gemüther einen Einfluß aus, dem sie sich nicht entziehen können. Wer in ihr bleiches Gesicht und die blauen Augen sah, die seit zwei Jahren viel größer und tiefer geworden waren, der erkannte darin so deutliche Spuren dessen, was sie gelitten, daß man es nicht wagte, das Wort „Heirath" bei ihr auszusprechen.

Derselbe ruhige, melancholische Blick war es auch, der den Doktor immer wieder zurückschreckte, ihr die entscheidende Frage vorzulegen, und es verstrich Woche um Woche und im Doctorhause blieb es fortwährend beim Alten. Nur in des Doctors Herz war seit einiger Zeit eine Veränderung vorgegangen. Er hatte Lilli immer innig geliebt — erst als Kind, dann wie seine Schwägerin, aber nun fing er plötzlich an zu merken, daß sie ihm zu seinem eigenen Lebensglück unentbehrlich geworden. Lilli's Schicksal hatte in dem stillen Hause Stürme des Herzens und Gefühls heraufbeschworen, die er in solcher noch nicht gesehen. Unendliches Mitleid mit ihrem Schicksal, unendliche Dankbarkeit für die Aufopferung, mit der sie sich ihm und seinen Kindern widmete, unendliche Achtung vor der sittlichen Kraft, mit der sie Alles ertrug — hatten ihm nach und nach eine Empfindung für sie eingeflößt, die er bis jetzt in solcher Stärke noch nicht gekannt und die in Wahrheit tiefe, leidenschaftliche Liebe war. Das Gefühl wird nicht alt — der Doctor liebte trotz seiner fünfundvierzig Jahre warm wie ein Jüngling und hegte den glühenden Wunsch, Gegenliebe zu finden.

So entschloß er sich endlich zu reden, und bat eines Morgens Lilli, ihn am Nachmittage drüben in ihrem Stübchen zu erwarten, da er etwas mit ihr zu sprechen habe und man in seinem Hause bei dem ewigen Kinderlärm zu keinem vernünftigen Wort komme. Lilli erschrak, sie war doch nicht so ganz unvorbereitet auf das, was kommen konnte, und der Gedanke an diese Unterredung berührte sie sehr unbehaglich. Schon früher war es ihr immer zu Muthe, als müsse sie vor einer Liebeserklärung davon= laufen wie weit — und nun!

Sie ging nach Tisch auf den Kirchhof an Mariens Grab, das unter ihrer sorgfältigen Pflege wie ein kleiner Garten prangte. Sie meinte dort das Rechte zu finden, aber in wilder Unordnung jagten ihre Gedanken und Gefühle durcheinan= der und sie stand noch immer an der Kirchhofsmauer, als drunten im Dorf schon die Stunde schlug, zu welcher der Schwager zu ihr kommen wollte. Sie trat schnell den

Rückweg an, sprang den Hügel hinab, wie sonst in der glücklichen Jugendzeit, und beruhigte sich unterwegs mit dem Gedanken, der Schwager habe ihr wohl etwas ganz Anderes zu sagen, als sie sich vorstelle. Die Wangen hoch= geröthet, trat sie in ihr kleines Stübchen mit den kleinen, runden in Blei gefaßten Scheiben, dem großen Kachelofen und der uralten Einrichtung. Lilli hatte Alles gelassen, wie es bei der Tante war, sie kam ja kaum herüber und empfand es darum nicht, was ihm an Behaglichkeit fehlte.

Der Doctor war schon da, er saß auf der Fensterbank und betrachtete Lilli mit sichtlichem Wohlgefallen.

„Wie gut Ihr aussehr, Schwägerin," sagte er, „so gut wie seit lange nicht!"

„Ich bin warm vom raschen Gehen," sagte sie und strich mit der Hand über das Gesicht.

„Nein, Lilli, Ihr seht wirklich gut und gesund aus; die Arbeit bekommt Euch nicht schlecht, wenn ich auch oft denke, Ihr strengt Euch zu sehr an — für mich."

„Ich thue nur meine Schuldigkeit," antwortete sie, und setzte sich auf einen Schemel, dem Doctor gegenüber, „das habe ich Marien auf dem Todtenbette gelobt, für Euch und die Kinder zu sorgen, wie sie selbst."

„Habt Ihr sonst nichts gelobt?" fragte der Doctor und sah ihr voll in die Augen.

Lilli hielt seinen Blick aus und antwortete ruhig: „Nein, sonst nichts!"

„Wollt Ihr auch ferner Sorge für uns tragen?" fragte er wieder mit unsicherer Stimme; er suchte nach Worten und konnte das rechte nicht finden.

„Gewiß, Schwager, ganz gewiß!" rief Lilli, der es auf einmal ganz leicht um's Herz wurde, freudig. Aber sie irrte sich.

„Nun, Lilli," fuhr der Doctor muthiger fort, „Ihr wißt, wie es auf dem Lande ist; die Leute zucken die Achseln und reden darüber, daß Ihr den ganzen Tag drüben bei mir seid, und sie meinen — ja nun — sie meinen — es wäre doch schicklicher, wenn Ihr meine Frau würdet!"

Lilli preßte die Hände krampfhaft zusammen, so war es also doch gekommen, was sie gefürchtet, sie sah vor sich nieder und schwieg.

„Ich meine, der Entschluß könne Euch so schwer nicht werden," fing der Doctor wieder an, „meine Kinder hängen an Euch wie an einer Mutter, und Ihr liebt sie, als ob sie Euere eigenen wären. Soll ich an eine fremde Thür klopfen? Soll ich ihnen eine Stiefmutter geben, an die sie sich erst langsam gewöhnen müssen und die vielleicht kein Herz für sie hat?"

Lilli fühlte die tiefe Wahrheit, die in diesen Worten lag — hatte sie sich's nicht gelobt, nur für Andere zu leben und für wen konnte sie dies lieber thun, als für die Kinder ihrer theuren, verstorbenen Freundin?

Sie athmete schwer auf und sagte endlich mit gepreßter

Stimme: „Muß es denn durchaus geheirathet sein? Können wir nicht so miteinander fortleben wie bisher? Wir waren ja ganz glücklich und zufrieden dabei."

„So bin ich Euch also persönlich zuwider?" sagte der Doctor gereizt und eine dunkle Röthe bedeckte sein Gesicht.

„Schwager!" antwortete Lilli vorwurfsvoll und reichte ihm die Hand, „ich meinte nur, ein solcher Schritt sei gar nicht nöthig."

„Ja, er ist's!" entgegnete er aufgeregt, „Ihr kennt die Welt und die Menschen nicht, man lacht und stichelt hinter unserem Rücken, das kann nicht so fortgehen. Lilli, wollt Ihr meinen Kindern nicht auch in Wirklichkeit Mutter werden?"

Lilli's Brust hob sich im schweren Kampf; die Pflicht gebot ihr Ja zu sagen, aber ihr ganzes Wesen fühlte sich wie vernichtet bei dem Gedanken an eine Heirath ohne tiefe, zärtliche Neigung von ihrer Seite; dennoch — glaubte sie einen Augenblick nachgeben zu müssen.

. „Schwager," flüsterte sie und ihr Kopf sank auf ihre Brust, „Ihr wißt, mein Leben ist geknickt." —

Sie konnte nicht ausreden, der Doctor lag zu ihren Füßen und hielt ihre Hände fest. „Lilli," rief er, „ich muß Euch Alles sagen! Auch mich beglückt Ihr unendlich, wenn Ihr mein liebes, theures Weib werden wollt. Ich liebe Euch mehr, tausendmal mehr, als jener Falsche, Ungetreue, und an meinem Herzen sollt Ihr Alles wiederfinden, was Ihr dort verloren!"

Vor Lilli's Augen zerriß ein Schleier, sie raffte sich von ihrem Sitze auf, zog ihre Hände aus denen des Schwagers und lehnte ihr erglühendes Gesicht an das Fenster. Sie konnte des Doctors Weib nicht werden, es war unmöglich! Den Bitten des Vaters, der eine Mutter für seine Kinder verlangte, wäre sie fast erlegen, aber dem Manne, der Liebe und eheliches Glück von ihr erwartete, dem konnte sie nicht folgen. Nach einer Minute drehte sie sich um und sagte: „Schwager, ich kann so schnell nicht einig mit mir werden. Kommt morgen wieder, dann will ich Euch Alles sagen!"

Der Doctor sah sie betroffen an: „Lilli," antwortete er schmerzlich, „müßt Ihr wirklich Bedenkzeit haben?"

„Ja, ich muß!" sagte sie fest und drückte beide Hände vor das Gesicht.

„So lebt denn wohl, bis morgen," sprach er, und verließ das Haus, ohne ihr die Hand zum Abschied gereicht zu haben. Es war der erste Abend seit Mariens Tod, den Lilli nicht bei ihren Kindern zubrachte; sie ließ der Bärbel sagen, sie sei unwohl und müsse sich zu Bette legen. Die Bärbel hatte ihren Herrn hinübergehen sehen in das „Tantenhäuschen," wie es die Kinder nannten, und dies, mit dem Umstand zusammengehalten, daß die Jungfer so plötzlich krank ward, war ein auffallendes Ereigniß. „Nun wird's losgehen!" sagte sie zu der Kathrine, welche die Botschaft überbracht hatte, und war diesen Tag noch viel zerstreuter als sonst, wo sie außer an ihren Schatz auch noch an die nahe Hochzeit denken mußte. Sie glaubte, wie alle Leute, eher an des Himmels Einsturz, als daß die Jungfer Lilli dem Doctor einen Korb geben könne.

Das arme, schwergeprüfte Mädchen verbrachte die ganze Nacht im schmerzlichsten Seelenkampf. Sie war zu jedem Opfer bereit, wollte für den Schwager und seine Familie arbeiten Tag und Nacht, nur ihr eigenstes Selbst konnte sie nicht aufgeben. Sie rief es sich zwar vor den Geist, wie viele Heirathen aus Vernunft und ruhiger Ueber= legung geschlossen werden, hatte sie ein Recht, sich diesem Loos zu entziehen? Aber bei dem bloßen Gedanken an eine solche Ehe stieg ihr alles Blut zum Kopf und ihr Herz stand still. Es war ihr nicht möglich, einem Manne anders als durch die zärtlichste Hinneigung anzugehören. Den Doctor hatte sie stets verehrt wie einen Vater, wie ihren besten Freund, aber sie bebte vor ihm zurück, sobald sie ihn sich als Liebhaber, sich selbst an Mariens Stelle dachte. „Es kann nicht sein!" sagte sie endlich dumpf, „ich würde dies Opfer nur bringen, um mich selbst zu verderben; ich würde elend und krank werden und nach einem Jahre müßte man mich an Mariens Seite betten!"

Als der Doctor kam, um die Antwort zu holen, war sie ruhig und gefaßt, sie reichte ihm die Hand, ließ ihn sitzen und sagte: „Schwager, ich habe mir Euren Wunsch noch einmal wohl überlegt und will Euch sagen, was ich

herausgefunden. Seht, wir sind ja vernünftige Leute und
suchen unsere Schuldigkeit zu thun, wie es Recht ist —
was kann uns da das Geschwätz der Leute kümmern?
Laßt uns so fortleben, wie bisher. Es ging ja Alles ganz
gut, warum wollen wir unsere Lage ändern, in der wir uns
Alle wohl fühlen, um ein neues Band zu knüpfen, von dem
Ihr im Voraus gar nicht wissen könnt, ob es Euch auch
wirklich beglückt?"

„Das weiß ich aber," sagte der Doctor kurz.

„Nein, Ihr meint es nur; ich bin anders, ganz anders
als Marie war, habe mich an eine gewisse Selbstständig=
keit gewöhnt, die ich nicht leicht aufgeben kann und die
Euch vielleicht gar nicht gefiele. So wie wir jetzt mit=
einander stehen, wissen wir, daß wir zusammen auskommen,
wer weiß, ob dies der Fall wäre, wenn uns ein engeres
Band verknüpfte. Die Leute mögen noch ein halbes Jahr
lang reden; wenn sie sehen, daß es nicht anders ist, werden
sie sich schon daran gewöhnen."

„Ihr seid stark in Ausflüchten, Schwägerin," sagte der
Doctor tief aufseufzend, „der wahre Grund ist: Ihr mögt
mich nicht, ich bin Euch zuwider!"

„Ihr thut mir weh," rief Lilli schmerzlich, „Ihr seid
mir nicht zuwider, aber Ihr verlangt etwas von mir, was
ich nicht mehr geben kann, die Liebe und zärtliche Zuneigung
einer Gattin. Ihr wißt doch, daß dies für mich vorüber
ist. Ich biete Euch Alles an, was ich besitze, meinen Fleiß,

meine Zeit, meine ganze Lebenskraft, Eueren Kindern treue
Mutter=, Euch treue Schwesterliebe, warum wollt Ihr noch
mehr?" Lilli war hinreißend schön, als sie so vor ihm
stand, die Hände gefaltet und das große, in Thränen
schwimmende Auge auf ihn gerichtet.

Die Fluth der Leidenschaft wogte höher und höher auf
in seinem Herzen. „O," rief er heftig, „ich sehe es nun
wohl, was ich mich zu glauben sträubte! Ihr liebt ihn
immer noch, den ich mit Verachtung und Herzeleid Bruder
nenne. Euer schwaches Herz kann sich von der Erinnerung
an ihn nicht losmachen und so weiset Ihr eine treue Brust
zurück, an der Euch das verlorene Glück neu erblühen
könnte. Er war Eurer Liebe so unwerth, wie der Staub
zu Euren Füßen und doch trauert Ihr noch um ihn!"

Lilli zuckte bei diesen harten Worten schmerzlich zusam=
men; sie war auf einen Stuhl gesunken und bedeckte ihr
Gesicht mit beiden Händen. An die wundeste Stelle in
ihrem Dasein hatte der Schwager grausam gerührt. Einen
Unwürdigen geliebt zu haben — das ist die Hefe im Leidens=
kelch unglücklicher Liebe, und sie hatte ihn bis auf den letz=
ten Tropfen geleert.

Nach einer Weile richtete sie sich hoch auf. „Schwa=
ger," sagte sie, „es gilt gleich, ob ich ihn noch liebe oder
nicht — soviel bleibt gewiß, mein Herz ist todt für jede
andere Empfindung; daß er meiner unwürdig gewesen,
kann mich nicht trösten, sondern beugt mich nur um so tiefer

hinab. Schwager, zürnt mir nicht, ich kann nicht anders handeln!"

Der Doctor ging aufgeregt mit großen Schritten in dem engen Stübchen hin und her; nach einer Pause sagte er bitter, wie mit sich selbst redend: „Ich kann's Euch am Ende nicht verdenken, daß Ihr mich nicht wollt. Ich bin ein alter Ehekrüppel mit sechs Kindern — da könnt Ihr freilich noch andere Ansprüche machen. Was Ihr da sagt von Euerem Herzen ist eitel Kinderei. Wenn der Rechte kommt, werdet Ihr Euch schon trösten lassen, ich hoffe wenigstens zu Gott, daß Ihr so vernünftig seid."

Lilli hatte mit trübem Lächeln des Schwagers Reden angehört, sie stand auf, trat vor ihn, legte ihm die Hand auf die Schulter und sah ihm fest in's Angesicht: „Seht Ihr, Schwager, daß wir uns jetzt schon nicht mehr ver= stehen? Eure bitteren Worte ❦en mich aber nicht kränken, wenn Ihr ruhig wäret, würdet Ihr sie nicht gesagt haben. Doch hört dies Eine noch," fuhr sie mit feierlich erhobener Stimme fort, „im Augenblick, wo ich Euere Hand zurück= weise, verzichte ich auf jede andere Ehe, die sich mir noch darbieten kann. Wenn ich mich hätte überwinden können zu heirathen, so wäre es nur wegen Euch und Euerer Kin= der gewesen; wozu mich das höchste, dringendste Gefühl der Pflicht nicht vermögen konnte, dazu kann es im Leben für mich keinen andern Beweggrund mehr geben! Ihr könnt über mich gebieten zu jeder Zeit, meine Hülfe bleibt

Euch stets nah, weil keine anderen Bande je mich fesseln
werden!"

Sie schwieg und der Doctor griff gerührt nach ihrer
Hand: „Verzeiht mir, Schwägerin, ich wollte Euch nicht
wehe thun, der Aerger riß mich fort — aber Ihr sollt
meinetwegen Eurem ferneren Glück nicht entsagen!"

„Ich brauche ihm nicht mehr zu entsagen! Es hat mir
entsagt!" rief sie laut weinend. Der Doctor drückte noch
einmal ihre Hand: „So lebt denn wohl, Lilli, es bleibt also
zwischen uns beim Alten!"

Als er nach einer Weile vorüberritt, ging sie hinüber
zu ihren Kindern, die sie einen ganzen Tag lang nicht gesehen
und die sie nun mit Fragen bestürmten, wo sie so lange ge=
wesen. — Aber es blieb doch nicht beim Alten — das un=
befangene Verhältniß zwischen Lilli und dem Doctor war
und blieb gestört, unwillkürlich fingen sie an, sich gegen=
seitig zu meiden. Von Außen kamen Schwätzereien hinzu.
— Nachdem der Doctor einige unbescheidene Fragen, wann
er denn seine Schwägerin heirathe, kurz abgefertigt hatte,
und auch Lilli sich verschiedene Male genöthigt sah, auf's
Bestimmteste zu erklären, daß sie, gegenseitig an so Et=
was gar nicht dächten, fühlte man sich gezwungen, den
Doctor anderweitig zu versorgen. Man schlug ihm bald
dieses, bald jenes Mädchen vor, man versicherte ihn so
dringend, es sei Pflicht gegen seine Kinder, endlich wieder
eine Frau in's Haus zu schaffen, daß er selber es zu glauben

anfing. Marie war nun über anderthalb Jahre todt, Jo=
hannes zwölf Jahre alt: wenn sich die Kinder an eine
zweite Mutter gewöhnen sollten, so war es allerdings die
höchste Zeit. Die Leidenschaft, welche er für Lilli empfun=
den, konnte, sobald ihr einmal jede Hoffnung abgeschnitten
war, bei einem Manne, den eine ernste, anstrengende Thätig=
keit fast ganz in Anspruch nahm, nicht lange vorhalten, und
im Innersten seines Herzens hatte sich jener leichte Groll
gegen Lilli festgesetzt, wie er am Ende selbst die besten
Seelen beschleicht, wenn sie sich mit ihren lebhaftesten
Empfindungen zurückgewiesen sehen. — Eine entfernte An=
verwandte war ihm als sanft, häuslich und besonders
passend für ihn geschildert worden. Er lernte sie näher
kennen und schätzen, fand selbst mit der Zeit, was alle
Männer finden, wenn sie sich zum zweiten Male verheira=
then, daß sie seiner Frau sprechend ähnlich sehe, und einige
Wochen nach dem ersten Zusammentreffen nannte er die
Base Minchen seine Braut.

Es war ein schwüler Hochsommerabend, nur wenige
Sterne flimmerten zwischen den Wolken hindurch, welche
den Himmel bedeckten und jeden Augenblick von zuckenden
Blitzen zerrissen wurden. Lilli saß auf einem alten Baum=
stamm, der in der Einfahrt zu dem Hause lag, ihr kleines
Häuflein um sie her. Sie scherzten und trieben allerlei
Kurzweil, und Lilli lachte mit ihnen fast eben so hell, wie
vor Jahren. Von Zeit zu Zeit beleuchteten Blitze die

Gruppe mit Tageshelle, und schon eine Weile stand der Doctor, verborgen durch den Schatten des Hauses, an der Ecke und schaute dem Treiben zu. Er hatte noch einige Kranke im Dorfe besucht, und man harrte hier seiner Rück= kehr. „Wird dies Alles auch so bleiben?" murmelte er vor sich hin, indem er endlich zu den Kindern trat, die sich jubelnd an ihn hingen. Er ließ es einige Augenblicke ge= schehen, dann rief er der Bärbel und gebot ihr, die Kinder in's Bett zu legen. Auch Lilli wollte gehen, es war ihr jetzt immer so unheimlich, mit dem Schwager allein zu sein, allein er hielt sie fest, setzte sich neben sie und sagte: „Noch ein Wort, Schwägerin, ich muß Euch Etwas anvertrauen!"

Als Lilli schwieg, fuhr er fort: „Ihr strengt Euch über= mäßig an, ich kann es nicht mehr sehen, wie Ihr Euch ab= arbeitet. Je größer die Kinder werden, je größer die Sor= gen — ich muß wohl dafür sorgen, daß Ihr Hülfe bekommt." Er schwieg verlegen und seufzte schwer auf, auch Lilli sagte nichts; sie hatte wohl geahnt, daß dies kommen würde, und doch war sie jetzt überrascht. Nach einer Pause fing er wieder an: „Ihr bekommt jetzt bald eine Gehülfin an meiner Frau, ich werde mich wieder verheirathen!"

„Eure Frau bekommt dann eine Gehülfin an mir, wie sonst," antwortete Lilli sanft, „wer ist denn Eure Braut?"

„Des Vetters Minchen aus W. hat mir ihre Hand versprochen."

„Das ist ein braves Mädchen, ich habe es immer ge=

hört!" rief Lilli freudig, denn die schwerste Sorge, ob auch
die Kinder eine gute Mutter bekämen, fiel ihr so vom Her=
zen, „ich wünsche Euch Glück, Schwager, von ganzem
Herzen Glück!"

„Ja, so geht's," antwortete der Doctor nicht ohne einen
Anflug von Bitterkeit, „man kann nicht immer nur nach
seinem Gefühl handeln, man muß auch oft die Vernunft
walten lassen!"

„Jeder nach seiner Natur," fiel Lilli rasch ein, „ich table
Euch gewiß nicht, Schwager, daß Ihr wieder heirathet."
Der Doctor seufzte schwer auf; ein Blitzstrahl leuchtete
hell auf und zeigte ihm Lilli's bleiches, gutes Gesicht, er
sagte mit milder Stimme, indem er ihre Hand ergriff:
„Ich hoffe, Ihr tragt die Liebe, die Ihr für uns habt, auch
auf meine Frau über. Es wird ihr eine große Erleichte=
rung sein, wenn Ihr sie in die Wirthschaft einführt und
ihr ein bischen beisteht."

„Gewiß, gewiß!" betheuerte Lilli.

„Und die Kinder" — fuhr der Doctor zögernd fort.

„Ich werde nichts versäumen, um sie der neuen Mutter
anhänglich zu machen. Seid außer Sorge, Schwager, auch
so lasse ich nimmermehr von ihnen. Sie haben dann zwei
Mütter und der Liebe kann man ja im Leben nie zu viel
bekommen!"

„O, Ihr seid gut, gar zu gut!"

„Nicht besser wie Ihr auch, gute Nacht, Schwager!"

Sie stand auf, drückte ihm die Hand und flog über die Straße hinüber in ihr Häuschen.

Er blieb noch lange sitzen, den Kopf in die Hand gestützt — es kam ihm auf einmal entsetzlich unnöthig vor, daß er sich wieder verheirathe. „Sie hatte ganz Recht," sagte er vor sich hin, als er aufstand, denn schwere Tropfen fielen ihm auf's Haupt, „es hätte ja Alles so bleiben können! Armes, gutes Mädchen, was mag sie nicht gelitten haben — ich spüre es an mir und bin doch ein harter Mann!" —

XIV.

Zwei Tage später saß die Bärbel eines Morgens hinter dem Feuerherd lautheulend, ihre blaue Schürze hatte sie ganz naß geweint. Die Kinder standen um sie her, tröstend und neugierig, was denn wohl die Bärbel so tief ergreifen könne. Lilli, durch das laute Weinen hervorgerufen, kam aus der Stube und fragte unruhig: „Bärbel, was gibt's, warum thut Sie so erschrecklich?"

„Ach Gott," schluchzte die alberne Bäuerin, „nun kommt das Unglück doch in's Haus, nun kriegen die armen Kinder doch eine Stiefmutter!"

„Bärbel, schweigt!" sagte Lilli streng, aber schon war sie von der weinenden Kinderschaar umringt: „Ist's wahr?" schrien sie Alle durcheinander, „ist's wahr, was die Bärbel sagt, kriegen wir eine Stiefmutter?" Lilli wollte eben antworten, da unterbrach sie Johannes, zornglühend, mit

geballter Faust stand der Kleine vor ihr: „Wir wollen
keine Stiefmutter, wir machen sie todt, wenn sie kommt!
Tante Lilli, Du darfst es nicht leiden, Du mußt bei uns
bleiben!"

„Tante Lilli, Du mußt bei uns bleiben, wir wollen
keine Stiefmutter!" schrieen alle im Chor und im nächsten
Augenblick fühlte sie sich von zwölf kleinen Armen um-
schlossen und zwölf rosige Lippen drängten sich heran, jede
begierig, sie zuerst zu küssen. Lilli war rath= und trostlos;
sie sank auf den Küchenschemel, zog Konräbchen auf ihren
Schoos und ein Strom von Thränen stürzte aus ihren
Augen auf das Kind nieder. Wenn in diesem Augenblick
der Doctor seinen Antrag wiederholt — sie hätte ihn nicht
zurückweisen können. Die Kinder weinten mit ihr und die
Bärbel rief laut schluchzend: „Ja, Jungfer Lilli, so ist's,
was laßt Ihr eine Fremde in's Haus? Ihr hättet's wohl
so gescheidt anstellen können, daß der Herr um Euch gefreit
hätte!" Die einfältigen Worte der Bärbel gaben Lilli
ihre Besonnenheit zurück; im Geiste stand des Doctors Bewerbung wieder vor ihr, sie fühlte, daß sie nicht aus Eigensinn, sondern aus vollster Ueberzeugung so gehandelt und
sich schon damals alles dies vorausgesagt hatte. Das
dumme Benehmen der Magd hatte allein die Kinder so
aufgeregt. „Bärbel," sagte Lilli sehr ernsthaft, „gehe Sie
an Ihre Arbeit und kümmre Sie sich nicht um Dinge,
die Sie nichts angehen. Es ist ganz gut, daß wieder eine

Frau in's Haus kommt," setzte sie mit Nachdruck hinzu. „Ihr braucht Euch vor der neuen Herrin nicht zu fürchten." Die Bärbel schwieg vertutzt und die Kinder sahen Lilli groß an.

„Kommt wirklich eine neue Frau, ist das eine Stiefmutter?" fragte der siebenjährige Heinrich.

„Die Stiefmütter schneiden die Kinder ganz klein und kochen sie," schluchzte Johannes, „das hat uns die Bärbel erzählt!"

„Glaubst Du etwas so Dummes, Johannes?" fragte Lilli sanft, und nahm den Knaben an der Hand, „hast Du das schon gesehen drüben bei dem Hansjörg, dessen Vater auch eine zweite Frau hat?"

„Nein," stotterte das Kind, „aber Lilli, warum heirathest Du denn den Vater nicht?"

Karl ersparte ihr eine Antwort: „Geh'," sagte er, „der Vater kann doch die Lilli nicht heirathen, er ist ja schon ganz alt und sie ist noch ganz jung!" Der Grund leuchtete Allen ein und Lilli küßte den kleinen Retter auf die Stirn. „Aber Tante Lilli, Du mußt auch bei uns bleiben!" rief Johannes und Alle stimmten ein.

„Gewiß bleibe ich bei Euch, meine Kinder, aber seid nur brav und sprecht bei dem Vater nicht solchen Unsinn wie vorhin!"

„Ich bin doch eigentlich neugierig, wie eine Stiefmutter

aussieht!" sagte Heinrich, als die ganze Schaar in den Hof
zog, mit großen Butterbroden bewaffnet, die etwas sehr
Seltenes waren, die ihnen aber Lilli heute gerne gab, um
sie völlig zu beruhigen und ihre Gedanken auf Anderes zu
lenken.

Die Base Minchen sah gar nicht aus wie eine böse
Stiefmutter, die man schließlich in einem inwendig mit
Nägeln beschlagenen Faß einen Berg hinunterrollen muß,
um sie für ihre Missethaten zu bestrafen. Sie war im
Gegentheil gar freundlich und gut, und als sie nächsten
Sonntag zum erstenmal ihre neue Wohnung einzusehen
kam, gewann sie mit Hülfe von liebevollen Worten und
einer ganzen Arbeitstasche voll Kuchen, den sie unter die
Kinder austheilte, der Jüngeren Herzen auf den ersten
Schlag. Johannes und Karl hielten sich noch scheu zurück,
aber als sie sahen, wie herzlich und freundlich Tante Lilli
mit der Fremden sprach, wurden auch sie zutraulicher und
das Resultat dieser ersten Zusammenkunft einer zweiten
Mutter mit ihren Kindern war, daß sie sämmtlich erklär-
ten, sie hätten sich eine Stiefmutter ganz anders vorgestellt,
ohne Zähne und mit großen, rothen Augen und vor allen
Dingen ohne eine Tasche voll Kuchen. Aber die Base
Minchen brachte noch außerdem, was die Kinder gewiß
instinctmäßig fühlten, ein gutes, warmes Mutterherz für
sie mit, das in Wahrheit aus ihren Augen leuchtete. Die
Bärbel hatte zwar noch manchmal versucht, gegen die neue

Frau zu rebelliren und an den Kindern zu schüren, aber
Lilli brachte sie in Ordnung.

Bei einer neuen Heulvorstellung, die sie ihr drüben in
ihrem Häuschen gab, erklärte sie ihr so nachdrücklich, daß
sie beim Erstenmal, wo sie wieder etwas gegen die junge
Frau bei den Kindern äußere, das Haus verlassen müsse,
daß sie in sich ging. Weihnachten war nicht mehr fern und
sie gedachte also doch wenigstens noch einmal das Anis=
gebackene u. s. w. mitzunehmen, ehe sie erkläre, daß sie es
bei des Doctors zweiter Frau nicht aushalten könne. —

Nachdem so der Friede wieder hergestellt war, ohne daß
der Doctor von allen diesen Dingen etwas merkte, dachte
Lilli daran, Alles hübsch herzurichten, ehe die junge Frau
einzog. Gleich nach der Kirchweihe, die Mitte September
fiel, sollte die Hochzeit sein. Welche Reihe von trüben
Gedanken ihr auftauchten, brauchen wir nicht näher zu
schildern, und auch außerdem sah sie jetzt Vieles in einem
ganz andern Lichte, als vorher. Gut und demüthig wie sie
war, fiel es ihr gar nicht schwer, sich in dem Hause, in
welchem sie so lange als Gebieterin geschaltet, wieder einer
Andern zu unterwerfen. In der Phantasie hatte sie sich's
gar schön ausgemalt, wie sie der neuen Schwägerin überall
mit Rath und That zur Hand gehen werde, je näher aber die
Wirklichkeit trat, je klarer ward es ihr, daß ihr Verhältniß
zu dem Doctorhause nun doch ein ganz andres geworden,
obgleich sich in ihren gegenseitigen Gesinnungen gar nichts

geändert hatte. Base Minchen war ganz freundlich mit Lilli und doch fühlte sie mit ihrem feinen, richtigen Instinkt es schnell heraus, daß ihr die volle Hingebung fehle, und die kleine Scene mit den Kindern war es besonders, welche sie stutzig machte. Wenn sie dablieb, würden sich die Kinder immer eher an sie, als an die Mutter wenden; bei jedem Tadel, jeder Strafe, würden sie an die Tante appelliren und die Dienstboten und Tagelöhner nicht minder. Sie konnte es der Base kaum verdenken, wenn sie von ihr nicht mit ganz vorurtheilslosen Blicken betrachtet wurde; und es war auch noch sehr die Frage, ob Lilli's Hülfe ihr so willkommen war, als sie es Marien gewesen. Dabei empfand sie schon seit lange eine tiefe, brennende Sehnsucht, weit, weit fortzuziehen, wie sie einst zu Hermann gesagt: „Wenn ich ganz unglücklich werde, dann gehe ich weit fort, dann kann ich nicht bleiben, wo ich vergnügt und glücklich war!" In ihrem einförmigen Leben, wo sich Jahr für Jahr Alles ganz genau wiederholte, gab es der schmerzlichen Erinnerungen gar viele. Früher hatte sie die Liebe zu Marie, später das Bewußtsein der Pflicht zurückgehalten, aber nun fühlte sie täglich klarer, daß die Klugheit ihr jetzt ebenso eine Entfernung gebiete. Wohl gab es ihr jedesmal einen tiefen Stich in's Herz, wenn sie an eine Entfernung von ihrem Häuflein dachte, aber sie mußte dies Opfer dem allgemeinen Wohl bringen. „Den Kindern kann ich überall Mutter bleiben," sagte sie sich,

„bin ihnen vielleicht an einem fremden Ort von größerem
Nutzen als hier!"

Nach Frankreich, wie sie manchmal gesagt, wollte sie
nicht, das war ihr doch zu weit, aber in M., wo dem Doctor
noch eine Tante lebte, hatte sie auch von Mutterseite noch
viele Anverwandte und Glaubensgenossen. Schon längst
hatten sie den Wunsch geäußert, Lilli möge einmal zu
ihnen kommen — warum es nie geschehen, wissen wir. —
So freundlich und schonend als möglich theilte sie dem
Doctor ihren Plan mit; es berührte ihn schmerzlich, aber
er mußte am Ende ihren Gründen beipflichten. „Ihr geht
aber doch nicht so schnell, nicht vor dem Winter?" fragte
er, „und bis zum Frühjahr kommt Ihr doch wieder?" „Ich
weiß es noch nicht," war ihre kurze Antwort. Er war ihr
beim Ordnen ihres kleinen Vermögens behülflich, was
schnell geschehen war, und bald hielt sie nichts mehr, als
ihr ängstlich klopfendes Herz zurück. Die alte Kathrine
sollte bis zu ihrem Tode in Lilli's Häuschen ungestört
wohnen bleiben und es war ihr auch lieb, wenn sie nach
S. zurückkäme, dort die alten, bekannten Räume wieder
zu finden.

Bis zum letzten Augenblick blieb Lilli den übernomme-
nen Pflichten treu; wie eine Mutter für ihre Kinder sorgt,
so richtete sie für des Doctors Frau Alles ein; aber es
war ihr lieb, daß sie in der Unruhe der letzten Tage,
welche der Hochzeit vorangingen, und die natürlich die

Aufmerksamkeit der Kinder ganz in Anspruch nahm, auch daheim ihre kleine Habe ordnen und packen konnte. Einer Sache fühlte sie sich jedoch nicht gewachsen — das war der Abschied. Darum wollte sie still und ohne Aufsehen von diesem Fleckchen Erde, auf dem ihr ganzes Dasein seinen kurzen Glanz- und Gipfelpunkt gefunden hatte, ver= schwinden. Sie konnte dies am leichtesten ausführen, während ein anderes Interesse ihre Umgebung fesselte und von ihr abzog. —

Die Hochzeit des Doctors sollte am Wohnort seiner Braut sein, und er begab sich am Abend vorher dahin, von Lilli's wärmsten Segenswünschen begleitet. Noch einen Abend — den letzten, brachte sie mit ihren Lieblingen zu — kaum konnte sie vor Wehmuth und gewaltsam unter= drückten Thränen mit ihnen reden.

„Tante Lilli, warum bist Du so traurig?" fragte Johannes und schmiegte sich liebevoll an sie. Er war ihr Liebling, er hatte ganz die dunklen Augen von Hermann, aber auch sein schnell erregtes, leichtes Temperament; sie drückte ihn an sich und weinte lange, lange auf seiner Schulter. Der Knabe begriff sie nicht, aber er streichelte ihre Hände und gab ihr die süßesten Namen.

„Johannes," schluchzte sie, „willst Du brav und gut sein, willst Du kein Lügner werden?"

„Nein, Tante Lilli," rief er, „gewiß nicht! aber weine nur nicht so!"

„Er muß zu mir kommen," sagte sie sich leise, „ich will einen tüchtigen, aufrichtigen Mann aus ihm machen, einen besseren, als er war!" Nachdem sie Alle noch einmal geherzt und geküßt und dem Doctor zwei herzliche Abschiedszeilen auf den Tisch gelegt, an dem er die Recepte für seine Kranken schrieb, verließ sie das Haus auf lange Zeit! —

Bei Tagesanbruch war sie fertig und zur Reise bereit. Ein Bauernwägelchen sollte sie mit ihrer Habe bis zur nächsten Poststation bringen, von da konnte sie das Ziel ihrer Reise bis zum Abend erreichen.

Ueber dem langen, glühenden Streif, den die aufgehende Sonne am Himmel entzündete, stand der Morgenstern und grüßte sie, sein bleiches, reines Ebenbild. Noch einen Blick zurück, dann einen zweiten hinauf nach dem Hügel, wo Mariens Asche ruhte, und weiter ging es die Straße hinab, den Wiesen entlang, nach B. zu.

Dort mußte sie Halt machen, denn dort erwartete sie ein letzter Abschied. Sie durfte nicht gehen, ohne noch einmal dem treubewährten Freund die Hand gedrückt zu haben. Als ob er's wüßte, wer des Weges daher kommen werde, stand er bereits an seinem mit den schönsten Blumen geschmückten Fenster und athmete die frische Morgenluft ein. Sein Gesicht war bleich, wie immer, und doch lag etwas darauf, was man einen Schimmer von erwachender Lebensfreudigkeit nennen könnte. Er traute seinen Augen kaum, als er Lilli auf dem Bauernwagen erkannte; als sie halten ließ und ihn mit der Hand zu sich winkte, stand er in zwei Secunden neben ihr.

„Ei, Jungfer Lilli, wo geht es hin so früh, etwa auf des Schwagers Hochzeit?"

Sie schüttelte den Kopf: „Nein, ich reise weiter nach M., wo ich einige Zeit bleiben werde!"

„Nach M.?" wiederholte der Pfarrer bestürzt.

„Ja, und ich mochte nicht gehen, ohne Euch vorher Lebewohl gesagt zu haben. Man hat Euch in den letzten Wochen gar nicht mehr gesehen!"

„Ich war viel beschäftigt," antwortete er zögernd.

„So lebt denn recht wohl," sagte Lilli freundlich, „ich habe nicht viel Zeit."

Der Pfarrer lehnte sich an die Wagenleiter und sah zu ihr auf. „So geht Ihr wirklich?" rief er mit einem Ausdruck des Schmerzes, der ihr bis in die tiefste Seele drang, dabei sah er sie mit einem Blicke an, in dem Lilli Alles las, was seine Brust bewegt hatte, seit er vernommen, daß der Doctor Bräutigam sei, und zwar mit einer Andern, als ihr.

Sie erröthete tiefer, als die Gluth, die kaum erst den Himmelsrand umsäumt hatte, aber sie fühlte auch, daß sie dem Manne, der sie so lange und so treu geliebt, auf diesen Blick eine offene Antwort schuldig war.

„Mein Freund," sagte sie, „es mag Euch Manches bei uns unverständlich sein, aber seht, die Sache steht so. Ihr wißt, was für ein unverschuldet Schicksal mich betroffen, und das hat mir so tief in die Seele geschnitten, daß ich zum Glück nichts mehr tauge, und weder des Schwagers Frau werden kann — noch die eines Andern!"

„Noch die eines Andern?" wiederholte der Pfarrer und sah ihr starr in die Augen.

„Nein!" antwortete sie bestimmt, und fuhr dann leiser fort: „Ihr habt mir einst gesagt, Ihr könntet es leichter ertragen, wenn man mich auf den Kirchhof trüge, als daß ich einem Andern gehöre, seht, nun habt Ihr mich noch lebend — und wir bleiben uns gut für alle Zeit, nicht wahr?"

„So wollt Ihr einsam und allein fortleben, ohne ein anderes Herz mehr zu beglücken? Lilli, seht Euch vor, was Ihr Euch da selber zumuthet!"

„Es geht nicht anders, macht mir den Abschied nicht noch schwerer, ich muß fort!"

„O Lilli, Ihr seid eine arge Schwärmerin!" rief der Pfarrer, und eine Thräne fiel aus seinem Auge auf ihre Hand.

„Dürft Ihr die Treue schelten, Ihr, die Ihr allein mir bewiesen, daß sie wirklich auf Erden zu finden ist?" schluchzte sie. „Laßt es Euch gut gehen, mein treuer, wahrer Freund, Ihr habt noch ein frisches, fröhliches Leben vor Euch, aber mein Herz ist Asche!" Sie gebot dem Bauern= jungen, der sie fuhr und die kurze Pause zu einem nach=

träglichen Schlummer benutzt hatte, die Pferde anzutreiben,
winkte noch einmal dem Pfarrer mit der Hand und — so
war auch dieser Schmerz ausgekostet.

Er sah ihr lange nach: „Auch mein Herz ist Asche!“
sagte er trübe, indem er wieder in seine einsame Wohnung
ging.

Als Lilli zum Dorf hinausfuhr, drehte sie sich noch
einmal um; dort in der Ferne aus ihrer zweiten Heimath
stiegen von den grauen Schindeldächern die leichten Rauch=
säulen empor, wie zum letzten Abschiedsgruß. Sie sank
auf den Sitz zurück, und mit einem noch viel höheren Ge=
fühl von Resignation, als das erstemal, sagte sie laut:
„Nun vorwärts — mich kann jetzt nichts mehr kränken!“

XV.

Es war an einem Sonntagmorgen zu Anfang des
Herbstes, da wogte es über der ganzen Gemarkung von
S. wie ein weißes Meer von Schaum und die Sonne
streute unzählige, glänzende Funken darüber hin. Der
Nebel, welcher immer um diese Zeit aus den vielen Wiesen
aufsteigt, fing an, sich niederzuschlagen und einem blauen
Himmel Raum zu geben, der einen heiteren Tag verkün=
digte. Es sah gar wunderlich, aber schön aus, wie die
noch dichtbelaubten Wipfel der Obstbäume gleich Inseln
auf dem Nebelmeere schwammen, und ebenso seltsam hoben
sich die Vorberge und drüben, der einzeln weit in die Ebene

vorspringende Bloßberg mit seiner thurmgekrönten Spitze, die in Licht und Sonnenglanz getaucht war, daraus hervor.

Ein Greis stieg den Kirchhofspfad rüstiger hinan, als man bei seinem silberweiß gelockten Haar vermuthen durfte, und alle paar Schritte blieb er stehen, um das eigenthümliche Landschaftsbild mit Wohlgefallen zu betrachten. Als er endlich um die Kirchhofsmauer bog, um sich auf einer roh zusammengefügten Bank, die dort unter einer jung angepflanzten Linde stand, niederzulassen, fand er den Platz schon besetzt durch ein Frauenzimmer, dessen freundlich leuchtendes Auge, so wie der kindliche Zug um den Mund das fast schneeweiße Haar ebenfalls Lügen straften. Bei dem Geräusch, das der Kommende machte, drehte sie sich um und der Ausruf: „Schwager!" „Lilli!" tönte zu gleicher Zeit von ihren Lippen. Sie umarmten sich herzlich, und als sie dann Hand in Hand neben einander auf der Bank saßen, sagte der Doctor: „Aber, um Gotteswillen! wo kommt Ihr auf einmal her, und so früh am Morgen?"

„Ja, wo komme ich her," antwortete sie lächelnd, „natürlich von M. Ich hatte ein Chaischen gemiethet, um bis hierher zu fahren, denn Ihr wißt, Schwager, die Wege sind jetzt ein bischen besser, als in unserer Jugend, man braucht sich nicht mehr tagelang herumschleppen zu lassen. Hart vor B. trat sich aber das Pferd ein Steinchen in den Fuß, und da es schon dunkel war, blieb mir nichts übrig, als dort bei dem Wirth über Nacht zu bleiben."

„Der wird sich gefreut haben!"

„Jawohl, von ihm hörte ich auch, daß Ihr immer rüstig und gesund seid. Aber den Morgen hielt mich's nicht länger, ich machte mich früh heraus und ruhte mich seit einigen Augenblicken hier aus, als Ihr kamt. Seit wann steht denn die Bank da?"

„Die hat mir der Karl selbst zusammengezimmert, als er mich das letztemal besuchte und den Baum dahinter gepflanzt, weil ich so gern hier heraufgehe. Aber wie freue ich mich, daß Ihr nun doch vor dem Winter gekommen seid! Ihr seid in einer Ewigkeit nicht bei uns gewesen."

„Es mögen zehn Jahre sein, seid ich Euch das Letztemal besuchte, man wird eben alt und kann nicht mehr so fort, wie Ihr selbst wißt, und gerade als Euere Frau darniederlag und starb, war ich auch krank."

„Ja, Ja," sagte der Doctor und sah sinnend vor sich nieder. „Die ist nun auch fort, fast zwei Jahre sind's, daß man sie da hinauf trug — nun kommt die Reihe an mich!"

„Ihr habt noch lange Zeit, Schwager, Ihr seht ja so gesund und blühend aus, wie ein Fünfziger."

„Und habe doch meine Siebenzig auf dem Rücken. Aber meine Alte hätte ich noch behalten sollen, es war eine kreuzbrave Frau!"

„Das war sie, Ihr habt Euch nicht bei ihr verrechnet!"

„Nein, gewiß nicht; außer Euch und meiner seligen

Marie weiß ich keine beſſere. Sie konnte die Sachen nicht
ſo ſchön machen, wie Ihr Beide, ſie griff Alles ein bis=
chen derber an, bei Euch hatte das eine andere Art, aber
ſie war gar fleißig und gut!"

„Ja, und eine gute Mutter iſt ſie auch geweſen, das
muß wahr ſein."

„Es war eigentlich ein Glück, daß unſere Ehe kinderlos
blieb, ſelbſt die beſte Frau macht oft einen Unterſchied zwi=
ſchen fremden und eigenen Kindern, weil's am Ende auch
ein Unterſchied iſt, aber ſo war ſie meinen Jungen zuge=
than, wie eine ächte Mutter nur immer ſein kann!"

„Und brav ſind ſie alle geworden," ſetzte Lilli mit
leuchtenden Augen hinzu.

„Was ich Euch dabei zu danken habe, Schwägerin, iſt
mit Worten gar nicht zu ſagen. Es ging mir hart genug,
als die Kriegsjahre kamen und die Schlingel groß wurden
und jeder etwas lernen wollte und ſollte — Ihr habt das
Meiſte dazu gethan."

„Nur gemach, Schwager, könnte es denn ein größeres
Glück für mich geben, als Einen nach dem Andern in der
Stadt bei mir zu haben und ſie zur Ordnung und zum
Fleiß anzuhalten? Seht Ihr, ſo habe ich Euch tauſendmal
mehr genützt, als wenn ich da drüben im Tantenhäuschen
ſitzen geblieben wäre, und durch meine bloße Gegenwart
Unfriede geſtiftet hätte."

„Freilich war es beſſer, jetzt ſeh' ich's ein, obgleich ich

damals fuchswild war, als ich von der Hochzeit nach Hause kam und hörte, daß Ihr bei Nacht und Nebel fortgezogen waret. Den Johannes konnten wir gar nicht beruhigen, er weinte und schrie ein paar Tage lang nach Euch."

„Ach, mein Johannes!" sagte Lilli mit bewegter Stimme, „es ist aber auch etwas Rechtes aus ihm geworden, ein berühmter Professor, von dem die Leute viel Aufhebens machen, und was noch mehr ist, ein ganzer Mensch!"

„Sie sind Alle tüchtig, nur thut mir's gar leid, daß ich Keinen bei mir habe! Aber nächstes Jahr muß der Konrad hierher, ich übergebe ihm dann meine Kranken, und dafür muß er eine Frau in's Haus schaffen."

„Könnt Ihr denn immer noch Eure Praxis besorgen?"

„So ziemlich, ich fahre jetzt herum in dem Wägelchen, das mir der Johannes geschickt, auch werde ich nicht mehr so weit fortgeholt, wie sonst, es wimmelt überall von jungen Herren Doctoren, aber freilich, wenn es an's Letzte geht, dann muß doch der alte Doctor noch gar oft herbei!"

„Es ist merkwürdig, wie die Leute an Euch hängen."

„Ja, das thut mir auch recht wohl. Sie sagen oft — hier und drüben in B. — was wird nur aus uns werden, wenn einmal unser alter Pfarrer und unser alter Doctor nicht mehr da sind?"

„Kommt der Pfarrer noch oft zu Euch?"

„Gewiß, wir machen jede Woche zweimal unser Spiel-

chen miteinander. Aber er kann nicht mehr recht fort,
obgleich er wohl seine zehn Jahr jünger ist, als ich."

„Das ist eine treue, treue Seele!" sagte Lilli leise vor
sich hin.

„Das will ich meinen, und ein guter Mensch auch.
Er hat's Euch nachgemacht, Lilli, und nur für Andere gelebt. Vom Heirathen wollte er nichts mehr wissen, nachdem Ihr fort waret, man konnte ihn nicht daranbringen.
Auch hätte er schon längst eine bessere Pfarre haben können, aber er sagte immer: Nein, hier will ich leben und
sterben!"

Drunten im Dorf fingen die Glocken an zu läuten; der
Nebel war ganz herunter gesunken, und ungehindert vermischten sich mit den nahen Glockenstimmen die der ent-
fernteren Kirchen; klar und feierlich klangen sie durch die
reine, frische Herbstluft. Eine lange Weile saßen die Beiden ganz still und lauschten den frommen Klängen.

„Wir wollen hier Gottesdienst halten," sagte der Doctor und ergriff auf's neue Lilli's Hand, „mir ist so wohl
zu Muthe, als hätten wir erst Pfingsten und Sommers
Anfang, das kommt, weil ich Euch einmal wieder bei mir
habe."

„Ich bin auch froh, daß ich da bin. Gott, wie habe
ich hierher verlangt, und immer kam's nicht dazu. So
lange war ich noch nie ausgeblieben, das kommt eben vom
Alter und nun wird's auch wohl zum Letztenmal sein."

„Redet mir davon nicht, Schwägerin, wenn Ihr die weißen Haare nicht hättet, könntet Ihr Euch noch für ein Frauenzimmer in den Dreißigen ausgeben. Ihr habt immer noch Euer „kindisch Gesicht," wie der alte Schulmeister sagte."

Lilli lachte: „Und hätt' ich auch die weißen Haare nicht, so möcht' ich doch keine Dreißig mehr sein, ich bin jetzt vergnügter, als damals!"

„Glaub's schon," sagte der Doctor ernst, „Ihr habt was durchgemacht, aber ihm, der Euch so mitgespielt, ist's auch nicht gut gegangen. Geld hat er genug verdient, aber seine leichtsinnige, verschwenderische Frau hat Alles wieder durchgebracht und in ihrer Ehe war nichts als Zank und Unfriede. Nun ist er todt, aber er hat mir in seinen letzten Lebensjahren noch manchmal geschrieben, und es bitter bereut, daß er Euch so leichtsinnig verlassen!"

Lilli ließ den Kopf auf die Brust sinken: „Er ist todt," sagte sie leise, „und ich habe ihm längst Alles verziehen. Wir wollen diese Erinnerungen ruhen lassen, Schwager; ich wollte, es wäre ihm gut gegangen, es war immer mein aufrichtiger Wunsch!"

„O ich weiß, ich weiß!" rief der Doctor lebhaft, „aber seht, Lilli, was ich eigentlich nie recht begreifen konnte, ist, daß Ihr Euer ganzes Leben an diese eine Erinnerung gehängt habt."

„Das war es ja eben," rief Lilli mit bebender Stimme,

„daß mich diese schmerzliche Täuschung mit einem Schlage unfähig machte, auf's Neue die hingebende, rückhaltslose Liebe zu empfinden, ohne die ich nun einmal nicht heirathen konnte!"

„Nicht alle Mädchen fühlen so, wie Ihr!"

„Nein, aber viele, und darum sind manche alte Jungfern geworden, gleich mir!"

„Nun, wenn nur alle alte Jungfern so wären, wie Ihr, und glücklich seid Ihr am Ende auch gewesen!"

Lilli lächelte schmerzlich vor sich hin: „Ja, Schwager, ich war nicht unglücklich, und was die Hauptsache ist, ich darf so ziemlich zufrieden mit mir sein; aber seht, es war doch hart für ein Herz, wie das meine, einsam durch's Leben zu gehen, recht hart und schwer!"

„Was sagt Ihr da, Schwägerin? O, Gott! so hat es Euch doch wohl noch gereut, daß Ihr damals meinen Antrag zurückgewiesen."

„Gereut? Nein, das hat mich's nie! In unseren Herzen liegt unser Schicksal, und so wie es damals sprach, würde es wieder sprechen, wenn wir die Zeit zurückrollen lassen könnten, bis zu jener Stunde. Es kann mich ja nichts reuen, was ich stets als tiefe Wahrheit gefühlt."

„Nun, Ihr sagt's doch selbst, daß Ihr Euch oft einsam gefühlt."

„Ja, das hab' ich auch — ich ging durch die Welt, wie eine Bettlerin und mußte mir die Liebe mühsam zusam=

mensuchen und sparen, die einer Frau und Mutter, wie eine reife Frucht, von selbst in die Hand fällt."

„Lilli, Ihr erschreckt mich, waret Ihr nicht meinen Kindern und noch vielen Andern eine Mutter?"

„Gewiß, und ich möchte nicht einen Tag länger leben, ohne dies Bewußtsein; aber seht, Schwager, ich bin jetzt alt und grau und darf mit Euch schon einmal offen darüber reden. Ganzes und volles Glück, wie es ein weiblich Herz befriedigt, ist das doch nicht, es ist nur ein mühsamer Ersatz, ein Unterschied, wie Kerzenlicht und lebendiger Sonnenschein!"

„Arme Lilli!"

„Nicht arm, aber auch nicht so reich, wie ich hätte sein können und sollen; mein Leben war weder ein unnützes, noch ein unglückliches, aber der eigentliche Glanz und Duft hat ihm gefehlt. O, Gott! wie hab' ich oft gedarbt und entbehrt, und Niemand hat es geahnt!" Ihre Stimme brach in leisem Weinen, als sie die letzten Worte sprach.

Der Doctor fühlte sich tief erschüttert. Nach einer Pause sagte er: „Ihr waret immer ein seltsam Wesen, es ist gut, daß nicht alle Frauen Euch gleichen!"

„Vielleicht ist's gut, vielleicht auch nicht — aber, wie ich Euch schon sagte, ein Jeder muß handeln, wie es ihm sein innerstes Gefühl eingibt, was nachher kommt, steht nicht in unserer Hand!"

„Ihr habt viel Weisheit ausgeheckt in Eurem stillen Leben!"

„Ich habe viel nachgedacht und Manches gelesen, was mich klar über die Welt um mich her gemacht hat. Auch manches französische Buch habe ich durchbuchstabirt; aber stellt Euch vor, da giebt's in Frankreich Leute, die wollen die Ehe abschaffen."

„Das ist ja gotteslästerlich Volk!" rief der Doctor hitzig.

„Ereifert Euch nicht, Schwager, es ist Manches wahr von dem, was sie sagen, aber die Leute haben vergessen, daß man alt wird. Wer wird denn eine alte Frau noch lieb haben, außer ihrem Mann und ihren Kindern? So lang man jung ist, geh's noch mit dem Alleinsein, aber ein einsam Alter ist ein traurig Ding — ich mein', es gäb' nichts Rührenderes auf der Welt, als so ein altes Ehepaar, das ein ganzes Leben lang Leid' und Freud' mit einander getragen hat!"

„Ach, Lilli! wie recht habt Ihr," rief der Doctor schmerzlich, „wie oft hab' ich dasselbe gefühlt, seit meine Frau todt ist!"

„Bei Euch wird's schon wieder lustig werden, wenn der Konrad nächstes Jahr zu Euch zieht und eine junge Frau mitbringt, auch kommen Euere Söhne der Reihe nach, Euch zu besuchen — sie stehen um Euch her, wie die jungen Bäume im Wald um einen alten Stamm. Das ist eben der Unterschied, wenn man eine Familie hat. Ich habe Vielen wohlgethan, aber dann ging Jedes wieder seinen eigenen Weg, und wenn ich sterbe, wer weiß, ob mir dann nicht eine fremde Hand die Augen zudrückt!"

„O, Schwägerin, wenn Ihr wieder ganz hier wäret, wie sonst," rief der Doctor freudig, „dann hättet Ihr ja eine Familie, und wie glücklich wäre ich darüber!"

„Ich hab' auch wirklich schon daran gedacht, dem Meier mein Häuschen wieder abzukaufen und hierher zu ziehen."

„In das Tantenhäuschen? nein, das geht nicht, das ist zu alt, zu zerfallen!"

„Ich bin's ja auch," lächelte sie.

„Nein, nein! hört mich einmal an, Lilli, so einsam, wie Ihr, fühle ich mich auch, vielleicht noch mehr, denn ein Mann ist gar zu hülflos und eine Frau kann doch für sich selber sorgen. Da hab' ich einen andern Gedanken, laßt mich nur ausreden, Ihr dürft durchaus nicht mehr und — ja, wie sag' ich nur gleich — Ihr habt mir zwar schon einmal einen Korb gegeben, aber heute lasse ich mich nicht so abspeisen. Bleibt bei mir, Schwägerin, daß wir uns gegenseitig ein glückliches Alter schaffen, daß wir Eins das Andere pflegen und lieben! Lilli, wir wollen uns nicht mehr trennen, bis der Tod es thut, zieht zu mir und werdet meine Frau!"

Der Doctor hatte sich ganz in's Feuer geredet, und Lilli mit niedergeschlagenen Augen zugehört, eine leichte

Röthe zog über ihr feines, bleiches Gesicht, sie sagte zögernd: „Geht doch, Schwager, was werden die Leute dazu sagen!"

„Alles was sie wollen, seit wann kümmert Ihr Euch um Leutegeschwätz? Ihr habt's doch sonst nie gethan!"

„In unserem Alter —"

„Gerade weil wir alt sind und einander brauchen. Nein, Schwägerin, heute lasse ich Euch keine Bedenkzeit; Ihr habt mir's offen gestanden, daß Ihr Euch einsam und verlassen fühlt, bei mir ist Euer Platz und unsere Kinder werden glücklich sein, wenn sie hören, was wir beschlossen haben!"

„Ich kann ja so bei Euch bleiben."

„Nein, Ihr sollt ganz und ungetheilt zu uns gehören. Es soll nichts mehr auf der Welt kommen, was uns trennen könnte. Die Schwiegertöchter sollen Euch achten und ehren, wie die rechte Mutter, nicht wie eine geduldete Tante; Ihr sollt bei mir schalten und walten wie die Herrin des Hauses, wie es Euch gefällt und wie es Euch als Hausfrau zukommt. Jede andere Stellung ist Eurer unwürdig!" Er hatte Lilli's beide Hände ergriffen, sie sah zu ihm auf in die treuen Freundesaugen und — konnte nicht Nein! sagen.

„Schwager," stammelte sie, „Ihr habt Recht, wir wollen beieinander bleiben, bis in den Tod!" Sie hielten sich fest umschlungen, lange, lange, bis die Glocken abermals heraustönten und sie an die Welt unter ihnen erinnerten!

Vierzehn Tage später wurde das alte Brautpaar in
der Oberstube im Doctorhause getraut. Johannes und
Karl waren Zeugen; Freude über das, was hier geschah,
strahlte aus den Augen der stattlichen, jungen Männer.

Der alte Freund des Hauses, der Pfarrer von B., hatte
sich's nicht nehmen lassen, mit wenigen, aber herzlichen
und tiefgefühlten Worten der Beiden Hände ineinander zu
legen. Auch sein Haar war silberweiß und seine Stimme
zitterte vor Schwäche, aber er konnte es doch nicht ver=
hindern, daß eine Thräne über seine Wange rollte, als er
den kirchlichen Segen über das neuverbundene Paar aus=
sprach.

Es war nicht einmal ein Herbst=, nur ein kurzer Winter=
tag des Glückes, der noch einmal im Doctorhause auf=
blühte, aber er war sonnig und heiter. Noch zehn Jahre
lang lebten die Beiden friedlich vereint, und als Konrad
wirklich nach S. kam und auch bald nachher eine junge
Frau in's Haus brachte, da zogen die Alten in die Ober=
stube, und drunten war es bald fast ebenso lebhaft, wie zu
Lilli's und Mariens Zeiten. Die Großmutter mit ihrem
milden Gesicht, das immer ein schneeweißes Häubchen um=
schloß, und dem freundlichen Wesen war der Abgott der
ganzen kleinen Welt, die sich auf die Feiertage oder zur
Kirchweih von nah und fern in dem Doctorhause versammel=
ten, das fast allzu eng war, so viel fröhliche Gäste zu fassen.
Am Weihnachtsabend prangte wieder alljährlich ein Christ=

baum in der Wohnstube, den die Base Minchen nie ge=
putzt hatte, weil sie es eben nicht für „nöthig" fand. Aber
den schmückte nun die Großmutter mit ihren alten Händen,
und sie konnte ohne Thränen in den hellen Lichterglanz
schauen.

Doch es kam die Zeit, wo sie die Oberstube nicht mehr
verlassen konnte, und nachdem sie einen ganzen Winter im
Bett zugebracht, trug man ihre Leiche am ersten Ostertag
hinauf zur ewigen Ruhe. Johannes, ihr Liebling mit den
großen dunkeln Augen, war an ihr Sterbebett geeilt, und
ehe man den Sarg schloß, legte er einen Veilchenstrauß in
ihre kalte Hand. Als ihre Augen schon halb gebrochen
waren, und der Doctor sie voll heißen Schmerzes in seinen
Armen hielt, flüsterte sie noch leise: „Pflanzt mir eine
Tanne auf's Grab — unter einer Tanne sah ich ihn zum
ersten= und letztenmal — unter einer Tanne hat er mir
den ersten Kuß gegeben!"

Sie pflanzten eine Tanne auf ihr Grab, und der
Doctor stieg jeden Tag den Kirchhofspfad hinauf und saß
Stundenlang auf der Holzbank und sah hinüber nach den
Gräbern seiner drei Frauen, die ihm gehört und von denen
jede ihn in ihrer Art beglückt hatte. An einem Herbsttag
kam er zur gewöhnlichen Stunde nicht nach Hause; seine
Schwiegertochter ging hinauf, um zu sehen, wo er bleibe,
da saß er gar ruhig da, die Hände gefaltet, die Augen
geschlossen, und der Abendwind spielte mit seinen silber=

weißen Haaren — er war eingeschlafen, um nicht mehr zu erwachen.

Auf Lilli's Grab grünt die Tanne und streckt ihre breiten Aeste über die vier Gräber aus, die hier neben einander eingesunken liegen; die Sonne streut ihre Strahlen durch die Zweige und webt einen goldenen Kranz um das niedere, schwarze Kreuz, das ihren Namen trägt.

Drunten in der Welt und im Doctorhause geht das Leben und Treiben fort, wie immer. Man liebt sich, wird getäuscht, tröstet sich oder stirbt, wie es eben kommt, aber sie, die da Oben ausruhen vom Lebenstraume, von ihnen kann es erst jetzt in Wahrheit heißen:

„Sie kann jetzt nichts mehr kränken!"

Das Bild des Sohnes.

Wenn man mit Recht den Genfer See und seine ganze Umgebung einem köstlichen Schmucke vergleichen darf, mit welchem die Erde sich wie zu einem Feste geziert, so muß man staunen, inmitten aller dieser Pracht noch einzelne Punkte zu finden, welche gleich einer seltenen Perle selbst den Reichthum an Gold und Edelsteinen, der sie einfaßt, erhöhen. Ein solch kleines Paradies im Paradiese begegnet dem Reisenden, wenn er auf der Landstraße von Lausanne her am Eingang von Vevay ankommt, da, wo sich vor dem Städtchen eine dichte, doppelte Kastanienallee den See entlang erstreckt, dessen Wellen plätschernd an die niedere Mauer schlagen, die man hier dem Elemente entgegen gebaut und so diese Art von Promenade um einige Fuß über den Spiegel des Wassers erhöht hat. Eine kleine Strecke seitwärts von dieser Allee, gerade dem Landungsplatz der Dampfboote gegenüber, erhebt sich ein neues, stattliches Gebäude im gothischen Styl, welches augenblicklich durch seine Größe und äußere Eleganz auffällt. Dieses Schlößchen

P., wie man es in der Umgegend nach seinem Besitzer nennt, ist in dem Reisehandbuch erwähnt als ausgezeichnet durch einen herrlichen Garten mit tropischen Gewächsen, dessen Besuch zweimal in der Woche den Fremden und Einheimischen gestattet ist.

Wo die Natur sich so verschwenderisch zeigt, pflegt man in der Regel weniger nach der Kunst zu fragen, und ich würde wohl theilnahmlos an diesem Fleckchen Erde vorübergegangen sein, hätte mir nicht eine freundliche Reisegefährtin, eine Dame aus Lausanne, schon unterwegs zufälligerweise dieses Schlößchen P. als ein Wunder des Waadtlandes, als ein Muster von edler und eleganter Ausstattung gepriesen. Dieß machte mich neugierig, um so mehr, als sie mir sagte, auch die Gemächer seien dem gothischen Styl des Gebäudes gemäß eingerichtet und das Täfelwerk der Fußböden, sowie die Schnitzereien, welche die Möbeln und Wände zierten, alle in Bevay selbst gemacht, ein Industriezweig, auf welchen das Waadtland stolz ist und worin man es dort zu einer seltenen Vollkommenheit gebracht hat. Da nun wohl der Besuch des Gartens, nicht aber der des Hauses, und am wenigsten in Anwesenheit der Besitzer, dem Fremden gestattet ist, bot mir die Dame freundlich an, mir bei Herrn von P. die Erlaubniß auszuwirken, die Gesellschaftszimmer besehen zu dürfen, da sie mit der Familie seit lange befreundet war und dort vor ihrer Weiterreise einen Besuch abstatten wollte.

Als ich am Nachmittag nach dem Hause schlenderte, fand ich in der That den Portier bereits unterrichtet. Man öffnete mir freundlich die Gartenthüre, und ich befand mich bald in der Mitte eines so reizend ausgeschmückten Raumes, wie ich ihn in der That selten gesehen. Der Portier hatte mich dem Gärtner übergeben, welchen meine ungeheuchelte Bewunderung so schnell mir befreundete, daß er mir mit sichtlicher Freude durch die kleine herrliche Schöpfung folgte, mir den Namen jedes seltenen Baumes oder Strauches nannte und mich auf die interessantesten seiner Pflanzen aufmerksam machte. Es war eine reizende Vermischung der Gewächse unserer und einer fremden Zone. Palmen wiegten ihre federartigen Zweige neben einer deutschen Kohl-buche, und die zackige Aloe schoß riesenmäßig aus einem ihr zu Hause gewohnten grünen Rasenteppich empor. Eine Menge von Tropenpflanzen, welche wir in Deutschland selbst im Sommer unter schützendem Glase halten müssen, waren mit den Töpfen eingegraben und verwebten sich um so natürlicher mit der Pracht der südlichen Gewächse, welche hier ohnedem einheimisch sind. Es war zu Ende des Monats August und Alles stand in der vollen, brennenden Blüthenpracht des Sommers. Wo sich nur eine Mauer oder ein Geländer erhob, waren sie entweder mit dem spa-nischen stark duftenden Jasmin überkleidet, oder von den verschiedenartigsten blühenden Schlingpflanzen bedeckt, die lustig daran emporkletterten. Ein bedeckter Gang, von

dem Wohnhause nach der Orangerie führend, bildete gleich=
sam ein Blüthenmeer von rothen und blauen Winden in
seltener Größe, welche sich in zierlichen Festons weiter und
weiter durch die Blüthenkronen einer Reihe von Oleandern
schlangen, die in rosenfarbner Gluth in die hohen Bogen=
fenster des Gewächshauses hereinnickten.

Dieses Gewächshaus war jetzt leer und zeigte sich als
einen hohen und breiten Salon, mit verschiedenen Kaminen
versehen und mit eleganten Rohrstühlen, Sesseln und
Sophas ausgestattet. Mein Führer belehrte mich, daß
diejenigen Gewächse, für welche selbst der kurze Winter
von Bevay zu herbe ist, in der rauhen Jahreszeit hier auf=
bewahrt werden und dann den lieblichsten Wintergarten
bilden, während der freie Raum draußen keineswegs ver=
ödet liegt mit seinen immergrünen, glänzenden Lorbeer=
hecken, unterbrochen von Lauben des Laurus tinus, der
schon im Februar oder März seine kleinen weißen Blüthen
dem Strahl der Sonne öffnet.

Während ich davon träumte, wie reizend es sein müsse,
einen Winter in diesem Glassalon voll Grün, Blüthen und
Sonnenschein hinzubringen, sprang ein Knabe von etwa
acht Jahren herein, lief auf den Gärtner zu und rief in
reinem Deutsch: „Großvater, ich habe Dich schon überall
gesucht!" Dabei faßte er mit seinen zwei kleinen Händen
die große, harte Hand des Mannes, der für einen Groß=
vater noch etwas zu jung aussah. Eben so sehr wie mit

dieser Benennung contrastirte die Kleidung des Kindes,
nach welcher zu schließen, es eher der Familie des Besitzers,
als der des Gärtners angehören mußte.

„Was willst Du denn schon wieder, kleiner Quälgeist?"
antwortete der Gärtner, mit dem ich bis jetzt französisch
gesprochen, gleichfalls deutsch, doch mit so entschieden
schwäbelndem Accent, daß ich unbedingt sicher war, ächtes
süddeutsches Blut vor mir zu haben. Zwar waren es kaum
einige Wochen her, daß ich zum letztenmal deutsch gesprochen, dennoch schlug mir das Herz vor Freude, den
lieben, vertrauten Ton zu hören. Ich reichte dem Manne
schnell die Hand. „Wir sind Landsleute, wie ich höre,"
sagte ich auch auf deutsch; „wo sind Sie her?"

Sein ganzes Gesicht verzog sich zu einem Lächeln, als
er mir antwortete: „Ich bin aus Baden aus dem Ober-
land und ich kann mein Deutsch noch ganz gut, wenn ich
auch schon seit fast zwanzig Jahren nicht mehr da droben
war."

„So lange schon sind Sie hier?" — „Ja wohl, so
lange bin ich bei den Herrn von P., und was Sie hier
sehen, dieser ganze Garten ist mein Werk. Es ist nichts
darin, was ich nicht selbst gepflanzt, oder unter meiner
Anleitung habe pflanzen lassen."

Wir waren während dieses kurzen Gesprächs wieder
hinausgetreten und er überflog seine Schöpfung mit einem
Blicke, der eben so stolz als glücklich war. Der Mann

flößte mir Achtung ein. Eine Anlage, so geschmackvoll,
die auf einem verhältnißmäßig kleinen Raum eine solche
Mannigfaltigkeit der seltensten und wohlgepflegtesten Ge=
wächse vereinigte, war mehr das Werk eines Künstlers,
als eines einfachen Gärtners, wie er mir anfänglich er=
schienen war, und ich drückte ihm herzlich meine Freude
darüber aus, daß es wieder ein Deutscher sei, der hier im
fremden Lande so Schönes zu Stande gebracht.

„Ja,“ sagte er, „diese Pflanzen und Bäume sind mir
alle wie meine Kinder, und wie fernen Ländern sie auch an=
gehören mögen, es ist mir gelungen, sie bei uns heimisch zu
machen. Sehen Sie diesen ungeheuern Ricinusstrauch,
er ist ganz mit Nüssen bedeckt; in einigen Wochen wird man
drunten in der Apotheke von Bevay das Oel aus den fetten
Kernen pressen. Es ist das erste Ricinusöl, welches unter
unserem Himmelsstriche erzeugt wird. Ein neuer Handels=
artikel für die Schweiz ist damit wohl nicht gewonnen, aber
es macht mir doch Freude, den Strauch so weit gebracht zu
haben, daß es der Mühe werth ist, das Oel aus seinen
Früchten herzustellen.“

Von da führte er mich weiter zu einer Gruppe der sel=
tensten Coniferen. Die brasilianische Tanne mit dem
schwanenartigen, lichtgrünen Gefieder, die peruanische und
die andalusische Fichte, deren Zweige so weich und anmuthig
niederhangen wie sanftverschlungene Mädchenarme, und
bei deren Anblick wir uns nur mit Mühe daran erinnern

können, wie nahe sie unsern finstern Schwarzwaldtannen
verwandt sind, deckten den englischen Rasen mit zierlichen
Schatten und neben ihnen erhob sich eine riesige gefüllte
Datura, ihre langen, weißen Blüthenbolden auf uns nieder=
senkend. Im schönsten Contrast mit dieser südlichen Gruppe
stand einige Schritte seitwärts ein Wäldchen junger Birken,
die schlanken Wipfel sanft bewegt, vom frischeren Lufthauch,
der vom See herüberstrich, und daran sich schließend leitete
eine Reihe hochstämmiger, kräftiger Myrthen= und Granat=
bäume, mit weißen und rothen Blüthen übersäet, zu einem
kleinen Hügel hin, welcher hinauf nach der Terrasse des
Schlosses führte. Ungeheure Hortensien, in einzelnen
Gruppen zerstreut, breiteten hier mächtige rothe Blüthen=
büschel auf den frischen Rasen, und wohlthuend begrüßte
zuletzt das Auge das dunkle ehrwürdige Grün der alten
Kastanienbäume, welche die geräumige Terrasse als letzte
Grenze abschlossen und gleichsam eine Fortsetzung der Allee
zu sein schienen, die hier von außen den Garten nach der
Seeseite hin einschloß und die Trennungsmauer malerisch
verbarg.

Ein kleiner Hügel, mit Felsen und Epheu bedeckt, der
sich hie und da dicht um zierliche Bänkchen von Eisenguß
wand, daß sie gleichsam grüne Muscheln bildeten, welche
unwiderstehlich zum Sitzen einluden, führte hinauf unter
die breite Veranda, von blühenden Schlingpflanzen fast er=
drückt und rings umstellt mit mächtigen Orangebäumen,

blüthe= und früchteüberladen, das helle, saftige Grün auf's
Lebhafteste mit dem dunklen Schatten der Kastanien con=
trastirend. Zwischen den breiten Blättern derselben aber
wogte und flimmerte das tiefe Blau des Sees, ein Anblick,
so zauberhaft, so unvergeßlich schön, daß die bloße Er=
innerung daran hinreicht, die Seele in eine gehobene
Stimmung zu versetzen. Doch waren wir noch nicht bis
hinauf gelangt, als der Kleine, der an der Hand des
Gärtners mit uns ging und den ich, gefesselt von all der
Schönheit um mich her, fast vergessen hatte, plötzlich aus=
rief: „Großvater, ehe wir hinaufgehen, laß mich noch nach
den Pfirsichen sehen, ob sie bald reif sind!"

Der Mann blieb stehen. „Es ist gut, daß Du mich
erinnerst, Henri," sagte er; „da dem Herrn unser Garten
so gut gefällt, sieht er gewiß auch gern eine Probe unserer
Obstcultur. Ist es Ihnen gefällig, wieder ein wenig mit mir
zurückzugehen?" „Gerne," erwiederte ich, „aber erklären
Sie mir doch, wie es kommt, daß das Kind Sie Groß=
vater nennt; so alt sind Sie doch noch nicht, oder bleibt
man in dieser herrlichen Umgebung ewig jung?" — „Das
gerade nicht — der Kleine nennt mich nur so seit dem Tode
des alten Herrn von P., und auch darum, weil ich seine
Mutter liebte wie mein eigen Kind. Halb ist es von ihm
kindliche Gewohnheit, einen älteren Mann so zu nennen,
zum größeren Theil der Wunsch seines eigenen Vaters,
der mir diesen Ehrentitel einträgt."

Der Kleine war uns um einige Schritte voraus=
gesprungen und sah sich jetzt fragend um, ob wir ihm folgten.
Es war ein zartes Kind mit blonden Locken und den reizend=
sten dunkeln Augen, die ich je gesehen. Wie zwei Sonnen
strahlten sie in dem feinen Gesichte, und dabei war ihr
Ausdruck so heiter und schalkhaft, daß man leicht erkannte,
eine frohe Seele belebe sie. Ehe ich noch mehr fragen
konnte, rief der Kleine freudig: „Siehst Du, Großvater,
heute sind sie schon wieder viel röther, bald darf ich davon
essen!" — „Er denkt nur an's Essen," sagte der Gärtner
mit einem halben Seufzer und deutete mit der Hand nach
einer hohen Mauer vor uns. Ein Pfirsichbaum, wohl an
zehn Fuß hoch, bedeckte dieselbe in fast doppelter Breite
mit welthin gestreckten Aesten. Es war ein Anblick zum
Malen, der lebendige Beweis, wie häufig die Frucht noch
schöner ist als die Blüthe. Zwischen den glänzend grünen
Blättern, alle so frisch, als ob sie eben der Mai hervor=
gezaubert, hing dicht gedrängt Frucht an Frucht, sanft ge=
färbt gleich der zarten Wange des Kindes, das sehnsuchts=
voll daran hinaufschaute. Es mochten Hunderte von
Pfirsichen da hängen, aber einer war genau wie der andere,
keine welke oder verkrüppelte Frucht entstellte das schöne
Bild, welches der Baum darbot. „Das ist Papa's Baum,"
sagte das Kind lebhaft. „Nicht wahr, Großvater, er hat
ihn gepflanzt? Wenn ich groß bin, will ich auch so schöne
Pfirsiche wachsen lassen."

Ich stand nachdenkend und betrachtete den Baum, dann sagte ich: „Seit Jahren habe ich so schöne Früchte nicht gesehen, doch war früher einmal ein Gärtner in Heidelberg, der brachte ähnliche Pfirsiche auf den Markt." — Der Gärtner wendete sich rasch um und fragte: „Wohnen Sie in Heidelberg?" — „Ja wohl," war meine zerstreute Antwort, denn ich sah mit Wohlgefallen bald auf den schönen Baum, bald auf das liebliche Kind; dann rief ich aus: „Es ist wahrlich Schade, diese Früchte zu essen, sie sollten immer so hängen bleiben!"

„Ja wohl ist's Schade," sagte der Mann, aber der Kleine unterbrach ihn lebhaft: „Nein, Großvater, sie schmecken gut und im nächsten Jahr kommen wieder andere." — „Das kann man nicht wissen," antwortete der Mann sinnend, „Deine Mutter, Kind, war wie dieser Baum, so frisch und zart und duftig, und nun ist sie auch nicht mehr da." Er wischte sich mit der Hand über die Augen und fuhr dann freundlich fort: „Sobald die ersten Früchte reif sind, Henri, bekommst Du sie, verlasse Dich darauf, jetzt aber müssen sie noch einige Tage hängen." — „Ich will sie auch gar nicht für mich, nur für den Papa — aber jetzt muß ich auch zu ihm, zu meinem lieben Papa," rief, sich selbst unterbrechend, der Kleine, und in hastigen Sprüngen lief er den Kiesweg entlang, den Hügel hinauf und verschwand hinter den Bäumen der Terrasse.

Wir folgten ihm langsamer. „Dieß ist wohl das Kind

des Hauses?" fragte ich meinen Begleiter. — „Ja wohl,"
sagte er, „der Augapfel des Hauses, um den sich Alles
dreht. Ich meine oft, ich hätte meine zwei Mädchen, so
sehr sie mir auch an's Herz gewachsen sind, doch kaum halb
so lieb als ihn." — „Sie sind also verheirathet?" — „Ja,
als ich hierher kam, ließ ich eine Braut in Deutschland
zurück; ich war arm von Haus aus und wußte noch nicht,
ob es mir hier glücken würde; aber es war mein guter
Stern, der mich in dieses Haus führte. Der alte Herr
von P., der einen tüchtigen Kunstgärtner suchte, gab mir
Mittel genug und freie Hand und keine Befehle, aber guten,
tüchtigen Rath, und so sah ich schon nach einem Jahre, daß
ich hier bleiben, daß ich schalten und walten könne nach
meinem Wunsche. Daß mein Wunsch und Wille gut
waren, davon haben Sie sich hoffentlich selbst überzeugt.
Nachdem das Häuschen, welches Sie wohl vorhin dort am
Ende des Gartens bemerkt, gebaut war, gab mir Herr von
P. auf einige Wochen Urlaub. Ich reiste nach Hause und
holte meine Frau ab, die Tochter eines kleinen Beamten in
K., wo ich sie kennen gelernt, als ich in den dortigen Hof-
gärten meine Kenntnisse vervollständigte. Obgleich ihr
Anfangs hier Manches fremd und sonderbar vorkam, ward
sie doch bald heimisch, denn wir liebten uns herzlich, und
nun sprechen wir freilich jedes Jahr von einer Reise nach
Deutschland, aber es kommt immer nicht dazu."

„Man reist doch jetzt so schnell." — „Das ist es nicht,

meine Bäume und Pflanzen sind es, die mich halten.
Heute müssen diese gepflegt und gewartet werden, morgen
wieder andere, und ich bin wie eine eifersüchtige Mutter,
die ihre Sorge um die Kinder keinem Andern anvertrauen
mag. Vom Sommer verschiebe ich es auf den Winter,
vom Winter wieder auf den Sommer — es geht halt nicht.
Aber grüßen Sie mir das liebe Deutschland von ganzem
Herzen."

Wir standen während dieses Gesprächs schon eine
Weile auf der Terrasse und blickten auf die klare, durch=
sichtige Wasserfläche und die gegenüberliegenden Savoyer
Gebirge, welche bereits anfingen, sich im Strahl der Sonne
röthlich zu färben. „Es ist ein schönes, herrliches Land,"
fuhr mein Begleiter fort, „man kann es hier schon aus=
halten, um so mehr, wenn man, wie wir, einige deutsche
Freunde hat, und überdieß wissen Sie ja, wo es Einem
wohl geht, da findet man die Heimath."

Ich war im Begriff ihm zu antworten, um unser Ge=
spräch noch etwas auszudehnen, da es mich interessirte,
etwas Näheres über den jetzigen Besitzer des Hauses zu er=
fahren und über die intime Beziehung, in welcher offenbar
der Sohn und einstige Erbe dieser köstlichen Besitzung zu
dem, wenn auch gebildeten, doch einfachen Manne stand.
Da trat ein alter Bedienter, in eine geschmackvolle Livree
auf's Sorgfältigste gekleidet, zu uns und erkundigte sich
sehr höflich auf Französisch, ob ich der Herr sei, welcher

das Haus zu sehen wünsche, später sei es nicht mehr wohl möglich. Ich drückte dem deutschen Landsmann die Hand, stellte die Möglichkeit eines Wiederkommens in Aussicht und folgte dem Diener in das Haus.

Die geschmackvolle Ausstattung desselben entsprach sowohl dessen Außenseite, als der Gartenanlage, und was die Holzarbeit betrifft, so fand ich, daß meine Reisegefährtin davon keineswegs zu viel gesagt hatte. Die Wände des Speisesaales waren nach Schweizersitte ganz mit geschnitztem Eichenholz getäfelt, die Büffets, die Sessel und der Fuß des Eßtisches mit reichen Skulpturen von demselben Material geziert. Die Wände der Gesellschaftszimmer bedeckten kostbare Sammettapeten von dunkler Farbe, gehoben durch wenige, aber kostbare Goldrahmen, die vorzügliche Kupferstiche und einige ausgezeichnete Oelgemälde einfaßten. Auch hier waren die Möbeln mit kunstreichen Schnitzereien geziert und breite Vorhänge von dunklem Seidendamast, welche die hohen Bogenfenster fast verhüllten, gaben den Gemächern einen Anstrich von Düsterheit, welcher angenehm mit dem glänzenden Licht, der hellen Bläue der Landschaft contrastirten. Mehr jedoch als die Bilder, die kostbaren Uhren, Statuetten und Vasen, welche die marmornen Simse der Kamine zierten, interessirte mich die eingelegte Arbeit der Fußböden, die in Wahrheit ausgezeichnet genannt werden durfte. Besonders geschmackvoll war die Zeichnung derselben und ich freute mich um so mehr

darüber, als auch dieß größtentheils ein Erzeugniß deutschen Fleißes war, denn wie ich gehört, hielten sich viele
deutsche Handwerker, und besonders Kunstschreiner, in
Bevay auf

So gelangten wir nach und nach an das Ende der
Zimmerreihe, die mit einem kleinen, besonders reizend aus-
gestatteten Boudoir schloß, welches jedoch noch mehr als
die übrigen Zimmer den Charakter des mittelalterlich Düstern trug. Das einzige Fenster war mit Glasmalereien
bedeckt, welche ihre bunten Lichter auf die violette Sammt-
tapete streuten, da die Abendsonne dem Fenster gerade
gegenüber stand und jetzt ihren vollsten Strahl auf den
Kaminsims und die Gegenstände ergoß, welche sich darauf
befanden. Unter diesen nahm ein Oelgemälde, das in
schmuckloser Einfachheit ohne Rahmen oder sonstige Ein-
fassung darauf stand, sogleich meine ganze Aufmerksamkeit
in Anspruch. Es war ein wunderbares Bild, welches mich
dergestalt fesselte, daß ich erst nach einiger Zeit durch das
verlegene Räuspern des Bedienten daran erinnert wurde,
daß ich wohl schon viel zu lange für ihn hier stand. Der
Gegenstand war äußerst einfach. Eine junge Mutter in
italienischer Tracht, auf einem niedern Schemel sitzend,
hält ihren nur mit einem Hemdchen bekleideten Knaben
dem Vater entgegen, welcher in der Tracht eines Arbeiters
sich an eine niedere Mauer lehnt, den Kopf in die Hand
gestützt und die Gruppe vor ihm betrachtet.

Wer hat nicht schon eine Menge ähnlicher Bilder ge=
sehen? Und doch war vielleicht noch nie im Ausdruck des
Mannes die Liebe des Vaters zu seinem Kinde so treu, so
menschlich schön wiedergegeben. Das sanfte, innige Lächeln,
welches die bleichen, melancholischen Züge dieses Gesichtes
belebte, der tiefe Blick des Auges, mit dem es auf dem
jauchzenden Kinde ruhte, die ganze Wonne des Vater=
herzens, die um die Lippen spielte — man mußte dieß selbst
gesehen haben, weil so ein Bild überhaupt gar nicht zu be=
schreiben ist.

Ich hatte schon Madonnen aller Art gesehen, die Ver=
körperung der Mutterliebe in ihrer rührendsten und an=
ziehendsten Gestalt, aber nichts hatte mich noch momentan
so tief ergriffen, als der Ausdruck des Vaterherzens, wie
er sich in reinster Menschlichkeit auf diesem Gesichte wieder=
spiegelte. Nur ein großer Künstler konnte das Bild gemalt
haben. Ich wandte mich zu dem Diener und fragte nach
dem Namen desselben.

„Es ist von einem italienischen Maler," antwortete er
kurz; „den Namen weiß ich nicht, aber das Bild gefällt
Allen, die es sehen." Noch einmal weilten meine Blicke
darauf, ehe ich ging, und nun erst fiel mir etwas auf,
was ich vorher ganz übersehen. Fast schien es, als müßte
das Gemälde von zwei verschiedenen Händen gefertigt sein.
Die Mutter, das Kind, so wie das ganze Beiwerk kamen
in der Ausführung nicht weit über die Mittelmäßigkeit

hinaus. Sie waren auch sorgfältig gemalt, aber es fehlte
ihnen der poetische Schwung, die Innigkeit, welche den
Vater charakterisirten und auf den Beschauer so mächtig
wirkten. Wie gerne hätte ich noch mehr gefragt, aber der
Alte gab sichtliche Zeichen der Ungeduld; ich erinnerte mich,
daß ich nur einer Gefälligkeit den Zutritt in diese Räume
verdanke, und verließ nach einem letzten, langen Blick auf
das Bild das Zimmer. Der alte Diener öffnete mir mit
zierlicher Verbeugung eine Glasthüre nach der Terrasse
und ich verließ den Garten, nachdem ich mich noch einmal,
jedoch vergebens, nach dem Gärtner umgesehen hatte.

Am folgenden Tage machte ich einen Ausflug in das
Rhonethal, als ich aber am Abend nach Vevay zurückkehrte,
stand mir immer wieder das Bild vor Augen und damit
der lebhafte Wunsch, es vor meiner Abreise noch einmal
zu sehen. Ich betrachtete dieß zwar selbst als eine Un-
bescheidenheit, aber wie verzeihlich ist eine solche bei einem
leidenschaftlichen Kunstliebhaber, wo es sich um ein be-
deutendes Kunstwerk handelt! Als ich nun gar am andern
Morgen erfuhr, daß an diesem Tage der Garten des Herrn
von P. dem Publikum auf zwei Stunden geöffnet sei, hielt
es mich nicht länger und ich beschloß, es noch einmal zu
wagen, ob mir das Glück so günstig sei, als das erste mal.

Nachdem ich einige Zeit im Garten umhergewandelt,
ohne meinen Freund, den Gärtner anzutreffen, entschloß ich
mich kurz, nach seiner Wohnung zu gehen und ihn offen in

mein Interesse zu ziehen. Wie ich nun am Gewächsſalon vorüberging, hörte ich plötzlich eine helle Kinderſtimme, die mir ein ſchalkhaftes: „Bon jour, Monsieur!“ zurief, und gleich darauf entdeckte ich zwiſchen den Blüthen eines Oleanderbaums die ſchönen dunkeln Augen des kleinen Henri.

„Komm' mit mir, zeige mir den Weg zu dem Groß= vater,“ ſagte ich, worauf er rief: „Was wollen Sie bei dem Großvater? Er iſt nicht zu Hauſe.“ — „Wie Schade!“ ſagte ich faſt unwillkürlich; „das iſt mir wirklich ſehr leid.“ — „Warum?“ rief das Kind. „Sagen Sie mir, was er ſoll.“ — Ich lächelte. „Dieß wird mir nicht viel nützen; ich wollte den Großvater fragen, ob ich nicht noch einmal die Zimmer beſuchen darf, welche ich vorgeſtern geſehen.“

Der Kopf verſchwand blitzſchnell zwiſchen den Zweigen und ich hörte gleich darauf den Kleinen ſagen: „Papa, der Herr, den ich vorgeſtern geſehen, der mit dem Großvater deutſch ſprach, möchte noch einmal unſere Zimmer ſehen.“ Im nächſten Augenblick wurden die Zweige des Baumes auseinander gebogen; neben Henri ſtand ein großer, ſchlanker Mann, das leibhaftige, wenn auch etwas ältere Original des Vaters, welchen ich noch einmal zu ſehen ſo lebhaft wünſchte.

Ich nahm etwas verlegen den Hut ab und er redete mich freundlich in reinem Deutſch an: „Womit kann ich Ihnen dienen, mein Herr?“ — „Sie ſehen einen Un=

bescheidenen vor sich," antwortete ich, „aber Ihre herrliche
Besitzung macht mich mehr dazu, als mein Naturell. So
viel Schönes die Ufer des Leman auch dem Reisenden bie=
ten, Ihr Garten, Ihr Haus, und die Perle Ihres Hauses,
ein seltenes Gemälde, das ich darin erblickte, werden mir
immer unvergeßlich sein."

„Von welchem Gemälde sprechen Sie?" erwiederte er.
„Mein Vater war ein großer Kunstfreund, und ich darf
wohl sagen, daß manches ächte Kunstwerk unsere Räume
ziert." — „Ich spreche von dem herrlichen Bilde auf dem
Kamin eines kleinen, reizenden Zimmers, welches in wahr=
haft poetischer und idealer Weise die Vaterliebe darstellt."

Ich mußte natürlich die Wahrheit sagen, und getraute
mich doch kaum den Mann dabei anzusehen, welcher offen=
bar zu diesem Bilde gesessen und dessen Lebensschicksal
gewiß in irgend einer Beziehung dazu stand. „Dachte ich
mir's doch," sprach er halblaut vor sich hin, dann fuhr er
freundlich fort: „Es gehört zu meinen größten Lebens=
freuden, wenn dieses Bild gewürdigt und geschätzt wird.
Fremde kommen im Ganzen nicht viele in das Haus und
unsere Waadtländer haben wenig Sinn für dergleichen.
Ich freue mich, wenn es Ihnen Genuß gewährt, und bin
gerne bereit, es Ihnen noch einmal selbst zu zeigen."

Er trat mit diesen Worten an die Thüre des Salons,
bat mich einzutreten und führte mich durch den bedeckten
Gang nach dem Innern des Hauses; der Kleine hüpfte vor

uns her. Trotz dieser Freundlichkeit fühlte ich mich etwas beengt, vielleicht nur darum, weil eine derartige Zuvor= kommenheit gegen Fremde im „Wälschland“, wie man in den deutschen Kantonen den französischen Theil der Schweiz nennt, zu den größten Seltenheiten gehört. Indem wir nun durch die lange glänzende Zimmerreihe schritten, die ich schon einmal durchwandert, blieben wir bald vor diesem, bald vor jenem Kupferstich oder Gemälde stehen, und schnell verlor sich mein Gefühl von Bangigkeit, denn unsere An= sichten und Urtheile waren so sympathisch, daß mich wenig= stens, als wir uns nach einer halben Stunde dem Gegen= stand meiner Wünsche gegenüber befanden, die Empfindung beschlich, als ob ich mit einem alten Bekannten spräche und aus der ungezwungenen Weise, mit der Herr von P. sich mir gegenüber gab, schien ein ähnliches Gefühl hervor= zugehen.

Mit der liebenswürdigsten Freundlichkeit rückte er mir einen Stuhl zurecht, damit ich das Gemälde recht nach Muße betrachten könnte. Es fesselte mich noch fast mehr als das erstemal; wiederum vergaß ich auf Momente, daß ich nicht allein war und als ich, durch ein kleines Geräusch des Kindes veranlaßt, mich endlich umsah, begegnete meinem Blick in der Wirklichkeit fast ganz dieselbe Scene, die mir das Bild darbot. Vielleicht noch wehmüthiger, noch inniger als dort blickte das dunkle Auge des Mannes auf das liebliche Kind, welches sich an seine Kniee schmiegte.

Mein Herz schwoll von Rührung; von jeher war mir der
sichtliche Ausdruck der Vaterliebe ergreifender als der des
Mutterherzens, weil er weniger instinktiv, mehr durch-
geistigt und bewußt ist.

„Daß ich ein Maler wäre und eine Kopie dieses Bildes
mit mir nehmen könnte!" rief ich. — „Es ist mir lieb, daß
Sie keiner sind," antwortete er ruhig, „denn dieß müßte
ich Ihnen verweigern." — „Wie, wollen Sie immer allein
der Besitzer eines solchen Kunstwerks bleiben, soll es nie
vervielfältigt und der ganzen Welt bekannt werden?" —
„Nein, es kann Ihnen nicht entgangen sein, daß es eigentlich ein Familienporträt ist."

„Gewiß nicht," erwiederte ich etwas kleinlaut, „aber
wie viele Madonnen, die wir als bloße Werke der Phantasie bewundern, mögen in gleicher Weise entstanden sein."
— „Das will ich nicht bestreiten; wenn in hundert Jahren
dieses Haus noch steht und dieses Bild noch darin existirt,
mag man damit machen, was man will, und es als eine
künstlerische Seltenheit bewundern. So lange ich und Henri
leben, mögen sich unsere Gäste und mancher fremde Besucher daran erfreuen, und es soll kein Tag vergehen, wo
mein Sohn und ich uns nicht vor diesem Bilde des edelsten
Mannes erinnern, aber mehr braucht vorläufig die Welt
nicht davon zu wissen."

„Und ist der Künstler auch damit einverstanden?" —
„Das ist er." — „Kennen Sie noch andere Werke von

ihm?" — „Gewiß, eine ganze Menge." — „Es ist mir
unbegreiflich, daß ich nie etwas von ihm gehört. Ich war
vorigen Herbst in Italien, habe viele Galerien besucht,
viele Werke der Neuzeit gesehen, bin aber dem Namen
nirgends begegnet."

Herr von P. lächelte: „Sie werden ihn auch nirgends
finden als hier. Würde es Sie interessiren, noch mehr von
ihm zu sehen?" — Meine Augen leuchteten vor Freude.
„Sie würden mich überglücklich machen," rief ich, „doch
bin ich beschämt, Sie als völlig Fremder so sehr zu be-
lästigen." — „Sie sind ein Heidelberger, wie ich von meinem Kunstgärtner höre," antwortete er lächelnd, „und haben
als Solcher ein besonderes Anrecht auf meine Gastfreund-
schaft." — „Kennen Sie Heidelberg?" — „Ob ich es kenne?
Ich habe dort die schönste Zeit meines Lebens zugebracht."

Ich sah ihn betroffen an; eine dunkle Erinnerung, die
mir vorschwebte und mich peinigte, seit ich das merkwürdige
Bild zum erstenmal gesehen, ward mir plötzlich klar. „Sie
sind — nein, es kann nicht sein! es ist unmöglich!" rief ich.
— „Sie täuschen sich nicht," erwiederte er, „ich bin wirklich
der Gärtner Heinrich, bei welchem Sie, Herr Professor,
manche Traube und manchen Pfirsich kaufen ließen und der
Ihnen mit die angenehmsten und lehrreichsten Stunden
seines Lebens verdankt. Darf ich Ihnen zum Willkomm in
meinem Hause die Hand bieten?"

Wir drückten einander herzlich die Hände, aber ich

mußte wohl so erstaunt und verblüfft aussehen, daß Herr von P. trotz der Melancholie, welche seine Züge fortwährend beschattete, in ein herzliches Lachen ausbrach. — „So hat dennoch die Sage nicht ganz gelogen," sagte ich endlich, „welche unerschütterlich hinter dem gebildeten, feinen Gärtner mit der liebenswürdigen jungen Frau einen fremden Prinzen vermuthete, welchen ein romantisches Liebesschicksal antrieb, allem Glanz der Welt zu entsagen."— „Es ist Alles wahr, bis auf den Prinzen, der sich statt dessen als Republikaner herausstellt," erwiederte er immer noch scherzend.

In diesem Augenblick erscholl ein starker Glockenton; Herr von P. sah nach der Uhr. „Sie entschuldigen mich," sagte er; „meine Mutter ist an strengste Pünktlichkeit gewöhnt, ich muß Sie jetzt verlassen, es ist unsere Tischzeit. Wie gern möchte ich Sie nach der schönen deutschen Sitte ohne weitere Ceremonien zu mir laden, aber bei einer strengen Waadtländerin ist es nicht zu wagen, ihr unvorbereitet einen fremden Gast zuzuführen."

„Auch dürfte ich so im Reisekleid kaum vor einer Dame in diesen eleganten Räumen erscheinen." — „Da läge nichts daran, an übergroße Eleganz in der Kleidung sind wir in der Schweiz nicht gewöhnt; schenken Sie mir jedoch das Vergnügen, das Gouter mit uns einzunehmen. Wenn es Ihnen alsdann passend ist, etwas früher zu kommen, so werde ich mir ein Vergnügen daraus machen, Ihnen noch andere Bilder dieses Malers zu zeigen."

Ich willigte mit Freuden ein, obgleich ich eigentlich be-
absichtigt hatte, am Nachmittag weiterzureisen. Diese
Begegnung war jedoch zu interessant, um nicht meinen
Reiseplan darnach umzuändern. Ich verabschiedete mich
rasch von Herrn von P., nachdem ich versprochen, gegen
Abend wieder zu kommen und ging nach meinem Hotel.

Es mochte neun bis zehn Jahre her sein, als man in
Heidelberg viel von einem seltsamen Paare sprach, welches
ein kleines, unscheinbares Häuschen dicht bei Neuenhain
gekauft hatte und bewohnte. Das Haus war von einem
ziemlich großen, meist mit Obstbäumen bepflanzten Garten
umgeben und hinter demselben streckte sich ein kleiner, gut
gelegener Weinberg die Höhe hinan. Der Kleidung nach
schienen es einfache Gärtnersleute, wer sie aber näher ansah, oder mit ihnen sprach, war sogleich betroffen von dem
intelligenten, vornehmen Ausdruck der Züge und der gebildeten Sprache. Die junge hübsche Frau war offenbar
eine Deutsche, der Mann hingegen sprach das Deutsche,
wenn auch fließend, doch mit frembartigem Accent. Ihre
Lebensweise glich ganz der der arbeitenden Klasse; den
Mann sah man täglich im leinenen Kittel mit einem Gehülfen in seinem Garten oder Weinberg arbeiten, die Frau
verkaufte das Obst, die Blumen und Gemüse, welche sie
zogen, im Garten selbst und besorgte ihren Haushalt mit
Hülfe eines kleinen Mädchens; aber manche neugierige
Köchin, welche dort ihre Einkäufe machte, erzählte zu Hause

der Herrschaft, wie fein die Gärtnersleute und wie nett und zierlich die kleinen Zimmer eingerichtet seien, in denen sich ein Piano befand und eine ganze Wand mit schön eingebundenen Büchern bedeckt war. Natürlich gab dieß zu allerlei Gerede Anlaß. Die Damen fingen an, ihre Einkäufe bei dem räthselhaften Gärtnerpaare selbst zu besorgen, und die Herren wanderten hinaus, um Bouquets oder Blumenstöcke zu holen. Jedermann wollte mit der schönen Frau sprechen und den interessanten Mann beobachten, der sich ganz wie ein gewöhnlicher Gärtner benahm und dabei wie ein vornehmer Mann aussah.

Es konnte nicht fehlen, daß diese Neugierde den Leuten schnell lästig wurde; nach wenigen Wochen schon besagte eine höfliche Anzeige im Wochenblatt dem Publikum, daß der Gärtner Heinrich zu desselben größerer Bequemlichkeit seinen Gehülfen allwöchentlich zweimal mit den Erzeugnissen seines Gartens auf den Markt schicken werde und daß man etwaige Bestellungen bei diesem machen könne. Neue Vermuthungen knüpften sich an diese Aenderung, als man aber bald darauf vernahm, die junge Frau sei die glückliche Mutter eines Knaben geworden, fand man es schon natürlicher.

In einer Stadt wie Heidelberg, wo sich die Fremden so sehr drängen, daß fast jede Woche eine neue interessante Erscheinung auftaucht, würde das Gärtnerpaar bald der Vergessenheit anheim gefallen sein, wäre es nicht Heinrich

gewesen, der allwöchentlich das feinste Tafelobst, die vor-
züglichsten Gemüse auf den Markt lieferte. Besonders
waren es seine Trauben und Pfirsiche, um die man sich
zur Herbstzeit fast stritt; im Uebrigen lebten die Leute so
still und einförmig dahin, daß sich bald niemand mehr um
sie kümmerte.

Sie mochten etwa seit drei Jahren in Heidelberg leben,
als ich für den Winter Vorlesungen über Kunstgeschichte
ankündigte, welche ich schon seit einigen Jahren nicht mehr
gehalten hatte. Die Zahl meiner Zuhörer war, wie gewöhnlich, nicht unbedeutend und bestand nicht allein aus
Studirenden; dennoch fühlte ich mich seltsam überrascht,
unter ihnen den Gärtner Heinrich zu entdecken, wie gewöhnlich in der einfachen Kleidung eines Arbeiters, aber
als einer der aufmerksamsten und eifrigsten unter den
Hörenden. Er fehlte fast nie, und unwillkürlich gewöhnte
ich mich daran, wenn ich anfing, sein dunkles sprechendes
Auge zu suchen, das aus einer fernen Ecke des Saales,
wo er seinen gewöhnlichen Platz hatte, zu mir heraufleuch-
tete wie ein sanft umwölkter Stern. Der Mann fing an
mich so lebhaft zu interessiren, daß ich mehrmals versuchte,
ihn beim Herausgehen noch einzuholen, um einige Worte
mit ihm zu wechseln, aber vergebens; er verschwand jedesmal so schnell wie ein Schatten. Während des folgenden
Sommers sah ich ihn nur manchmal im Vorbeigehen, entweder in seinem Weinberg oder im Garten beschäftigt; ein

einzigesmal fand ich ihn an der Gartenthür stehend, einen
reizenden kleinen Knaben auf dem Arm; als ich zu ihm
aufsah, grüßte er mich mit leichtem Anstand, verschwand
aber sogleich hinter den Bäumen. Im nächsten Winter
war er wieder mein Zuhörer, benahm sich jedoch dabei
abermals in so scheuer, zurückgezogener Weise, daß ich jeden
Versuch, ihm näher zu kommen, aufgab.

Gegen den Herbst erzählte der Gehülfe, welcher Hein=
rich gedient, seitdem er in Heidelberg wohnte, seinen er=
staunten weiblichen Kunden, sein Herr sei weggezogen, habe
ihm das kleine Anwesen gegen ein Billiges überlassen, und
er führe nun die Gärtnerei auf eigene Rechnnng. Es be=
gannen neue erfolglose Bemühungen von Seiten der die=
nenden Damen, endlich von diesem Famulus etwas Näheres
über den räthselhaften Gärtner zu vernehmen. Aber er
blieb standhaft; entweder wußte er wirklich nichts über
ihn, oder er war gegen weibliche Neugierde wie im Feuer
gehärtet. Er war so fleißig, wenn auch nicht ganz so geschickt,
als sein Herr, gedieh mit seinem Handel, und das Interesse,
welches sich nunmehr an die kleine Gärtnerwohnung knüpfte,
drehte sich nur noch lediglich darum, welche von seinen
schönen Kunden sie vielleicht einst mit ihm theilen würde.

Ich war zur Zeit dieses Vorgangs auf einer kleinen
Ferienreise begriffen. Bei meiner Rückkehr fand ich unter
andern Briefen ein Billet, in welchem man mir mit gutge=
wählten herzlichen Worten für den Genuß dankte, den meine

Vorlesungen dem Schreiber gewährt hätten. Unterzeichnet
war das Briefchen: „Heinrich, Gärtner."

Wie überrascht ich nun war, in Herrn von P. diesen
Heinrich wiederzufinden, und zwar durch eine so seltsame
Verknüpfung von Umständen, kann sich Jeder vorstellen.
Ich konnte den Abend kaum erwarten und war so aufge=
regt, daß ich schon von vier Uhr an unter. den Kastanien
am See hin und her ging, die fünfte Stunde erwartend,
welche mir Herr von P. bezeichnet hatte, da man gewöhn=
lich das Gouter gegen Sieben einnimmt und er mir vorher
noch die Bilder zeigen wollte. Als es endlich Zeit war
und mich der Diener in den Salon führte, fand ich Herrn
von P. bereits dort meiner harrend. Er bot mir herzlich
die Hand und sagte: „Ich muß Ihnen noch einmal meine
Freude ausdrücken, Herr Professor, Sie in meinen Räu=
men empfangen zu können. Ich kann Ihnen nicht sagen,
welchen Genuß ich aus Ihren Vorlesungen geschöpft, wie
viel Schönes ich daraus gelernt. Wenn Sie den Geschmack
unserer Einrichtung bewundern, so gehört dieses Verdienst
zum Theil auch Ihnen, durch Ihre Belehrung wurde der
Schönheitssinn erst recht in mir lebendig. Doch kommen
Sie, wenn es Sie noch interessirt, will ich Ihnen vor dem
Gouter die versprochenen Bilder zeigen."

Ich folgte bereitwillig meinem Führer die breite Treppe
hinauf in ein Zimmer zur Linken, dessen Fenster eine ent=
zückende Aussicht über den See gestatteten. Das Zimmer

war sehr einfach; die getäfelten Wände, wie man es in der
Schweiz sehr häufig findet, mit einem grünlich weißen
Firniß überzogen, waren mit größeren und kleineren Ge=
mälden und Skizzen fast ganz überdeckt. Außerdem befand
sich in dem Zimmer eine vollständige Malereinrichtung,
und zwar so aufgestellt, als ob es der Künstler eben erst
verlassen und jeden Augenblick zu seiner Beschäftigung zu=
rückkehren könnte. Neben der Staffelei auf einem Tisch=
chen lag die Palette mit eingetrockneten Farben und die
Pinsel darauf. Auf einem andern Tische stand der offene
Malerkasten und neben dem Sessel vor der Staffelei lehnte
der Malerstock. Eine fertige Leinwand stand darauf, auf
der sich in wenigen, zitternden Linien die Umrisse eines
Kindergesichtes zeigten.

Ich betrachtete die Bilder der Reihe nach, während
Herr von P. auf einem niedern Stuhle neben dem Kamin
sitzend mir schweigend mit den Blicken folgte. Die Ge=
mälde stellten die verschiedenartigsten Dinge dar, doch
waren es meist Landschaften, darunter einige recht gute
italienische, und Genrebilder. Auch einige Portraits be=
fanden sich dabei, darunter das eines Knaben in verschie=
denen Lebensaltern, in welchem ich leicht Herrn von P.
erkennen konnte. Die Bilder waren alle sorgfältig mit
geübter Hand gemalt, sinnig und geschmackvoll arrangirt,
keines bekundete indessen ein außerordentliches Talent.
Sie glichen sämmtlich der Mutter und dem Kinde auf

meinem Lieblingsbilde; von der tiefen Poesie, der Innigkeit des Ausdrucks, welcher dort den Vater beseelte, fand sich nur selten eine Spur.

„Ich sehe mich in meiner ersten Meinung bestärkt," sagte ich endlich: „das köstliche Bild, welches Sie besitzen, muß von zwei verschiedenen Künstlern gefertigt sein. Wohl finde ich in diesen Gemälden dieselbe Fertigkeit, das Talent, mit welchem Mutter und Kind gefertigt sind, aber den genialen Künstler, die Tiefe des Gemüths, welche den Vater geschaffen, suche ich vergebens."

Herr von P. war aufgestanden und näher getreten. „Dennoch versichere ich Sie," sprach er ernst, „daß die nämliche Hand das ganze Bild gemalt, und Ihr Staunen wird sich verringern, wenn ich Ihnen erst den Künstler nenne." — Ich sah gespannt zu ihm auf. — „Alle diese Bilder und das, welches Sie unten gesehen," fuhr er fort, und ein Zug von Wehmuth ging über sein Gesicht, „sind von meinem Vater gemalt. Das Gefühl des Vaters hat ihn weit über sein Talent hinausgehoben, hat ihn das Kunstwerk schaffen lassen, welches Sie so sehr zu schätzen wissen; seine übrigen Schöpfungen gehen, wie Sie sehen, kaum über die Leistungen eines hübschen, aber nicht sehr bedeutenden Talentes hinaus."

Eine Thräne glänzte in seinem Auge, er trat an das Fenster und sah still hinaus in die Landschaft. Nach einer kleinen Pause sagte er gefaßter: „Ich sehe, wie sehr Ihre

freundliche Theilnahme erregt ist; wenn es Sie nicht lang=
·weilt, erzähle ich Ihnen später die Geschichte des Bildes,
und damit die meines Lebens. Es wird zum ersten mal
sein, daß ein Mensch sie von meinen Lippen vernimmt,
aber Sie sind mir ja innerlich schon lange nicht mehr fremd
und ich berechne den Grad meines Vertrauens nicht nach
Stunden und Jahren des Bekanntseins, sondern nach der
Art des geistigen Bandes, das mich mit einem Andern ver=
bindet. Sie waren mein Lehrer: ich weiß, daß Sie mich
verstehen werden, wie Sie auch beim ersten Blick den tiefen
Werth meines theuren Bildes erkannt. Doch lassen Sie
uns jetzt hinunter gehen; meine Mutter wird uns erwarten,
und da kommt auch wirklich Henri schon, uns abzurufen."

Die Thüre flog auf, der liebliche Knabe hüpfte herein,
begrüßte mich freundlich und flog dann jauchzend auf den
Vater zu. „Papa, ich bin fertig mit Lernen; ich war sehr
brav, ich darf wieder bei Dir sein!" rief er und bedeckte
den Vater, der sich liebevoll zu ihm niederbeugte, mit
Küssen. Durch die offene Thüre folgte ihm der alte Diener
und meldete feierlich, der Thee sei servirt. Wir gingen
hinunter und traten in den mir bereits bekannten Speise=
saal, welcher im Waadtland in keinem besseren Hause fehlt,
und in dem alle Mahlzeiten eingenommen werden müssen,
handelte es sich auch nur um eine Tasse Kaffee oder Thee.
Fast in demselben Augenblick öffnete sich eine andere Thüre
uns gegenüber und eine hohe, schwarzgekleidete Dame trat

herein, auf den Arm eines nicht mehr ganz jungen und schüchtern aussehenden Mädchens gestützt. Herr von P. stellte mich den Damen vor; die ältere war seine Mutter, die jüngere deren Gesellschafterin.

Frau von P. nahm am obern Ende der Tafel Platz, an ihrer rechten Seite Henri, der plötzlich mäuschenstill geworden war, zur Linken die Gesellschafterin. Herr von P. und ich reihten uns an.

Die letzte Mahlzeit am Tage, das sogenannte Gouter, ist charakteristisch für die Westschweiz und die südlichen Kantone. Im vornehmsten Hause wie in der kleinsten Hütte ist es Sitte und Gebrauch. In keinem Falle wird davon abgewichen, man ladet nie zum Souper, man ladet nur zum Gouter ein, welches dann freilich in außerordent= lichen Fällen bezüglich der Schüsseln in einer Weise aus= gedehnt wird, daß ein Schweizermagen dazu gehört, um binnen einer Stunde die verschiedenartigen Gerichte, welche man dabei aufträgt, in sich aufzunehmen. Das eigentliche Fundament des Gouter besteht aus Thee oder Kaffee, wel= chen letzteren besonders die geringeren Klassen lieben, und Brod. Butter wird von strengen Schweizern eigentlich als Luxusartikel betrachtet und figurirt für die Einheimi= schen nur bei seltenen Gelegenheiten auf dem Tische. But= ter und Käse zusammen zu essen, gilt vollends als eine höchst verwerfliche Verschwendung. Außer dem Brod giebt es jedoch fast immer noch eine warme oder kalte Obst=

ober Mehlspeise, welche mit dem Thee genossen wird, oder
Confituren. Fleisch erscheint dabei nur bei seltenen Ver-
anlassungen.

Diese höchst einfache Mahlzeit, welche man gewöhnlich
zwischen sechs und sieben Uhr einnimmt, beschließt den
Tag mit seinen Geschäften, unterbricht aber den Sommer-
abend in sehr lästiger Weise. Denn der Cultus des Gouter
geht über Alles, Niemand darf dabei fehlen, und eben so
unmöglich ist es, dasselbe auf eine passendere Stunde zu
verschieben. Wenn der schönste Moment des Tages kommt,
die Zeit, welche dem Sonnenuntergang vorausgeht und
ihm folgt, wenn ihr rother Strahl das herrliche Panorama
des Leman mit glühenden Farben bedeckt, dann sitzt der
Waadtländer in der Regel in seinem engen Speisezimmer
über seiner Theetasse, und es können Wochen vergehen, ehe
man sich nur Einmal nach der Pracht da draußen umschaut.
Fast alle die zahllosen Landhäuser, welche an dem Ufer
des Sees zerstreut liegen, haben ihre Terrasse, von welcher
aus man die Landschaft überschauen kann, aber Niemand,
außer einer deutschen Hausfrau, wird es einfallen, den
Theetisch im Freien herzurichten, so daß man sich wenigstens
beim Mahle dem Anblick dieser köstlichen Natur mit überlassen kann. Das Eßzimmer ist für die Mahlzeiten bestimmt, folglich muß auch unfehlbar darin gegessen werden.
Ländlich, sittlich; doch sind solche kleine Züge charakteristisch
für eine ganze Bevölkerung.

Daß wir also, um zu meiner Erzählung zurückzukehren, das Gouter bei Herrn von P. nicht auf der Terrasse zwischen den duftenden Orangenbäumen, wie man es in Deutschland gewiß gethan hätte, einnehmen konnten, versteht sich von selbst. Doch saß ich glücklicherweise dem breiten Bogenfenster gegenüber und konnte durch die hellen Scheiben sehen, wie erst die Felsen von Meillerie drüben am Savoyischen Ufer sich rötheten und dann, als die Sonne tiefer sank, die weißen, säulenartigen Felsen der Dent d'Oche gleich einem Glutofen erschimmerten. Ich hatte um so mehr Gelegenheit, mich der Betrachtung der Natur nicht ganz zu entziehen, als die Unterhaltung während des Gouter eine höchst einsylbige war. Frau von P. wechselte mit mir kaum die nothwendigsten Begrüßungsworte. Nachdem wir uns gesetzt, sprach die Gesellschafterin ein sehr frommes Gebet und dann servirte sie den Thee. Die Tafel von polirtem Eichenholz ohne Tischtuch, gleichfalls Landessitte, war kostbar ausgestattet mit schwerem Silber und feinem Porzellan, die übliche Obst- oder Mehlspeise vervollständigt durch vorzügliches Backwerk, feines Obst in eleganten Fruchtschalen, Crémes und verschiedene warme Gerichte.

Frau von P. bildete einen eigenthümlichen Contrast mit dem poetischen, farbenvollen Bilde da draußen, wenn mein Blick, von dem Fenster zurückkehrend, auf ihre hagere Gestalt und ihr strenges, ernstes Gesicht fiel, das mir von dem andern Ende der Tafel entgegenblickte. Sie wechselte zuweilen ein Wort mit Henri, das offenbar freundlich gemeint war, aber keine Sympathie in dem Kleinen zu wecken schien, denn seine Stimme klang ängstlich gepreßt, so oft er der Großmutter antwortete. Die Gesellschafterin sprach nur, wenn sie eine Tasse Thee oder sonst Etwas anbot, und lediglich Herr von P. behielt die ungezwungene, freundliche Weise bei, welche mir so wohl an ihm gefiel.

Zum Glück dauerte die Mahlzeit nicht lange. Nach der Beendigung sprach die Gesellschafterin abermals ein Gebet, dann erhob sich Frau von P. würdevoll, küßte den kleinen Henri auf die Stirn und sagte, zu ihrem Sohne gewendet: „Mon cher, der Prediger von Savigny wird heute Abend unsere Andacht leiten; der junge Mann ist sehr inspirirt, willst Du mit Monsieur und Henri beiwohnen?" — „Ich danke herzlich, liebe Mutter," antwortete Herr von P. respektvoll; „ich bin für jetzt noch in Anspruch genommen und möchte Sie und Ihre Freunde durch mein späteres Kommen nicht stören."

Frau von P. verbeugte sich hierauf würdevoll gegen mich, in dem sie gewiß schon längst den Ketzer geahnt, und verließ das Zimmer, wie sie gekommen, auf den Arm ihrer Begleiterin gestützt. „Herr von P.," sagte ich, nachdem sie sich entfernt, „ich fürchte, meine Anwesenheit stört Sie, und das möchte ich um Alles in der Welt nicht." — „Keineswegs," antwortete er, „diese Einladung meiner

Mutter ist nicht mehr als reine Form. Mit eiserner Conse=
quenz von Zeit zu Zeit wiederholt, wird sie jedesmal ebenso
entschieden abgelehnt. Meine Mutter glaubt mir dieß im
Interesse meines Seelenheils schuldig zu sein, da ich aber
mein Seelenheil ganz wo anders finde, als in ihren Con=
ventikeln, danke ich standhaft dafür. Es sollte mir auch
leid sein, für den armen Jungen," fuhr er fort, indem er
Henri's Kopf zärtlich zwischen seine Hände nahm, „wenn
er diese Dinge mit anhören müßte, die mir die halbe Kin=
derzeit verbittert haben."

Mit diesen Worten öffnete er die Glasthüre, die vom
Nebenzimmer auf die Terrasse führte, und wir traten hinaus
in den köstlichen, frischen Abend, von dem Duft der Oran=
genblüthen ganz durchhaucht, die friedliche Stille nur
unterbrochen durch das leise Plätschern der Wellen, die
sich am Fuß der Terrasse brachen und in duftiger, zaube=
rischer Bläue zu uns heraufleuchteten. Noch war es nicht
zu spät, noch konnten wir auf einige Minuten den köstlich=
sten Anblick genießen. Die Sonne war bereits hinter der
Jurakette hinabgesunken, nur einen lichten Saum zurück=
lassend, der den langen, fast schwarzen Streif einfaßte,
welchen der Jura im schärfsten Contrast zu den zackigen,
aber ganz in blauen, durchsichtigen Duft gehüllten Vorge=
birgen der Savoyer Alpen bildet. Wie ein langer end=
loser Gedankenstrich zieht sich der Jura durch die ganze
Westschweiz, erst bei Basel in einigen wildromantischen

Auswüchsen sich verlaufend. Finster, fast wie neidisch blickt
er herüber nach den wechselnden Formen der Berge, die
den See eingrenzen, und die jetzt bereits leise Dämmerung
deckte. Aber im Hintergrunde des Sees schimmerten die
Walliser Alpen, welche dort gleichsam die Welt abzuschlie=
ßen scheinen, nun erst in rosiger Gluth, während die Spitzen
der schlanken Dent du Midi von weißen Wolken umhüllt
waren, zwischen denen hie und da helle Funken aufblitzten,
wo die festere Eiswand gleich einem Metallspiegel den
scheidenden Sonnenstrahl zurückwarf. Das altgraue Schloß
von Chillon hob sich dunkel von dem blauen Spiegel des
Sees ab, aus dem es aufzuwachsen scheint, und von Lau=
sanne her schaukelten sich einige Fischerbarken nach Bevay
herauf, mit ihrem leicht geblähten, doppelten Segel, dem
altrömanischen, wie es schon die Römer hier gebraucht,
einem Zug von Schwänen ähnlicher, als Schiffen. Zu
unserer Rechten ragten die grotesken Formen der Felsen
von Naye und der Dent du Jaman phantastisch in den mit
roth angehauchten Federwölkchen bedeckten Abendhimmel.

„Welch herrliches, unvergleichliches Land!" rief ich
entzückt. — „Das Land ist in Wahrheit herrlich," wieder=
holte mein Wirth nachdenklich; „wenn ihm nur auch immer
die Menschen glichen, die es bewohnen!" — „Sie scheinen
Ihre Landsleute kaum günstiger zu beurtheilen, als Rousseau
es that," antwortete ich. — „Ich muß ihm leider in vieler
Hinsicht beistimmen, wenn er in der Vorrede zu seiner

neuen Heloise sagt: „Ich fand die Umgebung von Bevay, Clarens und Montreux so reizend, daß ich dachte, sie sei wohl im Stande, solche Menschen hervorzubringen, wie Julie, Clara und St. Preux, aber man muß sie nicht in Wirklichkeit dort suchen."

„Sollte dieser Ausspruch nicht zu hart und ungerecht= fertigt sein?" — „Nein, wenn Sie erst recht verstehen, was Rousseau eigentlich damit sagen wollte. Gewiß fehlt es auch hier nicht an guten und trefflichen Menschen, aber was uns Waadtländern fast durchschnittlich mangelt, das ist die Poesie und Wärme des Herzens, der innere Schwung, das Feuer der Phantasie und der Begeisterung, mit denen Rousseau seine poetischen Gestalten ausgestattet." — „Dieß sind Mängel, welche ich an meinem gütigen Wirthe nicht bemerkt. Sie widerlegen sich selbst," sagte ich lächelnd.

Er sah mich nachdenklich an. „Ausnahmen giebt es ja überall," antwortete er; „auch hat vielleicht gerade Rous= seau's Ausspruch und die Kenntniß seiner Schriften, beson= ders das tiefe Naturgefühl, welches sich in seiner neuen Heloise ausspricht, etwas dazu beigetragen, mein Gemüth tiefer zu entwickeln. Wenn er bei uns nicht zu sehr als Ketzer verpönt wäre, würde er gewiß noch öfter den näm= lichen Einfluß üben."

„Daß etwas Wahres an seinem Ausspruch ist, habe ich schon früher, ehe Sie es mir bestätigten, herausgefühlt. Rousseau scheint selbst bis zu einem gewissen Grade an den von Ihnen angedeuteten Mängeln gelitten zu haben; einestheils beweist dieß sein Leben, anderntheils machen die Gestalten, welche er mit so großer Liebe darstellt, bei aller ihrer Schönheit doch öfter den Eindruck von Abstraktionen, als von wirklich lebendigen Gestalten."

„Ich stimme Ihnen vollkommen bei. Rousseau war eine durch und durch unharmonische Natur, und dieß fühlt sich in allen seinen Schriften heraus. Was ihm aber besonders fehlte, war die Kenntniß einer wahrhaft reinen und poetischen Weiblichkeit. Er hatte die Absicht, in Julie das Muster eines vollkommenen Weibes hinzustellen, und in vielen Beziehungen ist ihm dies in hinreißender Weise gelungen; aber ohne daß er es wollte, hat sie dabei entstellende Züge angenommen, jenen Frauen entliehen, wie er sie leider nur zu gut gekannt und von denen wohl nicht Eine ihm als echtes Vorbild dienen konnte. Den Französinnen, die ihn umgaben, fehlte die Reinheit, den Waadtländerinnen die Poesie. Ich hingegen habe eine echte Julie besessen, und in gewissem Sinn verdanke ich es ihr gewiß, daß Sie mich zu den Ausnahmen zählen, welche Rousseau's harter, aber gerechter Ausspruch nicht trifft."

„Ich mache noch eine: den Schöpfer des herrlichen Bildes, als welchen Sie mir Ihren Vater nannten." — „Darin widerspreche ich Ihnen gewiß nicht," rief er lebhaft, „und ich freue mich, an diesem Abend mit einer gleichgesinnten Seele von ihm reden zu können. Henri, mein

Kind, Du darfst jetzt zu dem Großvater gehen, sei artig und
grüße ihn freundlich von mir."

Der Kleine umarmte den Vater und sprang dann
munter fort. Die volle Mondscheibe, welche golden hinter
den jetzt fast ganz schwarzen Gebirgen des Chablais herauf
kam, während die erbleichenden Alpen sich riesigen Ge-
spenstern gleich emporreckten, zog eine lange, goldene Furche
auf dem zitternden Spiegel des Sees, als wir uns nun
auf weichen Sitzen unter den Orangebäumen niederließen
und unsere Cigarren anbrannten.

Nach einer kleinen Pause begann Herr von P.: „Sie
haben meine Mutter gesehen und Sie kennen die Probe von
dem Gemüth meines Vaters, jenes Bild, in welchem der
Mensch den Künstler so weit übertrifft. Ich brauche Ihnen
demnach kaum weiter zu sagen, wie ungleicher Natur dieses
Paar immer gewesen; dergleichen Ungleichheiten begegnet
man aber in unsern waadtländischen Ehen sehr häufig.
Nur in den seltensten Fällen wird hier eine Heirath aus
tieferer Neigung, aus wahrer Uebereinstimmung der Herzen
geschlossen. Fast alle unsere Ehen sind gemacht; die Familie
beschließt darüber und die jungen Leute müssen folgen. Von
den romantischen Verlöbnissen, wie man sie in Deutschland
so häufig findet, wo die Treue oft ein Jahrzehnt überdauert,
ehe sie zu ihrem Ziele gelangt, weiß man bei uns fast nichts.
Auf die Verlobung muß fast unmittelbar die Hochzeit
folgen; es gilt beinahe für eine Schande, in jedem Fall für

eine außerordentliche Ausnahme, wenn zwischen beiden ein längerer Zeitraum als von sechs bis höchstens acht Wochen liegt. Braut und Bräutigam kennen sich oft kaum, wenn sie nach dieser kurzen Frist mit einander vor den Altar treten. Es ist ein Geschäft, welches abgeschlossen wird, und gleich einem Geschäfte, kalt, ruhig und trocken, entwickelt sich meist das eheliche Leben jugendlicher Geschöpfe, denen der Anblick dieser herrlichen Natur nur selten tiefere Gefühle einzuflößen vermag. Sie wissen es oft von Kindheit auf nicht anders, als daß sie diesen oder jenen Vetter, diese oder jene Cousine heirathen werden, oder fehlen diese in der Familie, so tritt die Tochter oder der Sohn eines befreundeten Hauses an die Stelle. Daß in der neueren Zeit der Mittelstand anfängt diesem Mißbrauch entgegenzuarbeiten, werden Sie um so begreiflicher finden, wenn ich Ihnen sage, daß man es endlich einsieht, wie dieses fortwährende Heirathen von Verwandten unter einander die Generationen verdirbt, und wie sich vorzugsweise in unserer Aristokratie, sowohl in den deutschen wie in den französischen Kantonen, eine Menge jener unglücklichen Geschöpfe finden, die dem Cretinismus mehr oder weniger ähneln, ganz abgesehen davon, daß die Aristokratie selbst schon lange nicht mehr die Intelligenz des Landes repräsentirt. Unsere Patricier und der reiche Bauernstand hingegen halten noch fest an dem alten Princip, und es wird auch noch eine Weile dauern, bis eine Umgestaltung unserer ge=

sellschaftlichen Zustände diese tief eingewurzelte Sitte aus-
rottet.

„Industrie, Eisenbahnen, Maschinen werden wohl
schließlich auch bei uns der mächtige Hebel sein, welcher
solche Ueberlieferungen, unter denen unsere freiere menschliche Entwicklung noch seufzt, überwindet. Sie lächeln,
daß ich Eisenbahnen und Ehe so kühn miteinander verbinde,
aber wenn Sie länger hier lebten, und zwar in Familien,
würden Sie überrascht sein, zu finden, bis zu welchem
Grade der Gesellschaft das belebende Element junger
Männer fehlt. Sie finden fast nur Papas, Knaben und
eine Masse von Damen, unter denen die unverheiratheten
keine kleine Rolle spielen. Das weibliche Element hat bei
uns in den höheren Klassen das entschiedene Uebergewicht,
sowohl der Menge als der Intelligenz nach, wenn wir bloße
Verstandesentwicklung so nennen dürfen. Sobald unsere
Knaben heranwachsen, schickt man sie zur Erziehung in die
deutschen Kantone, oder in's Ausland; nur wenige kehren
dauernd zurück, um sich in der Heimath zu fixiren. Wir
haben natürlich weder Beamten- noch Offiziersstand; wer
nicht Theolog, Lehrer oder Arzt werden will, und keinen
Landbesitz hat, dem bleibt so gut wie keine Auswahl. Unsere
Industrie ist zu gering, und man betrachtet sie noch zu sehr
als Handwerk, als daß die Söhne der höheren Stände sich
ihr im Kantone selbst widmen könnten. Die Klassen unserer
Gesellschaft sind sehr streng von einander geschieden und

eine Menge von Beschäftigungen, welche in andern Ländern
keineswegs die Gesellschaftsfähigkeit ausschließen, sind hier
zu Lande ein unübersteigliches Hinderniß, um in feinerem
Kreise aufgenommen zu werden.

· „Wollte ich Großmann z. B., den Sie gewiß als gebildeten Mann haben kennen lernen, zu mir zum Gouter oder
Diner einladen, so würde man dieß unerhört finden; selbst
mein Vater hätte dieß nicht über sich vermocht. Unter diesen
Umständen gewährt die Enge unseres Kantons jugendlichen
Kräften wenig Spielraum. Eine Menge unserer jungen
Leute, die sich als Architekten, Techniker oder Kaufleute
ausgebildet haben, verlassen ihn jährlich, um sich vielfach
in Oberitalien, Frankreich oder noch weiter weg einen Herd
zu gründen. Manche holen sich dann eine Waadtländerin
zur Frau, aber die eigentlichen Heirathskandidaten sind
diejenigen, welche im Lande bleiben, und sobald sie von einer
auswärtigen Universität oder Erziehungsanstalt heimgekehrt
sind, fängt man an für sie zu denken und zu wählen. Wie
sollte dieß auch der junge Mann für sich selbst thun, da fast
alle Vereinigungspunkte fehlen, wo sich die Geschlechter
begegnen und ungezwungen mit einander verkehren können!
Außer in der Kirche sehen sie sich etwa bei einem officiellen
Gouter, das gewöhnlich bereits in der Absicht, eine Heirath
zu stiften, veranstaltet ist. Bälle und sonstige öffentliche
Vergnügungen gibt es nicht in einem Lande, wo das Tanzen,
besonders in den höheren Ständen, aus Frömmigkeit ver-

pönt ist, und wo außerdem, selbst wenn man einen Ball
veranstalten wollte, mindestens zwanzig Tänzerinnen auf
einen Tänzer kämen.

„Wie gesagt, die Frauen sind überall in der Majorität,
und sie entschädigen sich größtentheils für den kargen Um=
gang mit dem andern Geschlechte durch Beten und Abend=
andachten, in denen die Prediger der église libre die
Hauptrolle spielen. Da sie meist gut unterrichtet sind und
durchschnittlich lebendigeren Geistes als die Männer,
werden diese in der Regel von ihnen beherrscht. Aber das
Wissen liegt in ihnen wie eine todte Masse, es macht sie
nicht vorurtheilsfreier, nicht zugänglicher für Neues, das
außerhalb ihres gewohnten Gesichtskreises liegt. Sie haben
nur Verstand, keinen Geist, und so bleiben sie steif, kalt,
trocken und pedantisch, trotz aller Kenntnisse. Höchstens
entwickelt sich dadurch ihre Beredtsamkeit, und es ist ein
hohes Ziel des Ehrgeizes für manche unserer vornehmen
Damen, als begeisterte, oder, besser gesagt, als fanatische
Rednerinnen bei ihren frommen Privatzusammenkünften
zu glänzen. Das methodistische Wesen, die Bigotterie hin=
dert bei uns, wie überall, wo sie sich geltend machen kann,
jede freiere Geistesentwicklung. Um ihr treu zu bleiben,
müssen sich unsere Frauen geflissentlich Alles ferne halten,
wodurch sie geistesfreier und duldsamer, wodurch ihr Ge=
müthsleben gefördert werden könnte, denn das Herz ent=
wickelt sich zu wahrer, schöner Blüthe ja nur durch den Geist.

— Sie wissen nichts von Deutschland, nichts von deutscher
Bildung und Literatur, ja kaum etwas von unsern deutschen
Kantonen, und Frankreich und seine literarischen Erzeugnisse
sind ihnen vollends ein Gräuel. Näher verwandt fühlen sie
sich mit England, aber es ist wieder nur die religiöse Seite,
welche hier ausgebeutet wird. Alle frommen Romane,
die in England und Amerika erscheinen, finden Sie hier, in
der Ursprache sowohl als in französischen Uebersetzungen.
Außerdem besitzen wir in dieser Gattung eine eigene kleine
Literatur, und um diese Lektüre fast allein dreht sich das
geistige Interesse der Frauen des höheren Standes. Sie
begreifen demnach, wie köstlich auch unsere Sonne lache
und unsere Berge erglühen, daß selten ein empfänglicher
Sinn diesen Herrlichkeiten entgegenkommt; dagegen können
Sie dieselben häufig in enthusiastischen Reden als Wunder
Gottes preisen hören.

„Ich habe Ihnen eine Schilderung im Allgemeinen
gegeben, und zugleich damit das Bild meiner Mutter, denn
diese Frauen unterscheiden sich gar wenig von einander.
Ihr Bildungsgang, die Beziehungen, unter welchen sie auf-
wachsen, sind sich zu gleich, um große Verschiedenheiten zu
gestatten. Die Mutter fanatisirt die Tochter bereits als
Kind für la sainte foi, und so abhold man sonst allen
Excentricitäten und Phantastereien ist, und oft wahres
Gefühl so benennt, in dieser Richtung ist Alles schön
und erlaubt. Die geringe Zahl der Männer, von denen

außerdem ein guter Theil dem Predigerstande ange=
hört, muß sich wohl oder übel unter diesen Geist beugen.
Träge von Natur, wenig zu Anstrengung, und beson=
ders nicht zu geistiger geneigt, machen sie, oft sehr gleich=
gültigen Herzens, die hergebrachten religiösen Gebräuche
mit, und bringen dann die Abende in ihrem Cercle zu,
während die Frauen unter sich zusammenkommen, um zu
beten oder sich über kirchliche Angelegenheiten zu unter=
halten.

„Was ich Ihnen hier sage, gilt hauptsächlich von unserer
höheren Aristokratie; den mittleren Stand durchweht, be=
sonders seit der Revolution von 1845, ein sehr verschiedener
Geist, und nun begreifen Sie auch, in wie fern ich Ehe,
Industrie und Eisenbahnen so nahe verknüpfen konnte.
Wenn erst unsere jungen Männer anfangen im Lande selbst
ein besseres Unterkommen zu finden, wenn sie es nicht mehr
massenweise verlassen müssen und somit das männliche
Element, im Geist der Neuzeit gebildet, wieder das Ueber=
gewicht gewinnt, wird es hoffentlich den finstern calvinisti=
schen Geist zurückdrängen, der nicht allein die Spitzen
unserer Gesellschaft beherrscht, sondern den man von dort
aus auch dem Volke auf jede Weise aufzunöthigen sucht.
So entwickelt sich dann auch wohl unsere junge Frauenwelt
durch den häufigeren Verkehr mit jüngeren Männern in
vorurtheilsloserer Weise, und ungezwungener als gegen=
wärtig werden sich frei die Herzen finden, welche für ein=

ander paſſen. Unſere jungen Mädchen werden ſich dann
nicht mehr ohne weiteres den erſten beſten zum Gatten
aufnöthigen laſſen, wie ſie es jetzt in der Regel thun, weil
es unwahrſcheinlich iſt, daß ein zweiter kommt, wenn nicht
beſondere Umſtände ſie zu dieſer letzteren Annahme berechtigen. Doch, entſchuldigen Sie, daß ich Sie ſo weitläufig
von dieſen Dingen unterhalte."

„Im Gegentheil, Sie erwecken mein größtes Intereſſe;
als bloßer Reiſender lernt man leider faſt nur den Charakter der Natur, ſelten den der Bevölkerung kennen." —
„Allerdings, und doppelt ſchwer iſt dieß bei uns, wo man
ſich faſt mit der Scheu der Senſitive vor jeder Berührung
mit Fremden zurückzieht, ſelbſt von denen noch, die durch
Arbeit und langjährige Gewohnheit bei uns heimiſch geworden ſind. So kommt es auch, daß der Zufluß der
Fremden uns vielmehr noch zäher an unſerer Art und Weiſe
feſthalten läßt, als daß die Berührung mit ihnen zu unſerer
Entwicklung beitrüge. Doch kann ich dieß nicht ganz ſchelten
Der Strom von Reiſenden, welcher alljährlich unſer Land
durchzieht, iſt zu bedeutend; wir müſſen uns bis zu einem
gewiſſen Grad davon abſchließen, um uns nicht ſelbſt zu
verlieren."

„Sie haben darin vollkommen Recht, aber um ſo überraſchender erſcheint mir die freundliche Zuvorkommenheit
der Dame, welche mich eigentlich hier bei Ihnen eingeführt
hat." — „Sie gehört gleichfalls von Natur aus ein wenig

zu den Ausnahmen; überdieß ist sie viel gereist und darum weniger mißtrauisch und abgeschlossen gegen Fremde. Dazu kommt eine Art von Stolz auf unsere freundliche Besitzung, die sie als gereiste Frau mit feinerem Sinn zu schätzen weiß, als manche ihrer Landsmänninnen. Sie mag es dem Fremden gern beweisen, daß man auch bei uns Kunst und Geschmack zu pflegen weiß. Doch kehren wir zu meinen Eltern zurück.

„Mein Vater war der einzige Sohn der reichen Familie von P., deren Besitz hier am See sich seit Jahrhunderten in gerader Linie fortgeerbt und durch Fleiß und Sparsamkeit vergrößert hat. Noch mein Großvater fuhr mit seinen Knechten hinaus auf Wiese und Feld und half ihnen arbeiten, denn der Landbesitz ist unser Stolz und unser Adel vergißt nicht, daß er zum großen Theil dem Bauernstande entstammt. Sie können heute noch manchen unserer reichsten und angesehensten Adeligen mit einem alten Strohhut auf dem Kopf, in Hemdermeln auf einem Heuwagen stehen und aufladen helfen sehen. Dieß setzt ihn durchaus nicht herunter, aber einem braven Handwerker seines Städtchens freundschaftlich die Hand zu drücken, dazu wird er sich lange nicht so leicht entschließen.

„So sehr ich diesen Kastengeist verabscheue, muß ich andererseits gestehen, daß in jenen ländlichen Beschäftigungen etwas Patriarchalisches liegt, eine Einfachheit der Sitten, die mir gefällt, wenn es auch nicht nach dem Geschmack eines Jeden ist, sie zu üben. Mein Vater, eine stille, in sich gekehrte Natur, fand wenig Gefallen daran, und man ließ ihm die Freiheit, sich seine Beschäftigung zu wählen. Er zeigte von früh auf Talent und eine große Vorliebe für Malerei; man gab ihm einen tüchtigen Künstler zum Lehrer und auch sonst genoß er eine sorgfältige Erziehung. Als er erwachsen war, brachte er einige Zeit in Paris und auf einer deutschen Universität zu, weniger um ein bestimmtes Fach zu studiren, als um einer Sitte zu genügen, die schon damals von reichen Schweizerfamilien befolgt wurde. Sie müssen das graue, alterthümliche Haus bemerkt haben, welches an der Ecke des Gartens steht, wo er sich nach der Landstraße hin abschließt. Dieß ist unser Stammschloß, und wir haben es bewohnt, bis wir vor einigen Jahren das neue Haus hier bezogen. In jenes Haus von seinen Reisen zurückgekehrt, wollte man ihn, wie es schon lange bestimmt war, mit einer Cousine, meiner Mutter, verheirathen. Sie war, wie sie noch ist, im waadtländischen Sinn sehr gebildet, sehr verständig und sehr fromm, dabei von eisenfestem Charakter, unerschütterlich in ihren Grundsätzen und allem Fremden eben so abgeneigt, wie mein Vater, als natürliche Folge seiner Reisen und seiner künstlerischen Richtung, sich dadurch angezogen fühlte. Meine Mutter hat ein einziges Mal, bei ihrer Hochzeitsreise, einige unserer deutschen Kantone besucht, weiter ist sie nie gekommen. Wenn hier unten am See die Hitze uner=

träglich wird, dann macht sie, wie Alle thun, welche Be-
rufsgeschäfte nicht abhalten, und wie sie es schon bei ihren
Eltern gewohnt war, einen Séjour in den Bergen, wo wir
verschiedene Chalets besitzen. Dort lebt sie ganz in der
nämlichen Weise wie hier. Durch ihren Einfluß bewogen,
haben besonders in der letzten Zeit sich viele reiche Bauern-
familien der methodistischen Richtung angeschlossen, deren
Anhänger, wie Sie wissen, das Volk früher spottweise
Momiers nannte und die sich nun als église libre con-
stituirt haben. Man sucht Proselyten zu machen, hält seine
Sonntags= und Abendandachten in irgend einem Bauern-
hause, stellt junge Prediger an und amüsirt sich so auf seine
Weise. Denn, glauben Sie es mir, wie himmlisch und
überirdisch sich auch alle diese Bestrebungen ausnehmen,
man findet doch hauptsächlich sein Amüsement, seine
Klatscherei, seine kleinen Intriguen dabei so gut wie in
andern gesellschaftlichen Beziehungen. Was der Wohl-
thätigkeitssinn dabei Gutes und Schönes wirkt, nehme ich
natürlich aus, aber Sie wissen ja auch, daß dieser bei ganz
entgegengesetzten Geistesrichtungen eben so wohl und oft in
vernünftigerer Weise gepflegt wird.

- „Dieß also war die meinem Vater bestimmte Braut,
mit der ihn keinerlei Sympathie weder des Geistes noch des
Herzens verband. Er war gleichfalls in mancher Hinsicht
Waadtländer durch und durch; langsam in seinen Ent-
schlüssen, unentschiedenen Charakters, aber voll Feinheit

und Tiefe des Gemüths und freieren Geistes als seine
ganze Umgebung. Sein Herz erbebte beim Anblick der
zwar nicht unschönen, aber steifen, trockenen Braut, die den
Bräutigam als fait accompli annahm und weder durch
bräutliches Erröthen, noch durch scheues Zurückweichen
zärtere Gefühle des Herzens verrieth. Die Gnade des
Herrn hatte ihr diesen Mann geschickt, es war der Wille
des Himmels, daß sie seine Frau werde; ihr menschliches
Empfinden hatte, wenigstens scheinbar, weiter nichts damit
zu thun.

„Zum Glück für meinen Vater hatte man die Sache
noch geheim gehalten, und diesem glücklichen Umstand ver=
dankte er es, daß man seinen flehentlichen Bitten einen
Aufschub gewährte. Er erklärte seinen Eltern, er fühle
noch keine Neigung, sich zu verheirathen, er könne sich nicht
binden, ehe er das Land seiner Sehnsucht gesehen, ehe er
in Italien gewesen und dort seine Kunststudien vollendet
habe. Ein Jahr Urlaub ward ihm noch gestattet; er eilte
nach Florenz, von da nach Rom. Er hat mir oft erzählt,
heiterer und glücklicher sei er in seinem früheren Leben nie
gewesen als in dieser Zeit. Daß seine Studien nicht nutzlos
gewesen, daß er wirklich das Schöne in sich zu entwickeln
verstand, das sehen Sie an diesem Hause, an diesem Garten,
Schöpfungen, durch die er sich über die spätere Einförmig=
keit und Trostlosigkeit seines Lebens erhob. Als das Jahr
verstrichen war, dachte mein Vater nicht an Rückkehr; er

hatte sich in der Nähe von Rom in einer Villa eingemiethet, arbeitete, studirte und ließ die Zeit an sich vorüber gleiten. Den Mahnbriefen von zu Hause setzte er die zähe Energie=losigkeit seines Naturells entgegen. Er war ein guter Sohn, er wollte folgen, wollte abreisen, aber er konnte sich nicht entschließen, und so verstrich Jahr um Jahr. Nur ein waadtländisches Elternpaar, eben so passiv als der Sohn, konnte sich dieß ruhig gefallen lassen.

„Weniger gelassen ertrug es die Braut. Unter der kalten Hülle barg sich ein Vulkan von Ehrgeiz und Eitelkeit; die Kälte des Bräutigams empörte sie, sein Verschmähen weckte eine Art von Leidenschaft in ihr. Sie erklärte ihren Eltern, daß sie sich nicht länger als die Braut ihres Cousin Henri betrachten und die Bewerbungen eines Predigers von Lausanne annehmen werde. In Folge dieser klugen Berechnung gerieth die ganze Familie in Aufruhr. Die Eltern der Braut wollten eine so vortheilhafte Verbindung, wie die mit meinem Vater, nicht aufgeben, und seine Eltern waren untröstlich, une personne si distinguée als Schwiegertochter zu verlieren. Ein alter Freund des Hau=ses, eine Art von homme d'affaires, ward persönlich nach Rom geschickt, meinen Vater abzuholen; denn daß man mit Briefen nicht viel ausrichten würde, war vorauszu=sehen. Armer Vater, das kleine Stückchen Poesie und Sonnenschein, das sein Leben erleuchtet, schwand für immer dahin! Er liebte seit zwei Jahren eine Römerin, schön, tugendhaft, unterrichtet. Er hing an ihr mit dem ganzen Feuer eines frischen, unverdorbenen Herzens, aber dabei war seine Empfindung so schüchtern und zurückhaltend, daß erst kurz vor der Katastrophe das Geständniß der Liebe und Gegenliebe zwischen ihnen gewechselt wurde. Im ersten Rausche des Glückes vergaß er, daß er verlobt, daß er der Sohn einer streng calvinistischen Familie war, welche niemals eine Katholikin in ihrer Mitte aufnehmen würde. Er hoffte dennoch auf die Einwilligung seiner Eltern, er wiegte sich in schönen Zukunftsträumen. Da erschien mit einem Male der alte Herr Z. und sein Luftschloß lag in Trümmern. Das ganze schwere Geschütz der Familientradition, der Landessitten ward gegen dasselbe aufgepflanzt, seine Pflicht als Patricier, als einziger Sohn eines der ältesten Adeligen des Landes ihm vor die Seele geführt. Und dennoch hoffte er, seine Eltern zu erweichen, wenn er sich persönlich an sie wendete. Er nahm Abschied von der Geliebten, reiste mit Herrn Z. nach Bevay zurück, und — nach drei Monaten war er der regelrechte Gatte von Fräulein Angelika von X.

„Bei dem Charakter meines Vaters, bei dem ungeheuern Einfluß, welchen Sitte, Hergebrachtes, Familie so oft selbst auf stärkere Naturen ausüben, konnte es nicht wohl anders kommen. Aber sein Leben war auf immer verdüstert; der Vorwurf, seiner Liebe nicht Alles geopfert zu haben, nagte stündlich an seiner Seele und seine

Frau war nicht die Persönlichkeit, ihn mit linder, leiser Frauenhand voll Liebe und Schonung über diesen Schmerz hinwegzuführen. Sie wußte es, daß er sie nicht liebte, daß eine Andere sein Herz besaß, und sie heirathete ihn dennoch; denn dieser Mann war ihr nun einmal bestimmt, sie hatte das erste Recht auf ihn, sie durfte und brauchte ihn nicht aufzugeben. In jedem andern Lande, unter allen andern Verhältnißen müßte man ein solches Verfahren zum mindesten sehr unschön nennen. Den streng religiösen Ansichten meiner Mutter, ihrer Ehrfurcht vor dem Hergebrachten gegenüber würde dieses Urtheil zu herbe sein; aber Sie sehen auch daraus, wie sehr die eigentliche Fülle des Gemüths ihr mangelte, wie wenig sie zu ihrem eigenen Glück das Herz des Gatten bedurfte. Zu seiner Entschuldigung muß vorerst dienen, daß die Hinderniße, welche ihm entgegen traten, allerdings beinahe unübersteiglicher Natur waren, besonders noch zu jener Zeit; und die Tragik des Lebens hatte diese Hinderniße einer Natur entgegengeworfen, welche nun einmal durchaus nicht dazu geschaffen war, sie zu überwinden."

„Wenn die Mutter den Vater niedergeschlagen sah, gab sie ihm ein religiöses Buch in die Hand und hielt ihm eine lange Rede über die angeborene Verderbtheit der menschlichen Seele, statt auf seine trübe Stimmung einzugehen und ihn zu erheitern. Er aber war innerlich viel zu frei, um sich mit bloßen Formen und Formeln für den

ganzen Inhalt eines Lebens entschädigen zu können. Er
wendete sich wieder seiner theuern Kunst zu, die ihm allein
Trost spendete und fing an — eine Erinnerung an das ge=
liebte Italien — seltene Blumen und Pflanzen, die er
dort geliebt, zu pflegen. So vergingen mehrere Jahre,
da kam ich als erstes und einziges Kind zur Welt. Beide
Eltern waren jetzt nicht mehr ganz jung und fast schien es,
als ob dieses Band sie fester an einander knüpfen solle.
Aber es schien nur so; kaum fing ich an zu denken, so be=
mächtigte sich die Mutter meiner mit eifersüchtiger Hast.
Sie mußte mich ja vor allen Dingen für den Glauben ret=
ten und gewinnen, und daß es damit bei dem Vater schlecht
bestellt war, wußte sie nur zu gut, obgleich er gewissenhaft
alle religiösen Gebräuche mitmachte, die man von ihm als
Familienvater und Edelmann erwarten konnte. Meine
Mutter unterließ nichts, um mich dem Einfluß des Vaters
so viel als möglich zu entziehen. Um dem himmlischen
Vater zu gefallen ward der irdische gar manchmal in seinem
heiligsten Gefühl gekränkt, zurückgesetzt und seiner vornehm=
sten Rechte beraubt. Der Himmel müßte wirklich so sein, wie
unsere Fanatiker ihn sich vorstellen, so finster und ungerecht,
wenn er sich nicht manchmal solchen Verkehrtheiten wider=
setzen sollte. Meine geistige Organisation widerstrebte allen
Wünschen der Mutter auf's Entschiedenste. Je mehr man
mich vom Vater zu entfernen suchte, desto heißer, eigen=
sinniger liebte ich ihn. So weit ich mich zurück erinnern

kann, war er mir der Repräsentant der Freiheit und Be=
wegung, meine Mutter und ihre Umgebung der Typus der
Langeweile und des Zwanges. Wenn wir auf dem Lande
waren und an Sonntagabenden sich die fromme Bauern=
gemeinde in der salle à manger unseres Chalet versam=
melte, um stundenlang Psalmen zu singen, weinte ich aus
Verzweiflung. Während der Predigt unterbrach ich fort=
während die Andacht meiner Mutter und deren Umgebung
durch naseweise Fragen; enfin, trotz aller Mühe, die man
sich mit mir gab, trotz der leuchtenden Vorbilder, die man
mir unter den Kindern unserer Verwandtschaft aufstellte,
wollte die Gnadensonne doch immer nicht über mir auf=
gehen.

„Sie können aus dieser Schilderung entnehmen, daß
ich als Kind nicht weniger heiter und lebhaft war, als mein
kleiner Henri jetzt ist, und außerdem war ich enfant gâté
nach jeder Seite hin, außer da, wo mir mein Vater gegen=
über stand. Die Mutter, wohl fühlend, daß ihre kalte
Verstandesrichtung, ihre Unfähigkeit, mit mir zu spielen
und auf meine kindliche Natur einzugehen, mich von ihr
entferne, suchte mich auf der andern Seite dadurch an sich
zu fesseln, daß sie meinen kleinen Schwachheiten schmeichelte,
mich in Launen unterstützte, jeden kindischen Wunsch be=
friedigte, um ja meine Seele nicht aus den Händen zu ver=
lieren — meine Seele, die man zu verderben sich nicht
scheute, damit sie den äußern Glaubensformen erhalten

bliebe. Meine gesunde Natur und die geduldige Re=
signation des Vaters durchbrachen alle diese Schranken.
Er ließ die Mutter gewähren, aber er war immer für mich
da, wenn ich ihn brauchte, immer freundlich, immer auf
die Bedürfnisse meiner kindlichen Natur eingehend. Meine
Unarten duldete er nicht, gleich der Mutter und ihrer Um=
gebung, sondern setzte ihnen ernste Strenge entgegen.
Vielleicht war es auch der unverstandene Anblick seiner
trüben Seelenstimmung, was mich schon als Kind weh=
müthig berührte und zu ihm hinzog, so wie das Vereinzelte
seiner Stellung. Meine Mutter sah ich immer umgeben
von einem kleinen Hofstaat frommer Damen und inspi=
rirter Prediger; er ging meist allein, in sich gekehrt, aber
wo ich ihm nur von ferne nahte, da leuchtete aus seinem
Auge eine Welt von Güte und Liebe mir entgegen. Je mehr
ich mich an ihn anschloß, je inniger und liebevoller, je hei=
terer ward er. Wenn wir ganz allein waren, konnte er
mit mir spielen wie ein Kind, und ich verehrte ihn bald wie
einen Heiligen.

„Meiner Mutter entging dieser Vorzug, den ich dem
Vater trotz aller ihrer Bemühungen vor ihr gab, natürlich
nicht; ihre eifersüchtige, stolze Natur fühlte sich dadurch
mehr gekränkt, als ihr Mutterherz. Sie wollte mich ent=
fernen, mich einem Institut übergeben, aber gleich dem
Löwen, der sein Junges vertheidigt, zeigte mein Vater
hierin, vielleicht zum ersten mal in seinem Leben, volle

Energie. Er erklärte, seinen Sohn bei sich erziehen zu
wollen; tüchtige Lehrer kamen in das Haus, er lernte und
arbeitete mit mir und die Mutter mußte sich fügen, und
that es um so eher, als ich, älter und vernünftiger geworden,
auch ihr mehr zu Willen lebte und mit Resignation ihre
frommen Uebungen mitmachte. Aber das geistige Band,
welches Eltern und Kinder am schönsten verbindet, fehlte
zwischen uns fast ganz, wir wurden uns innerlich täglich
fremder und verstanden uns fast nach keiner Richtung mehr.
Ich langweilte mich bei der Mutter und sie nannte mich
„insipide", weil ich nicht zu unterscheiden wußte, ob der
Prediger von Bevay oder von Montreux la prière in-
spirée am besten vortrug — Inspirationen, von denen ich
nun einmal überzeugt war, daß sie Monsieur le pasteur
wohl ausgearbeitet zu Hause in seinem Pulte liegen hatte.

„Das Leben mit dem Vater gestaltete sich um so schöner.
Er, der Jahre lang sich gewissermaßen von Tag zu Tag
mühsam weiter geschleppt hatte, fing wieder an, hoffnungs=
reich in die Zukunft zu schauen. Er wollte die Resultate
seiner Studien in Architektur und Horticultur dazu ver=
wenden, mir eine Besitzung zu gründen, auf der ich einst
froh im Kreise einer eigenen Familie leben sollte. An
meinem vierzehnten Geburtstage fing er an, den Plan zu
diesem Schlosse und dem Garten zu entwerfen, welcher
letztere allerdings schon existirte, aber nach altfranzösischem
Zuschnitt, wie ihn einst sein Großvater angelegt. Er gab

24 *

Auftrag, ihm einen tüchtigen Kunstgärtner zu verschaffen, und war bald so glücklich, Großmann zu finden, der auf alle seine Plane einging, sein Fach vollständig verstand und mit dem zusammen er dieses kleine reizende Paradies geschaffen. Bald ging es auch eifrig an den Bau des neuen Hauses, für den sich selbst die Mutter lebhaft interessirte; denn diese Erweiterung entsprach vollkommen ihren Ideen vom Ansehen und dem Reichthum unserer Familie, Ideen, welche durch die Vorschriften der christlichen Demuth und der Hintansetzung äußeren Glanzes keineswegs beeinträchtigt wurden.

„Ich verlebte damals eine schöne, glückliche Zeit; die Stunden, welche mir das Lernen frei ließ, brachte ich mit dem Vater im Garten zu, wo ich unter seiner und Großmanns Leitung nicht allein die Blumenzucht, sondern auch die Obst- und Gemüsecultur ganz regelrecht erlernte. So kam es, daß ich später nicht blos den Gärtner spielen, sondern es auch wirklich sein konnte. Indessen wuchs unser Bau, der Garten gedieh und die Jahre schwanden dahin, fast ohne daß wir es merkten. Das einförmige Stillleben, dessen wir uns damals erfreuten, glich der Windstille vor dem Sturm. Die Mutter hatte sich mehr als früher an uns angeschlossen; der Bau des Hauses und vornehmlich die Ausschmückung der Gemächer interessirte sie, und als verständige Frau ertheilte sie manchen klugen Rath. Es fügte sich glücklich, daß das künstlerische Gefühl des Vaters mit

ihrer geistigen Richtung dieses Mal fast vollständig har-
monirte. Die gothische Architektur, das braune Täfelwerk,
die dunkeln Tapeten und Vorhänge gaben dem Ganzen
einen mittelalterlich düstern, fast kirchlichen Anstrich, welcher
der Mutter ungemein zusagte und den der Vater gewählt
hatte als Gegensatz und wohlthuenden Ruhepunkt für das
Auge gegenüber den hellen, blendenden Farben der Umgebung. So herrschte denn in dem schützenden Einfluß
der Thätigkeit und einer angenehmen Beschäftigung in
unserem Familienleben für einige Zeit mehr Harmonie
und Herzlichkeit als sonst. Aber unvermeidlich kam die
Zeit, wo ich in die Reihe der erwachsenen und sich selbst
bestimmenden Menschen mußte aufgenommen werden. Ich
war zwanzig Jahre alt, ich sollte die Welt sehen, denn bis
jetzt hatten sich alle meine Reisen auf kleinere Ausflüge
in der Schweiz selbst beschränkt, und dann — was konnte
ich als einer der reichsten Adeligen des Kantons sonst beginnen? — heirathen, eine Familie gründen, meinen Namen fortpflanzen und — sterben. So jung ich noch war,
so wenig ich das Leben noch kannte, mich fröstelte bei der
bloßen Idee an ein solches Dasein; aber nach Art der Jugend wendete ich so schnell als möglich meine Gedanken von
dieser Perspective wieder hinweg. Einstweilen gefiel es mir
ganz gut, daß einige junge Cousinen, welche meine Mutter
schon jetzt häufiger, als sonst gebräuchlich, in unser Haus
zog, mich wie einen Stern erster Größe betrachteten, ohne

daß jedoch eine oder die andere mein Herz hätte wärmer schlagen machen. Die unvermeidliche Heirathsfrage ward natürlich bereits hinter meinem Rücken in der ganzen Verwandtschaft lebhaft discutirt; doch kannte mich meine Mutter hinlänglich, um dem vernünftigen Vorschlag des Vaters, man möge mir mindestens innerhalb der Familie freie Wahl lassen, nicht entgegenzutreten. Weiter hinaus durften sich meine Wünsche natürlich kaum erstrecken.

„Mein armer Vater zitterte für mein Lebensglück, er wußte nur zu gut, wie das seinige zerstört worden war, er wünschte wenigstens, daß ich mich innerhalb dieses Kreises als gereifterer Mensch selbst entscheide. Ich war feurig und phantasievoll, zwei von den Nichten meiner Mutter recht hübsch, es hätte also leicht geschehen können, daß mein junges Herz schon damals wählte; aber den Cousinen fehlte bei aller Anbetung, die sie mir zollten, die Unbefangenheit. Ich fühlte es schnell heraus, wie das Wörtchen Heirath im Hintergrund aller ihrer Gedanken stand, sobald sie mit mir verkehrten. Aber gerade daran mochte ich am wenigsten denken, ich wollte hinaus, wollte die Welt sehen, und so sehr mich ein romantisches Liebesabenteuer vielleicht entzückt hätte, das Gefühl und Bewußtsein der Freiheit wollte ich jetzt noch um keinen Preis verlieren.

„Ich verließ Bevah in Begleitung eines meiner früheren Lehrer und brachte zwei Jahre abwechselnd in Frankreich und Deutschland zu. In Ihrem schönen Vaterlande

fühlte ich mich vorzugsweise wohl, und was meiner
Gemüthsentwicklung etwa noch fehlte, verdanke ich dem
dortigen Leben, meinem Umgang mit deutschen Männern
und Frauen. Den Schluß meiner Reisen jedoch sollte ein
Jahr in Italien bilden, eine Zeit, schon seit lange mit
meinem Vater im Geiste unzählige mal voraus erlebt.
Dorthin wollte er mich selbst begleiten, mir alles zeigen,
was ihn erfreut hatte, woran er sich gebildet, mir anver=
trauen, was er dort erlebt und erlitten. Wir freuten uns
Beide darauf wie die Kinder, obwohl die Mutter den Plan
höchst verwerflich fand. Welche geheime Antipathie sie
gegen Italien hegte, das ihr einst den bestimmten Gatten so
lange vorenthalten, wußte ich damals noch nicht; als offenen
Grund gab sie ihren entschiedenen Widerwillen an, den
Gatten und Sohn so lange Zeit in einem ganz katholischen
Lande zu wissen. Ein anderer Grund war ihre beständige
Furcht, ich könnte auf meinen Reisen eine Herzensverbindung
eingehen, die ihre liebsten Plane zerstörte. Ich suchte sie
darüber so viel als möglich zu beruhigen; ich stellte ihr vor,
wie die Bewegung, die Abwechslung der Reise mich viel zu
sehr beanspruche, um meinem Herzen freien Raum zu lassen.
Sie wollte mich durchaus zu einer Entscheidung drängen,
aber ich versprach ihr nicht mehr, als daß diese gleich nach
meiner Rückkehr erfolgen solle, und ich ganz gewiß während
der Reise nur an Kunst und Natur und an nichts weiteres
denken wolle.

„Dennoch wollte sie uns nicht ziehen laffen; da brach unsere unblutige Revolution vom Jahr 1845 aus, ein Schlag für die Aristokratie und die fromme Partei. Ich will Sie von diesem Sturme in einem Glas Waffer nicht weitläuftiger unterhalten, nur soviel, daß von diesem Augenblick an meine Mutter sich fanatischer als je ihren Bestrebungen auf dem kirchlichen Gebiet hingab. Sie wiffen, wie der aufgeregte Pöbel damals die Verfamm= lungen der sogenannten Momiers beunruhigte, wie ein großer Theil der Geistlichen aus der gemeinschaftlichen Kirche ausschied, weil sie sich weigerten, eine Proklamation zum Lobe der demokratischen Verfaffung von der Kanzel herab zu verlefen. Mit Entzücken wurden sie in den Con= ventikeln der Vornehmen aufgenommen und schnell bildete sich die église libre, welche sich als selbstständige Sekte constituirte und ihre Geistlichen selbst befoldete. Diefe sind natürlich vom Staate nicht anerkannt und können fo= mit auch nicht von der allgemeinen Militärpflicht befreit werden, gleich den Landesgeistlichen, was die komische Folge hat, daß unsere jungen Candidaten der église libre jeden Herbst während der Kantonalübungen aus dem schwarzen Rock in die Uniform schlüpfen müffen, und sie so im wahren Sinne des Wortes die ecclesia militans vorstellen. Aber auch mit der Zunge wiffen sie tapfer zu streiten, und es würde Sie gewiß intereffiren, einer der Congregationen beizuwohnen, die sich in eigenen Betfälen verfammeln. Be=

sonders interessant ist dieß auf dem Lande, in den Bergen, wo irgend eine fromme Bauernfamilie ein Zimmer zu diesem Zwecke einräumt, und nun kommt Vornehm und Gering oft Stundenweit, um dem Service beizuwohnen, und man könnte fast glauben, zur Zeit der Christen = oder Protestantenverfolgungen zu leben, und einer heimlichen, jeden Augenblick von feindlichem Ueberfall bedrohten Versammlung der Anhänger der neuen Lehre beizuwohnen. So gefährlich ist es jedoch keineswegs; man läßt die Leute ruhig gewähren, und sie sind es im Gegentheil, welche die Andersgläubenden verfolgen und zu bekehren suchen.

„Ihre Hauptstützen findet die „église libre", wie das Pietistenwesen der Neuzeit überhaupt, vorzugsweise in den höchsten Spitzen der Gesellschaft. Es gehört in den Städten zum bon ton, an der Volkskirche vorüberzugehen und sich in die überfüllte Congregation zu drängen, wo der pasteur der église libre seine sogenannten inspirirten Gebete hersagt und seine Zuhörer für den wahren Glauben, den er allein besitzt, zu begeistern sucht.

„Welches Feld der Wirksamkeit diese Umtriebe, die Bildung neuer Gemeinden, die Wahl der Prediger meiner Mutter eröffneten, können Sie sich vorstellen. Alle ihre Zeit, alle ihre Gedanken waren für eine Weile damit angefüllt und milderten ihr den Schmerz über die Demüthigung der aristokratischen Partei. Mein Vater stand zwischen zwei Feuern; auch sein aristokratisches Gefühl war

tief verwundet, doch hatte er selbst zu viel unter der Herr=
schaft der Frömmigkeit gelitten, um nicht einzusehen, wie
heilsam für die fernere Entwicklung des Volkes die neuen
Maßregeln der Regierung bezüglich der Kirche waren.
Wie hätte er es aber wagen dürfen, in seinem Kreise einer
solchen Meinung Ausdruck zu geben? Wie immer hielt er
auch jetzt äußerlich an der Convenienz, an der Tradition des
waadtländischen Edelmanns fest, nicht blos aus Charakter=
schwäche, sondern auch aus einem wirklichen Gefühl der
Pflicht, die er gegen seinen Stand zu erfüllen hatte. Er
ließ also meine Mutter frei gewähren und lieh ihr bei ihren
Bestrebungen seine Hülfe und seinen Namen so weit, als
sie dessen als seine Gattin der Welt gegenüber bedurfte.

„In mir hingegen gährte ein gefährlicheres Element; ich
freute mich offen des freieren Geistes, der unsern schönen
Kanton durchwehte, und begrüßte die Niederlage, welche
der methodistischen Partei widerfuhr von ganzem Herzen.
Doch mußte ich schnell einsehen lernen, wie schwierig es
für den Einzelnen ist, den Ansichten einer ganzen Kaste
entgegenzutreten, und wie viel schwieriger noch für ihn,
sich die Sympathie der Gegenpartei zu erwerben. Um
letzteres zu können, hätte ich mich in die vollständigste
Opposition zu meinen Eltern, zu allen meinen frühern Be=
ziehungen setzen müssen. Ich fühlte meine Ohnmacht, die
Thatlosigkeit, zu welcher meine Lage mich verdammte, und
ich ward nachdenklich und düster. Meine Mutter, mit

Schrecken gewahrend, wie ich fast auf dem Punkte stand, mich öffentlich ihren Bestrebungen entgegenzusetzen, betrieb nun unsere Abreise nach Italien eben so eifrig, als sie die= selbe früher zu hintertreiben gesucht. So beruhigte ich mich denn wenigstens für den Augenblick, und war so glücklich fortzukommen, daß ich versprach, bald nach unserer Rück= kehr ernstlich an meine Verheirathung zu denken.

„Ein schönes, glückliches Jahr brachte ich mit dem Va= ter in Italien zu; manches werthvolle Bild, welches Sie hier bewundern, haben wir von dort mitgebracht, manche Zeichnung für die Parquetböden und das Schnitzwerk der Möbeln entworfen, die, hieher gesendet, unterdessen von den geschickten Händen unserer Handwerker ausgeführt wurde. Endlich mußten wir zurückkehren, und oft fiel es mir heiß auf's Herz, daß ich mich nun zu einer Gattin entscheiden müsse, und wir dann gemeinschaftlich mit den Eltern das neue Haus bewohnen würden. Dennoch kehrte ich mit den besten Vorsätzen in die Heimath zurück; ich, der mit vollster Seele an ein weibliches Ideal glaubte und es sich zu finden getraute, wollte mich den Eltern zu Liebe in die Convenienz des Landes fügen und leben, wie sie ge= lebt. Das früh ergraute Haar des Vaters erinnerte mich daran, wie bald ich ihn verlieren könnte; ich wollte ihm Enkel schenken, die im Garten, den er für mich angelegt, im Hause, das er für mich gebaut, ihn umspielen und sein Alter erheitern sollten. Wie man dieß häufig thut, malte

ich mir aus der Ferne das Zuhause in schöneren, leb=
hafteren Farben aus, als es die Wirklichkeit gestaltete.
Was mir dort unangenehm gewesen, trat in den Hinter=
grund; ich sah in Gedanken nur die Freude der Mutter,
uns wieder zu besitzen; denn, wie Sie wissen, ist das Fünk=
chen Wärme, welches kalte Naturen in Momenten der
Aufregung zeigen, oft rührender und ergreifender als die
Wärme eines häufig überfließenden Herzens; ich freute
mich, den Fortschritt unseres Baues zu sehen, ihn zu be=
wohnen — ich wollte nur Licht und keinen Schatten er=
blicken.

„Natürlich war zu Hause fast Alles anders, als ich es
mir gedacht.   Die Mutter war eifriger als je mit der
Kirche beschäftigt und der Geist des Hauses dadurch ein=
förmiger, langweiliger und trockener, als er zu irgend einer
Zeit gewesen.   Die Cousinen hatten die naive Frische der
ersten Jugend verloren; der fromme Ernst fing bereits an,
auch auf ihren jugendlichen Stirnen zu thronen.   Ich wollte
von den Eindrücken meiner Reise erzählen, vom Schönen,
das ich gesehen — man hörte kaum darauf, man antwortete
mir mit Schilderungen der Frömmigkeit der Landleute dieser
oder jener Gegend.   Abermals hatte ich nur darum gelernt,
nur darum mich weiter entwickelt, um noch empfindlicher
die Kluft zu fühlen, welche mich von der Anschauungs= und
Empfindungsweise meiner Umgebung trennte.

„Die beiden Nichten meiner Mutter, welche mir früher

am meisten gefallen, hatten die Zeit unserer Abwesenheit
bei ihr zugebracht. Sie suchten ihr fast bis zum Ueber=
drusse zu Gefallen zu leben; eine wollte die andere an
Gläubigkeit überbieten, aber ich bemerkte nur zu wohl,
wie ihre Blicke während des Gottesdienstes über das
Psalmenbuch zu mir herüber flogen, wie sie sich gegenseitig
eifersüchtig bewachten, welcher von ihnen ich wohl die größte
Aufmerksamkeit schenke, wie sich jede selbst in das schönste
Licht und die andere herabzusetzen suchte.

„Gegen den Herbst bezogen wir das neue Haus, und
nun fing meine Mutter an, mich sehr ernstlich an mein
Versprechen zu erinnern. In meinem Innern regte sich
eine Trostlosigkeit und Langeweile, wie ich sie noch nie
empfunden. Der ganze Fluch eines thatlosen Lebens lastete
mit einem male auf mir. Bis jetzt hatte ich das Ziel und
die Aufgabe gehabt, mich auszubilden, mich zu entwickeln;
nun, da ich fast zum Manne gereift war, sollte ich die
Hände in den Schooß legen, nur genießen, nur vegetiren
und mich an ein Wesen ketten, von dem ich im voraus
wußte, daß es nur die wenigsten meiner Empfindungen
und Ansichten würde theilen und begreifen können. Hätte
ich mich wenigstens frei und unbefangen nach einer Gattin
umsehen dürfen, wo ich wollte; aber auch das war mir
verwehrt, und die Liebe kommt da gewiß am wenigsten, wo
man sie innerhalb einer gezogenen Schranke finden will
oder soll. Eben so beschränkte sich die ganze Thätigkeit,

welche ich öffentlich hätte üben können, auf die religiöse Agitation. Meinen Vater hatte die Kunst getröstet, die neue Anlage seines Gartens und Hauses; ich aber hätte ihm gerne wie Alexander der Große einst Philipp zugerufen: „Du hast mir nichts zu thun übrig gelassen!" hätte ich nicht gesehen, wie die Freude an seinem Werk selbst ihn, den zärtlichsten aller Väter, meinen Seelenzustand über- sehen ließ. Ich trieb mich unruhig umher, mich mit tau- send Planen tragend, was ich beginnen könne für das Wohl des Kantons und die Bewohner von Bevay. Aber was ich auch anfangen mochte, Alles was der Neuzeit nützen konnte und ihr angemessen war, brachte mich in Conflikt nicht allein mit dem Gesellschaftskreise, dem ich angehörte, sondern auch mit den Eltern.

„Wir bewohnten das Schlößchen kaum seit einigen Wochen, so war ich darin schon Alles überdrüssig, und zum Erstaunen und zur Betrübniß meines Vaters, der meine üble Laune kaum zu deuten wußte, lief ich eines Tages hinauf in das Gebirge und vergrub mich für einige Wochen in einem Chalet, das wir oberhalb Montreux besitzen. Dort beschloß ich, meinem Vater vorzuschlagen, im Verein mit mir ein großes industrielles Unternehmen zu gründen, das mir Beschäftigung, Lebenslust und Spannkraft des Geistes geben sollte. Ich war dagegen zu dem Opfer entschlossen, mich den Wünschen der Mutter zu fügen und mich mit meiner Cousine Marie, der hübschesten und lebhaftesten von beiden, trauen zu lassen. Aber es sollte anders kommen.

„An einem Samstag Abend kehrte ich spät nach Hause zurück und begab mich am folgenden Morgen, wie gebräuchlich, mit der übrigen Hausgenossenschaft in den Betsaal der freien Gemeinde, welcher sich seit einigen Wochen drüben in unserem alten Hause befand. Langweilte mich schon die langathmige und theatralisch vorgetragene Predigt unseres jeune pasteur, eines Pietisten vom reinsten Wasser, so hatte ich doch noch größeren Abscheu vor dem Kirchengesang der Gemeinde. Obgleich unsere Psalmenbücher, wie Ihnen wohl unbekannt ist, mit Noten versehen sind und auch in der Nationalkirche, wo Orgeln und tüchtige Vorsänger sich befinden, diese schönen alten Psalmen von Goudimel recht gut vorgetragen werden, konnte sich doch unsere kleine Gemeinde dieses Vorzugs nicht rühmen. Wir waren damals noch ohne Orgel und Jeder sang so ziemlich nach seiner eigenen höheren Eingebung, so daß ich jedesmal Gott dankte, wenn diese Ohrenqual vorüber war. Um so überraschter war ich, an diesem Morgen eine größere Harmonie zu vernehmen. Eine helle, gut geschulte Sopranstimme stimmte die einfache Melodie an und führte sie so gut durch, daß nicht allein Uebereinstimmung, sondern auch Schwung und Ausdruck in den Gesang kam. Ich sah mich lange vergebens nach der unbekannten Künstlerin um, da ich sie unter unsern vornehmen Damen suchte; endlich ent-

deckte ich zwischen Großmann und seiner Frau, die sich von
unserem Gottesdienst nicht ausschließen konnten, eine junge
Dame von zwei- oder dreiundzwanzig Jahren, bleich,
schlank, mit herrlichen dunkeln Augen und einfach in
schwarze Seide gekleidet. Sie war die Sängerin, und
nun erinnerte ich mich, daß Großmann mir schon vor
längerer Zeit gesagt, er erwarte eine Verwandte aus
Deutschland zum Besuch, die den Winter bei ihnen zubringen würde, da ihre Gesundheit etwas angegriffen sei
und man das mildere Klima für sie zuträglicher halte.

„Gewiß auch eine Fromme! dachte ich verdrossen, als
ich hörte, wie warm und innig sie wieder am Schluß des
Gottesdienstes sang; aber doch wenigstens eine wirklich
inspirirte, mußte ich unwillkürlich hinzusetzen. Bestärkt
wurde ich in dieser Meinung, als ich sah, wie meine Mutter
der jungen Dame mit ausgezeichneter Artigkeit für die
Mühe dankte, welche sie sich gebe, den Gesang zu ver-
bessern. Bald war sie auch noch von andern Damen umringt und wir verließen das Haus, ohne daß ich Lust gehabt hätte, mich bei Großmann· oder sonst jemand näher
nach der Sängerin zu erkundigen. Es überraschte mich
keineswegs, sie am Abend beim Gouter im Speisesaal zu
finden, nachdem meine Mutter uns bei Tisch mit Lobes-
erhebungen unterhalten über die ernste und liebenswürdige
Weise, mit welcher das fremde Fräulein schon seit einigen
Sonntagen in der Kirche vorsinge, und wie sie nothwendig

une jeune personne très-pieuse sein müsse. Unser
jeune pasteur hatte auch nichts Eiligeres zu thun, als
sich neben la jeune pieuse zu setzen und sie in eine Unter=
haltung mit sich zu verwickeln, die, wie ich vom andern
Ende des Tisches her hörte, in französischer Sprache ge=
führt wurde, in welcher sich die Fremde mit ziemlicher Ge=
wandtheit ausdrückte.

„Ein waadtländischer Sonntag ist in den vornehmeren
Häusern ganz eben so langweilig als ein englischer. Unsere
Damen copiren letzteren mit mathematischer Genauigkeit,
und die unschuldigste Beschäftigung ist streng verpönt.
Um so breiter macht sich an diesem Tage die Klatscherei,
da man ihn doch irgendwie herumbringen muß, und so ent=
floh ich jedesmal gleich nach dem Gouter, um regelmäßig
einige Stunden bei Großmann und seiner Familie zuzu=
bringen. Auch an diesem Tage ging ich, wie gewöhnlich,
nach der Gärtnerwohnung und war erstaunt, gleich darauf
Fräulein Anna M. eintreten zu sehen. Frau Großmann
hatte mir eben erzählt, daß sie eine Nichte von ihr, die
Tochter eines Beamten in K. sei, daß sie beide Eltern vor
nicht langer Zeit verloren und, da ihre Geschwister ver=
heirathet waren, jetzt gewissermaßen allein in der Welt
stehe. Sie besaß ein kleines Vermögen, hinreichend für
ihre Bedürfnisse; da sie aber sehr gut unterrichtet war,
beabsichtigte sie im Frühjahr eine Stelle als Erzieherin
anzunehmen. Den Winter wollte sie in Bevay zubringen,

theils wegen ihrer Gesundheit, theils um sich noch in der französischen Sprache zu üben. Ich wurde dem Fräulein vorgestellt, aber wir hatten kaum einige Worte gewechselt, da schellte es an der Thüre und gleich darauf trat unser jeune pasteur ein, dessen Gesicht sich bedeutend verlängerte, als er mich erblickte.

„Es spielte zwischen uns Beiden fortwährend ein ver=steckter Krieg; ich konnte den Schleicher nicht leiden, und er wußte sehr wohl, daß er nur durch die Gnade meiner Mutter in unserem Hause, wo er ein häufiger Gast war, geduldet wurde. Er wendete sich sogleich an Fräulein Anna, bedauerte, daß sie so schnell weggegangen, und bat sie im Namen meiner Mutter, drüben im Betsaale noch einige Psalmen mitzusingen. Sie suchte sich zu entschuldigen, aber er ward so dringend, daß sie endlich nachgab und an seinem Arme wegging. Ich blieb auch nicht mehr lange; ich fühlte mich gelangweilt und beengt durch den Gedanken, daß nun wohl auch bei Großmann der fromme Geist ein=ziehen werde, während ich dort früher manchmal ohne Ge=fahr meine Laune darüber konnte spielen lassen.

„Nach einigen Tagen sah ich klar, daß Herr Landry bestimmte Absichten auf Fräulein Anna haben müsse, und daß wunderbarerweise meine Mutter, die sonst alles Fremde haßte, diese Absichten unterstützte. Mich konnte dieß natür=lich nur in der Meinung bestärken, daß die junge Dame von untadelhafter Frömmigkeit sei, und ich wich ihr aus,

wo ich nur konnte, da ich an den einheimischen Frommen
gerade genug hatte.

„An einem köstlichen Oktobermorgen saß ich hier auf
der Terrasse und schmiedete an meinen neuen Planen, da
kamen meine Mutter und Herr Landry im Gespräche den
kleinen Hügel herauf. Sie sahen mich sitzen, da jedoch der
Gegenstand ihrer Unterhaltung, wie es schien, kein Ge=
heimniß war, sprachen sie ungenirt weiter.

„„Ich gebe Ihnen Recht, Landry,“ sagte meine Mut=
ter, „zaudern taugt nichts in solchen Dingen, Sie müssen
sich schnell erklären.“ — „Werde ich aber auch erhört
werden?“ — „Warum nicht? Alle jungen Mädchen hei=
rathen gern, und wir dürfen uns diese gute Gelegenheit,
eine so gewandte Sängerin für unsern saint service zu ge=
winnen, nicht entgehen lassen.“ — „Gewiß nicht, gnädige
Frau, Sie wissen, daß ich immer bereit bin, dem Himmel
jedes Opfer zu bringen.“ — „Gewiß, dieß weiß ich, und er
wird Sie dafür seiner Gnade würdig achten. Aber ent=
scheiden Sie sich schnell.“ — „Wollten Sie nicht meine
Fürsprecherin sein, gnädige Frau?“ — „Gerne, sobald sich
die schickliche Gelegenheit dazu findet.“

„Damit traten Beide durch die offene Flügelthüre in
den Salon. Ich war empört; also wieder nur aus Be=
rechnung, nur um eine gute Sängerin für den saint ser=
vice zu gewinnen, warf sich Herr Landry zum Freier und
Anbeter der jungen Fremden auf und unterstützte ihn meine

25 *

Mutter. Daß er jedoch außerdem in das Mädchen ver=
liebt war und sich nur stellte, als ob er dem Himmel ein
Opfer bringen wollte, bezweifelte ich durchaus nicht. Ich
ärgerte mich, als ich in diesem Augenblick die helle Stimme
Anna's vernahm, die mit den Kindern des Gärtners heiter
plauderte, und ging in das Haus. Ganz gewiß hatte sie
Landry zu Hoffnungen berechtigt. „Wahrscheinlich sollen
wir zu gleicher Zeit verheirathet werden, Monsieur Landry
und ich," dachte ich, „aber ich werde mich nicht so sehr be=
eilen."

„Am Abend achtete ich näher auf die Unterhaltung,
welche zwischen meiner Mutter, Anna und dem jeune
pasteur geführt wurde. Es wunderte mich nun nicht mehr,
daß man sie in letzter Zeit fast jeden Abend zusammen zum
Gouter geladen hatte. Meine Mutter, die ihr Terrain
jedenfalls ganz genau wollte kennen lernen, katechisirte das
Fräulein förmlich wegen ihres Glaubens und das der
deutschen Frauen im Allgemeinen. „Man hat mir erzählt,"
sagte sie mit einem Schauder, „daß es in Deutschland frei=
geistige Frauen gibt, welche so gut wie gar nichts glauben;
ist dieß wahr?"

„„Unsere Erziehung und Bildung", antwortete Anna
bescheiden, „ist so verschieden von der, welche die Frauen
hier zu empfangen scheinen, daß wir Deutschen allerdings
in Manchem anders denken, als dieß bei Ihnen der Fall
ist." — „Sie weichen mir aus; die Hauptsache ist, ob Sie

glauben oder nicht glauben." — „Dieß ist schwer zu sagen,
da es so verschiedenen Glauben giebt," lautete die Antwort,
und nun war ich erstaunt, zu hören, mit welcher Gewandt=
heit sich Anna von dem schlüpfrigen Gebiet des Glaubens
auf das historische Feld zurückzog, wie sie die Unterschiede der
verschiedenen protestantischen Glaubensbekenntnisse darlegte
und zeigte, wie unter deren Einfluß sich auch verschiedene
Richtungen herausstellen mußten. Von dem, was sie selbst
glaubte, sprach sie nichts. Meine Mutter konnte nicht
viel darauf erwiedern; jede Formel ihrer eigenen Kirche
war ihr geläufig, aber da sie sich ja im vollständigen Besitz
der echten Erkenntniß wähnte, hatte sie sich um das Wesen
der andern nie viel bekümmert. Anna's Wissen auf diesem
Felde imponirte ihr offenbar, obgleich ihr ein enthu=
siastischer Ausbruch über die Herrlichkeit de la sainte foi
überhaupt angenehmer gewesen wäre. Herr Landry lächelte
selbstgefällig; ohne Zweifel freute er sich im voraus, bald
eine auf dem theologischen Gebiete so bewanderte Frau zu
besitzen, und jedenfalls zogen Beide den Schluß daraus, daß
Anna zu den auserwählten Schafen und nicht zu den Böcken
gehöre, weil sie hierin so gut erfahren war. Mir jedoch
fing es an klar zu werden, wie fein dieses Mädchen, ohne
ihre Ansichten gerade zu verleugnen, sich die unfruchtbarste
aller Streitigkeiten, die über religiöse Dinge, fern zu halten
wußte. In jedem andern Kreise würde ich sie vielleicht der
Heuchelei beschuldigt haben, hier wußte ich nur zu gut,

daß es kein anderes Mittel gab, mit den Menschen fried=
lich zu verkehren, als sie von dieser Seite durchaus zu
schonen.

„„Sind Sie auch, wie es scheint, nicht ganz in unsern
Begriffen aufgewachsen, mein liebes Kind," sagte meine
Mutter endlich freundlich, indem sie aufstand, „werden wir
Sie doch gewiß mit der Zeit unserm wahren Glauben ganz
gewinnen." — Anna senkte den Kopf, ohne zu antworten, und
gewahrte nicht, wie der jeune pasteur sie mit verliebten
Blicken betrachtete. Es war ein Wochentag und der welt=
liche Gesang folglich keine Sünde. Also öffnete meine
Mutter den Flügel und bat Anna, ein Lied zu singen.
Außer in der Kirche hatte ich sie noch nicht gehört, da ich ge=
wöhnlich gleich nach dem Gouter wegging und nur heute
länger geblieben war, weil mich das Gespräch interessirte.
Anna hatte keine glänzende Stimme, aber überaus lieblich
und mit vollendetem Ausdruck sang sie Lieder von Beethoven
und Schubert, die mir von Deutschland her bekannt waren.
Ich hatte in langer Zeit keine ansprechende Musik gehört,
und wie ich dem Flügel gegenüber saß und dem Gesange
lauschte, empfand ich ein Glück, einen Frieden, wie seit
lange nicht. Es war mir zu Muthe, als ob ein Ton aus
einer andern Welt mich grüßte, ein Hauch von Sehnsucht
und Poesie. Ich schloß die Augen, ich fühlte, wie Liebe
zu einem theuren Wesen und Arbeit für dasselbe meinem
Leben allen Reiz und alle Wonne verleihen könnten, wie

es dieß allein sei, was meinem Dasein fehlte, bei allen
Vorzügen, welche mich vor Tausenden auszeichneten. Ich
war gewiß nicht undankbar gegen das Schicksal, aber was
ist das für ein Glück, welches wir uns täglich neu vorzählen
müssen, um nur das Leben ertragen zu können, während das
Herz vergebens nach Befriedigung dürstet. Als ich mich
endlich meinen Träumereien entriß, hatte Anna schon eine
Weile geendet und ihren Mantel umgenommen. Landry
stand neben ihr, bereit, sie nach Hause zu begleiten. Das
Licht der Lampe fiel voll auf ihr feines, leicht geröthetes Gesicht, die Augen strahlten wie zwei Sonnen und spiegelten
noch die Erregung nach, in welche die Musik sie versetzt hatte.

„„Und sie sollte wirklich diesen Schleicher heirathen?“
dachte ich, verbeugte mich kurz, ohne ihr das kleinste Wort
der Anerkennung gesagt zu haben, und ging in mein Zimmer, unzufriedener mit mir selbst und meinen Verhältnissen als je. Am andern Tage war ich mit Großmann
im Gewächssalon an unsern Pflanzen beschäftigt, da lachte
er plötzlich laut auf und sagte: „Was doch die Frauenzimmer für schlechte Menschenkenner sind! Gestern Abend,
als unsere Anna von drüben herüber kam, sagte sie: „Die
gnädige Frau ist schon außerordentlich fromm, aber der
junge Herr ist es wohl noch viel mehr; denn es scheint,
daß er selbst an Wochentagen den weltlichen Gesang nicht
liebt.“

„„Ich?“ rief ich ganz bestürzt und fühlte, wie ich über

und über roth wurde, denn es fiel mir ein, wie unfreundlich
und kurz ich der Fremden bis jetzt immer begegnet war.
„Ja, Sie," antwortete Großmann, immer noch lachend.
„Ich weiß nicht, wie sie darauf kommt, aber ich dachte wohl,
daß Sie diese Idee komisch finden würden."

„„Nun," sagte ich, „ich habe dasselbe von Ihrer Nichte
gedacht und mich derselben, da ich hier fromme Leute genug
sehe, nicht sehr genähert." — „Nicht möglich!" rief er aus;
„sie ist ja leider das gerade Gegentheil Ihrer ganzen Um=
gebung, aber sie darf es sich nicht merken lassen, weil dieß
nur Verdrießlichkeiten gäbe. Am ersten Tage ihres Hier=
seins mußte sie meiner Frau und mir feierlich versprechen,
sich in keinerlei Religionsstreitigkeiten einzulassen und die
Gebräuche, welche hier im Hause eingehalten werden, mit=
zumachen, gleich uns auch."

„„Aber ihr frommer Gesang in der Kirche?" — „Nun,
sie ist durch und durch musikalisch und schwärmt für diese
alten Psalmen, welche sie überaus ernst, einfach und feier=
lich findet. Daß man sie so schlecht vortrug, machte ihr
bitteres Herzeleid. „Onkel," sagte sie, „wenn ich Deinem
Wunsche gemäß jeden Sonntag zur Kirche gehen soll, so
muß ich darin Ordnung schaffen, sonst halte ich es nicht
aus; denn es ist zum Sterben, wie man hier singt." Und
so singt sie denn nun vor wie ein Küster zum Entzücken
der gnädigen Frau und ihrer Freunde." — „Und des Herrn
Landry," setzte ich mit scharfer Betonung hinzu.

„„Ja, er macht ihr den Hof, wie es scheint," fuhr Großmann fort; aber im selben Augenblick trat Anna rasch und hoch erröthend aus dem Gang, der das Wohnhaus mit der Orangerie verbindet, und ging auf ihn zu. Noch einige Schritte von ihm entfernt, rief sie lebhaft: „Onkel, ich muß Dich nothwendig sprechen." Da sah sie mich und wich erschrocken zurück.

„„Ist es so eilig?" fragte Großmann, sich umwendend, ich aber sah Anna fest an und war überzeugt, daß sich die „schickliche Gelegenheit" gefunden, welche meine Mutter gesucht, um ihr die Absichten ihres Schützlings mitzutheilen. So gern ich auch nach Großmanns letzter Mittheilung und meiner Beobachtung vom vorigen Abend nun ein Gespräch mit ihr angeknüpft hätte, sah ich wohl, daß der jetzige Moment dazu nicht passend sei, und empfahl mich rasch.

„Daß meine Vermuthung mich nicht betrogen, bestätigte sich bei Tisch. Meine Mutter sah unendlich finster drein, und kaum hatte der aufwartende Diener sich entfernt, als sie, sich zu meinem Vater wendend, sagte: „Wie ich Dir schon oft gesagt, Großmann ist von dem Himmel noch lange nicht auserwählt, und wir sollten ihn eigentlich gar nicht in unserer Nähe dulden." — „Großmann," erwiederte mein Vater ruhig, „ist nun so lange bei uns und hat uns noch keinerlei Anstoß in seinem Leben gegeben; sollte es jetzt der Fall sein?" — „Nicht er unmittelbar, aber seine Verwandte, diese jeune Allemande; mit ihr bin ich im höchsten Grade unzufrieden."

„„Mit ihr? Du warst es doch, ma Chère, die sie protegirte und die von ihrem schönen Gesang entzückt war." — „Weil ich glaubte, daß sie aus Andacht so schön singe, weil ich mich für überzeugt hielt, daß sie unsern heiligen Glauben, wenn auch vielleicht jetzt noch nicht ganz, doch bald völlig theilen würde. Ich hatte ihr Bestes im Auge und habe ihr in Landry's Namen einen Heirathsantrag gemacht, welchen sie jedoch schnöde zurückgewiesen." — „Vielleicht wünscht sie sich noch nicht zu verheirathen." — „Das ist der Grund nicht. Als ich in sie drang, erklärte sie mir plötzlich sehr unumwunden, daß sie nie einen Mann heirathen könne, dessen religiöse Richtung so sehr von der ihrigen abweiche. Dieß hatte sie den Muth, mir offen in's Gesicht zu sagen."

„„Diese Offenheit ist achtungswerth," bemerkte mein Vater schüchtern. — „Es wäre achtungswerther," antwortete die Mutter streng, „wenn sie sich bemühte, an ihr Seelenheil zu denken. Daran scheint aber der kleinen Hypokrite wenig gelegen. Welche Schlange habe ich in meinem Busen genährt! Ich könnte noch hoffen, sie dem Besseren zu retten, hätte sie mir nicht mit eiserner Ruhe gestanden, sie sei früher katholisch gewesen — quelle horreur — sei im letzten Jahre deutschkatholisch geworden — eine Sache, von welcher ich fürchte, daß sie sehr gottlos ist

— und passe darum wohl in keiner Weise für die Frau eines Predigers in unserem Lande. Ce pauvre Landry!"

„Landry wird eine passendere Frau finden," tröstete mein Vater lakonisch. — „Ich fürchte," fuhr meine Mutter fort, „der Himmel will ihn strafen, weil er sie zu sehr geliebt; aber sie sang so fromm in der Kirche, sein kindlich reines Herz war tief ergriffen." — „Er hoffte ohne Zweifel durch seine Heirath auch etwas zur Verbesserung unseres Kirchengesanges beizutragen," sagte ich. — „Sans doute," erwiederte meine Mutter eifrig, denn ich sprach so ernst und abgemessen, daß sie die Ironie, welche in meinen Worten lag, nicht merken konnte. — „Einstweilen," fuhr sie fort, „habe ich Mademoiselle zu verstehen gegeben, daß ihre ferneren Besuche mir nicht angenehm sein werden."

„Mein Vater begnügte sich als Antwort darauf mit einem Kopfnicken, ich schwieg gleichfalls; aber bald nach Tisch ging ich hinüber zu Großmann. Anna fing nun an mich lebhaft zu interessiren. Großmann war allein und erzählte mir unaufgefordert, seine Nichte habe Herrn Landry diesen Morgen einen Korb gegeben und meine Mutter sei sehr erzürnt darüber. „Anna wird nun natürlich nicht mehr hinübergehen;" so schloß er seine Erzählung; „übrigens ist mir die ganze Geschichte unangenehm und ich wollte, Herr Landry hätte ihr die Ehre nicht erwiesen."

„Nun, Großmann," sagte ich, „Ich darf Ihre Nichte
hoffentlich manchmal hier ein Lied singen hören und ihr
so beweisen, wie sehr ich den weltlichen Gesang und ver=
nämlich den aus ihrem Munde liebe." — Großmann
zuckte die Achseln: „Ich weiß, daß Sie zu redlich sind,
Monsieur Henri, meiner Nichte durch Hofmachereien den
Kopf zu verdrehen, und sie ist ein zu vernünftiges Mädchen,
um nicht auch freundschaftlich mit einem jungen Manne
verkehren zu können, der ihr in jeder Beziehung fern steht
und fern bleiben muß. Also —" — „Also meinen Sie,
meine Cousine Marie brauche nicht eifersüchtig zu werden
und Monsieur Landry eben so wenig?"

„Machen Sie, daß es endlich Ernst wird mit der Hoch=
zeit, es bleibt Ihnen doch nichts Anderes übrig." — „Wir
wollen sehen," antwortete ich übermüthig und trat grüßend
Anna entgegen, die eben mit Frau Großmann hereinkam.

„Wie wundervoll ist es hier!" rief sie lebhaft, nachdem
sie meinen Gruß erwiedert. „Ach, Onkel, wenn wir doch
dies Alles mit uns nach Deutschland nehmen könnten!" —
„Sie möchten dies wohl lieber thun, als diese schöne Welt
mit unserm Herrn Landry theilen?" fragte ich keck. Sie
stutzte, erröthete über und über und wandte sich unwillig
hinweg.

„Mademoiselle," rief ich, entschuldigen Sie meine In=
discretion, aber es ist nur eine gerechte Strafe dafür, daß
Sie mich für noch frommer hielten, als Ihren unglück=

lichen Anbeter. Nein, auch hier giebt es Menschen, die
freier denken und unter dem Zwang von Formeln seufzen,
denen sie sich nicht immer entziehen können."

„Sie sah mich überrascht an, der Ernst ihres Gesichtes
ging in ein Lächeln über, dann sagte sie: „Es ist gewiß
recht undankbar von mir, aber eigentlich bin ich froh,
daß Alles so gekommen. So sehr ich die freundliche Zuvorkommenheit Ihrer Frau Mutter schätzte, welche allerdings mehr meinem Gesang als meiner Person galt, so
bange ward mir doch oft bei dem Gedanken, mich Monatelang zusammennehmen und ganz anders erscheinen zu
müssen, als ich in Wirklichkeit bin. Jetzt werde ich freilich
drüben in Ihrem schönen Hause als Ketzerin verabscheut
werden, aber es steht mir doch frei, zu thun und zu reden
wie ich will." Tiefaufathmend, wie von einer Last befreit,
setzte sie sich nieder und bald waren wir in ein lebhaftes
Gespräch über Deutschland verwickelt.

„Ich brauche Ihnen kaum zu sagen, wie von diesem
Tage an mein Lebensschicksal entschieden war. Ich dachte
nicht mehr an Industrie, Religion, Reformation; alle meine
Gedanken drehten sich um den Stern, der mir in der
Gärtnerwohnung aufgegangen war. Fast jeden Abend
nach dem Gouter ging ich hinüber zu Großmann und verlebte Stunden voll Glück und Sonnenschein. Wenn Anna
nicht sang, lasen oder sprachen wir zusammen, und Großmann wie seine Frau, die natürlich immer gegenwärtig

waren, lebten förmlich mit uns auf. Wir lachten und
spielten oft wie die Kinder, und wenn ich dann am andern
Morgen mit heiterer Miene in das Zimmer meines Vaters
trat und ihm vom Abend vorher erzählte, theilte auch er
nachträglich unsere Fröhlichkeit. Er war glücklich, mich
wieder heiterer zu sehen, glücklich, daß ich ihn nicht mehr
mit Planen peinigte, auf die er mir zu Liebe einging, welche
auszuführen er jedoch in sich selbst die Unmöglichkeit er=
kannte.

„Mein Verhältniß zu Anna gestaltete sich in ganz
eigenthümlicher Weise. Nicht eine Spur von Leidenschaft
mischte sich in unsern harmlosen Verkehr, aber mit jedem
Tag wuchs in mir die feste Ueberzeugung, daß nur sie das
Weib sei, dessen Besitz mich ganz beglücken könne. Wie
weich, wie bildungsfähig, wie liebenswürdig war sie unsern
Waadtländerinnen gegenüber, wie viel tausendmal interes=
santer und origineller als sie alle! Doch liebte ich nicht
blind, ich beobachtete zugleich, und nicht nur mein Herz,
auch meine Vernunft waren bald vollständig von ihr erfüllt
und beherrscht. Glücklicher als Rousseau fand ich hier eine
wirkliche Julie, voll Bildung, wahrer Herzensgüte, Ein=
fachheit und kindlicher Harmlosigkeit, dabei von einer Rein=
heit und Würde, die mir bei dem bloßen Gedanken, wie
ich ihr einst näher treten, wie ich ihr meine Liebe bekennen
solle, das Herz erbeben machte. Mein Gefühl war um
so freudiger und voller, als ich vom ersten Tage an ent=

schloffen war, ihm freien Lauf zu laffen und ihm keine
Schranke entgegenzusetzen, die nicht aus mir selbst ent=
sprang.

„Sie sehen, wie sehr ich damals noch enfant gâté
war, aber darum auch frei von ängstlichen Bedenken und
Entsagungsideen. Was Anna empfand, wußte ich nicht;
sie blieb sich immer gleich in ihrer sanften Ruhe und
Freundlichkeit. Mit bewunderungswürdigem Takt benahm
sie sich meiner Mutter gegenüber; sie besuchte jeden Sonn=
tag nach wie vor die Congregation mit Großmann und
seiner Familie und in ihrer ganzen Haltung lag die voll=
kommenste Achtung vor einem Gottesdienste ausgedrückt,
der nicht der ihrige war, den sie aber darum nicht haßte
oder lächerlich fand, wie ja der aufgeklärteste Mensch immer
zugleich auch der duldsamste ist, weil frei von jeglichem
Dünkel und geistigem Hochmuth. Sie sang mit wie sonst
auch, ohne sich vorzudrängen, und es gelang ihr, ihren
Gegnern ein respektvolles Benehmen abzunöthigen. Doch
entging es mir nicht, wie Landry sehnsuchtsvoller als je
nach ihr hinüberschielte, sobald meine Mutter ihn nicht
beobachtete; denn sie würde es ihm nie verziehen haben,
hätte er jetzt noch einen Funken Neigung bewahrt für ein
Frauenzimmer, das einer so gottlosen Gemeinschaft, wie
der deutschkatholischen angehörte. Wahrscheinlich doppelt
angereizt durch die abschlägige Antwort, war er jetzt augen=
scheinlich auf eigene Rechnung, nicht mehr blos im Interesse

des Himmels, verliebt, und es verging fast kein Tag, wo
nicht in der Gärtnerwohnung eine geheime Sendung von
ihm einlief, fromme Schriften und Traktätchen enthaltend.
Daß sie wirkungslos blieben, versteht sich von selbst. Ge=
fährlicher war es, daß er schnell mit dem feinen Instinkt
der Eifersucht in mir einen Nebenbuhler entdeckte und
meine Mutter darauf aufmerksam machte.

„Nachdem sie mit den Heirathsplanen für Landry ge=
scheitert, hatte sie sich wieder um so eifriger denen für mich
zugewendet, und da sie mein Versprechen hatte, würde ich
kaum gewußt haben, wie ich eine Verlängerung meiner
Freiheit erlangen sollte, hätte mich nicht, wie es fast schien,
der Himmel selber begünstigt. Der Vater Mariens, schon
seit lange leidend, starb plötzlich, somit konnte vor Ablauf
des Winters von keiner Verlobung die Rede sein, und
außerdem war die Mutter durch diesen Todesfall für einige
Zeit ganz in Anspruch genommen, da sie der trauernden Fa=
milie alle Tröstungen der Religion zu spenden hatte. So ge=
gewann ich ungestört die Wochen, welche hinreichten, mein
Herz ganz an Anna festzuketten, und als endlich die Mutter,
durch Landry aufmerksam gemacht, mir erklärte, daß sie
meine häufigen Besuche bei Großmann sehr unschicklich
finde, seit seine Nichte da sei, war es schon zu spät. Ich
antwortete ihr ruhig, ich sei immer in dieser Weise bei
Großmann aus= und eingegangen, auf meinen Reisen habe
ich gleichfalls ungestört mit Frauen verkehrt und wolle mir

in der Heimath dieses Recht nicht nehmen lassen. So
hatte ich mir freilich das Feld für einen Augenblick wieder
erobert, aber, wie ich wohl wußte, nicht auf lange.

„Während ich mich nun der Abende bei Großmann
in Anna's Nähe erfreute, hatte sie sich fast eben so unbe=
merkt als in das meinige auch in das Herz des Vaters
eingestohlen. Unser milder Winter gestattet fast jeden
Tag einen Spaziergang, oft auch das Sitzen im Freien;
dabei trafen sie sich erst zufällig, dann regelmäßig zur
nämlichen Stunde. Wenn sie eine Weile gegangen, ließen
sie sich gewöhnlich auf jener kleinen, von Epheu umrankten
Bank nieder, auf welche durch die blätterlosen Zweige der
Kastanien warm die Wintersonne schien. Lange konnten
sie dort nebeneinander sitzen und wurden nicht müde, sich
zu unterhalten, bald ernst, bald neckisch, wie es eben kam.
Ich hütete mich dann wohl, ihr Gespräch zu unterbrechen;
ich war glücklich, daß auch mein Vater sie lieben und
schätzen lernte, aber oft stand ich von ferne und betrachtete
sie im stillen Glück, wie sie so dasaßen, Vater und Tochter
im schönsten, freundlichsten Einvernehmen. Wie leicht
hätte es in Wirklichkeit so sein können! aber dort, wenige
Schritte von uns, hauste der finstere Geist der Bigotterie,
des Vorurtheils, des Stolzes auf zufällige Geburt! Da
breitete sich eine paradiesische Welt um uns her, Kunst
und Reichthum hatten ihre Reize noch erhöht, ein Vater,
gütig und wohlwollend, ein Mädchen voll Geist, Gemüth

und Liebenswürdigkeit, ein junger Mann, welcher nach dem Besten strebte und rückhaltlos liebte, bewohnten diese Räume. Sollten sie ihr Glück zertrümmern lassen, sollten sie sich beugen vor dem dunklen Phantom, das seine strenge Hand über diese gesegneten Lande breitet?

„Nenne man es Egoismus, oder wie man wolle: ich beschloß in meinem Herzen, dem Gefühl solle sein Recht widerfahren, nun und nimmer wolle ich mich unter eine feige, sentimentale Entsagung beugen, sondern das Glück genießen, das der Himmel mir geschickt. In einer solchen Stunde, wo ich, an jenen Baum gelehnt, unser geistiges Terrain in dieser Weise übersah und seine Gegensätze lebhafter als je empfand, faltete ich die Hände und gelobte mir mit einer Andacht, wie ich sie noch nie in der Kirche empfunden, alle Hindernisse, die mich von Anna trennten, zu überwinden, den Kampf um sie aufzunehmen, wie es auch kommen möge. Befand ich mich doch im Rechte der Natur, der Vernunft, der Wahrheit gegenüber, und das Vorurtheil existirt nur, so lange man es anerkennt. Doch erst mußte ich wissen, ob mich Anna auch wieder liebe, und noch heute wollte ich es erfahren.

„Es war ein köstlicher Wintertag; Frau Großmann hatte mir gesagt, daß sie nach Tisch mit den Kindern in Geschäften nach Clarens gehen müsse, ihr Mann war im Garten beschäftigt, Anna zu Hause allein. Mit klopfendem Herzen zog ich am Nachmittag die Schelle an des

Gärtners Thüre und mein Athem stockte, als mich Anna mit einem Erröthen und Erschrecken empfing, welches ich noch nie an ihr bemerkt, weil wir uns noch nie, außer auf kurze Momente im Garten, so ganz ohne Zeugen gegenüber gestanden hatten. Wir blieben beide stumm; es war mir unmöglich, erst mit gleichgültigen Phrasen ein Gespräch anzuknüpfen. Ich ergriff ihre Hand, führte sie an's Fenster, von welchem aus man den See in seiner ganzen Herrlichkeit erblickte, und sagte: „Anna, Sie lieben unsere reizende Gegend, darf ich hoffen, Sie Ihnen ganz zur Heimath zu machen? Können Sie Deutschland und seine Menschen vergessen, kann meine Liebe Sie dafür entschädigen, daß Sie nur wenig Gleichgesinnte bei uns finden?"

„Ich sprach so ruhig als möglich, aber meine Stimme und meine Hände zitterten. Sie hatte ihre freie Hand über die Augen gelegt und ein Strom von Thränen quoll darunter hervor. So standen wir einige Momente in bebender Erregung.

„Anna," sagte ich endlich leise, „lieben Sie mich nicht?" Ein dumpfer Seufzer antwortete mir, dann machte sie ihre Hand los und sagte: „O, Herr von P., Sie hätten es nicht so weit treiben sollen!" — „Warum nicht, Anna?" rief ich voll Bestürzung.

„Sie faßte sich gewaltsam. „Weil doch nur Schmerz und Herzeleid für uns Alle daraus erwachsen wird. Ich hatte es mir so schön gedacht," fuhr sie fort und hob das

Auge zum Himmel, „wie die Zeit, welche ich hier zuge=
bracht, in Ihnen und mir, als die reichste und schönste
Erinnerung unseres Lebens, fortdauern werde, aber ge=
heimnißvoll, unbesprochen, wie auch die Muschel schweigend
die Perle umschließt. Sie haben geredet, nun ist der
Zauber dahin, nun werden wir kranken und siechen und
uns verzehren, wie arme Sterbliche thun, aber nicht mehr
lieben, gleich den Göttern, ohne Wunsch und Sehnsucht.“
Sie hatte die Hände auf die Brust gepreßt und ihr Auge
blickte thränenerfüllt, aber begeistert empor.

„Anna!“ rief ich, „Sie schwärmen; wir werden den
Göttern gleichen, wenn wir uns lieben wie Menschen, denn
in der Erfüllung, in dem Besitz, nicht in der Entsagung
liegt das Glück!“ Ich stürzte zu ihren Füßen und wollte
ihre Hände ergreifen; aber sie wich scheu zurück. — „Nein,“
sagte sie, „nein, es darf nicht sein!“ — Ich war in Ver=
zweiflung. „Anna,“ rief ich, „warum darf es nicht sein?
Glaubst Du, ich habe nicht Alles vorausbedacht, ich wisse
nicht, welche Hindernisse ich zu bekämpfen habe?“ — „Sie
sind unüberwindlich,“ sagte sie düster; „ich kann nun und
nimmermehr Ihr Weib werden.“

„Weinend sank sie auf ihren Sitz am Fenster. Ich
kniete vor ihr und sah flehend zu ihr auf. Sie fuhr sich
mit der Hand über Augen und Stirn, nahm dann meine
Hand fest zwischen die ihrigen und sagte, während tiefe
Gluth ihr Antlitz färbte: „Herr von P., ich will Ihnen

die Wahrheit nicht verschweigen: ich liebe Sie, wie ein
Weib nur einen Mann lieben kann, von dem sie weiß, daß
er Allem entspricht, was ihr Herz und ihr Geist verlangen.
Wären Sie ein Mann meines Standes, wären Sie arm,
würde ich aller Hindernisse spotten, welche die fromme
Richtung Ihrer Mutter einer Verbindung zwischen uns
in den Weg legen wird. Ich würde sie durch Demuth,
Freundlichkeit und Festigkeit am Ende überzeugen, daß wir
im Geist und in der Wahrheit oft frommer sind, als die,
welche an den Buchstaben glauben, aber — ich kann mich
nicht wie eine ketzerische Bettlerin in Ihr reiches und vor-
nehmes Haus drängen. Alle Demuth, deren ich in gleichen
Verhältnissen fähig bin, würde sich unfehlbar in Stolz
umwandeln, wenn ich nur einen Moment fühlen müßte,
man glaube, ich demüthige und bequeme mich, um dadurch
den Sohn und reichen Erben des Hauses zu erlangen.
Sie sehen, daß daraus für Niemand Glück erwachsen kann.
Aber selbst wenn ich mich aus Liebe so weit selbst aufgeben
wollte," fügte sie mit trübem Lächeln hinzu, „würde Ihre
Mutter doch noch zu stolz sein, um in eine Verbindung
zwischen uns zu willigen, mich doch nie freudig als Tochter
begrüßen, eben so wenig, wie ich mich ihr aufzudrängen
vermag."

„Während sie sprach, hatte meine leidenschaftliche Erregung sich etwas gelegt; ich sah Anna an, ich wiederholte
fast maschinenmäßig: „Also, wenn ich arm wäre, würdest

Du mich nicht zurückweisen?" — Sie nickte traurig mit
dem Kopf, da faßte ich sie in meine Arme und bedeckte sie
mit Küssen. „Dann bist Du mein, auf ewig mein!" rief ich
außer mir, „wenn Du nichts von mir verlangst, als das
Opfer dieses elenden Geldes! Anna, wir werden zusammen arbeiten, zusammen erwerben, ich werde glücklicher
sein, als ich je im Schoße des Reichthums gewesen!"

„Sie wollte sich mir entwinden, sie rief verzweiflungs-
voll: „Lassen Sie mich, lassen Sie mich! Ich kann den
Becher des Glücks ungenossen an meinen Lippen vorübergehen lassen, aber ich ertrage es nicht, auf seinem Boden
die Hefe zu finden!" — Ich ließ sie nicht, ich strömte mein
ganzes Herz, Alles, was ich in der letzten Zeit empfunden
und gelitten, vor ihr aus. Sie ergab sich endlich; weinend
küßte sie meine Stirne und sprach: „So nimm mich hin,
Henri, als Dein geachtetes Weib bei Arbeit und Entbehrung, aber nie als Dein geduldetes in Reichthum und
Ueberfluß!"

„Die Reihe zu handeln war nun an mir, und ich that
es gleich am folgenden Morgen. Daß meine Mutter außer
sich sein würde, hatte ich im Voraus gewußt und konnte
ihr demnach eine eiserne Ruhe und Entschiedenheit ent-
gegensetzen. Ich sprach zuerst mit ihr allein, erklärte ihr
mit Feuer und Herzlichkeit den Zustand meines Herzens
und schloß damit, daß ich ihr meinen Entschluß andeutete,
das Elternhaus zu verlassen und mir und meinem Weibe

eine selbstständige Existenz zu gründen, wenn sie sich nicht
entschließen könne, Anna freiwillig und mit dem Herzen
einer Mutter bei sich aufzunehmen. Es wunderte mich
nicht, daß sie über diese Alternative mit einem Achselzucken
hinwegging, weil sie eine solche Extravaganz für unmöglich
hielt. Dann ermahnte sie mich ernst und gemessen, jeden
Gedanken an eine so ungleiche Verbindung aufzugeben, und
erklärte mir, sie erwarte, ich werde endlich mein Versprechen erfüllen und meiner Cousine Marie den längst
erwarteten Antrag machen. Ich verließ ihr Zimmer, wie
ich es betreten, weder ärmer um eine Hoffnung, noch reicher
um eine Enttäuschung, aber entschlossener als je, dieses
Mal der Kälte, dem Vorurtheil und der Berechnung nicht
den Sieg zu lassen.'

„Viel schwerer fiel es mir, mich dem Vater mitzu-
theilen. Daß er mit Freuden Anna als Tochter begrüßen
würde, daran zweifelte ich keinen Moment; wo es mein
Wohl galt, hatte er sich mir noch nie widersetzt; aber wie er
den nothwendigen Kampf mit der Mutter und seiner ganzen
Umgebung bestehen würde, davon konnte ich mir kein klares
Bild machen und wollte ich jetzt auch nicht. Er nahm
meine Mittheilung auffallend ruhig auf, dann sagte er:
„Henri, mein einziges, mein geliebtes Kind, ich habe dieß
Alles so kommen sehen, und so wie es kam, soll es auch
ausgeführt werden. Hättest Du Dich von selbst den Wün-
schen Deiner Mutter gefügt und eine Deiner Cousinen zur

Gattin gewählt, so würde ich mich nicht widersetzt haben, obschon ich diese Art von Heirathen mißbillige. Aber bereits seit Jahren ist es fest in mir beschlossen, Dir, sollte eine andere ernstliche Neigung in Dir aufkommen, meine Ein= willigung nicht zu versagen, vorausgesetzt, daß der Gegen= stand derselben kein unwürdiger sei."

„Ich war auf's Tiefste gerührt und überrascht; so viel hatte ich nicht erwartet, ich brach in Thränen aus, um= armte meinen Vater und dankte ihm für so viel Liebe. — „Ja, mein Kind," sagte er, „ich liebe Dich über Alles, aber indem ich Deinen Wünschen entgegenkomme, trage ich zugleich eine Schuld meines Lebens ab, die stets einen düstern Schatten darüber geworfen hat. Ich habe einst feige einer Jugendliebe entsagt, und habe dafür gelitten und entbehrt an der Seite eines ungeliebten Weibes, mit der mich kein geistiges Einverständniß verband und die ich darum ebenso wenig beglücken konnte, als sie mich. Dieses Loos, Henri, dessen Herbigkeit ich nur zu schwer empfun= den, soll Dir nicht werden. Du sollst Anna, die ich bereits wie eine Tochter liebe, besitzen; der Segen des Vaters soll Euch das Haus aufbauen; bitten wir Gott, daß der Mutter Fluch es nicht niederreiße."

„Wir werden diesen Fluch bekämpfen durch Arbeit und Entbehrung, mein Vater," rief ich. „Ich habe es Anna versprochen, mit ihr arm zu sein, mit ihr zu arbeiten und zu entbehren. Wir werden der Mutter zeigen, daß zwei Herzen, die sich wirklich lieben, nichts brauchen als sich selbst und das tägliche Brod, das sie im Schweiße ihres Angesichts erworben, um glücklich zu sein."

„Was wir beschlossen, erfüllte sich. Natürlich versäumten wir von unserer Seite nichts, keine Vorstellung, keine herzliche Bitte, um das starre Mutterherz zu wenden — es war vergebens. Als sie unsere Entschlossenheit sah, selbst die des Vaters, welche sie bis zu einem gewissen Grade fürchtete, da er sie doch zwei oder dreimal in seinem Leben ihr gegenüber gezeigt, hätte sie sich vielleicht doch gefügt, aber Landry ließ es nicht zu. Er war wüthend auf Anna und mich, er stellte es der Mutter als eine vom Himmel selbst auferlegte Pflicht vor, hier nicht nachzugeben. Doch kämpfte sie einen harten Kampf und fast wankte meine Entschiedenheit, als ich sie bleich und zum erstenmal in meinem Leben wirklich innerlich leidend sah. Aber ich durfte jetzt nicht mehr weichen, ich hatte jetzt eben so heilige Pflichten gegen Anna zu erfüllen.

„Viele Plane für unsere Zukunft wurden gemacht und wieder verworfen. Ich bestand darauf, von meinem Vater nicht mehr Geld anzunehmen, als Anna's kleines Vermögen betrug. Ich prüfte meine Kenntnisse und fand bald, daß meine Bildung, so viel auch dafür geschehen, doch nur dilettantenhaft war, weil ihr das bestimmte Ziel gefehlt hatte. Ganz gründlich verstand ich eigentlich nur das Geschäft des Kunstgärtners. Diese Erkenntniß war

weder mir noch Anna unlieb; wir konnten so am stillsten
und unbemerktesten leben, auf einem kleinen, eigenen Besitz,
nur umgeben von der Natur und frei von lästigen Gesell=
schaftsformen. So ward endlich beschlossen, daß wir uns
in Heidelberg, welche Stadt Anna besonders liebte und die
mir von früher noch im besten Gedächtniß war, nieder=
lassen wollten. Zwar blutete mir das Herz, den Vater
so entfernt von uns zu wissen, er aber war heiter und ge=
faßt. „Es muß so sein,“ sagte er sanft abwehrend, wenn
ich meinen Schmerz darüber äußerte, „ich muß dieses Opfer
bringen, es versöhnt mich mit mir selbst, und wegen Eurer
Zukunft ist es besser so. Die Mutter wird nicht unerbittlich
bleiben, wenn sie Dich erst einige Jahre entbehrt hat.“

„Ich war volljährig und meiner Verheirathung stand
daher nichts im Wege. Ende Februar wurden wir in
Clarens getraut, erst auf der Mairie, dann in der National=
kirche. Nur Großmann und seine Frau, mit denen wir,
beiläufig gesagt, gleichfalls keinen kleinen Kampf zu bestehen
gehabt, waren zugegen. Ich reiste sogleich mit Anna ab, in
meinem Glücke Alles vergessend, was diesen Tag sonst
verdüsterte.

„Wie wir uns dann in Heidelberg niederließen und
dort lebten, das wissen Sie. Mit meinem Vater stand
ich in eifrigstem Briefwechsel und außerdem mußte mir
Großmann jede Woche berichten, wie es ihm ging. Auch
der Mutter schrieb ich zuweilen, empfing aber nie eine

Antwort. So verstrichen uns fast zwei Jahre, voll Glück=
seligkeit, getheilt zwischen ehrlicher Arbeit, die der Himmel
segnete, geistiger Beschäftigung und Musik, welche Anna
fortwährend pflegte, da ward mein Sohn, mein Henri ge=
boren. Mein Glück brauche ich Ihnen nicht zu schildern,
Sie haben es dargestellt gesehen. Ich ergoß mein vollstes
Gefühl in den Briefen an den Vater, und wer hätte mich
darin auch besser verstehen können, als er? Er war, wie
Großmann mir berichtete, seit unserer Trennung mehr in
sich gekehrt als je, aber anscheinend heiter und gesund.
Er malte wieder viel, was er in den letzten Jahren weniger
gethan, und sorgte in seiner ruhigen, geräuschlosen Weise
für einen Kreis von Hülfsbedürftigen, der meist aus frem=
den Arbeitern bestand. Die Geburt des Enkels erfüllte
ihn mit unaussprechlicher Freude, er hoffte, daß auch das
Herz der Mutter dadurch weicher gestimmt werde. Einen
Augenblick schien es so, dann hüllte sie sich wieder in ihr
finsteres Schweigen, denn Landry, unser Feind, war noch
nicht versöhnt, obgleich er auf dem Punkte stand, sich mit
der von mir verschmähten Cousine Marie zu verheirathen
und nach Lausanne als Prediger überzusiedeln. Diesem
Paare wendete sie ihr ganzes Interesse zu, und die Geburt
des Enkels ging bezüglich ihres Verhältnisses zu uns spur=
los vorüber.

„Der Vater, welcher lange auf diese Zeit gehofft, als
einer Versöhnung mit uns am günstigsten, fing an sich in

Sehnsucht und Verlangen nach uns zu verzehren. Sein
eigenes Herz zu beschwichtigen, begann er das Bild zu
malen, welches Sie so sehr bewundern. Er kannte jeden
meiner Züge so genau, daß er des Originals nicht dazu
bedurfte. Sonst hatte er, außer in meinen Knabenjahren,
mein Portrait nicht malen können, weil ihm meine Züge
zu vertraut waren, als daß er im Stande gewesen wäre,
deren Eigenthümlichkeiten mit dem Pinsel treu wieder zu
geben. Jetzt, in der Entfernung ward mein Aeußeres ihm
erst wieder gegenständlich, und so saß er täglich vor seiner
Staffelei, nur mit uns beschäftigt. Oft malte er gar nicht,
sondern sah mein Bild nur an, fügte hier einen kleinen
Zug hinzu, löschte dort einen Punkt aus, und so mag es
wohl kommen, daß die technische Vollendung desselben viel
bedeutender ist, als bei allen seinen übrigen Werken. Im
wahren Sinne des Worts ist dieses Bild mit seinem Herz-
blut gemalt; seine eigene sehnsüchtige Empfindung, das
reinste, herrlichste Gefühl, welches ihn in seinem Leben
beseelt, legte er in den Zügen des geliebten Sohnes nieder,
wie dieser sein eigenes Kind betrachtet. Es mag Ihnen
verwunderlich dünken, weßhalb er nicht gleiche Sorgfalt
auf Mutter und Kind verwendete, doch finde ich dieß ganz
natürlich. Das Kind war für ihn ein bloßes Phantasie-
bild, und wie Sie gesehen, war seine Phantasie nie sehr lebhaft; die Mutter kannte er wohl, aber sie war ihm eine
fremdere Erscheinung, die er sich nach mehreren Jahren

der Trennung nur mit Mühe ganz treu in das Gedächtniß
zurückrufen konnte. Die Aehnlichkeit mit meiner Frau ist
daher auch nicht sehr groß, und wird noch beeinträchtigt
durch die Wahl der italienischen Tracht. Er that dieß,
weil er kein eigentliches Familienporträt zu malen beabsichtigte, nur die Wonne, die tiefe, selige Empfindung
eines Vaterherzens wollte er darstellen, wie sie in meinen
Briefen an ihn sich aussprach und in seiner eigenen Brust
das treueste Echo fand. So schuf sein Gemüth, welches sich
seit Jahren ganz in mir concentrirt hatte, ein Werk, das
weit über Kräfte hinausging, die nie den Stempel des
Genialen trugen. Dieses Bild ist gelebt, daher die außerordentliche Wirkung, welche es fast auf jeden Beschauer
ausübt.

„Ueber ein Jahr arbeitete der Vater geheimnißvoll
daran; es war sein Schooßkind, sein Glück, sein Alles. Er
sprach mit ihm, wie mit mir, er schrieb seine Briefe vor
der Staffelei, was ich alles natürlich erst später hörte.
Endlich entschloß er sich, Großmann seinen Schatz zu zeigen.
Der ehrliche Mann war tief davon ergriffen, Thränen
rannen über seine Wangen und er rief: „Herr von P.,
wenn Sie dieses Bild der gnädigen Frau zeigen, wird sie
gewiß nicht länger widerstehen können; sie wird vor Sehnsucht nach dem einzigen Kinde vergehen.“ — „Meinen
Sie?“ antwortete er mit einem strahlenden Lächeln; „den
nämlichen Gedanken habe ich auch schon lange gehabt; soll

ich es versuchen?" — „Ja, wenn dieß die Großmutter
nicht erweicht, wenn sie aus diesem Bilde nicht sieht, wie
sehr Sie sich selbst nach Ihrem Kinde sehnen, dann ist sie
keine Mutter, sondern ein Felsen!" — „Nun wohl, in zwei
Monaten wird unser kleiner Henri zwei Jahre alt; an diesem
Tage will ich das Bild drunten in ihrem kleinen Boudoir,
das Henri ganz nach ihrem Wunsche für sie eingerichtet,
aufstellen und dann den Himmel bitten, daß er ihr Herz
bewege."

„Aber hat Sie denn Ihr Vater nie in Heidelberg besucht?" unterbrach ich hier den Erzähler.

„Nein," antwortete er, „diese Rücksicht waren wir Beide
der Mutter schuldig. Ich hatte ohne ihren Segen geheirathet, ich galt in ihrer und des Vaters Familie für
einen halben Flüchtling, und obgleich er allerdings den
Schritt, welchen ich gethan, heimlich unterstützt hatte,
durfte er sie doch der Welt gegenüber nicht bloßstellen.
Unser Haus sollte erhalten werden für eine erhoffte schönere
Zeit, nicht auseinander fallen, und dieß wäre unfehlbar geschehen bei dem ersten öffentlichen Schritt, den mein Vater zu
meinen Gunsten gethan. Aber auch dem Gefühl der Mutter
war man es schuldig, sie nicht wie eine aus unserem Kreise
Ausgestoßene zu behandeln. Jeden Brief, welchen er von mir
und meiner Frau empfing, legte er auf ihren Arbeitstisch;
es verging kein Geburtstag, kein Jahreswechsel, an welchem
ich ihr nicht meine Glückwünsche ausdrückte, vereinigt mit

renen Anna's. Sie sollte uns nicht fremd werden; die Pforte unserer Herzen stand weit offen, jeden Augenblick bereit sie zu empfangen, wenn sie sich uns nahen wollte. Ihr Charakter war zu ehrenhaft, als daß sie nicht vor meinem und Anna's Benehmen, vor unserem einfachen, anspruchslosen Leben Achtung empfinden mußte. In einer weichen Stunde hatte sie endlich dem Vater dies zugestanden, und er durfte so die leise Hoffnung in sich nähren, ihr Muttergefühl durch das Bild vielleicht tief genug zu rühren, daß sie verzeihen könne.

„An Henri's Geburtstag stellte er das Bild also auf dem Kamin drunten auf, wie es noch dasteht, ohne Rahmen oder sonstigen Schmuck, und bat sie, nach dem Frühstück mit ihm herüber zu gehen. Als sie vor demselben standen, sagte er, ihre Hand ergreifend: „Liebe Angelika, heute sind es zwei Jahre, daß uns fern von unserem Hause ein Enkel geboren wurde. Obgleich ich ihn noch nicht gesehen, ist dieser Tag doch meinem Herzen unaussprechlich theuer, und ich bin sicher, daß Du das Gleiche empfindest, wenn Du Dich auch nicht darüber aussprichst. Ich habe unsere Kinder gemalt, so wie ich sie mir denke in ihrem stillen und bescheidenen Glück, das sie durch Fleiß und Demuth sich täglich neu erringen. Erlaube, daß ich Dir an diesem Tage ein Geschenk mit einem Bilde mache, welches Dir wenigstens im Geiste von ihnen, und besonders von unserem einzigen, geliebten Sohne erzählt." Seine Stimme brach in Thrä-

nen, als er fortfuhr: „Möge sein täglicher Anblick Dein
Herz versöhnen, mögest Du ihm bald die Mutterarme wieder
öffnen, damit Freude und Glück unter dem Dache einkehren,
das wir für den Sohn gebaut und welches er jetzt schon
so lange nicht mehr mit uns theilt."

„Während er sprach, hatte meine Mutter keinen Blick
von dem Bilde verwendet; eine Thräne rollte langsam über
ihr bleiches Gesicht und nach einer Pause sagte sie leise:
„Ich danke Dir, Henri" — ein Name, den sie dem Vater
nur in sehr weichen Momenten gab — „ich danke Dir recht
sehr, ich werde mich vor diesem Bilde bemühen, mich ganz
mit einer Begebenheit auszusöhnen, welche allen meinen
Grundsätzen und Wünschen zuwider gewesen ist, aber ich
hoffe im Glauben und im Herrn zu siegen."

„„Angelika!" rief der Vater, „erinnere Dich vor diesem
Bilde jeden Tag, daß Gott ein gütiger Vater ist und sein
erstes Gebot die Liebe. Suche Deinen Sieg im edelsten
Gefühle, das dem Menschen von Gott selbst eingehaucht
ist, in der Elternliebe, und Du wirst das Beste erwählt
haben." — Damit verließ er schnell das Zimmer, während
die Mutter schluchzend in den Sessel am Kamin niedersank.

„Wenn ich Ihnen einen Roman erzählte, so würde
meine Geschichte jetzt fast beendigt sein; die Wirklichkeit
ließ jedoch eine schnelle Lösung unserer gespannten Ver=
hältnisse nicht zu. Eine so strenge, eiserne Natur, wie die
meiner Mutter, wurde nicht auf Einen Schlag besiegt;

es dauerte noch Monate, bis der Kampf in ihrem Innern
beendigt war, bis sie sich zu dem Entschlusse überwinden
konnte, nicht allein mich und das Kind zu sich zurückzurufen
— dieß wäre ihr schon leichter möglich gewesen —, sondern
auch Anna in einer Weise bei sich aufzunehmen, wie es ihr
als meiner Gattin und der Mutter meines Sohnes zukam.
Lassen Sie mir den schönen Glauben, daß es wirklich der
erwärmende Anblick des Bildes gewesen, was das Eis
ihres Innern nach und nach hinwegschmolz. So viel ist
gewiß, daß kein Tag verging, an welchem sie es nicht lange
betrachtete. So gewöhnte sie sich an unsern Anblick, an
unser Zusammensein, bis die Sehnsucht sich auch in ihrer
Brust zu regen begann. Auch mußte sie endlich gewahren,
wie die Gesundheit des Vaters täglich schwankender, sein
Aeußeres immer hinfälliger wurde. Er krankte an der
Sehnsucht nach uns, und die Spannnng der letzten Zeit,
ob die Mutter endlich nachgeben würde oder nicht, trug das
Ihrige dazu bei, ihn mehr und mehr aufzureiben. Groß=
mann schrieb mir davon natürlich nichts, aber die Mutter
machte er sehr entschieden darauf aufmerksam. So ward
sie mit jedem Tage weicher und nachgiebiger. Erst schickte
sie uns Grüße durch den Vater, dann kamen einige Zeilen
an mich und zuletzt ein Brief, in welchem sie uns einlud,
den Winter in Bevay bei den Eltern zuzubringen. Be=
gleitet war dieser Brief von einer wahren Jubelhymne des
Vaters; erst jetzt, an den Aeußerungen seiner Freude be=

griff ich ganz, bis zu welchem Grade schmerzlich ihm die
Trennung von uns gewesen. Wir säumten natürlich nicht
lange; nach vierzehn Tagen waren wir schon unterwegs
nach Hause. Hier unter der Veranda standen Großmann
und der Vater, zitternd vor Freude und Erwartung dem
Schiffe entgegen sehend, das uns den See herauf brachte.
Von der Wonne dieses Wiedersehens keine Sylbe, es war
fast zu viel für Menschenherzen. Drinnen im ihrem
Boudoir, vor dem geliebten Bilde, erwartete uns die
Mutter; es schien, als müsse sie bis zum letzten Moment
Kraft aus seinem Anblick saugen, um zu vollbringen, was
sie sich vorgesetzt. Ich stürzte ihr zu Füßen, sie drückte
mich weinend an ihr Herz, umarmte Henri, erhob sich
dann, küßte Anna, die ihr voll bescheidener Würde entgegen
trat, auf die Stirn und sagte: „Meine liebe Tochter, sei
mir willkommen!"

„Nun war Alles gut; so hatte ich Recht behalten, so
hatte das entschiedene, warme, ausdauernde Gefühl die
Engherzigkeit, die Intoleranz, die verknöcherte Convenienz
am Ende doch besiegt. So würde es noch weit öfter siegen,
wenn nicht läppische Sentimentalität es zu häufig entnervte.

„In Friede und Glück floß uns der Winter dahin; die
Mutter nahm zwar wie gewöhnlich wenig Antheil an
unserem Verkehr, aber sie war freundlich gegen Anna,
herzlich gegen mich und zärtlich, so weit dieß in ihrer Natur lag, gegen Henri. Der Kleine hing auch bald recht

sehr an ihr, doch wiederholt sich wunderbarer=, oder besser
gesagt natürlicherweise, bei ihm das nämliche Gefühl,
welches mich einst beherrschte, und das ihn, je älter er
wird, je mehr von ihr entfernt, trotz der Mühe, welche ich
mir gebe, ihn der Großmutter innig zugethan zu machen,
eine Mühe, die freilich durch meine andere Sorge, ihn vor
jeder religiösen Aufregung zu bewahren, oft neutralisirt
wird.

„Wir lebten natürlich den Neigungen der Mutter so
viel als möglich zu Gefallen. Anna sang wieder in der
Congregation und ich versäumte mit Henri keine Morgen=
andacht. Ueber alle Beschreibung schön gestaltete sich je=
doch unser Verhältniß zum Vater; mit unendlicher Innig=
keit schlossen er und Anna sich aneinander. Es war, als
ob Beide fühlten, wie bald das Schicksal sie aus diesem
Zauberkreis der Liebe hinwegnehmen sollte, um uns Zurück=
bleibenden das Dasein zu einer Wüste zu veröden.“

Herr von P. erhob sich bei diesen Worten rasch und
trat an den Rand der Terrasse, während von unten im
selben Augenblick die silberhelle Stimme des kleinen Henri
ertönte. Er fing das heraufeilende Kind in seinen Armen
auf, drückte es fest an sich und setzte sich dann wieder
schweigend nieder. Ich mochte ihn in diesem Moment nicht
stören und lehnte mich in einiger Entfernung an einen
Kastanienbaum, das wundervolle Bild vor mir betrachtend,
dem ich bis dahin, von der Erzählung meines Wirthes ganz

gefesselt, wenig Aufmerksamkeit geschenkt. Der Mond, welcher jetzt hoch über uns am wolkenlosen Himmel strahlte, ergoß sein vollstes Licht über den See, die Gebirge und das Städtchen, und bot so dem Auge einen Anblick voll großartiger Majestät. Ich schauderte fast bei der Erhabenheit dieser Natur, deren groteske Formen im scharfen Mondlicht viel schroffer hervortraten, als am Tage, während der See gleich einem silbernen Strome dahinglitt, in seiner zitternden Bewegung Millionen von glänzenden Schaumperlen aufwerfend. Schneeweiß leuchteten die Alpen in unheimlichem Glanze, und gleich schwarzen Geisterhänden griffen die zerrissenen, zerklüfteten Felsspitzen des nördlichen Gebirges in den Himmel hinein, so daß der Blick sich fast erschrocken zurück zu der Erde wendete und den Wohnungen der Menschen, die so friedlich dalagen, so hell beschienen, daß man jedes Haus hätte zählen können, jeden Schatten, welchen der Vorsprung eines Daches oder Kamines bildete. Von da tauchte er sehnsüchtig unter in dem duftigen Hintergrund des Sees, der gleichsam eine blaue Grotte bildete, in welcher das helle, leuchtende Bild wie ein Märchentraum zauberhaft verschwamm.

Nach einer Weile legte Herr von P. seine Hand auf meine Schulter und sagte: „Ich habe Sie gewiß ermüdet, aber ich bin gleich zu Ende."

„Herr von P.," erwiederte ich, „das Vertrauen, welches Sie mir in dieser Stunde schenkten, ist das schönste Angedenken, das ich aus Ihrem herrlichen Lande mit mir nehme." — „Auch mir ist unendlich wohl, daß ich mich einmal ganz ausgesprochen, daß ich gewissermaßen mein eigenes Leben an dem Auge eines Andern, eines Mannes, den ich liebe und schätze, konnte vorübergleiten lassen. Doch hören Sie mich weiter."

Wir setzten uns wieder; Henri lag in seines Vaters Armen, halb eingeschlummert an dessen Brust gedrückt. Herr von P. fuhr fort: „War es gewöhnliches Menschenschicksal oder hatten wir wirklich eine Strafe verdient, weil wir ohne den Segen und die Einwilligung der Mutter uns unser Glück begründet — ich weiß es nicht, genug, der größte Schmerz, welcher das Menschenherz bedroht, denn er wird durch nichts wieder ausgeglichen, als durch eine vielleicht vergebliche Hoffnung, trat an uns heran. Die Freude des Wiedersehens hatte dem Vater auf einige Monate anscheinend seine Gesundheit zurückgegeben, zur Frühlingszeit jedoch bekam er einen heftigen Krankheitsanfall und er erholte sich von da an nicht wieder. Mein Trost ist, daß er nicht viel litt und daß seine letzten Stunden durch unsere Nähe versüßt wurden. Mit jedem Tage ward er schwächer und hinfälliger, und als er fühlte, daß er nicht lange mehr leben werde, bestand er darauf, noch Henri's Bild zu malen. Sie haben droben auf der Staffelei die letzten Striche gesehen, welche seine zitternde Hand auf die Leinwand warf. Ohnmächtig trugen wir ihn von dort

hinweg in sein Bett und nach wenigen Wochen standen wir
an seiner Bahre. Wie uns zu Muthe war, kann nur er=
messen, wer unsere Geschichte kennt. Ich war so trostlos
und gebrochen, daß ich in den ersten Wochen nicht bemerkte,
wie krank auch Anna war. Sie hatte es sich nicht nehmen
lassen, den Vater bis auf den letzten Moment selbst zu
pflegen, sie wich kaum von seinem Lager und ich gestehe
Ihnen, daß selbst ihr Verlust es mich nicht kann bereuen
lassen, daß wir alle unsere Kräfte der Pflege dessen ge=
widmet, der uns so unbeschreiblich, so selbstlos geliebt.

„Kurze Zeit nach dem Tod des Vaters warf ein zu frühes
Wochenbett auch sie auf das Krankenlager. Ihre Brust
war nie stark und diese ward in Folge davon angegriffen.
Was nützte uns jetzt unsere weiche Luft, unser gepriesenes
Klima? Sie erlag nach Jahresfrist demselben Schicksal,
das schon so viele hier gefunden, die aus fernen Ländern
hierher geeilt, neues Leben zu suchen und denen statt dessen
ein stilles Grab droben neben unserer Martinskirche ge=
worden. Nur noch eine Reihe bald kostbarer, bald ein=
facher Leichensteine-erzählt von ihrem Schicksale. Dort
oben habe ich auch mein holdes, geliebtes Weib gebettet;
ihres Grabes einziger Schmuck sind die Blumen, mit denen
wir es täglich bestreuen.“

„Ich habe“, sagte ich, „das einfache Grab mit den
frischen Blumen auf dem Friedhofe gesehen; ich ahnte nicht,
daß es Sie so nahe angeht.“ — „An jenem Grabe habe

ich auch wieder Ruhe und Erhebung gefunden. Ich muß
leben für meinen Sohn, ohne Wunsch für mich, wie mein
Vater gethan. Er ist meine Zukunft, mein Alles. Die
Mutter, gleichfalls gebeugt durch diese Schicksalsschläge,
lebt eifriger als je den Angelegenheiten der Kirche, und so
wie unser ganzes geistiges Leben ein getrenntes war, suchen
wir auch jetzt wieder nicht Trost bei einander, sondern auf
sehr verschiedenen Wegen. Ich bin längst daran gewöhnt,
immerhin aber bleibt es ein tiefer Schmerz, mit den Men=
schen, welche die engsten Bande des Blutes mit uns ver=
binden, nicht auch in geistiger Sympathie leben zu können.
Man duldet einander, aber man beglückt sich nicht.

„Was ich einst für mich thun wollte, werde ich nun
für Henri fördern. Mein Vater lebte der Kunst, ich will
der Industrie meine Kräfte widmen. Henri muß ein tüch=
tiger Techniker werden; sobald er alt genug ist, gehe ich
mit ihm nach Deutschland und England zu unserer beider=
seitigen Ausbildung. Wir wollen zusammen arbeiten für
unsern Kanton, daß sein Gewerbfleiß nicht hinter den An=
forderungen und Bedürfnissen der Neuzeit zurückbleibe.
Ein frisches, neues Band muß die alte Aristokratie wieder
mit dem Volksleben verbinden. So lange meine Mutter
lebt, werde ich aus Rücksicht für sie in den kirchlichen An=
gelegenheiten passiv bleiben, sobald sie todt ist, schließe ich
mich der Nationalkirche öffentlich an und hoffe damit mei=
nen Standesgenossen ein gutes Beispiel zu geben. — Mit

Großmann und seiner Frau verbindet mich fortwährend das innigste Gefühl der Freundschaft. Seit des Vaters Tode nennt ihn Henri Großvater, damit ich den Klang dieses theuren Namens nicht entbehre und um dem Kinde von frühauf einzuprägen; wie sehr ich selbst den wackern Mann ehre. — Ich bin innerlich gefaßt und ruhig und hoffe die Lebensaufgabe, welche ich mir gestellt, redlich zu erfüllen, aber es hat mir wohlgethan, mich einmal mitzutheilen, und ich danke Ihnen recht sehr für Ihre freundliche Theilnahme."

Er reichte mir bei diesen Worten die Hand, wir erhoben uns Beide und blickten einander voll an; in seinen und meinen Augen standen Thränen. „Ich habe Ihnen zu danken," antwortete ich leise. „Rousseau hat diese schöne Welt nur mit Menschen seiner Phantasie bevölkert, ich habe, glücklicher als er, wirkliche Menschen gefunden. Aber lassen Sie mich an diese Stunde die Hoffnung eines Wieder=sehens knüpfen."

„Gewiß," sagte er und wendete mir das schlafende Ge=sicht des lieblichen Kindes zu, „diesen bringe ich Ihnen ein=mal, damit er Schönes und Gutes von Ihnen lerne, gleich dem Vater." — „Auf Wiedersehen in Deutschland also!"

Am nächsten Morgen reiste ich ab; vom Dampfboote aus sah ich noch Herrn von P. auf der Terrasse seines reizenden Gartens stehen, Henri an der Hand haltend und mir ein freundliches Lebewohl zuwinkend.

Mein Onkel,

oder

die Stufenleiter der Leidenschaften.

Man schreibt so gerne die Biographien berühmter Leute, großer Helden, Dichter und Schauspieler und verfolgt ihr Leben bis in die kleinsten Details, so daß uns mehr als einmal der ganze Mensch verleitet wird, durch all den Wust, der sich über ihm aufhäuft. Die Geschichte meines Onkels, die ich hier erzählen will, ist einfacherer Natur. Der gute Alte ist so entfernt von jedem Anspruch an Berühmtheit, als der Nord= von dem Südpol — er wollte niemals Konstantinopel oder die Krim erobern, es fiel ihm nicht ein, als Essex oder Thumelikus auf der Bühne zu erscheinen und noch weniger dachte er daran, der längst erwartete dramatische oder lyrische Messias seiner Zeit werden zu wollen. Aber was ihn so merkwürdig macht und mich veranlaßt, sein Plutarch zu sein, ist dies, daß er ganz Mensch war, Naturmensch, immer nur seiner jeweiligen Neigung, oder Leidenschaft entschieden folgend. Doch hätte er nicht Deutscher von Geburt sein müssen, wenn er neben diesem Beruf als Mensch, nicht auch noch den als

Unterthan erfüllt hätte und als solcher bekleidete er eine höchst wichtige Stelle im Staat. Wer meinen guten Onkel persönlich gekannt, weiß, daß der Daumen seiner rechten Hand so breit und abgeplattet war, wie derjenige der Spinnerin in Grimms Märchen, die schon seit Jahrtausenden den Faden vom Rocken zieht. Eine gewisse innere Verwandtschaft zwischen diesen Daumen läßt sich leicht nachweisen; mein Onkel spann auch, zwar weder Hanf, noch Baumwolle, aber an jener langen Kette von Gulden, Sechsern und Dreiern, die als rother Faden sich durch das Leben jedes Einzelnen ziehen muß, wenn er nicht mehr Null sein soll, als die Null auf der Schiefertafel eines Schulknaben. Doch — um mich prosaischer auszudrücken — mein Onkel zählte Jahr aus, Jahr ein Geld, Geld und wieder Geld. Niemand schließe daraus, daß er etwa ein Actienschwindler, oder Börsenwucherer gewesen. Er zählte Geld im Dienste des Staates, der bekanntlich niemals schwindelt, niemals wuchert und auf höheren Befehl niemals Bankerott machen darf. Dieses Geld rollte er mit pünktlichster Genauigkeit in längliche Papierstreifen ein; ihm galt es ganz gleich, ob es in den Palast des Ministers, oder die Hütte des armen Schulmeisters wanderte, der Unterschied bestand nur in der Quantität, die ein Jeder erhielt. Es giebt Leute, welche naserümpfend auf eine derartige Beschäftigung herabsehen und sie mechanisch und geistlos schelten, aber das sind

Phantasten; denn Ihr werdet gleich sehen, daß mein Onkel
an Phantasie und Leidenschaft keinem Schiller nachstand.
Er besaß nur die besondere Kunst, die leider den Dichtern
zu ihrem eigenen Unglück abgeht, daß er seine innere Poesie
abschließen und wieder herauslassen konnte, je nachdem sich
dies mit seinem Beruf als Unterthan und Staatsbeamter
vertrug. Da nun der Staat mit seinem Gelde nur sechs
Stunden am Tage für sich in Anspruch nahm und der
Onkel nicht mehr als acht Stunden Schlaf brauchte, so
blieben ihm immer noch zehn Stunden übrig, in denen er
frei und ungehindert nur Mensch sein, nur sich selbst leben
konnte, und dies Recht hat er stets behauptet. — Wer ihn
noch vor Kurzem einherwandeln sah in seinem braunen
Oberrock und dem grauen, breitkrämpigen Hut, der ihm
fast das Aussehen eines Quäkers gab, wie er so bedächtig
einherschritt und den Nachbarn statt einer Uhr diente,
wegen der Pünktlichkeit seines Ausgehens und Nachhause=
kommens, der ahnte wohl nicht, daß diesen weißbehaarten
Greis stets eine besondere Leidenschaft beherrschte, der er
rücksichtslos alle seine Zeit und Thätigkeit opferte. Dies
wäre nun an sich nichts Besonderes, denn daß die Leiden=
schaft die Welt beherrsche, haben schon Viele behauptet
und noch Mehrere an sich bewiesen; aber was meinen
Onkel so interessant macht, dies ist die Stufenleiter seiner
Neigungen, wie sie mit den Jahren wechselten, wie sie
naturgemäß vom Höchsten zum Niedrigsten herabsanken

und doch immer leidenschaftlich blieben, bis zu seinem letzten Athemzug. Es möchte den Leser langweilen, wollte ich von seinen Knabenjahren zu erzählen anfangen und entwickeln, wie sein kindliches Herz alle Grade der Luft vom ersten Ballspiel bis zum ersten Walzer durchmachte, von welchem es dann bis zur Liebe nur noch um einen Katzensprung entfernt war. Nein, ich werde meines Onkels verschiedene Neigungen nur in absteigender Linie entwickeln, und beginne daher mit jenem Moment, in dem jeder Mensch, selbst der Häßlichste und Unbedeutendste, sich im vollsten Glanz des Glücks und der Schönheit zeigt, mit jenem Moment, von dem der Dichter sagt: Himmelhoch jauchzen; zum Tode betrübt! und den mein guter Onkel in seiner vollsten Gluth empfand. Fast klingt es unglaublich, aber dieser Greis war einst ein Entführer, und, glücklicher als Paris, durfte er im Besitz seiner angebeteten Helena bleiben. Zwar tauchten in späteren Zeiten öfter Zweifel auf, ob er wirklich selbst entführte, oder nur entführt wurde, doch hat sein ganzes Leben, das so consequent eine fortgesetzte Reihe der entschiedensten Neigungen aufweist, diesen Verdacht hinlänglich entkräftet.

Zur Zeit als von Polen immer noch so viel übrig blieb, um es zu einer zweiten Theilung zu empfehlen, wohnte in einem der stolzesten Paläste der Hauptstadt eine vornehme Gräfin. Wie andere Leute einen Affen oder Papagay, so hielt sie sich zum Zeitvertreib eine schöne russische Nichte, deren

Bater irgend ein Prinz oder Graf in der Ukraine war, wo
er einige Tausend Seelen sein eigen nannte, sie aber zum
Glück nicht alle in sich beherbergte, denn sonst hätte ihn
der Teufel gar vielmal holen müssen. Dieser seelenfreund=
liche Bater überließ nun seine, mehr körperliche, als
seelische Tochter, zu ihrer weiteren Ausbildung an seine
Schwester, jene oben erwähnte Gräfin, deren verwetterten
Namen ich nicht einmal zu schreiben, noch weniger auszu=
sprechen vermag. Aber die Nichte, das Prinzeßchen, wie
man sie nur in W. nannte, war in Wahrheit gar zu hübsch
und ihre schelmischen, braunen Augen konnten schon ein
härteres Herz, als das meines guten Onkels in Flammen
setzen. Sein Stern oder Unstern hatte ihn nämlich nach
allerhand Fata's in den Laden eines deutschen Buchhändlers
geführt, wo er seine Vorstudien im Geldzählen und Rech=
nen absolvirte. Das kleine Fenster, an dem er mit seinen
Büchern saß, war gerade dem glänzenden Hotel der Gräfin
gegenüber, und er verfehlte nie den Kopf herauszustrecken,
so oft sie mit dem Prinzeßchen ihre Karrosse bestieg. Bald
hatte er nur noch Sinn und Gedanken für sein schönes Ge=
genüber und schätzte sich überglücklich, daß ihm die Function
zu Theil wurde, der Gräfin eine französische Zeitung, auf
die sie bei seinem Prinzipal abonnirt hatte, zweimal in der
Woche in höchsteigener Person zu überbringen und im Vor=
zimmer demüthigst dem Kammerdiener zu überreichen.
Doch was hätte dies Alles genützt, wenn dem Prinzeßchen

nicht auch ihrerseits bei der guten Tante die Zeit ein wenig lang geworden wäre; außerdem war es ihr auch keineswegs entgangen, wie oft da drüben das kleine Fenster klirrte und zwei schmachtende Augen zu ihr herübersahen. Obgleich fast den ganzen Tag an ihr geputzt und gekräuselt wurde und sie es eben so gut hatte, wie der Gräfin Schooßhünd= chen, so sah sie doch immer nur alte Comptessen, alte Baronessen und, was noch schlimmer war, ebenfalls nur alte Grafen und Kammerherren.

Das Prinzeßchen war eine praktische Natur und dachte: ein junger Buchhändler ist mir lieber, als ein alter Graf! und als sie mit ihrer Lebensphilosophie so weit gekommen war, ging sie jedesmal dreist in's Vorzimmer, sobald sie sah, daß mein guter Onkel mit der Zeitung in der Hand über die Straße schritt und nahm ihm dieselbe ab. Sehr prinzeßlich war das gerade nicht, aber auch Prinzessinnen haben schwache Stunden. Der Onkel hätte sehr dumm sein müssen, wenn er da nichts gemerkt hätte — sein schüch= ternes Herz faßte Muth, und daß die Zeitung nicht er= glimmte zwischen dem Kreuzfeuer von Blicken, das sie aushalten mußte, läßt sich nur damit erklären, daß die Zeitungen wohl damals schon eben so wässerig waren, wie jetzt. Von Blicken zu Worten, von Worten zu Küssen ist nicht weit, nur war leider das Vorzimmer ein sehr unge= eigneter Ort für beide letzteren. Aber wo hätte seit Hero's und Leanders Zeiten die Liebe in solchen Fällen nicht

Rath geschafft? Nur war leider das Glück nicht von
langer Dauer. Ob die Gräfin etwas merkte, oder ob sie
ihr Spielzeug müde war — genug, eines schönen Morgens
kündigte sie dem Prinzeßchen an, daß sie ihr einen Bräu=
tigam ausgewählt, der in einer Stunde erscheinen würde,
und daß sie sich ihm gegenüber mit den nöthigen égards
zu benehmen habe. Prinzeßchen knixte und zerbrach sich
den Kopf, wer wohl der Auserwählte sein möge. Unter
dem ältlichen Hofstaat der Gräfin, welcher das arme Prin=
zeßchen so sehr langweilte, befand sich eine Personage, die
ihr noch fataler war, als alle übrigen. Ob die Güter
des Fürsten S. im Mond, oder in Spanien lagen, ist uns
nicht bekannt, doch hatte er jedenfalls die vornehmste Do=
mäne im Reiche der Grazien jener Zopfzeit gepachtet und
war so überladen mit Schminke, Schönpflästerchen und
Parfümerien, daß das wilde Kind der Ukraine, welches
sich noch täglich mit Energie gegen die beleckende Zunge
der Civilisation wehrte, schon davonlief, wenn sie ihn nur
von Weitem erblickte. Und dieser Mann, der, wenn es
einen Ball gab, den ganzen Tag in Holzschuhen herum=
klapperte, um am Abend mit desto größerer Leichtigkeit
seine Entrechats zu schlagen — den sollte sie heirathen?
Dazu hatte Prinzeßchen wahrhaftig wenig Lust, nachdem
sie erfahren, wer der ihr bestimmte Bräutigam war.

Sie empfing ihn zwar anscheinend ganz heiter, aber
im Stillen traf sie ihre Maßregeln, und als am Abend die

gewöhnliche Gesellschaft der Gräfin versammelt war, und
der glückliche Seladon über dem Herz-As und der Pique-
Dame die Dame seines Herzens vergaß, da war das
Prinzeßchen verschwunden. Sie erschien zwar noch rechtzeitig wieder, um sich von ihrem Anbeter die Hand zum Abschied küssen zu lassen, aber als er sie mit „gnädiges Fräulein" anredete, machte sie einen tiefen Knix und sagte: „Ich
bin kein gnädiges Fräulein, sondern eine gnädige Madame."

Die achtbare Gesellschaft zog gar sonderbare Gesichter
ob solcher losen Reden, die Tante verwies sie der Nichte in
gebührender Weise und der entzückte Bräutigam küßte
ihr noch einmal die Hand und versicherte flüsternd, sie sei
ein ganz allerliebstes, naives Kind.

Das Prinzeßchen dachte: wenn sie's nicht glauben
wollen, daß ich eine Madame bin, so kann ich's nicht ändern;
belogen habe ich wenigstens Niemanden!

Und so war es auch. Während der Whistpartie hatte
sich der kleine Schelm in einer nahen Kirche ganz richtig
mit meinem Onkel trauen lassen, und mit Tagesanbruch
waren sie schon weit von W. entfernt.

Alle Entführungsgeschichten gleichen sich auf ein Haar;
es ist darum unnöthig, daß ich diese ausführlicher erzähle.
Ein „Dänenroß" konnte der Onkel sich natürlich nicht
satteln lassen, denn er hatte keines, aber Romeo's Strick-
leiter wird auch ihm gute Dienste geleistet haben. „Erwischt
werden, oder nicht erwischt werden" — dies ist allein die

Frage, und in diesem Falle wurde sie für die Liebenden
glücklich gelöst. Sie wurden nicht erwischt, vielleicht nicht
einmal verfolgt, und so kommt es, daß ich so glücklich war,
eine russische Prinzessin zur Tante zu bekommen. Doch
muß mir Jedermann zugestehen, daß ich darauf nicht im
Geringsten hochmüthig bin, was man nicht von Allen
sagen kann, die mit russischen Prinzessinnen verwandt sind.

Es war eine recht außerordentliche Ueberraschung für
meine lieben Großeltern und meine gute Mutter — Gott
habe sie selig! — als eines schönen Abends der Onkel ganz
unvermuthet nach Hause kam. „Ich habe Euch auch Etwas
mitgebracht," sagte er nach der ersten Begrüßung, und der
Großvater vermuthete bereits für sich eine schöne Pfeife,
die Großmutter ein Pfund Schnupftabak und die Mutter
einen warmen Pelz. Aber die Ueberraschung war noch
weit größer und unverstellter, als der Onkel sein Prinzeß=
chen hereinführte und sie der erstaunten Familie vorstellte.
Die kleine junge Frau erschien, wie sie fortgelaufen war,
in Atlasschuhen und einem hellen Seidenkleid mit Flor=
garnituren. Sie hatte der Tante all ihren Staat zurück=
gelassen, ob aus Ehrlichkeit, oder weil sie keine Schlüssel
zu den Schränken hatte, habe ich nie erfahren. Als der
erste Schreck, die erste Freude, wollte ich sagen, vorüber
war, berieth man sich, was nun zu thun sei. In den guten
alten Zeiten war guter Rath nicht so theuer als jetzt, weil
Brod und Kartoffeln weniger kosteten. Die Großeltern

lebten auf dem Lande und es machte wenig Unterschied, ob der Onkel und sein Prinzeßchen noch mitspeis'ten oder nicht. Außerdem hatten sie einander so lieb, daß sie Essen und Trinken beinahe vergaßen, ein Umstand, der bei des Onkels späteren Leidenschaften jedoch nie mehr vorkam, was zu melden mich wirklich schmerzt, aber Wahrheit muß sein. Doch auch abgesehen davon, durfte man überzeugt sein, daß er bald sein gutes Unterkommen finden würde. „Wenn früher nur ein junger Mann ordentlich rechnen und schreiben konnte, dann war er gleich versorgt!" so pflegte meine gute Mutter oft zu sagen und dabei stieß sie tiefe Seufzer aus, denn die Vergleichung zwischen Damals und Jetzt lag gar zu nahe. Ich war bereits dreißig Jahre alt und meine ganze Besoldung bestand noch immer in einem Federmesser; und was hatte ich nicht noch Alles gelernt, außer Rechnen und Schreiben. Dem Onkel ging es natürlich weit besser als mir, er fand bald Beschäftigung, und während er ganz unglaubliche Zahlen zusammenaddirte, spielte sein Prinzeß= chen mit der Dorfjugend und amüsirte sich mit den kleinen Plebejern so gut, als ob sie Zeitlebens mit der Canaille verkehrt hätte. Sie war wirklich kein bischen stolz, und als nach einer Weile der Onkel in der Stadt angestellt wurde und seinen eigenen Haushalt anfing, benahm sich das Prinzeßchen eben so vernünftig, wie jede andere bürger= liche Frau. Sie regierte ihr Hauswesen comme il faut und ward eine so vortreffliche Köchin, daß mir noch heute das Wasser im Munde zusammenläuft, wenn ich an ihre Puddings und Dampfnudeln denke. So hat die gute Tante nicht wenig dazu beigetragen, mich in meinen besonderen Ideen über Unsterblichkeit und den Lohn oder die Strafe nach dem Tode zu bestärken.

Ich denke mir nämlich, daß im Jenseits der Mensch diejenige Stellung einnehmen wird, zu welcher er eigentlich seiner Individualität nach schon auf Erden bestimmt war. So wird die ewige Gerechtigkeit wieder gut machen, was die Geburt verbrochen und Unsinniges gethan hat. Welche köstlichen Metamorphosen werden wir dann dort Oben erleben! Damen, deren Hände nur gewohnt waren, den Fächer zu regieren, schwingen den Kochlöffel und Kehrbesen; vornehme Herren sehe ich jetzt schon im Geiste als Hausknechte, Generäle als gemeine Soldaten und Minister als simple Schreiber — denn Lohn und Strafe muß sein, das lasse ich mir nicht ausreden von den Materialisten und modernen Philosophen. Das wäre mir schön, wenn es nicht so wäre, denn meinen Lohn im Jenseits will und muß ich haben. Warum wäre ich denn sonst ein so tugendhafter, demüthiger Mensch und ließe mir so viel von meinen Vorgesetzten gefallen, wenn ich's nicht ganz bestimmt fühlte, daß ich im Himmel ein Ministerportefeuille bekommen werde und dann alle Hofgerichtsräthe unter mir habe? Die Tante gehörte zu den wenigen Glücklichen, die schon auf Erden in ihre richtige Sphäre geworfen werden,

und es zeigte sich bald zur Genüge, daß ihre Prinzessinnen-
natur nur die Schale, aber eine tüchtige Köchin der eigentliche Kern ihres Wesens war. Die Ehe, welche sie mit
meinem Onkel führte, war eine sehr glückliche; Kinder
hatten sie keine, dafür nannte er sie Mütterchen und sie
ihn Väterchen, so daß sie sich des süßen Elternnamens dennoch erfreuten, ohne dessen Last und Verantwortung. So
gingen die Jahre hin, und wie ein Stern erbleicht, wie
die Sonne untergeht, wenn ihre Zeit gekommen, ver-
glimmte die glühende Leidenschaft des Onkels zu seinem
Prinzeßchen langsam zu Asche. Er konnte es ruhig mit ansehen, daß Andere der schönen Frau den Hof machten und
sich an ihrer Naivetät erfreuten; denn sie sprach ein gar
eigenthümliches Deutsch, das sie oft selbst nicht verstand
und sagte Alles heraus, was sie dachte, welches Gedachte
stets auf's Neue ihre innere Verwandtschaft mit der Köchin
bethätigte. Der Onkel ließ sie kommen und gehen, wie es
ihr gefiel; er war zufrieden, wenn nur sein Mittagstisch
gut bestellt war und sein unruhiges Herz sah sich nach einer
neuen Anregung um. Die Liebe lag weit hinter ihm und
er griff nach dem, was ihr naturgemäß am nächsten steht,
nach der Kunst. Bald war der Wiener Flügel, den er sich
kommen ließ, seine ganze Welt. Was kümmerte es ihn,
daß seine Finger etwas steif geworden, er spielte jede Minute, die er vom Geldzählen, Essen und Schlafen erübrigen
konnte, und obgleich er sich mit Kramers Klavierschule be-

gnügen mußte, obgleich jene schrecklichen Etuden noch nicht
erfunden waren, welche Denjenigen, die sie spielen, die
Rückenmarkzehrung und Denjenigen, die sie hören müs=
sen, das Delirium tremens verursachen, so brachte er
doch seinen Beethoven, Haydn und Mozart eben so gut
fertig, wie unsere heutigen Genie's. Leider waren damals
die Ohren der Nachbarn und Hausgenossen gegen musika=
lische Genüsse noch nicht so abgehärtet, wie jetzt, wo man
wohl am Ende hartschlägig dagegen werden muß, und es
hatte die Leidenschaft meines Onkels die unbequeme Folge,
daß er jedes Vierteljahr seine Wohnung wechseln mußte.
Doch gereichte dies der Tante zur großen Freude, denn
außer dem Kochen gab es für sie kein größeres Vergnügen,
als Magdwechsel und Ausziehen, eine Liebhaberei, welche
sie zum Entsetzen des Onkels auch dann noch beibehielt,
als seine Musikleidenschaft schon längst zu den überwundenen
Standpunkten gehörte. So gab es denn fast kein Haus
in der Stadt, das des Onkels Flügel nicht kennen und
verwünschen gelernt hätte. Es kümmerte ihn wenig, er
lebte seinen Pflichten, versäumte keine Oper, und spielte
Klavier, Tage, Jahre lang, zweihändig, dreihändig und
vierhändig — bis die Tasten an dem Wiener Flügel an=
fingen, gelb zu werden, die Hämmer klapperten und die
Saiten begannen, eine bedenkliche Tendenz zum Springen
zu zeigen. Immer melancholischer klang die Musik meines
Onkels, obgleich die Tante ihm täglich sein Leibgericht kochte

und mit einem langen Seufzer hauchte sie zuletzt ihr Dasein
aus. Nachdem eines Abends beim letzten Accord von Beet=
hovens Trauermarsch sechs Saiten auf einmal zersprangen,
schloß der Onkel den Deckel seines Instruments und —
machte ihn nie wieder auf. Warum? das kann nur der
wissen, der das menschliche Herz in seiner ganzen Unbe=
ständigkeit kennen gelernt hat und dann mit Recht ausrufen
darf: Die Treue ist nichts als eine Erfindung! Der
Wiener ward ein eben so geduldiger Tisch, als er ein ge=
duldiger Flügel gewesen, und mein Onkel erlaubte es einer
neuen Leidenschaft, die schon seit einiger Zeit in ihm keimte,
in üppiger Kraft emporzuschießen.

Er hatte geliebt — er hatte musicirt — es waren
himmlische Regionen, in denen er gewandelt, er fühlte den
Drang in sich, auf die Erde herabzusteigen, seine Neigung
der Natur zuzuwenden. Aber welches ihrer Kinder sollte
er zuerst liebend umfassen? Da waren die Steine, die
Blumen, die Thiere, womit sollte er beginnen? Doch —
was gibt es Schöneres in der belebten Natur, als den
Schmetterling, diese flatternde Blume, dies schwebende
Gebilde von Perlen, Gold und Edelsteinen? Und was gibt
es Gesünderes als die Schmetterlingsjagd? Mein Onkel
fühlte zuweilen Anwandlungen von Hypochondrie, wie sollten
ihm die vergehen, wenn er über Gräben springen, Berge
erklimmen und athemlos über eine Wiese dahinjagen mußte,
um den schimmernden Flüchtling zu haschen.

Der Frühling zog wonnig in's Land, die Veilchen und
Primeln blühten und schon wagten sich einige Citronen-
vöglein hervor, wiegten sich auf den gelben Schlüsselblumen,
daß die Blüthe wie beflügelt erschien und sogen deren süße
Düfte ein. Da stand des Onkels leidenschaftlich Herz
wieder in neuen Flammen; die Tante konnte nicht geschwind
genug das grüne Schmetterlingsnetz an das schlanke, spa-
nische Rohr befestigen, die Stecknadeln in allen Größen
einkaufen und mit dem Schneider gab es mehr als eine
Scene, der durchaus nicht mit des Onkels Jagdrock fertig
werden wollte, wegen der vielen Confirmandenfräcke, die
bei ihm bestellt waren. Der Onkel war außer sich: „Con-
firmiren kann man das ganze Jahr," rief er, „aber die
Schmetterlinge fliegen mit der Sonne wieder fort!" Er hätte
fast Streit mit dem Consistorium bekommen, ob solcher un-
theologischen Redensarten. Da übrigens jedes Ding in der
Welt zu Ende kommt, so auch des Onkels Schmetterlings-
jagdrock, und nun tauschte er mit keinem König. Zwar
wurden seine Haare schon ziemlich grau, aber die Beine
blieben frisch und es gab keinen Schwalbenschwanz, keinen
Trauermantel, kein Ordensband, kein Pfauenauge und wie
die luftigen Dinger alle heißen auf vier Stunden in der
Runde, das den Onkel nicht gekannt und gefürchtet hätte.
Wie kehrte er aber auch nach einem seiner Schlachttage nach
Hause zurück — siegreich wie Alexander, wonnestrahlend
wie Augustus, als man ihm die römische Kaiserkrone anbot.

Sein breitrandiger Strohhut war ganz eingefaßt mit
den Opfern seiner Wuth — so kehrt der Indianer heim,
geschmückt mit den Scalpen seiner erschlagenen Feinde. In
den vierundzwanzig Taschen seines ganz besonders einge=
richteten Rockes gab es kein leeres Plätzchen mehr; alle
waren voll Schachteln und diese gefüllt mit Bärenraupen,
Wolfsmilchraupen u. s. w. u. s. w.; denn ich müßte selbst
ein Schmetterlingsjäger sein, wie mein guter Onkel, um
alle die deutschen und lateinischen Namen des kriechenden
Gewürms, das uns die Unsterblichkeit symbolisirt, zu kennen.
In der Hand hielt er große Kräuterbündel, die er für den
sehr verschiedenartig zusammengesetzten Mittagstisch seiner
Lieblinge gesammelt hatte, aber die armen Schmetterlinge
selbst waren längst über die Zeit des Essens und Trinkens
hinaus. Der Onkel war wirklich ein herzensguter Mann,
doch mit grausamer Lust bohrte er die glühenden Steck=
nadeln durch das zierliche Haupt der geflügelten Blumen
und athemlos bewachte er ihren Todeskampf, voll Furcht,
daß ihr ängstlicher Flügelschlag den flüchtigen Schmelz
ihrer Farben verwische.

Armer Schmetterling, so wird auch dein Ebenbild, die
Psyche, auf das Spannbrett des Lebens festgeheftet, darauf
ausgespannt, ob sie auch mit verzweifeltem Flügelschlag sich
wehre, die bunten Schwingen abstößt und deren feinen
Blüthenstaub in alle Lüfte verstreut. Geduld, arme Seele,
du mußt es lernen, stille zu liegen, wie der Schmetterling,

und wenn du ausgekämpft, dann kommst du gleich ihm in den großen Raritätenkasten, und auf das Zettelchen zu deinen Häupten wird geschrieben: Künstler, Gelehrter, Dichter, Menschenfreund — ach! der letzte Schwärmer hat wohl den schlimmsten Kampf zu bestehen! Doch was fällt mir ein? Dem guten Onkel kam es nie in den Sinn, so wunderliche Gedanken zu haben, wie sie mir da in die Feder laufen. Er jagte, spannte auf, rangirte, registrirte und stand oft stundenlang vor seinem großen Glasschrank mit den grünseidenen Vorhängen, hinter denen er seine Opfer barg, und der einen sanften Kamphergeruch über die ganze Haushaltung ausströmte, zum großen Aerger der Tante. Am meisten hatte der Onkel gegen Frühjahrs= anfang zu thun, wenn die Knospen springen und der ein= gepuppte Schmetterling seine Hülle zerbricht. Ehe der Arme noch wußte, was Leben heißt, ehe er noch Frühlingsluft und Blumenstaub gekostet, wurde er schon gespießt und auf= gespannt, und es gab manchen verzweifelten Kampf zwischen ihm und seinen Zöglingen, wenn im raschen ersten Flügel= schlag sie dem Lichte zuflatterten, sich vor ihrem Peiniger in den Vorhängen versteckten und dann der Onkel mit dem Netz, dem Besen oder sonstigem Hausgeräth herbeistürzte, um den unglücklichen Flüchtling zu haschen, wobei oft die Fetzen von den Vorhängen flogen und die Tante in ihrem Schrecken mehr als eine unvergessene, russische Verwünschung aus= stieß. Aber er war wie besessen, sobald es sich um seine

Schmetterlinge handelte; in seinen Jünglingsjahren, als
er die Tante entführte, war er nicht so keck und übermüthig
gewesen. Er scheute keine Mühe und Beschwerde, weder
Hitze noch Kälte, was kümmerte ihn der Nachtthau, wenn
es ihm galt, einen seltenen Nachtfalter zu erjagen. Stundenlang konnte er in der kühlen Nachtluft stehen hinter
einer Blendlaterne, deren trügerisches Licht die armen
Betrogenen in sein Netz locken mußte. Er war listig und
heimtückisch wie ein Diplomat aus Talleyrands Schule,
wenn es galt, einen dieser kleinen Lichtfreunde zu haschen —
die große graue Motte mit dem Silberstaub auf den Flügeln, das Eulchen, dessen Schwingen im tiefsten Ultrama-
rinblau erglänzen, und vor Allem den dickleibigen Todtenkopf,
der wie ein Kind schreit, wenn ihm die mörderische Nadel
durch den Kopf fährt. Und er erwischte sie Alle, alle die
Schwärmer und dem Lichte Zustrebenden. Guter Onkel,
ich begreife es heute noch nicht, wie du deinen Beruf so
verfehlen konntest, weshalb du nicht mit dem Prinzeßchen
nach Petersburg flohst und russische Dienste nahmst, oder
dich dem Polizeifache zugewendet hast, was wäre nicht
aus dir geworden, bei den in dir schlummernden Talen-
ten, du hättest jedenfalls die Attentate nicht dann erst
entdeckt, als schon die Granaten geplatzt waren!

Sonderbares Wesen, Mensch genannt, wer wird dich
jemals ganz ergründen? Meines Onkels Schmetterlings-
leidenschaft dauerte ununterbrochen fort, bis — sein Glas-

schrank voll war. Da fühlte er auf einmal, daß ihn die
Beine schmerzten, wenn er sich zu lebhaft bewegte; er
bekam den Schnupfen auf einer feuchten Wiese, was früher
nie geschehen, und der Nachtthau verursachte ihm Zahn=
schmerzen. „Väterchen," sagte die Tante, „das habe ich
Dir schon lange gesagt, Du wirst einen Rheumatismus in
Dir aufspeichern, der Dir noch im Grabe Gliederreißen
verursacht!" „Mütterchen," antwortete mein Onkel, „Du
hast Recht — ein Wort, das einem Mann sehr schwer zu
sagen ankommt — ich will mich auch jetzt schonen!" Und
er schonte sich — die armen Raupen fraßen Löcher in ihre
Schachteln, weil sie nichts Anderes mehr bekamen, im
Schmetterlingsnetz legte sich eine Spinne einen kleinen
Vorrath von Fliegen an, und das Heiligthum des Hauses,
den Glasschrank, bedeckte Staub. „Wenn ich ihn nur ein
wenig größer hätte machen lassen," sagte der Onkel und
blickte ihn sinnend an, denn es konnte noch keine neue,
siegende Neigung in ihm zum Durchbruch kommen. Da
sorgte der Himmel für sein Amüsement — die Tante ward
krank. Als ob sich die Geister der erstochenen Schmetter=
linge rächen wollten an ihrem Mörder, so ward die Psyche
des Prinzeßchens immer matter und matter.

Der Onkel pflegte die irdische Hülle mit aller Sorgfalt,
aber er trug den nahenden Verlust als Philosoph und im
Grunde fühlte sich auch sein Magen tiefer beeinträchtigt,
als sein Herz. — Empört Euch nicht, Ihr jungen Leser,

schüttelt nicht unwillig die blonden und braunen Locken=
köpfe — das ist leider so der Welt Lauf. Das Herz stumpft
sich langsam ab, die Seele wird stiller, Ihr werdet's
Alle erfahren und es scheint Euch nur unglaublich, weil
ich es so trocken hier erzähle; ohne Phrase und Pomp.
Also die Tante starb und der Onkel blieb am Leben; Phi=
lemon= und Baucisgestalten gedeihen nicht mehr recht in
unserm Jahrhundert. Er fand zu seinem besten Trost bald
eine tüchtige Köchin und nun fehlte zu seiner Zufriedenheit
nichts mehr, als eine neue Leidenschaft. Die Schmetter=
linge waren und blieben verstoßen; auf der Köchin Rath
verschenkte er die Sammlung nach und nach an kleine
Knaben seiner Bekanntschaft und den Rest kehrte sie zu=
sammen und warf die zarten Leiber in die Flammen ihres
Bratofens, in dem eine wohlgeordnete Schaar von Dampf=
nudeln ihrer höheren Bestimmung entgegenreiste. In den
Glasschrank stellte sie das feine Porzellan, und so war
denn auch dieses Stück Dasein heruntergelebt und abgethan.
„Ein Königreich für ein Steckenpferd!" hätte mein Onkel
nun ausrufen können, wenn er überhaupt gewußt, daß es
jemals einen Richard III. gab, denn um die Dinge, die
über seine jeweilige Neigung hinauslagen, bekümmerte er
sich durchaus nicht.

Er war Mensch, aber gar nicht human. Uebrigens
finde ich es sehr natürlich, daß sein an buntes Farbenspiel
gewöhntes Auge sich zunächst von den Blumen angezogen

fühlte und dieser schönen, friedlichen Kultur beschloß er, seine Neigung zu widmen. Aber er wollte sich nur einer Gattung zuwenden und darin Ausgezeichnetes leisten; bald hatte er den Ehrgeiz, die schönsten Fuchsien, bald den, die seltensten Geranien zu ziehen, doch konnte keine rechte Freude für die Sache in ihm aufkommen. Dies Blühen und Verwelken, das er täglich vor Augen sah, erinnerte ihn zu lebhaft an Sterben und Vergehen, an seine weißen Haare, an die Tante, seit deren Tod er sich ohnehin, so zu sagen, in seiner eigenen Haut nicht mehr recht sicher fühlte. So viel mir bekannt, war mein Onkel ein recht guter Christ, aber es ging ihm, wie allen frommen Leuten, die sonderbarerweise stets den Aufenthalt in diesem irdischen Jammerthal so lang als möglich den himmlischen Freuden vorziehen. Die Vergänglichkeit der blühenden Gewächse war ihm ein zu trauriges memento mori und mit Epheu und Immergrün, als dem gewöhnlichen Schmuck der Gräber, konnte er sich ebensowenig befreunden. Da fiel sein Auge auf jene Pflanze, die, immer grün, nie verwelkend, an Stabilität ebenso jedes andere Gewächs über= trifft, wie der japanesische Staat selbst noch den chinesischen. Er schenkte den Cacteen seine Neigung und Pflege, und sie gediehen unter seiner Hand, wie dies bis jetzt mit allen seinen Liebhabereien der Fall war, weil er sich ihnen stets mit ganzer Seele hingab. Es gab keine in Europa eingebürgerte Cactusart, die mein Onkel nicht besaß; von

allen Formen standen sie da, kugelrund, sechs=, achteckig,
kegelförmig, schlangenartig, kurzum in jeder Gestalt, in
denen dieser seltsame Pflanzenkrystall weniger emporschießt,
als emporkriecht. Nur jene gemeine, breitblätterige Art,
mit den prachtvollen Purpurblüthen, aus denen der Staub=
federbündel wie gesponnenes Gold sich ergießt, die mochte
er nicht. Die sah man im Frühling an jedem Bauern=
haus prangen und darum waren sie meinem Onkel viel zu
plebejisch. Den ganzen Tag wusch und bürstete er an
seinen Lieblingen herum, damit kein Stäubchen und kein
unberufenes Insekt sich zwischen den zahllosen Stacheln
ansiedelte und dann behandelte er wieder seine eigenen
Hände mit einer Pincette, um die haarfeinen Stächelchen
wieder los zu werden, die ihm in die Poren gedrungen
waren. Er trug seine Blumentöpfe in die Sonne, aus
der Sonne, je nachdem ihre Pflege es erheischte und studirte
mit unermüdlichem Fleiß alle botanischen Werke, in denen
das Wort Cactus nur erwähnt war. Aber welche Freude
hatte dann auch der gute Alte, wenn seine Schützlinge an=
fingen, ihre spärlichen Blüthen zu treiben. Mit wahrer
Wonne betrachtete er die unscheinbaren röthlichen oder lila
Blümchen, die da und dort zwischen einer Stachelver=
schanzung, oder an der Spitze einer langen, dünnen
Schlange emporkeimten. Doch selbst die gleichgültigsten
Beschauer seiner Cactuscolonie hatten manchmal Anlaß,
sich mit ihm zu freuen, sobald auf der Spitze des Kugel=

cactus der goldglänzende Blüthenstern mit seinen braunen
Staubfäden sich so lieblich entfaltete, daß er an Zartheit
mit jeder anderen Blume wetteifern durfte. Und war es
nicht wunderbar anzusehen, wie der schlanke, vieleckige
Cactus erst anfing eine graue, unscheinbare Knospe zu
treiben, die sich immer mehr ausdehnte, bis sie an dem
lang hervorgeschossenen Stiele dunkel und haarig, gleich
einem Pferdefuß, herabhing. Da, an einem langen August=
abend, beginnt die seltsame Figur sich leise aufzulösen und
die weiße, herrliche Blume mit dem süßen Vanillegeruch,
die Königin der Nacht, enthüllt sich dem entzückten Blick.
Guter Onkel, da haben Manche, die Dich sonst heimlich
belächelt und Dich selbst mit dem langweiligen, stachlichten
Cactus verglichen, Dir im Stillen gedankt und bei dem
Duft Deiner köstlichen Blume von indischen Lotosblumen
und südlichen Nächten geträumt, wo ein glühenderer Luft=
hauch dem Anblick der Sterne Tausende solcher keuschen
Blüthen erschließt.

So ward mein guter Onkel älter und älter, und seine
Cacteen mit ihm; die vielen Ableger, welche er stets machte
und unter umgestürzten Wassergläsern heranbildete — was
eigentlich auch für die Menschen eine sehr empfehlenswerthe
Methode wäre, weil man sie so hermetisch von allen üblen
Einflüssen abschließen kann — waren ihrerseits alte Cacteen
geworden, da schien es ihm eines Tages, als ob er nun
lange genug für den Staat Geld gezählt habe.

Er faßte einen raschen Entschluß, ließ sich pensioniren und kam auf die glückliche Idee, die freie Zeit, welche ihm dadurch blieb, mit Romanlesen auszufüllen. Es ist nicht zu sagen, welche Quantität von Büchern mein Onkel nun wöchentlich verschlang und es ist ein wahres Glück für die Buchhändler sowohl, wie das lesende Publikum, daß ihn nicht die Leidenschaft ergriff, diese Bücherspeise wieder geistig von sich zu geben. Aber merkwürdig bleibt es, daß er sich einzig und allein für Liebesgeschichten inter= essirte; in dieser Weise kehrte er wieder zu dem heftigsten und ersten Eindruck seiner Jugend, zur Liebe, zurück und durchlebte im Bild noch tausendmal, was er in der Wirk= lichkeit erfahren. Weil ihn selbst aber Amor so sichtlich begünstigt hatte, konnte er die unglücklich ausgehenden Liebeserzählungen durchaus nicht leiden und seine Kritik beschränkte sich auf zwei allgemeine Aussprüche, bei denen es dann sein Bewenden hatte. Wenn sich „die Leute be= kamen,“ dann war es ein sehr schönes Buch, wenn sie sich „nicht bekamen,“ dann war es dummes Zug, das man nicht lesen konnte. Bei dieser Lesewuth, der Alles will= kommen war, was die Leihbibliothek von moderner Literatur darbot, blieb mein Onkel seiner stillen beschaulichen Nei= gung zu den Cacteen ziemlich lange getreu; doch auch ihr Zeit kam. Sie wurden zwar nicht ganz verstoßen, aber nach und nach eben so stiefmütterlich, als früher zärtlich behandelt, und wenn es nicht die bescheidenste, geduldigste

Pflanze von der Welt wäre, so müßten sie schon Alle früher
als der Onkel verdorrt, gestorben und verdorben sein. In=
dessen brütete er über einer neuen Idee und plötzlich, wie
immer, trat sie in's Dasein. Eines Morgens bedeutete er
die Köchin, alles Porzellan u. s. w. aus dem Schmetterlings=
schrank zu entfernen, weil er ihn für sich brauche. Er be=
absichtigte nichts Geringeres, als eine Leihbibliothek an=
zulegen und zwar nur von solchen Büchern, die er selber
nach seinem obenerwähnten Geschmack auswählen wollte.
Alle Buchhändler in der Stadt mußten ihm schicken, was
sie nur von neuen Romanen auf dem Lager hatten und
Tage lang saß er da mit schief gesenktem Kopf und studirte
zwischen den unaufgeschnittenen Blättern, ob sie sich für
seine Zwecke eigneten. Da erstickte ein tragisches Geschick
seine neue Neigung schon in der Geburt.

Er hatte das Unglück, mindestens sechs Entsagungs=
und unglücklich endende Romane nach einander in die Hände
zu bekommen, und das hielt er nicht aus. Entweder starb
Sie oder starb Er vor der Hochzeit, oder sie entsagten sich
tugendhafterweise aus den verschiedenartigsten Gründen,
von denen jedoch der alte Praktikus nicht einen einzigen
stichhaltig fand; als nun gar auch noch die Dachdecker an=
fingen, sich auf die sentimentale Seite zu legen — da riß
ihm der Geduldsfaden. „Stell' das Porzellan wieder in
den Schrank!" schrie er die erschrockene Köchin an, „und
trage alle die Bücher fort!" dann warf er sich in seinen

Seſſel, ſeufzte, huſtete und ſehnte ſich ſo recht aus Herzens=
grund nach einem neuen Zeitvertreib. Auf einmal ſcholl
es laut und vernehmlich an ſein Ohr: „Komm bi—bi—bi!"
und darauf antwortete ein luſtiges Gackern, unterbrochen
von dem ſchrillen Schrei eines Hahnes. Er fuhr auf und
trat an's Fenſter; im Nachbarhofe ſtand eine Magd und
gab den Hühnern ihr Abendbrod. Es war recht heiter an=
zuſehen, wie ſie mit weit vorgeſtreckten Hälſen nach den
ausgeſtreuten Körnern hinliefen und der Hahn gravitätiſch
in der Mitte ſtand, aber bei Leibe ſelbſt nichts fraß, ſon=
dern als würdiger Hausvater vorlegte und ſtets bereit war,
den Streit zu ſchlichten, der jeden Augenblick bei dem reiz=
baren Völkchen ſich neu entfachte.

Der Onkel machte das Fenſter auf: „Guten Abend, Lieſe,
legen Eure Hühner viel Eier?" „Ja wohl!" rief ſie und
ging in's Haus. — Der Onkel blieb ſinnend ſtehen. „Friſche
Eier, gute Eier," ſagte er zuletzt, „wie wäre es denn, wenn
ich mir Hühner hielte?" Daß ſein Magen, ſeit er mit dem
Herzen abgeſchloſſen, eine Hauptrolle bei ihm ſpielte, wiſſen
wir, es iſt nicht zu verwundern, daß endlich dieſer Factor ſeine
letzte Neigung beſtimmte. Er aß Eier leidenſchaftlich gern
und von Zeit zu Zeit ein altes Huhn in der Suppe war
auch nicht zu verachten — von den fetten Hähnchen, die er
aufzuziehen beſchloß, noch gar nicht zu reden. Seit der
Hühnergedanke ihn erfaßt, ließ er ihm keine Ruhe mehr,
und wie immer, ſchritt er voll Energie und mit Jugendkraft

an's Werk. Er entschloß sich sogar zu einer Wohnungs=
veränderung, was er seit dem Tod der Tante nie mehr ge=
than, und war so glücklich einen Hauswirth zu finden, der
ihm in seinem Hof den nöthigen Raum überließ, um eine
Hühnerkolonie zu gründen. Der Platz wurde eingezäunt,
mit Rasen belegt und in seiner Mitte erhob sich ein stattliches
Hühnerhaus. Da der Raum beschränkt war, so ging dies
mehr in die Höhe, als in die Breite, und die Vorübergehenden
hielten es eher für ein Observatorium. Observirt wurde
hier allerdings, aber weder Fixsterne noch Planeten, sondern
der oberste Raum war dazu bestimmt, die Küchlein auszu=
brüten, und mein Onkel umgab diese, der mütterlichen Zärt=
lichkeit geweihte Stätte mit aller Eleganz, die in einem
Hühnerstall statthaft ist. Durch vergitterte Glasfenster
konnte man das Innere des Heiligthums bequem übersehen
und er stand oft Stunden lang auf der steilen Treppe, die
von Außen hinaufführte, um den Moment zu beobachten,
wo ein vorwitziges Küchlein zuerst den Kopf durch die dünne
Schale stecken würde. Unter diesem Raum befand sich das
Atelier, in welchem die Hühner, sie mochten nun wollen
oder nicht, ihre Eier legen mußten. Die weichsten Nester
waren ihnen darin bereitet, und um sie anzulocken, lag in
jedem betrügerischerweise ein Ei von Holz, denn das Huhn,
lieber Leser, ist ein gar dummes Thier und läßt sich leicht
überlisten. Es ist eine der größten und noch nicht genug
aufgeklärten Ungerechtigkeiten, daß man immer die Gans

als das dümmste Wesen unter dem Federvieh bezeichnet,
während sie im Vergleich zu dem Huhn wirklich geistreich
zu nennen ist. Ich beantrage daher, ohne jedoch dem
schönen Geschlecht zu nahe treten zu wollen, daß wenn es
künftig nöthig ist, ein zartes jugendliches Geschöpf mit
einem gewissen Namen zu bezeichnen, lieber ein „dummes
Hinkel“, statt einer „dummen Gans“ gesagt wird. — Im
untern Gelaß des Hühnerhauses befanden sich die Schlaf-,
Eß- und Erholungszimmer und das grüne Fleckchen
draußen diente als Lustgarten. Der oben angedeuteten
Eigenschaft wegen war es eine Riesenarbeit für den Onkel,
seine Schutzbefohlenen regelrecht an alle diese verschiedenen
Räume zu gewöhnen, und wenn sie eben schon im Begriff
waren, glücklich zur rechten Thüre hineinzugehen, so
drehten sie wieder um, um in's Weite zu schweifen, oder
sie flatterten mit ängstlichem Geschrei in die Höhe und um-
wirbelten des Onkels empfindsame Nase mit einer Wolke
von Staub. — In unserm realen Zeitalter kann ich unmöglich die Hühner anders schildern, als wie sie wirklich
sind, und wer sich darum etwa durch „Gockel, Hinkel und
Gackeleia“, oder durch „Hannchen und die Küchlein“ verleitet, ein idealisches Thier unter ihnen vorgestellt hat, mag
seine Meinung darnach berichtigen. Durch ihren störrischen
Charakter, denn ein gutes, altes Sprüchwort sagt: „je
dümmer, je schlimmer!“ verwickelten sie den Onkel täglich
in neue Fatalitäten. Da ihnen nichts abging und mate-

rielles Wohlsein zu kühnen Thaten geneigt macht, was man sich auch bei den Völkern schon lange gemerkt hat, so überschritten sie, wo sie nur immer konnten, die enge Grenze der Alltäglichkeit. Sie flogen über die Mauern der Nachbargärten, zerkratzten dort die frisch angelegten Beete, oder nahmen den Augenblick wahr, wo das Hofthor offen stand, um verwegene, polizeiwidrige Excursionen auf die menschenleere, mit üppigem Gras bewachsene Straße zu unternehmen. Mit weit nachflatterndem Schlafrock und einem lang gezogenen: „Komm' bi—bi—bi!" jagte der Onkel hinter ihnen drein und in bescheidener Entfernung folgte die Grete mit dem Besen oder sonstigem Hausgeräth, bis es endlich gelang, unter dem lauten Geschrei der Schulknaben die Flüchtigen wieder einzufangen. Auch verging kein Tag, wo er nicht Entschädigung zahlen mußte für zerstörte Salatbeete und abgepickte Weinbeeren, aber er ertrug Alles mit himmlischer Geduld. Auch die Conflicte mit der Polizei, denn nachdem er einmal gemerkt, daß die Hühner an sein gutes Futter gewöhnt, gesetzmäßig wieder heimkehrten, ließ er ihnen sogar die Freiheit, auf der Straße herumzulaufen, so viel sie wollten. Er konnte seinen Lieblingen nichts abschlagen und hätte sich lieber selber den Finger abgeschnitten, als Einem von ihnen die Flügel gestutzt. Groß waren aber auch die Freuden, die sie ihm bereiteten; in rührender Eintracht lebte der stolzbeinige Cochinchinese neben dem Zwerghuhn, ohne Neid auf deſſen befiederten Füße, und das majeſtätiſche, gelbe, engliſche Huhn benahm ſich ganz ſo vornehm freundlich gegen das ſtumpfſchwänzige, ſchwarze Bauernhuhn wie ein brittiſcher Tory gegen die peasantry. Mit dem freudigſten, vielverſprechendſten Gackern erweckten ſie ihn jeden Morgen und er konnte nicht ſchnell genug in die Kleider und auf das Eieratelier kommen, um die ſchönen, friſchen Eier auszuheben. Die machten ihm ſo viel Freude, als die Hühner ſelbſt, und mit Hülfe ſeines vortrefflichen Magens wußte er ſie alle zu bemeiſtern. Selbſt ſeine ſtaatsmänniſchen Talente wachten wieder auf. Jeden Morgen verzeichnete er die Zahl der ausgehobenen Eier in ein großes Buch und dieſe Zahl zerfiel wieder in einzelne Rubriken, in denen der Betrag des Fleißes jeder einzelnen Rage notirt war. War es nun eine Leichtigkeit, die chokoladefarbenen Eier der Aſiaten und die winzigen Eierchen der Zwerghühner herauszufinden, um ſo ſchwieriger geſtaltete ſich die Aufgabe, die der andern, welche alle weiß und von gleicher Größe ſind, auszuſcheiden. Aber er war unermüdlich, verglich, zeichnete, maß die verſchiedenen Formen und brachte es ſchließlich immer zu einem Reſultat. Dann wurden wieder die einzelnen Jahrgänge miteinander verglichen, und Alles zuſammengenommen, iſt es im Intereſſe der hühnerziehenden Menſchheit nicht genug zu beklagen, daß mein Onkel, der leider gar keinen Sinn für das Gemeinnützige hatte, ſich nie entſchließen konnte, ſeine „Erfahrungen im Hühnerstall", in einem größeren Werke niederzulegen. Wahrhaft rührend an ihm war jedoch die zärtliche Sorgfalt, welche er auf die Küchlein verwandte, und ich glaube, er beneidete fast das Recht der Henne, sie auszubrüten. Alle die brach= liegenden Gefühle der Vaterliebe, welche ihm im Leben nicht befriedigt worden waren, machten sich jetzt Luft, und wenn man ihn im Frühjahr besuchte, fand man ihn ganz umringt von piependen, gelbhaarigen Geschöpfen, die er bald in die Sonne trug, bald wieder in einem Korb zwischen Baum= wolle gebettet unter den Ofen stellte, oder auch, wenn er kein Feuer mehr darin hatte, irgendwo in der Küche in der Nähe des Herdes, zum Entsetzen seiner alten Köchin, unterbrachte. In diesen Zeiten sah denn sein Zimmer mehr einem Hühnerstall, als einer menschlichen Wohnung gleich. Auf dem großen Tisch vor dem Sopha war den kleinen Bibi's der schönste Spielplatz bereitet, der zum Ueberfluß mit Hirse bestreut und mit Schüsselchen voll Semmel und Milch bestellt war. Stundenlang konnte der Onkel dabei sitzen, mit dem Finger auf den Tisch klopfen, um das kleine Volk, welches schon den Eigensinn der Müt= ter besaß, zum Essen einzuladen. Aber wehe! wenn dann eines herab auf den Boden fiel, was zuweilen geschah, und von jenem Tage, an welchem ein anderes, das schon flügge geworden, aber seiner schwachen Gesundheit wegen sich immer in der Küche aufhalten durfte, in die kochende Milch flog und sich jämmerlich verbrühte, will ich schweigen. Das hätte die alte Grete bald um den Dienst gebracht und sie war doch ganz unschuldig, dabei nur ein bischen schadenfroh. Und ein bischen schadenfroh war ich auch, als der glücklich gezielte Wurf eines Schulknaben mich bald darauf von meinem schlimmsten Feind, einem weißen Zwerghahn, befreite, der nicht allein mir, sondern allen Besuchern meines Onkels ohne Weiteres an den Kopf flog, sobald man sich der Hausthüre näherte.

Die Alteration über diese beiden Fälle schadete ihm merklich an seiner Gesundheit, und als noch gar eine sentimentale, alte Dame, die im selben Hause wohnte, von ihm verlangte, er solle sein schönstes Huhn abschlachten lassen, weil es die üble Gewohnheit habe, zu krähen, was ihr jedesmal durch Mark und Bein gehe, und dies eine sehr schlimme Vorbedeutung sei, da rührte ihn fast der Schlag. Er war so unchristlich zu wünschen, daß es ihren eigenen Tod bedeuten möge, und ich konnte ihn nur beruhigen, indem ich ihm eine ganze Stunde lang große Stücke Brod in ganz regelmäßige, für einen Hühnerschnabel passende Quadrate zerlegen und den Rest des Mittagsmahls zerdrücken und zerschneiden half.

Aber das Krähen des genannten Huhnes muß doch wirklich die höhere Vorahnung einer gefühlvollen Hühnerseele gewesen sein, denn — nachdem der Onkel eines Morgens wie gewöhnlich das Hühnerhaus bestiegen, kam er nicht wieder. Als die Köchin endlich nach ihm sah, bot sich ihr

ein beklagenswerther Anblick dar; halb auf die Treppe hin-
gestreckt lag der Körper meines armen Onkels, sein Kopf
steckte in der Oeffnung, durch welche er die Eier heraus-
nahm. Im Begriff, ein Nest voll auszuheben, muß ihn
ein Schlagfluß getroffen haben und er mit dem Gesichte
auf die Eier gefallen sein, denn, o lächerliches und trauriges
Bild! er schwamm in einer Eiersauce, und so von gelber
Brühe überströmt, wurde er hinauf in sein Bett gebracht.
Alle Wiederbelebungsversuche blieben jedoch vergeblich, er
war tobt, gestorben im Berufe seines Lebens — der Leidenschaft! —

Guter, guter Onkel, so hast du menschlich gelebt, geliebt und ausgelitten, stets im richtigen Verhältniß zur
natürlichen Wärme deiner Jahre und deines Herzens. Du
bist mir ebenso interessant, wie alle Genie's und Talente
mit ihren absonderlichen Neigungen und ihrer sprunghaften
Begeisterung. Du warst jedenfals harmonischer, und mehr
aus einem Gusse als Viele unter ihnen; zwar hast du selbst
keine Kunstwerke geschaffen, aber dein ganzes Leben war
ein Kunstwerk in seiner Art! — Sie trugen ihn auf den
Kirchhof, legten ihn in ein Grab neben die Tante und setzten
einen schweren Leichenstein darauf, auf dem in goldenen
Lettern sein Geburts- und Sterbetag und alle seine Tauf-
namen, er hatte deren sechs, verzeichnet sind. Ein Vers
aus der Bibel steht darunter.

Mich, als einem Menschen, der zuweilen Gedichte macht

und mithin ein halber Phantast ist, zog die Verwandtschaft in dieser Angelegenheit nicht zu Rathe. Aber wäre es nach meinem Sinne gegangen, dann stünden auf dem Leichenstein nur die einfachen Worte:

Er ist ein Mensch gewesen!

www.ingramcontent.com/pod-product-compliance
Lightning Source LLC
Chambersburg PA
CBHW022017110726
47901CB00006B/1567